Um Lance em Falso

STEPHANIE ARCHER

Um Lance em Falso

SÉRIE VANCOUVER STORM

Tradução
GUILHERME MIRANDA

pa ra le la

A Editora Paralela é uma divisão da Editora Schwarcz S.A.

Grafia atualizada segundo o Acordo Ortográfico da Língua Portuguesa de 1990, que entrou em vigor no Brasil em 2009.

TÍTULO ORIGINAL The Fake Out

CAPA Echo Grayce, Wildheart Graphics

ILUSTRAÇÃO DE CAPA Chloe Friedlein

PREPARAÇÃO Renato Ritto

REVISÃO Luiz Felipe Fonseca e Juliana Cury

Dados Internacionais de Catalogação na Publicação (CIP)
(Câmara Brasileira do Livro, SP, Brasil)

Archer, Stephanie
Um lance em falso / Stephanie Archer ; tradução Guilherme Miranda. — 1ª ed. — São Paulo : Paralela, 2025. — (Vancouver Storm ; 2).

Título original : The Fake Out.
ISBN 978-85-8439-441-8

1. Ficção canadense I. Título. II. Série.

24-227050 CDD-C813

Índice para catálogo sistemático:
1. Ficção : Literatura canadense C813

Tábata Alves da Silva – Bibliotecária – CRB-8/9253

EDITORA SCHWARCZ S.A.
Rua Bandeira Paulista, 702, cj. 32
04532-002 — São Paulo — SP
Telefone: (11) 3707-3500
editoraparalela.com.br
atendimentoaoleitor@editoraparalela.com.br
facebook.com/editoraparalela
instagram.com/editoraparalela
x.com/editoraparalela

Para Helen Camisa, que acredita que todo mundo tem o direito de se movimentar e de se sentir bem no próprio corpo

1

RORY

Sinto o coração bater no ouvido enquanto patino na direção do gol durante meu primeiro jogo pelo Vancouver Storm. Estamos empatados na prorrogação, e o barulho da torcida vai aumentando enquanto ergo o bastão e lanço o disco na direção da rede.

Ele quica na trave, e os torcedores do Vancouver soltam um resmungo coletivo de decepção.

Astros fazem gols. Meu pai, a lenda do hóquei canadense Rick Miller, disse isso tantas vezes ao longo dos anos que é o que repito para mim mesmo enquanto tiro o disco do amontoado de jogadores e volto patinando até me ver num espaço aberto.

O juiz apita, o jogo para, e olho para a mulher linda que vem chamando a minha atenção a noite toda.

Hazel Hartley, uma das fisioterapeutas do time — linda e com a língua afiada, os cílios longos e escuros, lábios fartos no tom mais perfeito de rosa e os olhos azul-acinzentados mais deslumbrantes que já vi na vida —, está sentada atrás do gol ao lado da irmã, Pippa, com uma cara de quem preferia estar em qualquer outro lugar.

Hazel Hartley, a que foi minha tutora durante o ensino médio e tinha namorado, a que não me suporta e desistiu de sair com jogadores de hóquei. Embora Pippa esteja usando uma camiseta do Storm com o nome do noivo nas costas, o goleiro Jamie Streicher, e embora Hartley trabalhe para o time, não a vejo usando uniforme desde o ensino médio. Hoje, meu olhar se fixa no cabelo castanho dela, preso num rabo de cavalo, a jaqueta *puffer* roxo-clara. Aposto que está com a legging preta que sempre deixa aquela bunda dela incrível.

Dou uma piscadinha para Hazel; ela revira os olhos.

Sorrio; ela finge bocejar.

Algo elétrico e viciante corre em minhas veias por causa dessa nossa interação. As coisas sempre foram assim entre a gente, desde o ensino médio.

Os jogadores se alinham para o recomeço da partida, e volto a me concentrar no jogo. Ao redor da arena, os torcedores estão ficando ansiosos, desesperados por uma vitória. O apito toca, e saio em disparada, voltando a guiar o disco na direção do goleiro.

— Vai, Miller — o técnico Ward grita do banco.

Sinto a determinação disparar por minhas veias. Tate Ward queria o maior artilheiro da liga, então preciso mostrar que o que ele pagou não foi em vão. Eu o idolatro desde sua época de jogador.

Estar jogando para ele nesta temporada vai resolver o que quer que tenha de errado com a minha cabeça. Precisa resolver.

Hayden Owens, um zagueiro do Vancouver, está desimpedido. Consigo ver que ele tem espaço livre até o gol, mas astros fazem gols, e minha função aqui não é passar o disco.

Lanço o disco na direção do goleiro; acerta o fundo da rede, e a arena explode com barulho pelo meu gol da vitória. A buzina de gol toca, as luzes da arena se acendem, e o resto do time de Vancouver me cerca. Os caras no banco estão comemorando. Até o técnico Ward, que é sério e caladão, está batendo palmas. Espero por aquela sensação avassaladora de orgulho em meu peito que esse momento deveria provocar.

Nada. Os torcedores chacoalham o vidro e o time me cerca, mas sinto um vazio chocho e silencioso.

Merda.

Eu costumava me importar com essas coisas. Eu me sentia no topo do mundo quando fazia gol, como se nada pudesse me atingir. Agora, fico entediado, como se estivesse só dando check numa lista. Jogar hóquei profissional, ser o melhor da liga, era meu sonho, mas, hoje em dia, está mais para um emprego.

Ter vindo até Vancouver para jogar para Ward, jogar com o goleiro Jamie Streicher, meu melhor amigo: essas coisas deveriam mudar o que estou sentindo.

— Que cara de enterro é essa, Miller? — Owens me pega pelos ombros e tenta aplicar um mata-leão em mim. — Você acabou de ganhar o jogo pra gente.

Rio e o empurro, afasto todos os pensamentos estranhos enquanto patinamos pelo gol na direção do banco. Quando passamos por Hazel, abro o sorriso presunçoso e arrogante que sei que a irrita.

Os torcedores observam enquanto bato meu bastão no vidro e ela ergue o olhar para encontrar o meu, arqueando uma sobrancelha como se dissesse: *que foi, babaca?*

Quer um autógrafo?, gesticulo com a boca, levantando a mão e assinando o ar.

Observo o lábio dela se curvar num sorriso frio. *Vai sonhando*, ela gesticula com a boca enquanto se levanta.

Sinto meu peito expandir com uma sensação tensa e ansiosa. Ninguém fala comigo do mesmo jeito que a Hartley. Sempre gostei disso nela. E puxar briga com ela hoje em dia? É o único momento em que realmente sinto alguma coisa.

Ao lado dela, Pippa sorri para mim, dando tchauzinho.

— Belo gol, Rory — grita por detrás do vidro.

Owens bate no vidro, acenando para ela, que ri, os olhos se iluminando quando Streicher, noivo dela, patina para cumprimentá-la com um sorriso.

Algo se aperta em meu peito quando vejo Pippa mandar um beijo para Jamie. Atrás dela, Hartley já subiu metade da escada que leva para fora da arena, o rabo de cavalo balançando a cada passo.

Ela está *mesmo* de legging, e a bunda dela fica *mesmo* incrível.

— Acho que Hartley gosta de mim — falo para os caras, mais alto do que a música da arena, mantendo os olhos na silhueta dela indo embora.

Owens dá uma risada, e até o ranzinza do Streicher bufa.

— Nem fodendo, cara — responde Owens, dando um tapinha nas minhas costas enquanto patinamos para fora do gelo.

Meus instintos competitivos e determinados ganham vida, aprimorados por anos de hóquei e treinamento. Gosto de um desafio e odeio perder.

O fato de Hartley não me dar bola fica cravado na minha mente como um espinho. Gosto dela, mas não sei como chegar nela. Acho que, bem lá no fundo, o sentimento é recíproco.

Hóquei é tudo, meu pai sempre dizia. *Hóquei em primeiro lugar*.

Me enroscar com uma mulher é um jogo perigoso, mas me esquecer de Hazel Hartley parece impossível.

— Miller — chama o técnico Ward quando passo pelo corredor na direção do vestiário. — Passa na minha sala depois da coletiva.

Assinto e sigo para os chuveiros, a cabeça ainda cheia de pensamentos envolvendo Hazel.

Depois da conversa com Ward, volto para o vestiário, os pensamentos a mil. Streicher ainda está lá, pegando as coisas dele.

— O jogo hoje foi bom — diz, com um aceno.

Mordo o interior da bochecha enquanto os pensamentos estranhos sobre me sentir vazio e as vitórias não terem mais o mesmo gosto ameaçam transbordar. Eu e Streicher jogamos hóquei juntos desde que tínhamos cinco anos, e confio nele mais do que em qualquer pessoa, mas, depois do que Ward disse lá em cima, sei que preciso guardar isso para mim.

— Vai encontrar a Pippa? — pergunto, enquanto pegamos nossas bolsas e saímos.

Ela normalmente espera por ele no camarote privativo do time no andar de cima com outras namoradas e familiares. Talvez a irmã dela esteja junto.

— Ela foi direto para casa. Não queria ficar fora até tarde hoje por causa da festa de noivado.

— É mesmo. — A festa é amanhã à noite num restaurante em Gastown, perto do apartamento deles.

Passamos pelo salão, desejando boa-noite para os funcionários da arena.

— O que o Ward queria?

Ansiedade dispara em minhas veias.

— Ele me ofereceu o título de capitão.

Os olhos de Streicher encontram os meus, cintilando com a mesma surpresa que senti.

— Sério?

— Ward sabe reconhecer talento. — Abro meu sorriso mais arrogante, mais vitorioso, mas meu peito está apertado de incerteza.

Limpa sua imagem essa temporada. Faz por merecer sua vaga, Miller, disse Ward. *Seja o capitão que esse time precisa.*

No ano passado, quando joguei pelo Calgary, e antes de fazermos as pazes, puxei uma briga no gelo com Streicher. Durante outro jogo, me irritei com os torcedores e mostrei o dedo do meio para eles, ganhando uma penalidade e um lugar nas notícias esportivas pelo resto da semana. Hoje, quando a buzina do gol tocou e o resto do time estava me parabenizando, não senti nada.

Nenhuma dessas coisas é compatível com um bom capitão. Não sou do tipo líder. Sou do tipo babacão. O superastro. O cara que todo mundo adora odiar.

— Vai aceitar? — pergunta ele.

— Preciso aceitar. — Sinto um nó na garganta. — Fechei contrato para um ano.

Quando entrou para ser técnico do time na temporada passada, Ward negociou um monte de jogadores que estavam livres, contratando-os por períodos curtos, dizendo à imprensa que não estava apenas adquirindo jogadores, mas criando um time. No fim da temporada, cerca de metade deles foi trocada.

— Se eu quiser ficar em Vancouver — acrescento —, preciso manter Ward feliz. — Passo a mão no cabelo. — E Ward é o único para quem quero jogar.

Uma década atrás, Tate Ward era um dos jogadores mais promissores da história do hóquei profissional... até estourar o joelho e se aposentar. As paredes do meu quarto eram cheias de pôsteres dele. Além de mim, ele é o único outro jogador que bateu os recordes do meu pai.

— O Ward é diferente — digo a Jamie.

Todos os treinadores para quem já joguei, inclusive meu pai quando assumiu o time juvenil pelo qual eu e Streicher jogávamos, usavam agressão e intimidação para motivar os jogadores. Já Ward não grita. Não falou quase nem uma palavra durante os treinos da semana. Explicou as jogadas e assistiu. De vez em quando, puxava um jogador de canto e fazia observações discretamente.

Sempre fui doido por uma aprovação paterna e quero deixar Ward orgulhoso.

Jamie concorda com um barulho no fundo da garganta quando chegamos aos elevadores que levam para o estacionamento.

— E, hm, agora que a gente está de boa de novo... — Aperto o botão para chamar o elevador. — Gosto de jogar no mesmo time que você.

Não conversamos sobre o que aconteceu, o período de sete anos em que eu e Streicher não nos falamos porque eu era besta a ponto de ouvir o conselho do meu velho. *Não seja amigo de jogadores do time rival*, ele disse quando fomos recrutados.

Rick Miller nunca foi especialista em nenhum tipo de relacionamento, mas demorei um tempo para entender isso.

Ouvimos os sons do elevador mudando de andar e Streicher acena com a cabeça.

— Também estou feliz por você estar aqui, cara. Pippa também está.

O canto da boca dele se contrai, que é a versão de sorriso largo desse cara rabugento, e sinto alguma coisa relaxar dentro de mim.

Talvez essa história de capitão seja o chacoalhão de que preciso. Talvez seja isso que vai resolver, em definitivo, o que quer que tenha de errado com a minha cabeça. Um novo desafio.

— Pensei que você só tivesse aceitado a troca para poder encher o saco da Hartley o ano inteiro — acrescenta ele.

Abro um sorriso sacana para ele, pensando na forma como ela bocejou hoje. Ela é chatinha pra caralho.

— Talvez um pouco.

Quando penso em jogar por outro time e não ter ninguém para provocar, sinto aquela sensação monótona e insípida que tive depois de marcar o gol hoje.

— Consigo até imaginar. Você como o capitão. — Ele aperta o botão no painel do elevador de novo, impaciente.

Sei que não sou o cara ideal, mas isso acende aquela chama de competição e desafio em meu sangue de novo. Preciso tentar.

Nossos celulares apitam ao mesmo tempo.

— Deve ser o anúncio — digo, enquanto ele tira o celular do bolso.

— E é mesmo. — Ele desce a tela, lendo o e-mail. — Rory Miller, o novo capitão do Vancouver Storm.

O elevador chega e finalmente entramos, Streicher ainda lendo enquanto aperto o botão para nos levar à garagem.

— Ah, e teve uma contratação nova — murmura ele.

— Quem? — Somando os juniores e nossos anos na liga, já jogamos na mesma equipe ou na equipe adversária de quase todo mundo.

— Connor McKinnon.

Congelo, meu olhar se voltando para o de Streicher enquanto uma sensação ruim percorre minhas entranhas.

— É o...

— Sim. — Ele olha feio para o celular, relendo. — O ex da Hazel.

Meus ombros ficam tensos. Odeio demais aquele filho da puta.

Sim, sou um babaca metido e mimado que precisa ser o centro das atenções. Mas o McKinnon? O McKinnon é um *cuzão* do caralho. Estudou na mesma escola que a gente. Por dois anos, fiquei assistindo Hazel olhar para ele apaixonada enquanto ele mal dava bola. Falava mal dela. Fazia pouco caso. Dentro e fora do rinque, ele é agressivo e arrogante.

Pippa disse que eles terminaram perto do fim do primeiro ano de Hazel na faculdade. Não sei o que aconteceu, mas Hazel não sai mais com jogadores de hóquei.

Meus instintos protetores disparam. Não quero que ele chegue nem perto dela.

— Quem é o físio dele? — pergunto, pigarreando e tentando manter a voz natural.

Streicher solta um suspiro e já estou balançando a cabeça.

— Hazel — ele diz.

Merda. Preciso fazer alguma coisa quanto a isso.

Amanhã, na festa de noivado de Streicher e Pippa, vou falar com ela.

2

HAZEL

— Parabéns — digo no cabelo de Pippa quando nos abraçamos na festa de noivado na noite seguinte. — Te amo e estou megafeliz por vocês, mas se ele for cuzão com você, vou photoshopar fotos dele de fralda com uma dominatrix e jogar na internet.

Nós nos soltamos, e ela sorri. O restaurante intimista que reservei para o evento está cheio de familiares nossos, jogadores do Vancouver Storm com suas namoradas, e alguns amigos da turnê que Pippa abriu neste verão como cantora e compositora enquanto promovia o álbum novo dela.

— Brincadeirinha — digo, torcendo uma mecha do cabelo loiro-mel comprido e ondulado dela.

Pippa solta uma risada.

— Eu sei.

Naquela iluminação baixa e suave do restaurante, ela está radiante. Talvez seja isso o que acontece com as pessoas quando elas se apaixonam completamente do jeito que aconteceu com minha irmã. Jamie precisava de uma assistente quando se mudou para Vancouver; mal sabia ele que acabaria noivo da sua crush do ensino médio.

Atrás dela, Jamie me olha com um sorrisinho, abaixando-se para me dar um abraço apertado.

— Não é brincadeira — sussurro, e ele bufa.

— Obrigado por organizar isso aqui. — Os olhos dele se voltam para Pippa, que entrou numa conversa com nossos pais e a mãe de Jamie. — Significa muito pra gente.

Sinto a emoção me tomando.

— Não tem de quê. Estou mesmo bem feliz por vocês. — Abro um sorriso hesitante para ele. — Sei que ela é tudo para você e que vai cuidar bem dela, e estou feliz por agora sermos cunhados.

Ele arqueia uma sobrancelha, mas vejo uma faísca sarcástica em seus olhos.

— Mesmo que eu seja um jogador de hóquei?

Solto uma risada. No começo do relacionamento deles, fiz questão de dar minhas opiniões para Pippa sobre jogadores de hóquei, que são tratados como deuses e acham que conseguem tudo e todos que querem.

— Você é a exceção. Eu não deixaria qualquer um se casar com minha irmãzinha.

Aquela emoção calorosa e líquida volta a tomar meu corpo, fazendo meus olhos arderem quando ele aperta meu ombro.

— Vamos tirar umas fotos antes de jantar — fala minha mãe, chamando Pippa e Jamie.

— Um segundo. — Pippa pega minha mão e começa a me puxar para longe. — Preciso que a Hazel me ajude com... uma coisa.

— Que coisa? — pergunto enquanto ela me leva pelo restaurante. — Pode deixar que eu cuido dessa coisa para você poder se divertir...

Na área silenciosa do saguão que fica na entrada do restaurante, longe dos convidados no salão principal de jantar, ela se vira para mim.

— Você estava me evitando.

— Hm. — Procuro uma desculpa para não ter respondido as três mensagens dela sobre o novo jogador do time.

— Connor está no *time* agora, Hazel.

Pela décima vez nas últimas vinte e quatro horas, sinto meu peito se apertar.

— Eu sei.

Eu só consigo pensar nessa porra. Meu ex mentiroso, infiel, manipulador e narcisista agora está no time de hóquei para o qual trabalho, e fui escolhida para ser a fisioterapeuta dele.

Durante a noite inteira, fiquei me revirando de um lado para o outro.

— O que a gente vai fazer? — pergunta ela.

Não posso me demitir, porque trabalhar para o time é uma experiência incrível, e amo meu trabalho de verdade. Os físios mais velhos são experientes e gentis, e é surpreendentemente gratificante trabalhar com os jogadores. Enquanto economizo para abrir meu próprio estúdio fitness algum dia, trabalhar para o Storm é uma oportunidade única na vida. Eu seria idiota se desistisse.

— Nada — digo, abrindo um sorriso neutro como se não me importasse. — A gente não vai fazer nada.

— Ele traiu você.

Sinto o peito apertar ainda mais e penso naquela festa na época da universidade em que todos ficaram olhando, cochichando. O que ele disse para mim e como não esqueci daquilo mesmo depois de anos.

— Sabe o que eu fiquei sabendo? — Mantenho a voz baixa e a expressão simpática caso alguém olhe. — Todos viram que sou a físio dele, incluindo ele. Se mudarmos isso agora, todos vão saber...

Minhas palavras pairam no ar quando paro de falar. Quanto mais entramos nisso, mais erráticos ficam meus batimentos. Nem Pippa sabe da história inteira.

Não quero que ele saiba que me afetou e que ainda estou magoada pelo que aconteceu. Não gosto nem da ideia de Pippa saber o que aconteceu, mesmo sendo minha irmã e melhor amiga.

Sou eu que devo cuidar dela, e não o contrário.

— Passei dois anos no ensino médio estudando dobrado para que... — Estou prestes a mergulhar em meu arsenal de insultos, mas preciso convencer Pippa de que estou bem. — Para podermos estudar juntos na universidade.

Connor é um ano mais velho do que eu. Eu me matei de estudar para não termos que ficar separados. Fazia aulas de verão para me adiantar.

Os olhos dela se suavizam, e odeio isso. Odeio que ela se sinta mal por mim.

— Não vou fugir. — Eu me empertigo, jogo os ombros para trás, e finjo toda a energia forte e durona de que preciso agora. — Cheguei aqui primeiro e não pretendo ir embora.

Pippa abre a boca para falar alguma coisa, mas a interrompo.

— Estamos na sua festa de noivado. Por favor, *por favor*, não transforma isso em algo sobre mim, senão vou planejar outra. — Levo o dedo ao lábio, estreitando os olhos. — Já consigo até imaginar fotos suas da turnê coladas nas paredes. O Jamie ia adorar.

Ela bufa.

— Você é um perigo. — A expressão dela fica relutante enquanto estuda meu rosto. — Tem certeza de que está bem?

— Total. — Abro um sorriso radiante. Pela maneira como ela se encolhe, exagerei demais, mas dou um empurrãozinho para ela entrar no restaurante. — Vai. Socializa. Vai enfiar esse seu anelzão de noivado na cara de todo mundo.

Ela mostra a língua para mim e mostro a minha para ela em resposta antes de ela voltar para dentro do restaurante. Jamie estende a mão quando ela se aproxima e, por um momento, fico olhando para os dois. A mão dele está apoiada na cintura dela, mantendo-a por perto. O sorriso suave e afetuoso dela quando ergue os olhos para ele.

Como é, fico me perguntando, ser tudo para alguém? Confiar em alguém desse jeito?

Sinto um aperto forte no peito. Mulheres como Pippa conseguem um amor assim. Mulheres como eu? A gente fica no casual. Transo com um cara ou outro de vez em quando. É mais seguro assim. Ninguém cria expectativa e ninguém se machuca.

Entro de volta no restaurante, mas dou de cara com um peitoral largo e duro.

— Desculpa...

Rory Miller olha para mim com o sorriso arrogante e sarcástico dele. Todo o ar escapa do salão, e sinto aquele friozinho irritante na barriga.

— Achei você, Hartley.

Essa reação? Não é culpa minha. É tudo culpa do maldito carisma dele. Ergo o olhar para encontrar aqueles olhos azul-escuros avassaladores da cor de um mar agitado. Ele é uns trinta centímetros mais alto do que eu e está com o cabelo loiro-escuro um pouco comprido demais. As pessoas chamam isso aí de cabelo de hóquei. Complementado com o ar folgado de autoconfiança excessiva típico dele, até que combina.

Não que eu vá admitir isso.

Mas é esse sorrisinho dele que me dá nos nervos. Essa curvinha irônica e sedutora que fica o tempo todo em seus lábios. Exatamente o jeito como um superastro do hóquei sorriria, como se soubesse que pode conseguir qualquer coisa.

Odeio esse maldito sorrisinho arrogante de Rory Miller. Odeio tanto que não consigo parar de pensar nele.

Ele dá um passo para trás, percorre os olhos pela minha roupa — um vestido mídi vermelho-escuro com um decote em coração e uma saia justa que deixa minha bunda incrível — e dá um assovio.

— Você está bem linda hoje — diz ele.

E abre aquele sorriso sedutor de novo na minha direção, o que faz um nervosismo percorrer minha coluna. Estou calma, tranquila e nem um pouco interessada em Rory Miller, e se eu repetir isso para mim mesma várias vezes, pode até se tonar verdade.

Sinto um calor subir por meu pescoço e por minhas bochechas, e pigarreio.

— Obrigada. Agora me dá licença. — Começo a contorná-lo, mas ele entra na minha frente, bloqueando meu caminho.

— Admite. Você botou esse vestido para mim.

— Caraca, Miller. — Minha risada é despretensiosa. — O restaurante de repente ficou até apertado com todo o espaço que esse seu ego enorme ocupa.

Ele me lança uma expressão repreensiva de brincadeira.

— Vai, Hartley, agora é a sua vez de dizer que eu também estou bonito.

Meus olhos passam pelo terno que ele está vestindo. Ajustado perfeitamente a seu corpo alto e largo, foi claramente feito *sob medida* e foi *caro*, mas é do tecido azul-marinho intenso que acho difícil tirar os olhos. Tem o exato mesmo tom de sua íris.

— Você não precisa de massagem no ego. — Eu deveria sair andando, mas, em vez disso, bato a mão na cabeça numa frustração fingida. — Ai, meu Deus. Esqueci de reservar um lugar para a sua boneca inflável hoje.

O sorriso dele fica maior, e sinto um friozinho na barriga. Ele não tem uma boneca inflável de verdade, acho, mas essa é uma das minhas piadinhas favoritas.

— Ela tá de folga hoje — diz ele, a voz baixa quando se inclina com um sorriso safado e um brilho nos olhos. — Fez por merecer.

Uma risada revoltada ameaça escapar de mim, mas me seguro. Não vou rir das piadas de Rory Miller. Ele é basicamente uma criança, e rir só o encorajaria.

— Rory. — Donna, a mãe de Jamie, aparece com o fotógrafo que contratei. — Achei você. — Ela faz sinal para nós dois. — Vamos tirar uma foto.

Antes que eu possa responder que não estamos juntos, ele coloca a mão na minha cintura, puxando meu corpo mais para perto do dele. O perfume dele me envolve — quente, forte e amadeirado, com notas de sândalo e cravo. Seja pelo cheiro intensamente masculino ou pela forma como o corpo dele me esquenta, sinto um friozinho renovado na barriga.

— Relaxa — murmura ele no meu ouvido, apertando minha cintura. — Você está tão tensa.

O fotógrafo ajeita o foco enquanto eu conto os segundos para o jantar, em que coloquei Rory o mais longe possível de mim à mesa.

— A gente devia sair pra jantar qualquer hora — diz ele baixinho quando vem o clique da câmera.

Bufo ao mesmo tempo em que uma satisfação me percorre.

— Você só pode estar de brincadeira. Sua boneca inflável vai ficar com tanto ciúme.

O riso baixo que ele solta faz cócegas em minha bochecha.

— Tá tudo bem, eu levo ela também.

Rio de verdade dessa vez, e o flash dispara. Estrelas explodem.

— Que graça — fala o fotógrafo, sem parar de tirar fotos. — Que casal mais bonito.

Abro e fecho a boca feito um peixe. A câmera dispara de novo, e dou um passo para longe, me distanciando de Rory.

Ele desliza as mãos para dentro dos bolsos enquanto me observa, o olhar descendo para o meu decote, tão rápido que quase não noto.

— Por favor, Hartley.

— Eu não saio com jogadores de hóquei e tenho quase certeza de que você nem sabe meu primeiro nome.

O olhar dele fica ainda mais penetrante, e o sorriso, mais sedutor.

— Quer que eu diga seu nome com mais frequência, *Hazel*?

Um arrepio estranho me toma. A última coisa de que preciso é que ele use *essa* voz baixa e sedutora de novo.

— Não.

— Então vamos ser amigos.

Aquela curva na boca dele e a maneira como os olhos de Rory me perpassam me fazem balançar a cabeça. Ele não quer ser meu amigo. Ele gosta de flertar. Uma pessoa não chega aonde ele chegou numa carreira de hóquei sem ser incrivelmente competitiva, e minha rejeição é como erva-de-gato.

Com homens como Rory e Connor, é só uma questão de tempo até eles se entediarem e passarem para a próxima emoção.

— No ensino médio, Miller, você me chantageou para ser sua tutora. Usou seu status de jogador de hóquei talentoso e gostosão para conseguir o que queria. — Ele falou com o treinador de hóquei, que falou com o diretor, que falou com os professores. — No penúltimo e no último ano, me fez gastar duas tardes por semana com você. — Eu o encaro, ignorando a mecha de cabelo que caiu em seus olhos. — Amigos não fazem isso.

A verdade sobre por que não quero chegar nem perto dele não é bem essa, mas é tudo que vou admitir, ainda mais para ele.

Rory faz uma pausa antes de arquear as sobrancelhas.

— Você me acha gostosão?

Minha cara arde.

— Você só ouviu isso de tudo que eu te falei?

Ele dá de ombros, confuso.

— Fiz questão de que te dessem créditos extras pela tutoria.

Fico sem palavras, perplexa por um momento, porque não sabia que isso era obra dele. Pensei que estivessem só tentando me fazer aceitar o acordo sem causar problema.

Olho ao redor, procurando por Pippa, Jamie, Hayden, Alexei, qualquer pessoa. Mas todas elas já se sentaram para jantar.

— Vou me sentar.

Ele leva a mão ao meu braço para me impedir de sair de perto dele.

— Espera. — O sorriso arrogante some de seu rosto, deixando algo sério e sincero em seus olhos. — Ficou sabendo do e-mail que Ward mandou ontem à noite?

— Fiquei. Você é capitão agora. Parabéns.

Ele franze a testa, negando com a cabeça.

— Sobre o McKinnon — corrige ele, olhando para mim com atenção.

— Ah, puta que me *pariu* — suspiro, exasperada. — Por um acaso estou com uma placa nas costas que diz *Fale comigo sobre o meu ex podre!* ou qualquer coisa assim? Eu estou bem. Está tudo bem. — Junto as mãos e bato uma palma. — Tudo bem.

Ele cruza os braços sobre o peito largo.

— Você usou demais a palavra "bem".

Solto uma risada.

Ele perscruta meus olhos, e sinto o coração batendo na garganta com a preocupação que vejo em seu rosto. Ele está tão perto de enxergar a verdade que não estou bem; na real, estou surtando.

— Você ainda sente alguma coisa por ele?

Solto um barulho engasgado de incredulidade, e as pessoas em volta olham para a gente.

— Nem fodendo. A gente não vai falar disso.

Vergonha embrulha meu estômago. É isso que as pessoas pensam? Que ainda sou apaixonada por Connor depois de todos esses anos?

— Vou ver se falo com o Ward — ele diz baixinho, tão gentil e cuidadoso, nada parecido com a versão arrogante habitual que conheço. — McKinnon pode ser designado a um dos outros físios. Vou resolver isso pra você.

Se eu não o conhecesse, entenderia a preocupação em seus olhos como proteção. Sinto meu coração vacilar com a ideia de Rory Miller cuidando de mim como Jamie cuida de Pippa, mas me contenho.

Ele está querendo o que não pode ter. Só mais um movimento num jogo pelo qual não estou interessada.

— Não preciso da sua ajuda — respondo. — Não preciso de um guarda-costas, e não quero você interferindo no meu trabalho.

Ele solta um barulho de frustração e passa a mão no cabelo. A determinação que vejo em seus olhos me transmite a impressão de que ele vai me contradizer, mas ele engole em seco e concorda com a cabeça.

— Beleza — diz, apenas. — Não vou interferir.

— Obrigada.

Pelo resto da noite, fico ocupada com Pippa, Jamie e nossa família, mas toda vez que olho para a ponta da mesa, Rory está olhando para mim, ainda com aquela expressão protetora e preocupada.

3

RORY

— Hartley.

Três dias depois, estou na academia do time olhando para ela enquanto prepara a primeira sessão de físio do McKinnon.

Hazel coloca um peso no chão, evitando meus olhos.

O treinador entra pela porta, e aceno com a cabeça para ele, fazendo um sinal de *um momento* antes de me voltar para ela e baixar a voz.

— Só queria saber se você reconsiderou minha oferta de falar com Ward por você.

Os ombros dela ficam tensos.

— Você disse que não ia interferir.

— Eu posso ir com você se quiser, pra dar um apoio. Acho que ele escutaria mesmo que eu não estivesse por lá.

Ela solta um suspiro pesado. Aquele lábio farto e macio de Hartley está entre os dentes e há uma ruga entre suas sobrancelhas. Ela está nervosa.

Meus punhos se cerram ao lado do corpo. Minha cabeça está em parafuso pensando em como a expressão dela ficou tensa quando mencionei McKinnon na festa de noivado, pensando no raro instinto protetor que me atravessou com a ideia de ela ter que trabalhar com ele.

— Sei que você é durona, Hartley — digo, abrindo um sorriso para disfarçar a preocupação e o ciúme. — Só estou tentando evitar que mate o novo contratado.

Ela não ri, e meu peito se aperta. Por que ela se recusa a me deixar ajudar?

Fico olhando para o rabo de cavalo bonitinho que ela fez na nuca.

Os cílios escuros grandes ao redor daqueles lindos olhos cinza-azuis. A curva farta de sua boca.

— Não precisa.

Teimosa do caralho. Se eu não estivesse tão frustrado, até acharia fofo.

— Ele vai pedir desculpa — diz ela enquanto coloca os pesos livres no chão na frente do espelho.

— Como assim? — Não encontro esse cara há anos, mas sei como ele é. Caras do tipo dele? Nunca pedem desculpa. Meu pai é igualzinho.

Ela endireita o corpo, encontrando meu olhar.

— Ele me mandou e-mail. Disse que quer conversar.

Em minha cabeça, soa um alarme.

— Ele deve estar querendo voltar.

— Duvido — responde ela, fazendo uma careta — e, mesmo se quiser, não vai rolar.

O alarme para. Já é um alívio, pelo menos.

— Ele vai pedir desculpa — repete ela —, e vou seguir minha vida.

Ela simplesmente vai aturar o cara durante o ano inteiro?

— Ele é um cuzão.

— Você também é.

Errada ela não está. Disfarço a sensação ruim com um sorriso arrogante.

— Sim, mas do meu tipo de arrogante você gosta.

Ela está prestes a disparar uma resposta inteligente na qual tenho certeza de que vou passar o dia todo pensando quando McKinnon entra pela porta, e a postura dela muda. Ela fica tensa quando ele a vê, e um sorrisinho nauseante e predatório se abre no rosto dele.

Odeio isso. Ela está sendo obrigada a trabalhar com ele, e não tem nada que eu possa fazer.

— Rory. — Ela se vira para mim, implorando com os olhos.

Sinto meu peito apertar. Nunca usamos primeiros nomes. Nunquinha. Nem quando estávamos no ensino médio.

— Por favor — pede ela, sustentando o olhar, a preocupação estampada em seu rosto. A versão que estou vendo dela é muito diferente da mulher competitiva e confiante com que amo implicar. — Só quero fazer meu trabalho.

McKinnon está vindo na nossa direção, mas meu olhar se fixa no dela, vasculhando seus olhos. Seria bem fácil de a gente resolver isso se ela só me deixasse ajudar. Sinto o impulso de jogá-la em cima do ombro e carregá-la direto até a sala do Ward, mas aí talvez ela me mordesse, e talvez eu gostasse.

Pensamentos intrusivos, acho que é o nome disso. Falei para ela que não interferiria, por mais que eu esteja certo.

— Beleza. — Respiro fundo e consigo sentir meus dentes rangendo.

— Olha ela aí.

McKinnon a cumprimenta como uma velha amiga, mas vejo os ombros dela tensos. Meus instintos protetores crescem, e enrijeço minha postura, abrindo meu sorrisinho característico.

A atenção dele se volta para mim, e o sorriso em seus lábios fica ácido. Sempre fui alguns centímetros mais alto do que ele, e eu sei que isso é primitivo e idiota, mas sinto uma satisfação doentia.

— McKinnon. — Cumprimento com a cabeça.

Hartley pode ter negado minha ajuda, mas meu corpo está pulsando de possessividade. De repente entendo como Streicher deve ter se sentido no ano passado quando eu estava passando um tempo com a Pippa.

O olhar frio dele encontra o meu, desafiando-me.

— Miller. Ainda em cima da Hazel, né? Tem coisas que nunca mudam.

Porra, como odeio esse cara. Uma força competitiva revira meu estômago, retorcendo-se e crescendo através de mim, e meu maxilar fica tenso. Baixo os olhos para Hartley, dando a ela uma última chance de aceitar minha oferta.

O olhar dela brilha com ênfase quando o volta para onde meu treinador aguarda.

— O Rory já estava de saída para o treino dele.

Todos os meus instintos estão gritando para que eu fique, para que continue ao lado dela para o caso de esse babaca dizer ou fazer alguma coisa que a chateie, mas, em vez disso, volto meu sorrisinho irritante para McKinnon.

Vou trombar nesse filho da puta com tanta força durante o treino...

— A gente se vê, Hartley — digo, enquanto encaro McKinnon de cima a baixo.

Mal presto atenção no treino, ainda concentrado em Hartley e McKinnon do outro lado da academia, atento a qualquer conflito, observando a linguagem corporal dela para ter certeza de que está bem.

Não confio nada naquele cara.

4

HAZEL

Para meu extremo alívio, não me sinto mais atraída por Connor McKinnon.

Percebo que ele sempre foi bonito, mas de uma forma meio feia, tipo um vilão de *Game of Thrones*. Tudo bem que ficar do lado de Rory deixa qualquer pessoa menos atraente.

Sinto meu coração apertado enquanto passo os exercícios de físio para ele, e nunca prestei tanta atenção e cuidado na forma como estou me portando.

Se for grossa com ele, vou parecer a ex amargurada e cínica. Que é exatamente o que eu sou, mas não quero que ele saiba disso. Meu maior medo é que ele saiba que tinha poder sobre mim.

Se for simpática demais, ele vai pensar que quero voltar. Mais uma confusão em que não quero me meter.

Por isso, estou tratando Connor com profissionalismo, como trataria qualquer outro jogador e, por dentro, estou surtando. Ele faz um afundo, olhando para si mesmo no espelho. Nem está observando se está fazendo certo; está apenas encarando o próprio rosto bonito-feio.

— Cuidado com o joelho — digo, quando a articulação cede.

Ele ajusta o corpo e volta a se encarar com aquele sorrisinho idiota.

Ainda não comentou sobre o e-mail que me mandou hoje cedo: *Ansioso para nossa sessão de físio. Tem uma coisa que queria te dizer.* Talvez ele esteja esperando a sessão acabar.

Ele vai pedir desculpa. O que mais ele poderia querer dizer? Vou conseguir o desfecho de que preciso para deixar o passado para trás. O que ele fez e disse foi terrível, mas se ele sente remorso? As coisas mudam de figura.

Na minha cabeça, escuto as palavras que ele me disse no meio daquela festa com o braço ao redor de outra menina.

Eu nunca disse que a gente era exclusivo. Quem disse isso foi você.

Estou entediado.

Meninas como você não ficam com homens como eu para sempre.

Inspiro fundo para conter a náusea. Isso aconteceu anos atrás. Não sou mais aquela menina, a que se dissolvia na vida do namorado.

Olhando de canto de olho para onde Rory está se exercitando com o treinador dele, fixo meu olhar no dele. Rory arqueia uma sobrancelha para mim como se perguntasse *tudo bem aí?*, mas desvio o olhar.

Rory não se importa com ninguém além de si mesmo, então não sei por que está tão decidido a me ajudar. Já vi a facilidade com que ele parte o coração de uma mulher.

Quando termina os exercícios, Connor fica tenso e movimenta a coxa para trás e para a frente, e tenho um flashback desagradável de anos atrás de massagear aquele músculo. Ele tem problemas na virilha desde que sofreu uma lesão em nosso primeiro ano da faculdade.

— Será que a gente teria tempo para você me fazer uma massagem? — ele pergunta. — Minha virilha está dolorida de passar o dia todo sentado num avião.

Preciso de todo o esforço disponível em mim para não demonstrar repulsa.

Massoterapia é parte normal do meu trabalho. Se fosse qualquer outro jogador, eu não hesitaria. Esses caras levam uma surra no gelo, e minha intenção aqui é fazer o possível para que eles se sintam melhor e joguem por mais tempo.

Mas estamos falando do Connor. Não quero nem respirar o mesmo ar que ele, que dirá tocar nele, embora, se eu o tratar de maneira diferente dos outros clientes, vou dar a entender que ele me afeta.

É só fazer o que ele está pedindo de uma vez, digo a mim mesma.

— É, a gente ainda tem uns minutos. Pode deixar — digo, apontando para uma das macas do outro lado da academia para os físios e massoterapeutas.

Ele me segue e se deita na maca, puxando o short para cima enquanto tiro o óleo de massagem do armário.

Ele já fez isso antes. Eu também. É uma coisa completamente normal. Não vai ser esquisito.

Passo o óleo na palma das mãos e, quando coloco as mãos nele, tento me concentrar na tensão de seus músculos sob meus dedos enquanto aperto e deslizo, mas minha cara está pegando fogo.

Eu fazia isso para ele anos atrás. Quando a gente fazia isso...

Ai, Deus. Sinto a pele arrepiar.

Ele ficava excitado e tudo acabava em sexo.

Argh. Meu estômago se revira de mal-estar. Odeio tudo nessa situação, mas também odeio a vergonha que estou sentindo. Seria um momento *fantástico* para ele pedir desculpa.

Será que as outras meninas com quem ele dormia quando estávamos juntos faziam isso por ele?

Encontro o olhar dele, e meu coração dispara assim que ele nota meu rosto vermelho. Um sorrisinho lento se abre em seu rosto, como se ele tivesse me flagrado fazendo algo que eu não deveria.

— Então — começa ele, colocando as mãos atrás da cabeça. — Acho que estamos num bom momento para bater um papinho rápido.

Sinto o estômago revirar de nervosismo, mas mantenho a expressão neutra. O músculo está relaxando embaixo de minhas mãos, graças a Deus.

— Manda ver.

Quando ele pedir desculpas, vou perdoá-lo. Não vou jogar nada na cara dele. Só quero seguir em frente.

Ele ri de leve, baixando as mãos para a parte interna da coxa com um sorriso conspiratório.

— Levando em conta nossa história, será que você conseguiria ser profissional durante a temporada?

Minhas mãos param. Sim, ele acabou de dizer isso. O enjoo em meu estômago começa a subir, fervendo, e tiro as mãos dele.

— Quê?

Ele me lança um olhar sacana, como se estivéssemos dividindo um segredo.

— Ah, vá. Você ser minha físio este ano foi uma coincidência e tanto, e agora isso? — Ele aponta para a parte interna da coxa.

Uma sensação estranha me atravessa, latejando, mais forte a cada vez que meu coração pulsa. Sinto como se eu estivesse caindo, como se meu estômago estivesse subindo pela garganta.

Ele faz uma careta.

— Só quero garantir que as coisas não vão ficar esquisitas entre a gente este ano.

Ah, Hazel. Errada de novo. Chega a ser ridículo como você se engana sobre os homens.

Ele não vai pedir desculpa. Ele acha que eu estou *tentando voltar com ele*. Depois do que ele fez e disse, acha que eu ainda tenho qualquer interesse nele.

Para o Connor, eu ainda sou a pessoa que saiu daquela festa aos prantos enquanto todos fofocavam sobre mim aos cochichos. Sou a menina que fez cursos de verão para ir atrás dele na faculdade feito uma idiota sem noção de tão apaixonada.

Eu *não* sou mais aquela pessoa.

Sinto a raiva se infiltrando em meu sangue, seguida por uma necessidade intensa de provar que ele está errado.

— Eu não pedi para ser sua fisioterapeuta. — Minha voz está estranha. Tensa.

Ele arqueia uma sobrancelha.

— Não? — Está na cara que ele não acredita em mim.

— Não. — Agora a vergonha fecha minha garganta. *Grudenta*, lembro de ele me chamar.

Meninas como você não ficam com homens como eu para sempre. Nossa, mesmo agora, as palavras me cortam.

Quero tanto, mas tanto, provar que ele está errado.

Do outro lado da academia, Rory ainda está olhando para a gente. Ele passou a sessão inteira de olho. O desejo dele de ajudar mais cedo pulsa em meus pensamentos.

Ele ergue um peso, encarando meu olhar e flexionando o bíceps e o tríceps. Por mais que ele seja uma babaca arrogante, Rory Miller é extremamente bonito. Consigo entender por que as mulheres ficam caidinhas por ele, mesmo eu não sendo uma delas.

Espera.

Eles se odeiam, Rory e Connor. Nunca se deram bem. Vão passar a temporada toda brigando. Rory é um jogador melhor do que Connor e, embora Connor nunca tenha admitido, é por isso que ele não gosta de Rory.

E Connor deixou claro que eu nunca conseguiria nada melhor do que ele.

Rory é o único jogador do time cujo ego consegue ser ainda maior do que o de Connor. Ele é prepotente, arrogante, supercompetitivo e, mais que tudo, odeia Connor quase tanto quanto eu. Como se conseguisse ouvir meus pensamentos, a boca de Rory se curva num sorriso, uma sobrancelha se erguendo.

Tão metido, tão confiante.

A parte de trás da minha escápula formiga enquanto encaro o olhar dele no espelho. Estou prestes a fazer algo muito idiota, mas não estou nem aí. Faria qualquer coisa para me livrar dessa sensação envergonhada e indefesa. O desejo de irritar meu ex me venceu.

Invoco a piranha diabólica e imperturbável dentro de mim e abro um sorriso perplexo para Connor.

— Pera, você sabe que eu e o Rory estamos juntos, né?

Meu coração acelera quando olho para ele para observar a reação que tem àquela notícia. O que vale muito a pena enquanto a expressão dele passa de petulante a confusa antes de ele finalmente olhar para Rory e ficar claramente furioso.

— Sério? — pergunta Connor, olhando feio para Rory do outro lado da academia. — O Miller?

Sou um furacão de raiva e vingança feminina, e vou levar essa merda até o fim.

O treinador de Rory fala alguma coisa, mas ele não está prestando atenção; está apenas alternando o olhar entre mim e Connor.

Dou um aceno sedutor para ele, balançando os dedinhos. Os olhos dele se iluminam de vitória e divertimento, e me controlo para não revirar os olhos enquanto ele volta o sorriso largo para Connor.

Cara, o Rory vai ficar insuportável quando souber o que está rolando.

— Aham. — A pergunta que ele me fez momentos atrás, sobre ser profissional, ainda ressoa em mim, e meu sangue se enche de raiva de novo, mas continuo a sorrir.

Preocupação enche meu peito. Rory é gato até demais, e consegui manter distância até agora com farpas afiadas e ironias leves, mas ele não vai sair de cima de mim, murmurando em meu ouvido e colocando a mão em minha cintura com aquele charme intenso e fazendo todo o possível para tirar Connor do sério.

Minha parte fraca e vulnerável se preocupa com os sentimentos que podem rolar. Que talvez eu me apaixone por ele.

Esfrego as pontas dos dedos umas nas outras e, quando sinto o óleo de massagem na pele, mais uma dose de lava derretida de fúria se infiltra em meu sangue.

Rory também é um jogador de hóquei mimado que teve tudo que quis de bandeja. Não vou criar sentimentos por ele. Connor é um lembrete do que aconteceria se eu perdesse isso de vista.

Com a ajuda de Rory, vou fazer Connor se arrepender do que fez.

5

RORY

— Bom. — Eu me sento ao lado de Hartley no banco depois que McKinnon sai. — Parece que alguém aqui mudou de ideia.

Abro um sorrisinho charmoso e aceno com o dedo de um jeito feminino, balançando a mão e ajeitando um cabelo imaginário atrás da orelha.

A boca de Hartley fica tensa como se ela quisesse rir. É uma boa trégua daquela versão tensa e nervosa que passei a última hora observando que nem um falcão.

— Tá me imitando?

— Imagino que o pedido de desculpa do McKinnon não tenha saído do jeito que você esperava.

Todo humor desaparece de sua expressão.

— Ele disse, hm... — As narinas se alargam, e ela respira fundo como se estivesse tentando não botar fogo na sala.

— O quê?

— Ele deu a entender que quem tinha pedido para ser físio dele fui eu. — O rosto dela fica vermelho. — Tipo, como se eu fosse obcecada por ele.

Eu vou matar esse cara.

— Sério?

Um arrepio a perpassa, mas ela se sacode.

— E depois teve o lance da virilha.

Ah, eu lembro. Quase perdi a cabeça ao ver o desconforto dela enquanto massageava ele. Ver a maneira como ele olhou para ela. Mesmo agora, um ciúme ardente se revira em minhas entranhas.

A língua de Hartley toca o lábio superior e ela volta um olhar relutante para mim.

— Falei pra ele que a gente está junto.

Meus pensamentos param antes de um sorriso se abrir em meu rosto.

— *Sério?*

Puta merda. Este dia acabou de ficar muito melhor. Meu sorriso vai de orelha a orelha agora enquanto o rubor dela se intensifica. Ela fica fofa pra caralho quando está assim sem graça.

Ela baixa os olhos, contorcendo os dedos.

— Eu, hm, queria muito me vingar dele, e ele te odeia. — Então ergue o olhar para ir de encontro ao meu, hesitante. — Porque você joga melhor que ele.

— Ah, eu sei. — Meu coração bate no peito como um beija-flor. Gosto muito, mas muito mesmo, dessa reviravolta.

— Se não quiser fazer isso...

— Nada, pode deixar. — Sorrio para ela como se estivesse num bendito comercial de pasta de dente. — Eu faço com o maior prazer, Hartley.

Os olhos dela se fecham enquanto sacode a cabeça.

— Eu sabia que você ficaria se achando. Beleza, então a gente precisa definir os termos. — Ela está com aquela carinha pensativa. — A gente namora por metade da temporada. Até primeiro de janeiro. — O olhar dela se volta para mim, reflexivo. — Ou antes, se um de vocês acabar sendo negociado para outra equipe.

Sinto um peso no peito. Mesmo sendo capitão, se Ward não gostar do meu jogo, estou fora.

— Primeiro de janeiro. Combinado.

— Você não pode sair com outras meninas enquanto estivermos fingindo estar juntos. Vai estragar a ilusão.

— Aham, perfeito. — Não vai ser um problema tão grande na minha situação atual.

Ela me lança um olhar de esguelha.

— Por que está concordando com isso assim tão fácil?

Imagino a gente se beijando enquanto McKinnon observa com raiva e sinto o sangue correr direto para o meu pau. Meu olhar se volta para a boca de Hartley. Aposto que os lábios dela são macios. Parecem macios.

Vejo a surpresa surgir nos olhos dela. Merda. Ela fez uma pergunta, e se eu disser que estou a fim dela vou acabar por afastá-la de mim.

— Ah. — Hazel fecha a cara. — Entendi tudo.

Pânico aperta meu peito.

— Você quer passar uma boa imagem como capitão — deduz ela.

— Sim — respondo rápido, aliviado. — Exato.

— Hm — diz ela, pensativa. — Os torcedores foram à loucura quando Jamie e Pippa começaram a namorar.

Limpa sua imagem essa temporada, Ward disse na reunião que tivemos na sala dele.

Um jogador de hóquei com uma menina fofa da cidade é o jeito mais rápido de melhorar uma reputação.

Quer dizer, eu não diria que a Hartley é assim tão *fofa*, mas ela é querida pelos jogadores e pela organização. Ward está querendo um cara responsável, e Hartley é o caminho para isso.

— Beleza, então. Eu interpreto o papel de namorado dedicado e faço tudo o que estiver ao meu alcance para irritar o McKinnon — digo —, desde que você me ajude a parecer o capitão de que o time precisa. O Ward quer alguém com uma imagem imaculada. Você é ótima no seu trabalho, e todo mundo te adora.

Os lábios de Hartley se entreabrem de surpresa.

— Valeu.

— Só estou mandando a real.

Encolho os ombros, pigarreando. A gente se provoca, mas não se elogia assim. Não sei por que isso aí escapuliu.

— Vou precisar que você vá a eventos comigo e tal. Tem um evento beneficente em dezembro e o jogo da Liga Clássica na véspera de Ano-Novo.

Vai ser num resort de esqui da cidade. Não conta para a temporada, mas os times vestem os suéteres de hóquei originais e jogamos num rinque ao ar livre. É um lance meio nostálgico.

— Vou conversar com o Ward sobre a gente — acrescento —, mas não acho que isso vá ser um problema.

Pippa e Streicher começaram a namorar no ano passado, quando Pippa trabalhava para o time.

— Valeu. — Ela mexe nas pontas do cabelo, girando-as entre os dedos. — Vou estar no jogo da sexta. Connor vai jogar, certo?

Faço que sim com a cabeça e consigo ver as engrenagens girando atrás de seus olhos.

— Vou sentar do lado da Pippa, e a gente sai com o time depois. Tenho certeza de que ele vai estar lá. Vai ser o nosso momento de... — meu olhar encontra o de Hartley e ela parece perder a linha de raciocínio. — Quer dizer, todo mundo vai ver a gente junto.

— E você vai estar vestindo minha camiseta. — Sinto um orgulho dentro do peito quando penso nessa imagem.

— Hm. Não. — Ela faz uma careta. — Não visto a camiseta de homem nenhum.

Ela usava a de McKinnon, mas decido não mencionar isso.

— Se quiser irritar McKinnon, é tudo ou nada. Vai usar, sim.

Ela encara meu olhar por um longo momento antes de me dar um aceno minúsculo.

— E quero contar o plano para Pippa. Senão ela não vai acreditar.

— Acha que não consigo ser convincente? — Penso na sensação da cintura dela na minha mão, naquele cheiro incrível para cacete que sinto em seu cabelo. — Talvez seja bom falar sobre limites, caso eu vá longe demais. Sabe, definir uma palavra de segurança e essa merda toda.

Determinação e fúria brilham nos olhos lindos dela.

— Eu tô bem a fim de sacanear ele. — Faz uma pausa. — Então não existem limites.

Jesus Cristo, como Hartley é sexy quando está irritada! Percebo que já estou meia-bomba. Meus olhos descem para sua boca.

— Sem palavra de segurança, então. Entendido.

— Miller.

— Quê? — Ainda estou encarando sua boca.

— Vai ser de mentirinha.

— Tô ligado.

— Não cria sentimentos.

— Não vou criar. — Será que ela vai me deixar beijá-la na frente de McKinnon?

Ela baixa a cabeça para encarar meu olhar.

— Você precisa concordar com isso sem ficar encarando minha boca e babando.

Deixo escapar uma risada e pisco para ela.

— Eu não estava babando.

Ela revira os olhos, mas está sorrindo. Pigarreia.

— Sério. Não cria sentimentos, porque eu não vou criar.

Perigoso. Esse jogo que estou querendo jogar com ela é perigoso pra caralho. Ela vai acabar me conhecendo bem demais e vai querer fugir gritando para o outro lado. É assim que a coisa funciona para homens como eu e meu pai.

Mesmo assim, decido estender a mão para apertar a dela.

— É só encenação. — Adoro como os olhos dela brilham com interesse quando entro no espaço dela. — Não precisa nem repetir.

Minha mão envolve a dela, e meu olhar se estreita para onde estamos nos tocando. A mão de Hartley é delicada, macia e se encaixa de forma perfeita na minha. Ela é tão linda, maldosa e perfeita, e sei que essa merda vai acabar comigo.

— Ah, Hartley. — Abro meu sorriso petulante de sempre. — Isso vai ser tão, mas tão divertido.

6

HAZEL

Pippa já está na arquibancada quando chego adiantada para o jogo na noite de sexta. A arena está cheia de torcedores empolgados, um mar de uniformes azuis e cinza do Storm, e está tocando rock, animando todo mundo ainda mais. Meu corpo transborda energia enquanto sigo para nossos lugares atrás do gol segurando um pretzel e uma cerveja.

— Oi. — Eu me afundo na cadeira. — Desculpa por ter demorado tanto. A fila da lanchonete estava absurda.

Mentira. Fiquei enrolando e dei três voltas na arena antes de finalmente entrar na fila.

Sem dizer uma palavra, o olhar de Pippa desce para a camiseta que estou vestindo e as sobrancelhas dela se erguem.

Estava em cima da minha escrivaninha hoje à tarde, dentro de uma caixa de presente. Apesar de minha aversão a usar o nome de um atleta nas costas como se eu fosse uma propriedade dele, Rory tem razão. Preciso ser convincente.

Ela ainda está encarando.

— Você está de uniforme?

Dou uma grande mordida no pretzel para dar tempo de escolher minhas palavras. Isso vai soar tão idiota em voz alta.

— Hazel. — Agora ela está *mesmo* curiosa. — Vira.

Engulo a mordida que dei.

— Quando vai começar a trabalhar no próximo álbum?

Cara, eu sou uma bundona. Sinto o nome do Miller praticamente queimando minhas costas.

— *Hazel*. De quem é o nome nas costas da sua camiseta?

Minha boca está seca, e esse pretzel está com gosto de cola. Mas o que é que eu vou fazer, ficar sentada aqui nesse exato lugar até ela ir embora do estádio?

Eu me viro para que ela consiga ler.

— Não é o que parece.

Ela fica perplexa.

— Tem alguma coisa rolando que eu não sei?

As luzes na arena diminuem, e uma explosão de gritos ressoa quando os jogadores entram no rinque. Ao passar patinando por nós, Rory pisca para mim com um sorrisinho arrogante. Connor está logo atrás dele.

Chegou a hora. Agora a gente começa a fingir. Por mais que eu não queira fazer isso, temos um acordo, e tanto eu como Miller precisamos fazer a nossa parte.

Abro meu sorriso frio de sempre para Rory e pisco em resposta. O sorriso dele se alarga ainda mais, e ele sai patinando. Quando Connor volta o olhar para me ver sentada aqui, satisfação pulsa pelas minhas veias.

Vai se foder, Connor.

Pippa me lança olhares confusos durante os hinos e, quando nos sentamos, baixo a voz enquanto os jogadores se posicionam para o começo da partida.

— Não estamos ficando de verdade. — Torço as mãos. Vai soar tão idiota quando eu disser em voz alta. Sinto meu estômago revirar ao ver Connor no banco, e sai tudo de uma vez. Conto para a Pippa sobre o e-mail dele no outro dia de manhã, sobre como pensei que ele fosse pedir desculpas e o que ele realmente disse.

— Que filho da puta — murmura ela, observando meu rosto, e pânico cresce dentro de mim.

Não quero que Pippa saiba o efeito que Connor causou em mim. Ela é minha irmãzinha, e sempre demonstrei para ela que eu era a irmã mais forte. Quando nossos pais quiseram que ela abandonasse a carreira musical e consideraram apenas hobby, fui eu que insisti para que ela seguisse os próprios sonhos. É pra mim que ela vem fazer perguntas sobre a vida; nossa relação sempre foi assim. Sou eu que cuido dela, e não o contrário.

Não quero que ela saiba como fiquei magoada. Não quero que se preocupe comigo.

— Eu e Miller fizemos um acordo. — Explico que ele quer parecer um capitão melhor para o Ward este ano e que ficou mais do que feliz em me ajudar a esfregar que estou melhor na cara do Connor.

Ela me examina com um olhar de esguelha.

— Você odeia o Rory. Não deveria se importar com essa coisa de ele querer ser capitão.

Abro a boca para contestar. Depois do que ele fez com minha amiga no ensino médio, sei que ele é como qualquer outro atleta que consegue tudo que quiser sem consequências.

Mas não chego a *odiar* o Rory.

Ficamos olhando uma disputa de disco entre os jogadores na outra ponta do rinque.

— Eu só me importo porque fiz um acordo com ele. Sabe, no fim, é só até janeiro. Pode contar para o Jamie, mas pede, por favor, para ele não espalhar.

Os olhos de Pippa se estreitam como se não acreditasse em mim antes de um sorriso sarcástico se abrir em sua boca e ela apontar o queixo para a minha camiseta.

— Ficou ótima em você. — Ela ergue as sobrancelhas. — Muito fofa.

— Cala a boca.

— Ele acertou até o tamanho e tudo.

— Contei tudo isso pra que você me apoie. — Lanço um olhar incisivo para ela. — Não para que tire sarro de mim.

— Eu *estou* te apoiando. — Ela pega o celular e abre a câmera. — Mas gosto de dar uma zoada também. Sorria como se estivesse dormindo com Rory Miller.

Rio da insanidade da piada, e ela tira uma série de fotos.

— Ai, meu Deus. Jamais.

Quando ele passa, nossos olhares se encontram. Ele sorri e gesticula um *oi* com a boca antes de seguir em frente.

— Ai, meu Deus — uma mulher diz atrás de nós. — Aquilo foi para mim?

— Não — a amiga responde. — Foi para ela.

Sinto a nuca arrepiar.

— Aquela do lado dela é a noiva do Jamie Streicher — sussurra a mulher, e Pippa sorri para mim. Elas não fazem ideia de que conseguimos ouvir cada palavra.

— O papai vai ficar tão feliz — acrescenta Pippa, olhando para Jamie do outro lado do rinque. No segundo tempo, ele vai estar no gol que fica bem na nossa frente. — Ele gosta do Rory.

Solto um resmungo. Nosso pai é fanático por hóquei. Nem pensei nesse aspecto do acordo.

— Se a mamãe e o papai comentarem, diz que não é sério — respondo.

— Você não namora ninguém desde o Connor. — Ela me lança um olhar. — Eles vão ficar empolgados.

Há uma agitação no rinque à nossa frente. Rory acerta o disco no gol, e um barulho irrompe na arena. Os torcedores se levantam de um salto, comemorando enquanto as luzes piscam e os jogadores do Vancouver cercam Rory. Pippa leva a mão ao meu ombro e arregala os olhos, puxando-me para ficar em pé.

— Bate palma — sussurra ela. — Finge que tá feliz por ele ter pontuado.

Constrangida, começo a bater palmas, e Pippa ri, o que me faz rir também.

— Não quero que a mamãe e o papai fiquem apegados — digo, quando nos sentamos. — Ele tem os próprios pais.

A testa de Pippa se franze.

— Que foi? — questiono.

— Rory precisa de pessoas melhores na vida dele.

Bufo.

— Com aquele ego? Eu aposto que ele comia lanchinhos numa bandeja de ouro depois da escola. — Eu o acho do outro lado do vidro, atravessando o gelo em alta velocidade com o disco. — O cara nunca deve ter ouvido um "não" na vida sequer. Aposto que era um moleque mimado.

A boca dela se contorce.

— Ele não fala muito com a mãe, e acho que o pai não era como o nosso. Já viu Rick Miller na TV?

Não assisto programas esportivos. Mas Rick Miller é uma lenda do hóquei canadense. Todo mundo já ouviu falar no nome dele.

— Sinceramente? — Ela faz uma careta. — Ele é meio escroto. É mais agente do Rory do que pai dele.

Uma pontada de dor me atravessa.

— Quando fui para casa no mês passado — continua ela —, o papai tinha enquadrado o ingresso do meu primeiro show em Vancouver.

Eu e Pippa crescemos em North Vancouver e, quando saímos de casa, nossos pais se aposentaram e se mudaram para Silver Falls, uma cidadezinha de esqui no interior da Colúmbia Britânica.

Sinto amor transbordar do meu peito.

— Ken Hartley é o melhor, mesmo.

— Sim — ela concorda, com um sorriso saudoso. — Ele é.

Eu e Pippa temos o melhor pai do mundo, e posso até não gostar de Rory, mas não desejo um pai ruim para ele.

— Eles comentaram de vir para cá no mês que vem. A gente devia convidar a mamãe para uma das suas aulas. — Pippa ergue as sobrancelhas. Além de ser da equipe de fisioterapeutas do time, dou aulas de yoga num estúdio e por Zoom. — Acho que seria divertido.

Sinto o estômago afundar enquanto assisto ao jogo. Hayden empurra o cara do outro time contra os painéis bem na nossa frente.

— Acho que não vai rolar.

— E se você for devagar com ela? Não precisa começar direto com uma aula de hot yoga.

O apito toca quando o árbitro marca uma penalidade, e as pessoas ao nosso redor discordam aos gritos. Solto um longo suspiro, pensando na melhor maneira de formular minha resposta para Pippa.

— Ela não fica à vontade em roupas de yoga — explico. — Estar num estúdio de yoga faz ela lembrar demais de como o corpo dela mudou desde que ela dançava. — Nossa mãe foi bailarina da adolescência até mais ou menos a casa dos vinte. — Ela não vai topar.

Massageio o esterno, passando a mão na frente do uniforme enquanto penso nela.

— Quantas vezes ela se xingou quando você foi para a casa dela? — pergunto. — Quantas vezes fez comentários autodepreciativos sobre o próprio corpo ou disse que estava de dieta?

Pippa engole em seco.

— Muitas.

— Então. — Encaramos o rinque, e sei que Pippa está pensando o mesmo que eu.

Queremos que nossa mãe seja mais do que isso. Queremos que ela se ame. É por isso que vou abrir meu próprio estúdio fitness um dia. Todos têm o direito de se movimentar e de se sentir bem com o próprio corpo. Todos merecem amor-próprio.

Os torcedores gritam, e volto a atenção para o jogo. Rory rouba o disco, saindo do fuzuê de jogadores feito uma bala. Ele está patinando em direção ao gol na frente de mim e de Pippa. Está se movendo tão rápido que os patins dele mal tocam o gelo, ágil e demonstrando total domínio. Eu hesito com a expressão que vejo em seu rosto, tão poderosa e focada e, ao meu redor, os espectadores se preparam.

Só vejo o disco quando ele já está na rede.

Barulho explode — torcedores gritando, a música tocando, a buzina soando —, e luzes piscam ao redor do gol.

Uma sensação estranha e orgulhosa me atravessa enquanto os jogadores se reúnem ao redor de Rory, comemorando.

— Admite — diz Pippa, bem alto por causa do barulho. — Isso foi incrível.

Bufo, rindo contra a minha vontade.

— Não conta pro Miller.

Os jogadores se separaram para o recomeço da partida e, quando Rory se vira, eu me preparo para revirar os olhos diante do sorriso arrogante dele.

Mas a expressão que vejo ali é vazia, indiferente e cansada. Uma expressão de cansaço emocional, aquele tipo de cansaço que exaure e faz com que qualquer um sinta que nada nunca vai melhorar. A fisionomia dele expressa a mesma exaustão que sinto depois de ouvir minha mãe listar os próprios defeitos, todos os motivos por que o corpo dela já não é mais tão bom. Uma sensação crescente de pavor se forma dentro de mim, e sinto uma pitada de remorso.

Era para Rory Miller ser um babaca metido a besta que consegue tudo que quer, não um jogador de hóquei sofrendo de burnout com um pai escroto.

Antes que eu consiga pensar mais sobre isso, o disco sobra e Rory o domina. Assim que ele o dispara e atinge o lado de fora da rede, um jogador do outro time o empurra contra o painel, apertando seu rosto e seu capacete contra o vidro.

Os torcedores gritam pedindo uma penalidade enquanto o árbitro toca o apito. Rory fica tenso, massageando o lábio. Está sangrando.

— Merda — sussurro. — Será que ele está bem?

O olhar de Pippa se volta para mim.

— E você liga?

Penso em como a mão dele estava quente na minha no outro dia e no rastro arrepiante de faíscas que o toque dele deixou em minha pele.

— Não. — Dou de ombros. — Mas também não quero que ele se machuque.

Ela me olha de esguelha, mas seus lábios se curvam para cima.

— Interessante.

O som de uma batida no vidro nos faz erguer a cabeça. Rory está esperando do outro lado, o lábio já inchando. Consigo sentir mil olhos em nós. Ele aponta para mim, depois toca no queixo. Os olhos brilham com provocação.

— Ai, meu Deus. — Minha cara arde e quero desaparecer.

— Um beijinho para sarar — diz ele através do vidro.

Minha pele está pegando fogo.

— *Não*. — Lanço um olhar bravo para ele.

— Eu estou precisando — insiste ele, ainda sorrindo. — E preciso que seja seu.

Estou suando embaixo dessa camiseta idiota. Meu rosto aparece no telão. O que significa que estou sendo transmitida na TV. Ai, Deus.

— Beija! — alguém grita às minhas costas, e Pippa desata a rir.

— *Beija, beija* — os torcedores atrás de mim começam a cantar, e fico de queixo caído.

Isso não pode estar acontecendo.

— Hartley — chama Rory com um brilho nos olhos, batendo o bastão no vidro de novo. — Está todo mundo esperando.

Ele não vai desistir. Atrás dele, Connor encontra meu olhar, esperando ao lado dos outros jogadores com uma expressão de desinteresse, como se não se importasse, mas me lembro que ele costumava reclamar de toda a atenção que Rory recebe no gelo.

Penso no sorrisinho sarcástico dele quando minhas mãos estavam em sua coxa, e sinto meu interior explodir numa raiva forte e ardente.

Eu vou matar o Rory mais tarde, mas, pelo menos por agora, inclino meu corpo para a frente. Ele vira o queixo para que fique colado no lado dele do vidro. As pessoas começam a comemorar e assobiar quando fico na ponta dos pés e dou um beijo do meu lado do vidro, torcendo para estar limpo.

Gritos explodem enquanto Rory aperta o peito. Ele me lança uma piscadinha antes de sair patinando.

Tão, mas *tão* arrogante.

O time inteiro do Vancouver Storm olha para mim num misto de confusão e entretenimento. Os olhos de Hayden ficam arregalados. Connor passa por ele de cara fechada.

Foi constrangedor, mas funcionou.

— Agora todo mundo sabe — solta Pippa, com um sorriso.

O jogo é retomado, mas não consigo parar de pensar no que vai acontecer mais tarde, quando formos encontrar todo mundo no bar.

O Rory é imprevisível. Meu estômago se revira de nervosismo. Ele é cara de pau e vai fazer de tudo para vencer.

A noite está só começando, e acho que já estou precisando de uma palavra de segurança, no fim das contas.

7

HAZEL

— Eu *sabia* — grita Hayden quando entra pela porta do bar.

Eu e Pippa estamos sentadas numa mesa no Filthy Flamingo, esperando por Jamie e Rory. A entrada pequena e obsoleta do bar de Gastown fica escondida num beco, com uma placa suja sobre a porta. Quem passa na frente não dá nada, mal nota, mas o interior é todo decorado com painéis de madeira aconchegantes, piscas-piscas pendurados no teto, rock clássico tocando alto e pôsteres de bandas vintage enquadrados. Afixado atrás das garrafas de bebida que cobrem a parede atrás do balcão está um mar de polaroides dos fregueses. No fundo fica um palquinho onde Pippa toca para a gente às vezes.

Hayden está bem na minha frente com um sorrisão.

— Você e o Miller? Eu sabia.

— Não sabia. — Olho para os jogadores que acabaram de entrar. Connor já ocupou uma mesa com alguns outros. — Porque ninguém sabia.

Nada de Rory ainda. Talvez ainda esteja preso nas entrevistas pós-jogo.

Hayden aponta para o próprio peito, radiante. Com aquele cabelo loiro, olhos azuis brilhantes e sorriso constante, Hayden Owens é um golden retriever em forma humana.

— Sabia, sim — confirma ele para Pippa do outro lado da mesa. — Os dois vivem de gracinha um com o outro.

Pippa sorri na minha direção, o olhar sacana, mas bufo, dando um gole da minha bebida.

— Não fica se achando, Owens, senão vou descontar em você na físio.

Ele se limita a dar uma risada e vai até o balcão para pedir uma bebida.

Jamie se senta à mesa ao lado de Pippa e dá um beijo nela.

— E aí — diz ela, sorrindo contra a boca dele.

— E aí — murmura ele antes de dar outro beijo nela.

Desvio os olhos. Sinto um nó se formar enquanto eles sussurram um com o outro e tento engoli-lo com um gole da bebida.

Quando finalmente se separam, Jamie me cumprimenta com a cabeça.

— Hazel. Pippa me avisou que devo te dar os parabéns.

Um tom divertido se reflete na expressão normalmente séria dele, então sei que Pippa já contou a história toda para ele.

Abro um sorriso sarcástico.

— Nem começa.

O olhar dele se volta para trás de mim e vejo aquele tom divertido desaparecer.

— Se ele fizer qualquer merda — responde ele, a voz tão baixa que só eu e Pipa conseguimos ouvir —, é só me avisar.

— Eu dou conta do Miller.

— O Miller não. — Ele franze a testa. — O McKinnon. Se ele fizer qualquer coisa, quero que me conte. Aposto que Miller vai querer saber também.

Fico surpresa com a proteção que Jamie demonstra. Ele não sabe a íntegra do que Connor fez (ninguém sabe, nem mesmo Pippa), mas mesmo assim está aqui, pronto para me defender.

Antes que eu diga qualquer coisa, a porta do bar se abre. Ao me ver usando a camiseta dele, Rory sorri com aquela autoconfiança masculina arrogante. O olhar dele vem de encontro ao meu enquanto atravessa o bar, o canto de seu lábio inferior inchado e machucado pela pancada da partida, mais cedo. Um arrepio em meu pescoço me diz que Connor está observando, assim como todos os outros. Assim que Rory se senta à mesa e invade meu espaço, ainda sorrindo para mim, noto que o cabelo dele ainda está molhado do banho. O cheiro que ele emana me envolve, limpo e penetrante.

Jogadores de hóquei deveriam feder, mas o cheiro bom de Rory faz meu cérebro até perder a linha de raciocínio.

— Oi, gata. — Ele se aproxima e me dá um beijo na têmpora como se fosse a coisa mais natural do mundo.

Meu coração acelera e fico paralisada quando a barba rente dele roça em mim. Acho que não estou nem respirando. A mão dele desliza e envolve minha cintura, puxando meu corpo para mais perto dele no banco. Do outro lado da mesa, os olhos de Pippa brilham e Jamie entreabre aquele sorriso de novo.

— Oi. — Minha voz está tensa.

Os olhos dele perpassam meu rosto, brilhantes e curiosos, antes de baixar os olhos para meu tronco.

— Você fica bonita usando minha camiseta.

Minha cara arde com o tom que ele usa.

— Não vai se acostumando. — As palavras saem antes que eu possa impedir.

Ele balança a cabeça, sorrindo.

— Você vai usar em todos os jogos de agora em diante. — A mão dele que me envolve aperta minha cintura, e meu abdome fica tenso. Sinto o corpo dele quente e sólido ao lado do meu braço. — Vai, Hartley, pelo menos finge que gosta de mim.

Pippa olha ao redor antes de chegar mais perto.

— Beija, beija, beija — entoa num sussurro.

Olho feio para ela, o rosto ficando vermelho.

— Pippa.

Ela desata a rir. Até Jamie abre um sorriso largo.

— Eu vou matar vocês dois — sussurro furiosa para eles, mas estou rindo também, embora ainda tenha plena consciência de que a mão de Rory está em minha cintura.

Jamie fica pálido.

— O que foi que eu fiz?

— Fica botando pilha nas brincadeiras dela. E eu estou vendo. Só... — Balanço a cabeça, sem graça. Minha cara está pegando fogo. — Fiquem de boa. — Não consigo evitar voltar um sorrisinho sarcástico para Rory. — Aliás, é exatamente assim que eu agiria se a gente estivesse *mesmo* namorando. — Sussurro.

Os olhos dele brilham.

— Ah, é?

— Aham. Eu seria megamaldosa com você.

Ele desce o olhar para minha boca e calor explode por todo o meu corpo. Ele não está pensando em me beijar pra valer aqui e agora, está?

Não considerei a parte desse acordo que envolve a coisa toda de beijar. É claro que a gente iria ter que se beijar em algum momento. Porque casais se beijam.

Sinto um friozinho na barriga. Os olhos dele ficam mais acalorados, pousando em mim. Alguns cachinhos se formaram na parte de cima do cabelo dele, criando reflexos dourados entre a cor acinzentada de todo o resto, provavelmente por ter pegado sol no verão. Meu olhar desce para o maxilar forte dele, a barba por fazer, o nariz que parece delicado demais para um rosto tão masculino.

Ele é lindo demais, mesmo.

Fixo o olhar no hematoma roxo no lábio inferior dele, e minha cabeça volta pro lugar.

— Um gelo vai deixar isso melhor.

— Já me sinto melhor. — Ele abre um sorriso preguiçoso.

Faço uma careta para ele.

— Que cafona. — Com a mão dele ainda na minha cintura, giro o corpo, procurando Jordan, a bartender e proprietária. A algumas mesas, Connor está sentado com alguns dos outros jogadores, e sinto um frio na barriga quando o olhar dele vem de encontro ao meu.

Ele desvia primeiro e mais uma dose daquela satisfação que senti durante o jogo explode dentro de mim. Rory olha por sobre o ombro, os olhos pairando sobre a mesa de Connor, que não volta a olhar para nós.

Rory leva a boca até perto do meu ouvido e arrepios percorrem minha pele a partir de onde seus lábios roçam minha orelha.

— Não olha para ele. Olha para mim. — A mão dele sobe da minha cintura para minha nuca, quente, firme e estranhamente calmante. — Eu estou com tudo sob controle, beleza?

— É sério isso? — Jordan surge na cabeceira da mesa com uma expressão incrédula. Ela apoia a palma das mãos na mesa, e o cabelo comprido e escuro dela recai sobre o ombro. — É sério isso? — repete, apontando para um lugar entre mim e Rory. — Vocês estão juntos?

Aperto a boca para conter o riso. Jordan tem mais ou menos a minha idade e detesta tudo que tem a ver com hóquei. Fico chocada que ela deixe nosso grupo beber aqui, no estabelecimento dela, depois dos jogos.

Só dou de ombros e adoto uma expressão culpada.

— *Mas que cacete.* — Ela volta para o caixa, abre a gaveta e tira um maço de dinheiro.

— Ai, meu Deus! — exclama Pippa. — Eu tinha me esquecido.

Fico tensa.

— Se esquecido do quê?

Jordan bate o dinheiro na mesa de Hayden ao nosso lado.

— Toma — diz ela para ele antes de se voltar para mim com decepção. — Era para você ter enrolado mais um pouco.

Hayden parece confuso antes de cair a ficha.

— Você está com a lista aí? — pergunta para Alexei Volkov, um zagueiro mais velho.

Fico olhando entre Pippa, Jamie e Rory.

— O que está rolando?

Rory faz uma careta, mas está sorrindo.

— Hartley, você não vai gostar disso, mas é importante que saiba que não foi ideia minha.

Estou com um mau pressentimento.

— Alguém me conta o que está rolando agora, por favor.

Hayden assobia para chamar a atenção do bar.

— Se vocês apostaram que Miller e Hazel não ficariam juntos ainda nessa temporada, podem vir aqui pagar.

8

HAZEL

Todo mundo está com a carteira na mão. Meu queixo cai. Meu peito se aperta. Dentro de mim, tudo desmorona, que porra é essa?

Fixo meu olhar no de Rory e arregalo os olhos inquisitivamente.

— Tá falando sério?

— Como eu disse — responde ele, com tranquilidade —, essa ideia não foi minha.

— Eisner, Volkov, Chopra — Hayden lê no celular —, Jordan e Streicher, vocês estão devendo cem.

Lanço um olhar acusatório para Jamie, mas ele está totalmente concentrado na própria cerveja, evitando meus olhos.

— Pippa, você também — continua Hayden.

Meu queixo cai de incredulidade.

— Pippa.

Ela faz uma careta e solta uma risada:

— Foi mal. Se faz você se sentir melhor, pensei que demoraria até o fim da temporada.

Balanço a cabeça para ela enquanto Hayden fala o nome de mais apostadores, mas estou rindo.

— Traidora — digo, mas de brincadeira.

— E finalmente — grita Hayden, e um silêncio recai sobre o bar. — O vencedor é... — Ele se vira para Rory. — Miller, que ganhou dois paus.

Uma rodada de vivas e risos se ergue, e encaro Rory com um espanto sincero.

— Obrigado, obrigado — responde, enquanto as pessoas passam dinheiro para ele. Rory se levanta e coloca o dinheiro no balcão do bar, acenando para Jordan. — Pagamento antecipado por qualquer coisa que a gente acabe quebrando durante essa temporada.

Todo mundo dá risada e balanço a cabeça na direção dele enquanto Rory volta a se sentar à mesa.

— Você apostou que a gente começaria a sair no primeiro mês da temporada?

A expressão dele é de pura inocência, um brilho nos olhos.

— Eu sempre aposto que vou ganhar.

— Aww. — Hayden me acotovela, mas dou um tapa nele. — Ele gosta de você.

Essa situação é tão idiota, mas estou sorrindo. Com uma autoconfiança como a de Rory, não sei por que fico surpresa.

Ele envolve meus ombros com um braço grande, puxando meu corpo contra seu peito, e sinto um friozinho na barriga pelo contato.

— Vem cá, minha dragoa esquentadinha.

Pippa se engasga com a bebida, rindo.

— Esse *não* é o meu apelido — respondo, dando uma cotovelada nele.

Rory se limita a sorrir antes de descer as mãos até minha cintura e me puxar para cima do colo dele.

— Sério? — murmuro para ele por sobre o ombro, rezando para que, sob a luz fraca do bar, ele não consiga me ver corar. Caraca, mesmo sentada no colo dele, ele ainda é tão alto. Sinto as coxas dele sólidas e quentes embaixo de mim e só...

Isso está indo longe demais. Tem Rory demais ao meu redor. Meu coração acelera. O contato físico com ele é muito mais intenso do que pensei que seria.

Como se conseguisse sentir meus pensamentos, a mão de Rory alisa minhas costas num movimento reconfortante.

— Se comporta, esquentadinha.

Outra risada tensa se prende em minha garganta, e *odeio* ter gostado desse apelido, mas ouço meu nome e tento prestar atenção. Pippa está olhando para mim com uma pergunta nos olhos.

— Estávamos falando sobre o evento de patinação em dezembro — ela explica. — É para os jogadores e suas namoradas. — O sorriso dela fica travesso, e eu me encolho, já vendo onde isso vai dar. Ela olha para Rory. — A Hazel não sabe patinar.

— Como assim? — Ele está perplexo. — Você trabalha para um time de hóquei e não sabe patinar?

— Ué, a gente não faz físio dentro do rinque.

— Você precisa saber patinar — responde ele.

— *Você* precisa saber patinar. Eu não preciso me equilibrar sobre lâminas numa superfície escorregadia. Chão normal e tênis já estão ótimos para mim.

— É porque ela caiu quando era pequena — acrescenta Pippa.

— Pippa. — Eu a encaro. É meu olhar de *cala a boca agora*. Ela ergue as sobrancelhas. *Vem calar*, diz a expressão que vejo nela.

Rory cantarola um *hm* sarcástico de solidariedade e esfrega uma mão nas minhas costas.

— Coitadinha da Hazel. Tem medo de patinar?

— Não tenho medo. — Minha voz fica aguda demais. — Não tenho medo — repito com a voz normal. — Eu só sou uma pessoa ocupada e não tenho a menor vontade de me machucar.

— Eu ensino você — interrompe Connor, sentando-se à mesa com um sorrisinho idiota no rosto. Ele passa os olhos por mim, sentada no colo de Rory, e seu olhar é cortante, como se não gostasse do que vê.

Rory fica tenso, as mãos dele apertando minha cintura.

— *Eu* ensino você — intervém Rory, envolvendo minha barriga com o braço e baixando os olhos para mim em desafio. É a competição que costumo ver nele no rinque. *Entra na onda*, informam os olhos dele. — Não vou deixar você cair.

Meu instinto é resistir, mas precisamos fingir e deixar Connor doido de ciúme, então forço um sorriso suave e ergo os olhos para ele como se estivesse apaixonada.

— Eu adoraria — digo, com a voz suave.

Nunca usei essa voz com um homem em toda a minha vida e, pelo brilho risonho nos olhos de Rory, acho que ele deve saber disso.

— Ótimo. — A boca dele se curva ainda mais, como se tivesse ganhado alguma coisa. — Eu também.

Calor aquece minhas bochechas. Nossos lábios estão tão perto um do outro, a poucos centímetros de distância. Desvio o olhar primeiro e pego minha bebida, dando um gole só para ter alguma coisa para fazer com as mãos.

— Vocês dois são muito fofos. — O tom de Connor é leve, mas consigo ouvir a aspereza em suas palavras. — Está usando até a camiseta do cara e tudo.

Meu corpo todo fica tenso quando ele faz essa observação, mas Rory dá outro beijo rápido e caloroso em minha têmpora e todos os meus pensamentos desaparecem.

— Quase tive que sair no braço com ela para ela usar — responde ele, com a boca encostada em mim.

Isso não pode ser real, porque não é possível que Rory esteja roçando os lábios em minha pele desse jeito doce e inebriante. Onde caralhos ele aprendeu a agir assim?

— Mas tudo bem. Não me importo de sair no braço com Hazel. Na verdade — a voz dele fica baixa e íntima enquanto me espia, os olhos ardendo de calor —, eu até meio que gosto.

Meu corpo fica quente, e me lembro de respirar. Acho que meu corpo precisa levar mais oxigênio para o cérebro, porque não consigo pensar em nada. Fico apenas encarando Rory, repetindo as palavras que ele acabou de me dizer, dissolvendo-me contra ele.

Connor coça o queixo.

— Ela não foi sua tutora no ensino médio?

— Foi, sim. — Uma das mãos de Rory desce até a minha coxa. — Sorte a minha.

Sinos de alerta soam em minha cabeça (aonde Connor quer chegar com isso?), mas a mão grande fazendo um carinho lento e relaxante em minha coxa me distrai. É estranho como o toque de Rory está realmente me acalmando.

Os lábios de Connor se contraem num sorriso mordaz.

— Você ficava dando em cima da minha namorada na escola? Que feio, Miller.

O sorriso que Rory abre para mim parece íntimo, e não presunçoso ou arrogante, mas doce e reconfortante. É como se estivéssemos no mesmo time pela primeira vez.

— Eu não dava em cima dela.

Faço uma careta.

— Dava, sim.

De brincadeira, durante uma de nossas sessões de tutoria no ensino médio, ele virou uma página do livro e tinha *HAZEL HARTLEY* escrito com corações ao redor.

Rory abre um sorriso sem vergonha. Eu me pergunto em que memória ele está pensando.

— Talvez um tiquinho. Mas eu pensava mais em você do que em qualquer outra coisa.

Ele está só fazendo cena e brincando com Connor feito um gato com um barbante, mas isso soou tão honesto.

Ele é bem bom nisso.

Rory ergue uma sobrancelha.

— Tudo que precisei fazer foi esperar.

Não tira os olhos de mim e, pelo canto do olho, vejo Connor se ajeitar, cruzando os braços diante do peito. Rory baixa a cabeça para encostar o nariz em meu pescoço e inspira fundo. Faíscas estalam e explodem em minha pele.

— Seu cheiro é tão gostoso — murmura ele, como se Connor nem estivesse aqui.

Sinto um arrepio, e eu e Pippa trocamos um olhar. Os olhos dela ficam arregalados, que é o jeito silencioso dela de dizer *ele está mesmo levando essa história de fingimento a sério*, e arregalo os olhos para ela em resposta. *Pois é.*

— Sabe qual é a parte mais interessante? — pergunta Rory. Aquele ar de malandragem brilha em seu olhar. — No fim, parece que a Hartley tinha um crush em mim faz anos.

Sinto vontade tanto de rir como de torcer um dos mamilos de Rory. Ele sustenta meu olhar com aquele sorriso implicante e sarcástico.

— Não é, gatinha?

Quase me engasgo por ser chamada de *gatinha*, mas, do outro lado da mesa, Connor está com uma expressão assassina.

Perfeito.

— É, sim — respondo para Rory, abrindo um sorrisinho.

— Ela já gostava de mim quando vocês ainda estavam juntos — Rory diz para Connor. — Quer dizer, foi isso que você me falou, né, Hartley?

Rory é mestre em arranjar confusão. Consigo ver o orgulho masculino frágil de Connor ferido pelo jeito como o punho dele está cerrado, o olhar duro.

Estreito os olhos para Rory, fingindo dar bronca nele.

— Isso era segredo nosso.

— Vou buscar outra bebida. — Connor sai da mesa sem dizer mais nada.

Uma sensação de vitória cresce dentro de mim e sinto vontade de rir.

— Não disse? — murmura Rory, e os pelos da minha nuca se arrepiam quando a respiração dele faz cócegas em minha orelha. — Confia em mim.

Voltamos a atenção para a mesa, onde todos estão numa conversa acalorada.

— Ninguém usa roupa íntima enquanto faz yoga — está dizendo Hayden para todo mundo.

Alexei encara Hayden, horrorizado.

— Quem te falou isso?

Pippa está rindo tanto que mal consegue respirar. Jamie lança um olhar perplexo para Hayden.

Hayden encara todos ao redor.

— Não é?

Está todo mundo rindo, balançando a cabeça para o zagueiro loiro grandão.

— Foi minha amiga de Pittsburg que me falou. Ela é professora de yoga. — Hayden franze a testa, pensativo. — Victoria.

— Veronica — corrige Alexei. — Você disse que o nome dela era Veronica.

Franzo o nariz. Hayden é um bobalhão adorável com um coração de ouro e provavelmente meu jogador favorito do time, mas ele tem uma "amiga" em cada cidade. O tipo dele são as altas, morenas e curvilíneas, e tenho quase certeza de que todas essas "amizades" são coloridas.

Jogadores de hóquei. Até os do bem sabem que têm opções ilimitadas.

Hayden olha para mim com uma expressão suplicante.

— Hazel. Vai, fala sério. Ninguém costuma usar roupa íntima nas suas aulas, costuma?

Desato a rir.

— Eu não fico fazendo *vistoria*. — Rory ri baixo, me chacoalhando, e estou rindo de orelha a orelha para Hayden. — Você é muito esquisito.

A conversa continua e tento prestar atenção, mas a mão de Rory continua acariciando minha coxa com movimentos firmes sobre minha legging. Estou com calor. Meu rosto está quente, e dou um longo gole de cerveja para me refrescar.

Cara, eu amo cerveja. Adoro o gosto gelado e refrescante. Adoro as bolhas, e adoro ainda mais como ela me sacia. Quando coloco a bebida na mesa, os olhos de Rory estão pousados em minha boca enquanto lambo a espuma dos lábios.

— Que foi? — pergunto, a voz leve.

— Só estou curtindo ver você curtir essa cerveja.

Um calor brota entre minhas pernas e me ajeito em seu colo. A mão dele aperta minha cintura como se o reflexo fosse me impedir de me levantar.

— Não precisa me prender, sabe. Não vou sair flutuando.

Ele ergue as sobrancelhas e me fita de um jeito determinado e interessado.

— Não preciso te prender, mas e se eu quiser?

Bufo, a cara ardendo com as imagens que passam por minha mente. A mão dele em meu punho. Os lábios em minha têmpora, mas com o tronco me prendendo contra a cama enquanto sussurra todo tipo de sacanagem que vai fazer comigo.

Uau. Sexy. Isso seria sexy.

Não. É do Rory que estou falando. Ele é um pegador sem vergonha, assim como Hayden. A palavra *monogamia* não existe no dicionário dele. Não vou ter esse tipo de pensamento com ele.

— Que história é essa de você não usar roupa íntima fazendo yoga?

Contenho o riso.

— Não é da sua conta, Miller.

— Me conta. — A voz dele é um murmúrio baixo em meu ouvido, e arrepios descem por meu pescoço. — Poxa, Hartley. Estou doido para saber.

Ele roça os lábios em minha orelha, e procuro uma farpa afiada para disparar contra ele.

— Se fode aí para descobrir.

Ele sustenta meu olhar, o canto da boca se erguendo, e há uma vibração entre minhas pernas que decido não ter nada a ver com ele.

— Talvez eu foda mesmo.

Meus olhos descem para a boca dele, ligeiramente torta para um lado. A barba está menos rente do que no outro dia, e estou pensando em como seria a sensação dela na pele, sob meus dedos. Entre as minhas pernas.

Pigarreio e desvio o olhar.

— Belo gol hoje.

— Valeu. — O tom dele muda e, quando volto a olhar para ele, Rory está me abrindo aquela versão aguada do sorriso folgado costumeiro. O brilho não vai até os olhos como quando ele está me provocando.

Se o Rory Miller que me chama de esquentadinha e tira sarro de mim por usar a camiseta dele é a cores, essa versão dele é em preto e branco, plana e bidimensional. É a mesma expressão emocionalmente exausta que flagrei durante o jogo.

Não gosto dela.

Cutuco seu cotovelo.

— O que tá rolando?

— Como assim?

— Vocês ganharam o jogo. O time está empolgado, mas você não parece contente com isso.

Ele dá de ombros.

— Ah, eu tô sim.

Não estou convencida, e sinto um impulso estranho de fazer com que ele volte ao normal. Pela primeira vez, quero a versão arrogante, implicante e presunçosa de Miller de volta.

— O Hayden tem razão — digo sem pensar.

Rory me lança um olhar questionador, e chego mais perto, a centímetros de sua orelha. Não sei por que estou fazendo isso.

— Sobre não usar roupa íntima com roupas de yoga — sussurro.

Os olhos dele ficam mais lascivos, e ele os fixa nos meus enquanto desliza a mão até meu quadril, alisando-me para tirar a prova real.

Ele não vai encontrar roupa íntima hoje. Uma voz em minha cabeça questiona o que é que estou fazendo, mas estamos apenas brincando. Não vai acontecer nada.

Rory fecha os olhos.

— Caralho. Que tesão.

Satisfação me percorre, e sorrio comigo mesma.

Em cima da mesa, o celular de Rory se acende com uma mensagem, e a imagem de fundo do aparelho dele chama a minha atenção.

— Ai, meu Deus — fala Pippa, rindo e levando a mão ao celular, mas consigo pegar primeiro, encarando, horrorizada, a foto de mim e Rory aos dezesseis e dezessete.

— Não — digo a Rory, balançando a cabeça, alternando o olhar entre ele e a foto.

Ele abre um sorrisinho.

— Sim.

Eu me encolho. O cenário da foto é a biblioteca depois da aula, livros e papéis espalhados sobre a mesa. Está um pouco granulada, e estou com um sorrisinho reservado enquanto ele abre um sorriso radiante para mim, o braço pendurado sobre o encosto da minha cadeira.

— Onde você arranjou isso?

— Peguei no anuário.

— Faz anos que não vejo essa foto.

Rory foi transferido para nossa escola quando estávamos começando o segundo ano do ensino médio e se sentava atrás de mim em geografia, colocando pedacinhos de papel em meu cabelo para puxar assunto comigo.

Eu tinha acabado de começar a ficar com Connor quando essa foto foi tirada.

Às vezes, queria poder voltar no tempo e mandar um aviso para mim mesma para ficar longe dele, mas assim teria sido outra pessoa a me magoar.

Coloco o celular na mesa.

— Não quero que esse seja o papel de parede do seu celular.

— Mas vai ser, sim. A foto é fofa, vai. — Ele vira o celular para ver o fundo, um sorriso estranho se espalhando por seus lábios.

— Vou te mandar outra.

— Não. — As mãos dele me envolvem de novo. — Vou ficar com essa aqui. Gosto dela.

9

HAZEL

Mais tarde, estou saindo do banheiro quando trombo com Connor.

— Ah. — O corredor parece encolher. — Oi.

Continuo andando, mas ele pigarreia.

— Hazel.

Não estou a fim de ter essa conversa, mas vou precisar trabalhar com o cara o ano inteiro.

— Que foi?

— Não quer me falar nada? — Ele me olha com expectativa. — Que história é essa que o Miller estava falando de você ser a fim dele enquanto a gente estava junto?

Preciso reunir toda a energia disponível dentro de mim para não sorrir com satisfação.

— O que é que tem?

A inocência em meu tom é digna do Oscar, e sou a rainha do mundo. Pela maneira como o olhar dele fica mais severo, Connor está *furioso*. Posso não gostar de Rory, mas ele sabe perfeitamente como irritar as pessoas.

O maxilar de Connor fica tenso.

— É verdade mesmo?

— Connor, isso foi anos atrás. Quem se importa?

— Você não pensa mais na gente? — pergunta ele, olhando para mim com atenção.

Malditos jogadores de hóquei. São tão competitivos.

— Não — minto.

Ele continua me observando, e sinto tensão e náusea no estômago. Fico rezando para ele nunca descobrir a verdade.

— Hartley. — Rory surge à nossa frente e relaxo.

O braço dele envolve meu ombro, puxando meu corpo para junto de si e, sem pensar, inspiro o cheiro fresco que ele emana.

— Vamos pra casa. — Ele usa uma voz baixa e sedutora em meu ouvido. Sinto o corpo lento e pesado quando ele usa esse tom. — Vou fazer aquele negócio que você gosta.

Calor se espalha pelo meu corpo, zunindo por entre minhas pernas, enquanto imagino o que ele poderia estar querendo dizer com isso, caso fosse de verdade.

Preciso sair do bar, de perto do carisma do Rory, para conseguir voltar a pensar.

— Aham. Casa. Estou ficando com sono.

Ele pega a minha mão e me tira do corredor sem nem olhar para Connor.

Depois de nos despedirmos de todo mundo, saímos e ele assobia.

— Você viu a cara dele, Hartley?

— Sim. Cara, ele ficou furioso.

Saímos do beco, e ele caminha na direção do meu apartamento.

— Você mora em West End, né?

Como ele sabe disso?

— Não preciso de guarda-costas.

Ele sorri por sobre o ombro, colocando as mãos no bolso enquanto o alcanço.

— Numa briga entre você e os criminosos mais barras-pesadas da cidade, vou sempre apostar em você. Você é uma dragoa baixinha e aterrorizante.

— Não sou baixinha. — Tenho um metro e sessenta e sete.

— Eu conseguiria jogar você em cima do ombro se quisesse.

— Ah, mas você não vai.

Ele ergue a sobrancelha, e sinto aquele impulso de rir de novo.

— Mas conseguiria.

Olho feio para ele, mas o canto de sua boca está se contraindo.

— Me leva pra casa, então. Estamos quase lá, mesmo. — Minhas palavras são despreocupadas, frias e indiferentes.

Enquanto andamos, ele inspira fundo e solta o ar devagar. O olhar dele está fixo no céu, nas estrelas flutuando na escuridão profunda, quase invisíveis por causa de todas as luzes da cidade.

— Você passou a noite toda bebendo água — digo, só para evitar o silêncio.

— Pois é.

— Você não bebe? — Como namorada de mentira dele, preciso saber esse tipo de coisa.

— Bebo. Às vezes. Quase nunca. Não costumo beber muito durante a temporada. — Ele coça o pescoço. — Álcool é inflamatório.

— Ah. — Faz sentido, acho.

— Meu valor está no que meu corpo pode fazer por mim. — Ele dá um tapinha na barriga firme. — Esse tanquinho não vai se manter sozinho.

As palavras dele me acertam bem no peito. Parecem muito com o discurso da minha mãe sobre comida.

— Uma cerveja não vai destruir seu físico perfeito, Miller. E você não tem tanquinho.

O olhar implicante dele encontra o meu, e faíscas percorrem meu ventre.

— Quer ver? Porque ficou parecendo que quer. O que foi que você disse sobre meu corpo? *Físico perfeito?*

— Cala a boca. — Bufo com uma risada. — Nem pensa em tirar a roupa.

Ele ri baixinho.

— Mas sabe que eu adoro cerveja. Talvez não tanto quanto você, mas... — o olhar dele fica distante, com uma expressão nostálgica e extasiada que quero registrar imediatamente. — Sonho em tomar uma cerveja gelada no verão, no quintal, enquanto janto.

Ele sorri para mim, um sorriso sincero e sem nenhum traço de arrogância. Só pura satisfação. Não sei como reagir.

Chegamos ao meu prédio.

— Eu fico por aqui.

Enquanto tiro as chaves de dentro da bolsa, os olhos dele passam com curiosidade pelo predinho de três andares.

— Obrigada por hoje. — Engulo em seco, pensando em Connor no corredor. — Ele ficou puto com aquilo que você disse sobre eu gostar de você na época da escola. Esta temporada seria mais difícil se não tivéssemos esse combinado, então... — Olho para a calçada. — Obrigada, Miller.

Há um momento de silêncio e, quando ergo os olhos, ele está olhando para mim com um sorriso suave, ligeiramente irônico.

— Você podia me chamar de Rory, sabia?

— Sabia. — Sorrio para minhas chaves. — Mas gosto de Miller.

— Beleza, Hartley.

Sorrio de novo, e há algo de estranho no ar entre nós. Dá a impressão até de que somos amigos.

Rory coloca as mãos no bolso, ainda olhando para mim.

— Me convida pra subir.

Solto uma gargalhada. Lá se foi a amizade.

— Não.

— Por favor. — Ele me abre o sorriso mais sedutor que tem e, embora minha expressão diga *nem pensar*, o ponto entre minhas pernas se contrai de expectativa. — Quero conhecer sua casa.

Essa tensão entre nós? Levaríamos direto para o quarto. Eu me imagino empurrando Rory para a cama e ele me virando, disputando comigo quem vai ficar por cima.

— Não — repito, rindo de como ele é descarado. — Que sorriso é esse? Tá tentando me seduzir?

— Tá funcionando?

— Não. — *Sim.*

Ele me observa com um sorriso menos arrogante que o normal, menos sarcástico. Os olhos dele descem para minha boca, e o sorriso se desfaz. Desejo e calor perpassam seu rosto. Por um breve momento, fico querendo que ele me beije.

Os olhos de Rory descem até a minha boca mais uma vez e se enchem de determinação. Meu coração bate forte. Ai, meu Deus. O tesão floresce dentro de mim, e Rory dá um passo à frente. Eu deveria surtar e o empurrar de volta para o lugar dele, mas não é isso que faço.

A porta da frente se abre. Alguém sai e nos sobressaltamos, saindo da frente. Inspiro fundo, tentando me acalmar.

As mãos de Rory não vão sair de cima de mim por três meses e não posso perder a cabeça toda vez que isso acontecer.

Ele ergue a sobrancelha uma vez.

— O time tem uma viagem que vai durar uma semana, então a gente não vai se ver.

— Beleza. Boa viagem. — Hesito no batente. — Boa noite.

— Boa noite, Hartley.

Mais tarde, quando deito na cama, penso nas mãos dele em minha cintura, na boca dele em meu pescoço. *Me convida pra subir*. Rio comigo mesma. Jamais.

Ele seria tão competitivo e determinado na cama como é no rinque, tenho certeza. Ele me chamaria de *Hartley* com aquela voz baixa e provocante dele enquanto traçaria a língua por minha pele, observando minha reação.

Nunca, nem em um milhão de *anos*, isso aconteceria. Nem mesmo uma vez. Porque sei que seria muito bom, e isso que estamos fazendo é de mentirinha.

10

RORY

Quando estou sentado no avião no dia seguinte, esperando os outros jogadores embarcarem, fico observando a foto que postei nas redes sociais. É aquela em que estou abraçado com Hazel na festa de noivado de Streicher e Pippa: minha mão está ao redor da cintura dela, a boca de Hazel se abrindo num sorriso lindo por algo que eu disse que a fez rir de verdade, e meus olhos estão nela.

Meus sentimentos por ela estão tão na cara que não tem nem graça.

Meu celular vibra com uma ligação: meu pai. Sinto os ombros tensos, mas atendo. Se ignorar, ele vai continuar ligando.

— Alô?

— Rory. — O tom dele é puramente profissional, como sempre. — Enviei o resto dos contratos hoje mais cedo.

Além de ser um dos maiores jogadores de hóquei do Canadá, ter entrado para o hall da fama e ser comentarista convidado em programas esportivos, meu pai também é meu agente. Sempre foi. Conhece o mundo do hóquei por dentro e por fora, e era mais fácil assim.

— Pois é. Eu vi.

— Ótimo. Falei com a nutricionista. Ela vai fazer umas alterações nos seus macronutrientes.

Fico olhando pela janela enquanto colocam nossas malas no bagageiro do avião. Meu pai acertou com a nutricionista um serviço de entrega de refeições diárias porque ingerir a quantidade necessária de proteína é difícil para mim.

— Beleza.

— Ainda está mantendo um registro de tudo o que você come?

— Sempre.

— Nada de álcool, nem de carne vermelha, açúcar ou gordura trans — lista ele.

Penso na cara de felicidade de Hazel ao tomar cerveja na outra noite e me pergunto como seria poder aproveitar a comida daquele jeito.

— Pode deixar.

— Ótimo. Se quiser ser o melhor, precisa comer como o melhor. Comida é combustível. Se entrar lixo, sai lixo. Precisamos de você rápido e atento lá, Rory. Você perdeu aquele gol no segundo tempo na outra noite. Poderia ter sido seu.

Meu pai fica falando sobre todas as chances que perdi enquanto mal presto atenção. Mesmo sendo o melhor da liga, eu ainda tenho coisas a melhorar. Mesmo sendo o mais rápido, tem algum jovem na liga menor querendo tomar meu lugar. Se eu sequer olhar para alguma coisa que tenha açúcar, a inflamação já vai me deixar mais lento.

— Estou pensando em viajar até aí — diz ele; meu pai mora em Toronto com a namorada. Sinto os ombros ficando ainda mais tensos. Ele fez isso no ano passado quando joguei pelo Calgary. — Talvez passar uns meses.

— Uns meses? — Franzo a testa. — Sua namorada não vai reclamar?

Ela trabalha em Toronto, mas não lembro com o quê. Só a vi rapidamente uma vez no ano passado.

Meu pai hesita do outro lado da linha.

— Não estamos mais juntos.

Claro. Há algo em meu pai que faz as mulheres irem embora. Obsessão? Competitividade inflexível? Nada nunca ser bom o bastante? Não quero ficar analisando demais porque, seja lá o que for, eu herdei.

Pigarreio.

— Sinto muito.

— Tudo certo. — Mais uma pausa constrangedora.

Será que ele quer vir passar uns meses aqui porque está se sentindo solitário? Caralho. A ideia parte meu coração, e está na ponta da minha língua concordar, mas esse ano precisa ser diferente.

Ward me tornou capitão e quero deixá-lo orgulhoso, sem a voz do meu pai na minha orelha, na minha cabeça, me dizendo como agir. Curtir com os outros jogadores no bar depois dos jogos? Com meu pai na cidade não vai rolar.

E passar tempo com Hazel? Ele nunca aprovaria.

— O momento não é dos melhores — digo a meu pai, engolindo em seco o nó que se forma na garganta. — Eu, hm. Ainda estou me adaptando ao time.

— Você precisa de alguém pra te dar um empurrãozinho, Rory.

Ele me deu empurrõezinhos a vida inteira, mas não estão mais funcionando. Não sinto o mesmo desejo ardente de ser o melhor que sentia porque, independente do que eu faça, os objetivos desse jogo sempre mudam. Mas como vou explicar isso para ele? Ele nunca entenderia.

— Agora que virou capitão, quem define as jogadas é você — continua ele. — Essa é a oportunidade perfeita de sair bem na fita.

Meu estômago se revira com a ideia de escolher jogadas que me beneficiem. Dou uma desculpa rápida de que estamos decolando e desligo e, um segundo depois, Streicher se senta no assento ao meu lado.

— E aí, cara. — Meu humor melhora. — Pronto para Columbus?

A defesa deles é uma merda, mas o ataque é bom. Ele vai passar o jogo todo defendendo tacadas.

— Estou. — Ele pega o celular. A imagem de fundo é uma foto de Pippa e Daisy, a cachorra deles.

Fico me perguntando se Hazel vai querer um cachorro. Ela e Pippa vivem levando Daisy para passear nas trilhas ao redor de Vancouver.

McKinnon entra no avião e, quando passa, acerta o ombro de Streicher com a bolsa com tanta força que uma pessoa normal pediria desculpas. Em vez disso, McKinnon só continua andando.

A mão de Streicher fica tensa, e ele me olha com o rabo do olho.

— Soube que vocês vão dividir o quarto.

Às vezes, os técnicos fazem os jogadores dividirem quartos de hotel durante essas viagens.

— Pedi para o Ward se poderia trocar e dividir com você, mas ele negou. Não sei se isso é uma maldição porque tenho que ver a cara dele todo dia de manhã ou uma bênção porque posso foder com a cabeça dele.

Streicher bufa.

— Ele ficou puto na outra noite, vendo você e Hazel.

Sorrio, lembrando a cara dele durante o jogo depois que fiz Hartley me beijar através do vidro. Mas o sorriso vai embora no exato momento em que me lembro da imagem de Hartley no corredor. Os ombros dela estavam nas orelhas enquanto ele a encarava de cima a baixo.

Aquele filho da puta. Minha mente se volta ao que coloquei na mala depois que soube que eu e McKinnon íamos dividir o quarto, e uma adrenalina me atravessa.

Mal posso esperar para foder com a cabeça dele.

— Então, essa história sua com a Hazel — começa Jamie.

Sinto um nervosismo apertar meu peito. Nós nos damos melhor hoje em dia, mas isso não muda o fato de que dei um pé no cara no segundo em que fui contratado por outra equipe. Não muda o fato de que fui um cuzão com ele desde aquela época até agora. Imagens da nossa briga no rinque no ano passado ficam repassando na minha cabeça; o baque do punho dele acertando a maçã do meu rosto, o sangue pingando do lábio cortado dele.

— Não me diga que vai me dar o velho sermão de *se machucar ela, está morto*, Streicher.

Os últimos jogadores entram no avião, sentando-se.

— Sei que não vai machucar a Hazel.

Uma imagem passa por minha cabeça de nós quatro: Jamie, Pippa, Hazel e eu. Estamos num churrasco, curtindo. Pippa está abraçada a Jamie, e Hazel está ao meu lado. Coloco o braço ao redor do ombro dela, que sorri para mim.

— Tem certeza de que sabe o que está fazendo?

— Por causa da coisa toda de fingir? — pergunto, mantendo a voz baixa, e ele faz que sim com a cabeça.

Franzo a testa, olhando pela janela enquanto uma sensação ruim cresce em minhas entranhas. Ela acha que é de mentira. E se chegarmos em janeiro e ela ainda não quiser nada de verdade? No fim, eu sou mesmo filho do meu pai. Filho de peixe, peixinho é. Quando as mulheres conhecem Rick Miller, logo vão embora.

— Claro — respondo, pigarreando e me ajeitando no assento.

O velho foco competitivo que me move desde sempre me atinge.

Eu não estava mentindo quando disse para a Hartley que sempre aposto que vou ganhar.

— O que aconteceu entre eles? — pergunto. — Por que eles terminaram?

— A Pippa falou pra mim que ele traiu a Hartley, mas que ela não sabe de todos os detalhes.

Olho pela janela de novo, pensando nela, antes de desbloquear o celular e abrir nossa conversa.

Estava falando sério sobre ensinar você a patinar, escrevo.

A resposta dela aparece um momento depois. *Nem fodendo. Só concordei porque o Connor também ofereceu de me ensinar e eu não queria.*

Essa foi a coisa errada a dizer, porque agora quero ainda mais ser a pessoa que vai ensiná-la a patinar. Meu celular vibra com uma mensagem de Streicher. Lanço um olhar curioso para ele, mas abro o link que me mandou.

Ember Yoga. Desperte seu amor pelo movimento.

— As aulas de yoga on-line de Hartley?

Ele me lança um olhar de lado.

— Não conta para ela que te mandei isso.

Experimente a yoga num ambiente inclusivo e estimulante. Todos os tipos corporais, idades, etnias, nacionalidades, religiões, gêneros e orientações sexuais são mais do que bem-vindos.

Sei exatamente o que vou fazer hoje.

11

RORY

Depois do jantar, estou desfazendo as malas no quarto de hotel quando McKinnon entra. Tiro o porta-retratos de Hartley da bolsa e o coloco na mesa de cabeceira. É uma versão ampliada da foto da festa de noivado, mas nela estou cortado.

— Você não liga de eu deixar isso aqui, né? — pergunto para McKinnon.

Os lábios dele se curvam para a foto, e *sei* que está pensando na outra noite no bar, quando contei para todos que Hartley gostava de mim enquanto eles ainda estavam juntos.

— Estou pouco me fodendo. — Ele dá as costas, tirando um *scoop* de proteína em pó da bolsa e colocando-o em sua coqueteleira cheia de água.

— Ótimo. — Eu me sento à escrivaninha, movendo a cadeira para a frente e para trás enquanto ele chacoalha a bebida.

— Até porque — acrescenta ele —, quando você fizer alguma cagada, eu vou estar aqui.

Ele olha por sobre o ombro com um sorriso arrogante, e o meu diminui um pouco. Uma sensação de posse me atravessa.

— Que porra você tá querendo dizer com isso?

Ele se recosta na bancada enquanto bebe o conteúdo da coqueteleira.

— Acha que não sei que você sempre teve uma queda pela Hartley? Ela pode até estar se divertindo com você *agora* — ele deixa a palavra pairar no ar —, mas foi minha primeiro. — O sorriso dele fica cruel e frio, e raiva me atravessa quando ele dá de ombros. — Minha história com a Hazel ainda não acabou.

— McKinnon, você está passando vergonha. — Meu tom é condescendente, mas meu coração bate forte com uma raiva protetora.

— Veremos.

Nós nos encaramos, mas o alarme do meu celular toca, interrompendo. Aperto o botão para silenciá-lo e lanço um olhar envergonhado claramente falso para McKinnon.

— Agora que sei que está a fim da minha namorada, isso vai ser constrangedor. — Abro meu laptop, coloco os fones sem fio e entro na chamada de Zoom.

Um segundo depois, o rosto de Hartley preenche a tela.

— Olá — ela diz no meu fone, abrindo um sorriso caloroso que se fecha abruptamente. — Espera, *você* é Bert Randy? Sabia que esse nome parecia falso.

Dou uma risada baixinha, recostando-me na cadeira, sabendo que McKinnon está me observando por sobre o ombro.

— Também estou com saudade. Me manda mais nudes iguais àquela que você mandou ontem à noite.

— Miller — diz ela, horrorizada. — Estou trabalhando. Vê se some.

— Eu vou me comportar, gatinha. — Empurro o laptop discretamente para ela conseguir ver McKinnon atrás de mim. — E vou ficar de camiseta o tempo todo para você não se distrair.

A ficha dela cai.

— Ele consegue me ouvir?

— Não. — Aponto para meus fones.

— Ótimo. Não me chama de gatinha. — As narinas de Hartley se alargam e meu sorriso cresce com a irritação dela. Sou viciado nisso. Adoro fazer piadinha com ela, encher o saco. — Entendo que precisamos fingir na frente dele, mas... ai, meu Deus. Aquilo é uma foto minha na mesa de cabeceira?

Atrás de mim, McKinnon começa a se mexer pelo quarto, fazendo barulho.

— Você sabe que morro de saudades suas quando a gente viaja.

Ela cobre a boca com a palma da mão como se estivesse tentando esconder uma risada.

— Ele viu?

— Sim. — Sorrio para ela, que bufa.

— Vai lá pro corredor se forem ficar conversando a noite inteira — diz McKinnon.

Por sobre o ombro, lanço um olhar desinteressado e distraído e aponto para os fones.

— Não estou te ouvindo. Vou fazer a aula de yoga da Hartley.

— Ah, mas não vai — responde Hartley no meu ouvido.

Eu a ignoro, encolhendo os ombros para McKinnon.

— Você também é bem-vindo, se quiser participar — minto. Ele não é bem-vindo porra nenhuma. — Se quiser melhorar sua flexibilidade.

— Tô de boa — diz ele, fechando a cara enquanto pega o celular e a carteira.

Giro a cadeira para a frente de novo, na direção do meu laptop, sorrindo para Hartley enquanto a porta do quarto de hotel se fecha atrás de McKinnon.

— Foi divertido.

O canto da boca dela se ergue.

— Admite.

O sorriso dela se abre mais, e meu joelho sobe e desce.

— Tá. Foi divertido. Boa noite.

— Vou ficar para a aula.

— Miller. Agora eu preciso trabalhar. A gente já mexeu com a cabeça do Connor, agora preciso dar uma aula de verdade.

Algo desagradável apunhala minhas entranhas. Eu não sou igual ao McKinnon. Não vou dificultar a vida dela enquanto ela tenta trabalhar.

— Ei. — Minha voz fica sincera e persuasiva, e fecho meu sorriso. — Só quero me alongar, tá? Não estou aqui para arranjar confusão.

Ela não parece convencida.

— Você causa confusão querendo ou não.

Dou uma risada.

— Errada você não está, mas vou mutar meu microfone. Você nem vai saber que estou aqui. — Ergo as sobrancelhas. — No site você diz que todo mundo é bem-vindo. Não pode me expulsar só porque tenho um físico perfeito.

Posso jurar que ela está corando.

— Você nunca vai esquecer que eu disse isso, né?

— Não. — Ela definitivamente está corando.

— Tá, pode ficar com uma condição. — A expressão dela fica séria. — Esses alunos não são atletas profissionais. São pessoas normais. Têm corpos normais. Meu trabalho é fazer todos se sentirem à vontade, independente da aparência ou da capacidade de cada um. — Ela me lança um olhar demorado, sem traço de irritação nem frustração no rosto. — Dou aulas para pessoas gordas, magras, velhas, com deficiências... gente de todo tipo. Todos têm o direito de se movimentar e de se sentir bem com o próprio corpo.

Uma sensação terrível me atravessa. Será que ela acha mesmo que sou *tão escroto* a ponto de tirar sarro de pessoas por não serem atletas profissionais?

— Se deixar alguém sem graça — avisa ela, e sua voz é firme —, vou chutar você da aula.

Fico olhando para a cara dela.

— Eu não faria uma coisa dessas, Hartley. Nunca.

Ela me encara e assente.

— Tá. Beleza.

Franzo as sobrancelhas enquanto fico olhando para ela. Acabei de encontrar uma parte interessante de Hartley, e quero saber mais. Ao mesmo tempo, não gosto que ela sinta a necessidade de definir essas regras para mim. Tratar as pessoas com respeito é uma questão de bom senso. Eu nunca...

Penso no ano passado, em como eu e Streicher brigamos. Como eu hostilizava as pessoas no rinque. Como todos me comparam com o meu pai.

Um momento depois, seis outros quadrados de vídeo surgem na tela.

— Ah, *ótimo*, temos carne nova! — uma mulher na casa dos sessenta anos diz assim que me vê. Ela tem o cabelo loiro platinado curto e arrepiado, os olhos grandes, e está sentada no tapete de yoga na sala de estar, pulando de energia como se fosse uma criança.

Abro um sorriso largo.

— Oi. Meu nome é Rory.

— Sou Elaine — responde a mulher, e um gato laranja passa no fundo. — Aquele ali é o Archie.

Os outros também se apresentam: Clarence, um homem na casa dos oitenta que me informa que acabou de conseguir um quadril novo; Laura, uma mulher quietinha e gorda que tem por volta da minha idade; Vatsi, que parece estar nos últimos estágios de uma gravidez; e Hyung, que deve ter uns vinte anos e parece estar num dormitório estudantil.

— O que traz você à aula, Rory? — pergunta Clarence.

Olho para a tela de Hartley, onde ela está arrumando o próprio tapete e os acessórios.

— Sou namorado da Hartley.

Elaine suspira de emoção.

— Hazel, você não contou que estava namorando.

— Ela ainda está meio sem saber como agir por causa de todo o sentimento que tem por mim. — Um arrepio de divertimento sobe e desce pela minha coluna quando Hartley se vira para a câmera devagar, me fuzilando com os olhos. — Fazia tempo que ela não se apaixonava tanto assim por alguém.

Hartley encara a câmera do laptop, e consigo *sentir* a atenção dela em mim, perpassando meu rosto.

Elaine ergue a mão.

— Nossa, eu tenho umas mil perguntas.

— O combinado era você mutar seu microfone — fala Hartley para mim, arqueando uma sobrancelha.

Clico no botão de mudo e ergo as mãos com um sorriso, fazendo sinal de que vou ficar quieto.

— Vamos começar — diz ela, e ajusto as configurações da reunião para o vídeo dela ocupar minha tela inteira. — Sentem-se onde for mais confortável para vocês.

Vou para o chão, inclinando a tela do meu laptop para poder vê-la, assistindo enquanto ela se senta de pernas cruzadas no tapete.

— Respirem de forma lenta e profunda pelo nariz algumas vezes. Abram bem o peito, a barriga, sintam o chão ou o que estiver embaixo de vocês. Se quiserem, fechem os olhos.

Inspiro e expiro algumas vezes, mantendo os olhos nela.

— Concentrem-se na respiração de vocês.

A voz dela se dissolve em algo suave e calmo. Minha frequência cardíaca diminui à medida que vou contando minhas respirações, inspirando por cinco, expirando por cinco. Os olhos dela estão fechados, o cabelo escuro preso em um rabo de cavalo com alguns fios soltos na frente. Hartley está usando uma camiseta que diz *Don't Touch Me* e uma legging de yoga azul-marinho com estampa de constelações.

A parte deplorável e com tesão dentro de mim pensa em quando ela me disse que não usa calcinha com a legging.

— Podem fazer essa aula do jeito que quiserem — acrescenta ela. — Quem manda no corpo de vocês são vocês. Sejam gentis e escutem o próprio corpo.

O tom autoritário e gentil com que ela fala me faz sorrir.

Passo os olhos pelo fundo da tela de Hazel. Atrás dela, vejo um frigobar em cima de uma bancada ao lado de um forno e fogão estreitos. O laptop dela está no chão, então não consigo ver muita coisa além de uma chaleira no canto. À esquerda da tela, uma mesa de centro de mogno escuro foi empurrada para o lado do sofá, e, à direita, vejo a beira da cama.

Jesus. A casa da Hartley é *minúscula*.

— Definam uma intenção — continua ela, os olhos ainda fechados. — Minha intenção é me sentir bem com o meu corpo, acalmar minha mente e me alongar gostoso antes de dormir.

Num jogo, minha intenção seria marcar mais gols do que todo mundo. Impressionar os treinadores. Não parar até meus músculos arderem, até meus pulmões estarem em chamas.

Hartley nos guia por meio das posturas de yin e, quando entramos na borboleta reclinada, um gemido baixo me escapa. Graças a Deus estou no mudo. O movimento alonga meus ombros tensos e sobe pela parte interna das minhas coxas. O torpor quente e preguiçoso de relaxamento me atravessa, deixando meus braços e pernas pesados e meus pensamentos lentos.

— Concentrem-se na respiração de vocês — murmura ela, e inspiro por cinco segundos, expirando por outros cinco. — Relaxem o maxilar.

Solto a mandíbula. Ela está deitada de costas, a barriga subindo e descendo enquanto respira.

Vai poder relaxar quando estiver morto, ouço meu pai dizer. O modo brutal dele de enxergar o esporte não tem nada a ver com isso aqui.

— Não tem problema se sua mente divagar — ela diz, e sinto como se Hartley estivesse sussurrando em minha orelha. Um arrepio me percorre. — Chame ela de volta. Concentre-se na sua respiração.

Por fim, voltamos a nos deitar de costas, as palmas das mãos voltadas para o teto. Meu corpo relaxa e minha mente vibra com uma quietude de satisfação enquanto escuto a voz suave dela.

— Para encerrarmos os exercícios de hoje, quero que pensem no que faz vocês sentirem que têm valor.

Sinto uma confusão crescendo dentro de mim. Valor. Repito a palavra em minha cabeça. Valor para quê?

— Para mim — sugere ela, sorrindo consigo mesma —, é quando passeio com a minha irmã. Pippa traz à tona todas as melhores partes de mim, e sempre volto para casa me sentindo feliz e grata.

Fico hipnotizado. Ela é tão linda. Queria poder gravar isso para poder ouvir de novo e novo.

— Também adoro correr — continua ela. — Mesmo quando estou ofegante, com suor nos olhos e a cara toda vermelha, adoro sentir a força do meu corpo. Adoro o que meu corpo pode fazer por mim. Por último, meu trabalho me faz me sentir valiosa. Adoro constatar o que o corpo humano consegue fazer. Somos todos capazes de coisas incríveis, independente do tipo de corpo com o qual estamos nos movendo. Adoro trabalhar com isso. — Ela faz uma pausa. — Agora é a vez de vocês. Onde é que vocês encontram propósito? O que faz vocês sorrirem? O que faz vocês se sentirem amados?

Valor. A palavra voa pela minha cabeça, buscando um lugar onde pousar. Meu propósito é ser o melhor jogador de hóquei possível, e tudo menos que isso é fracasso.

O que faz vocês se sentirem amados?

Uma memória surge. Eu tinha onze anos no verão antes de minha mãe ir embora. Estávamos andando pelas trilhas perto de casa em North Vancouver. Paramos à beira de um riacho, e ela se abaixou para espirrar um jatinho de água em mim, sorrindo. Os olhos azul-escuros dela, iguais aos meus, brilhavam sob a luz da floresta. Eu ri e joguei água de volta nela.

— *Eu amo você. Espero que saiba disso.*

Uma saudade dolorida preenche meu peito. Não ouço essas palavras desde que era criança, desde que ela ainda morava com a gente.

E fui eu quem não quis morar com ela. Fui eu que quis ficar com meu pai por tempo integral porque estava sempre buscando a aprovação dele.

Quando a aula termina, há um coro de despedidas enquanto as pessoas encerram a ligação.

— Miller — diz ela. Os outros saíram da sala virtual, e somos os únicos aqui. Há algo de diferente na voz dela enquanto me observa pela câmera. — Tudo bem aí?

Forço um sorriso sarcástico.

— Acha que estou tão fora de forma que não dou conta de um alongamentozinho, Hartley?

Ela não responde de imediato, e um pânico cresce dentro de mim quando fico com a impressão de que ela não mordeu a isca.

— Longe disso. Só acho que, para alguém do mundo dos atletas machões e das flexões, minha aula pode ser meio chocante.

— Atletas machões e flexões? — repito, abrindo um sorriso.

Ela sorri de volta.

— Errada não estou.

— Não mesmo. — O sorriso dela faz o nó tenso e terrível na minha garganta se dissipar. — Obrigado por me deixar participar.

Ela acena.

— Boa noite.

— Boa noite, Hartley.

Ela encerra a reunião e fico ali parado, girando distraidamente.

O jeito do meu pai de lidar com o desconforto é praticar. Praticar até não dar mais. Pular de cabeça. Arrancar à força. Não fugir; vencer. Derrubar. Ser o mais forte e o mais rápido. Qualquer coisa abaixo do melhor é fracasso.

Abro o site de Hartley e me inscrevo para todas as dez aulas naquele mesmo horário.

Estamos andando pelo terminal para embarcar em nosso voo de volta quando algo cintilante numa vitrine de loja prende minha atenção.

Eu me abaixo para examinar o dragãozinho de cristal. É azul-claro, tão fofo e gorducho que parece um desenho animado, com olhos vermelhos que brilham sob as luzes.

Um sorrisão se abre em meu rosto.

— Miller — Owens chama. — Vamos.

— Já vou. — Eu me volto para o dragão e entro na loja. Já passou da hora de comprar um presente para a Hartley.

12

HAZEL

Estou na minha sala criando um plano de recuperação para um jogador quando Rory deixa um dragãozinho de cristal na minha frente.

Ele sorri para mim, apoiando-se no batente, os olhos calorosos e suaves.

— Hartley — cumprimenta ele.

Caralho, como esse homem está gato. Hoje foi o treino mais difícil da semana, mas Rory está todo arrumado e os olhos dele estão brilhando de energia.

Odeio como ele é forte. Odeio que realmente é um dos melhores atletas de sua geração. Odeio isso, mas não consigo evitar ficar admirada por ele.

Meus olhos voam para o dragãozinho cintilante na minha mesa.

— O que é isso?

— Você.

Meus lábios se abrem em negação.

— Não é nada.

— Claro que é. Você é minha dragoa esquentadinha. — Lanço um olhar fulminante para ele, que acena, apontando para mim. — Igualzinha a esse aí. Olhos vermelhos e tudo.

Uma risada me escapa e pego o bicho besta, examinando-o.

Até que é fofo.

— Que idiota — digo, enquanto um calor se espalha em meu peito.

— Ei, Hazel? — Hayden aparece no batente. — Posso pegar um daqueles elásticos?

— Pode. — Reviro a escrivaninha para encontrar um elástico extra para ele poder fazer os exercícios de físio em casa e jogo um para ele. — Precisa que eu repasse os exercícios?

— Não. Entendi todos. — Os olhos de Hayden pousam no dragão, e ele sorri. — Gostou? Miller gastou três paus nele.

Fico atordoada e me viro para Rory.

— Três *mil* dólares?

Ele dá de ombros como se não fosse nada.

— Miller, isso é dinheiro *de mais*.

Hayden ri baixinho.

— Eu te falei, ele gosta de você. Até depois, pombinhos.

Quando sai, Rory me lança um olhar estranho.

— Você sabe o quanto eu ganho, né?

Só o Rory mesmo para ser assim tão direto sobre ser o jogador mais bem pago da liga.

Encaro o dragãozinho.

— Isso aqui custa mais do que um mês do meu aluguel. Você não pode gastar tanto dinheiro assim comigo. — Baixo a voz. — Ainda mais porque... — faço um gesto de *você sabe* para ele.

Ele arqueia uma sobrancelha, sorrindo.

— Porque o quê?

— Porque eu não sou sua namorada de verdade.

A foto que tiramos na festa de noivado de Pippa rodou a internet, aumentando nossa credibilidade porque foi tirada antes de anunciarmos nossa relação ao público. Na foto, Rory sorri para mim com um olhar suave, como se não quisesse me soltar. *Ele está caidinho por ela*, estava escrito em um dos comentários.

Ele estreita o olhar.

— Ué, e se você fosse minha namorada, não teria problema?

Quê? Os olhos de Rory são tão azul-escuros, tão hipnotizantes, que não gosto de como me sinto bamba e desgovernada perto dele. Estou no trabalho. Preciso assumir o controle. Preciso estar *sempre* no controle.

Mas ele fez minha aula de yoga, disse para todo mundo que era meu namorado e pareceu gostar de verdade da aula, pelo menos até eu pedir para pensarem o que os fazia se sentirem amados, quando então ele pareceu arrasado e perdido.

Fiquei a semana inteira pensando nisso.

— Não gasta tanto dinheiro comigo.

— Hm — responde ele, estreitando os olhos para mim. — Isso parece um desafio.

— Não é. — Estou rindo de novo. — Você é perturbado, Miller.

Ele chega perto, apoiando as mãos nos braços da minha cadeira e levando a boca até a minha orelha daquele jeito que faz meu coração disparar.

— Se você fosse minha namorada de verdade, Hartley — sussurra ele, a respiração enviando correntes elétricas pela minha pele —, não haveria limite para o tanto de dinheiro que eu gastaria com você. Quer que a gente seja convincente? Então vai ter que me deixar gastar.

Engulo em seco, sem saber o que dizer.

— Ando pensando em você — acrescenta ele, se erguendo.

— O que você faz tarde da noite no seu quarto de hotel não é da minha conta, Miller. — Lanço um sorriso frio e desinteressado na direção dele, embora meu estômago esteja dando cambalhotas.

Ele anda *pensando* em mim? De que jeito? Num sentido sexy? Será que eu gosto disso?

Acho que sim.

Arqueio as sobrancelhas.

— Ou no banheiros do McDonald's.

Ele ri.

— Nunca entrei num McDonald's.

Choque expulsa o desinteresse do meu rosto.

— *Como assim?* Nem quando era criança? Nem quando está bêbado?

— Não sou de ficar bêbado, Hartley.

Eu o encaro, confusa.

— Nunca nem entrou na piscina de bolinhas?

O peito dele treme de tanto rir, os olhos dançando de divertimento, e sinto aquela sensação estranha e saltitante em meu estômago de novo.

— A piscina de bolinhas parece nojenta.

Lanço um olhar de *dã* para ele.

— Claro que é, mas isso não importa quando você tem seis anos.

— Ou quando está bêbado. — Os olhos dele me provocam.

— Ou quando está bêbado — concordo.

Fico curiosa para saber como ele seria bêbado ou meio altinho. Aposto que ficaria alegrinho, safado e fofo. Um calor enche meu peito antes de eu afastar a sensação.

Não posso ter esse tipo de pensamentos com Rory.

Mordo os lábios, e os olhos dele descem para minha boca.

— Você ia me dizer alguma coisa? — pergunto, a cara ardendo.

Ele pisca enquanto seus olhos voltam a entrar em foco.

— Tem um evento comunitário de patinação na arena hoje à noite, e Ward vai ensinar um monte de crianças a patinar.

— Legal. Bom pra ele.

Rory abre um sorriso largo, e sinto um frio na barriga. O sorriso dele fica ainda mais escancarado, e ele é tão lindo. É forte, largo e tão, mas tão alto, e o cabelo dele é farto e um pouco ondulado de uma forma que me faz me *coçar* para não passar a mão, e além de tudo isso, ele também é lindo.

— E você sabe que quero parecer um capitão responsável e confiável.

Já até vi onde isso vai dar.

— Não sei o que isso tem a ver comigo.

— Hartley, vou ensinar você a patinar.

13

RORY

— Flexiona os joelhos.

— Eu vou cair.

— Não vai. — Seguro a cintura dela, guiando-a por trás enquanto ela patina em um ritmo glacial, cambaleando. — Eu não vou deixar.

Ao nosso redor, pessoas patinam num grande círculo ao redor do centro comunitário enquanto toca música. Um globo de espelhos projeta luzes dançantes sobre o cabelo de Hazel.

— Acha que ele viu a gente? — ela pergunta.

O cabelo dela tem um cheiro bom. Leve e gostoso, tipo baunilha, cookies ou alguma coisa assim.

— Ele quem?

— Ward.

Ah, é mesmo. O motivo para a gente estar aqui. Do outro lado da arena, Ward está numa seção isolada com um monte de crianças pequenas, ensinando-as a patinar. Todas elas patinam mais rápido do que Hartley.

— Ele me viu tirando fotos com as pessoas quando chegamos.

Ela responde com um grunhido e continua se arrastando sobre o gelo.

Meus olhos descem para a bunda dela. Porra, essa legging de yoga. Quando penso que ela não usa calcinha com a roupa de yoga, sinto o tesão endurecer alguma coisa na minha virilha.

Pode me chamar de babaca, mas eu já me imaginei fazendo Hartley gozar umas mil vezes. Mudaria toda a história da minha vida vê-la se desfazer por minha causa. Ela está sempre tão no controle que fazê-la se arquear e se dissolver e gritar de prazer daria a porra de um sentido para a minha vida.

— Miller. — Ergo a cabeça, e ela está olhando para mim por sobre o ombro com um sorrisinho. — Você estava olhando para a minha bunda?

— Estava. — Sorrio. — É a legging.

Ela ri e balança a cabeça.

— Você não presta. — Solto a cintura dela e vejo seus olhos se arregalarem de medo. — Não. — As mãos dela pegam as minhas, segurando-as junto ao corpo, e meu sangue pulsa de orgulho. — Não estou pronta.

Ela é tão fofa.

— Hartley, você está indo bem demais. Vou patinar do seu lado por um tempo.

Ela projeta um barulho estrangulado, mas solta minhas mãos, e vou para o lado dela. Somos as pessoas mais lentas no rinque, mas ela não parece notar.

Ergue os olhos para o meu rosto.

— Não precisa ficar com essa cara tão satisfeita.

Ergo as mãos, rindo.

— Eu não estou.

— Você está se achando.

— Estou me divertindo com você.

É a verdade. Passar tempo assim com Hartley me relaxa. Ela desvia o olhar, mas está sorrindo. No próximo impulso que ela toma, o patim escorrega e ela contém um grito enquanto se equilibra.

— Você consegue — digo, ficando por perto.

Ela coloca a mão enluvada na minha, e meu coração dispara enquanto encaro nossas mãos dadas. Nervosismo se enrosca em meu peito.

— A gente é um casal, teoricamente — diz ela, sem olhar para mim. — E não quero cair.

— Eu sei. — Meu coração vai à loucura.

Ela é tão linda. O cabelo está solto ao redor dos ombros. Dia desses no chuveiro, bati uma pensando em roçar o nariz no pescoço longo dela, deslizar as mãos por seu quadril para sentir se ela está usando alguma coisa embaixo da legging.

Um arrepio me percorre e engulo em seco, olhando para a boca farta dela. Será que a gente ficaria de boa se eu desse um beijo nela aqui? Ward não está nem olhando.

Ela me lança um olhar estranho enquanto patinamos.

— Que foi?

Eu arregalo os olhos.

— Que foi o quê?

— Você está esquisito.

— Não estou, não.

— Está, sim. — Ela inclina a cabeça enquanto me observa e sinto um nervosismo nas entranhas. — Ai, meu Deus. Você fica nervoso perto de mim?

Rio, desviando o olhar.

— Não.

Ela perde o equilíbrio, e levo as mãos à cintura dela para equilibrá-la.

— Fica, sim. Você está nervoso.

— Você mete medo — respondo, abrindo um sorriso.

Ela ri, e adoro a maneira como seus lábios se curvam.

— Você sabe que não sou nenhuma dragoa de verdade, né? — O tom que ela assume é suave, brincalhão e escorre por minha nuca, quente como mel.

Voltamos a patinar, e coloco a mão na dela.

— Por que você dá aulas via Zoom? Pensei que dava aulas num estúdio.

— Às vezes eu dou. Os estúdios dão preferência para profissionais mais antigos. — Ela crispa os lábios. — Mas também é uma questão de acessibilidade. É mais fácil para as pessoas participarem on-line do que num estúdio. Elaine gosta de viajar, mas quer manter a prática em dia. O elevador de Clarence vive quebrando e, com o problema dele no quadril, é difícil usar a escada. Vatsi está prestes a ter um bebê, então a vida dela é sempre muito ocupada. Hyung gosta de não ter que se deslocar da universidade, o que daria uma hora de ônibus de ida e uma hora de volta. E Laura... — ela para abruptamente. Noto um lampejo fugaz de fúria em seus olhos. — Bom, a Laura não teve as melhores experiências com estúdios. Pelo Zoom é a melhor opção para muita gente.

A chama em seus olhos me ilumina.

— Você curte mesmo isso, né?

— É meu propósito de vida — responde ela, com rapidez e naturalidade. — Um dia, quero abrir um estúdio fitness. A gente ofereceria aula de yoga, pilates, dança, além de físio e massoterapia. Tem uma mulher nos Estados Unidos que abriu um estúdio *body positive*. Fica em Nova York. — Os olhos dela brilham. — Eles têm aulas de dança só de músicas da Beyoncé. É tão legal ver os vídeos deles dançando. Todas as idades, todos os gêneros, todos os tipos corporais. — Ela encolhe os ombros. — Quero criar essa mesma energia, mas aqui.

Algo tenso aperta meu peito. Era para eu sentir algo assim pelo hóquei, mas mesmo assim, não consigo sentir.

Nossos olhos se encontram, e a expressão dela está hesitante.

— Não sei por que eu te contei isso.

Odeio que ela tenha erguido a defensiva de novo.

— Fico feliz que tenha me contado.

Quero ficar aqui para sempre com ela, ouvindo-a falar sobre as coisas que ama.

— Imagino que dividir o quarto com Connor tenha sido tranquilo — diz ela.

O que ele disse sobre esperar que eu fizesse uma cagada para poder entrar em campo se repete em minha cabeça.

— Foi de boa.

Se eu contasse para ela, isso só a chatearia.

— Ele tentou me irritar, mas respondi na mesma moeda. — Dou uma piscadinha para ela.

— Se alguém consegue irritar aquele cara, é você. Vocês são farinha do mesmo saco.

Franzo a testa. Ela está brincando, mas nem tanto.

— O que quer dizer com isso?

— Sabe. — Ela dá de ombros. — Vocês são iguais.

Franzo ainda mais a testa.

— Não, não somos.

Ela me lança um olhar sarcástico de *quem você está tentando enganar?*, e uma sensação terrível pesa dentro de mim.

— Hartley. — Minha voz é baixa. — A gente não tem nada a ver.

— Você é um jogador de hóquei. — Sinto uma honestidade e uma raiva cortantes no olhar que ela me lança. — Vocês têm tudo. Não precisam se importar com os outros. As mulheres se jogam em cima de vocês, e ninguém nunca negou *nada* para vocês.

— Eu me importo com os outros. — As palavras saem mais bruscas do que eu pretendia, e tento forçar um sorriso sarcástico, mas não consigo. Odeio que ela pense que somos iguais. — Não sou o McKinnon e não gosto de ser comparado a ele. Nunca traí ninguém. Não sou esse tipo.

— Pode até nunca ter traído, mas eu conheço você. — Ela está com uma expressão triste que parte meu coração, como se estivesse esperando eu perceber o que ela sabe sobre mim.

Odeio essa cara. Minha mãe estava com a mesma cara quando largou meu pai.

— As mulheres não passam de entretenimento para vocês. — Ela engole em seco. — Somos descartáveis.

— Não. — Paro de patinar, prestando zero atenção nas pessoas que passam por nós. — O que te fez pensar essas merdas, Hazel?

Ela solta a minha mão.

— Ashley — responde ela, como se eu devesse saber do que ela está falando.

— Quem é Ashley? — Frustração tensiona meu corpo, e odeio que ela tenha essa imagem de mim na cabeça.

— Ashley Peterson, do ensino médio. — Diante da minha cara perplexa, ela diz: — Você saiu com ela e a fez se sentir especial, e ela era caidinha por você.

Balanço a cabeça porque não me lembro dessa menina. O ensino médio foi um turbilhão de treinos às cinco da madrugada, tentar acompanhar as aulas para pelo menos me formar e treinos infinitos na academia com personal trainers que me forçaram até meu limite absoluto. Ser contratado era tudo o que importava, e nunca me deixavam me esquecer disso. As sessões de tutoria com Hartley eram o único ponto alto.

— Loira? — pergunto, enquanto a memória vaga dessa tal de Ashley passa pela minha cabeça.

Hartley olha para mim, incrédula.

— *Sim.*

Passo a mão no rosto enquanto a memória começa a voltar. Eu e essa tal de Ashley demos uns beijos, eu acho?

— Hartley, isso faz uma década. Eu nem me lembro do que aconteceu.

Ela parece ao mesmo tempo furiosa e triste.

— Pois então eu te lembro. Você deu um fora nela um dia antes do baile.

Eu ficava com uma menina ou outra na escola, mas era sempre casual. Namorar seria impossível. Eu mal dava conta da escola e do hóquei. E nenhuma garota parecia tão boa quanto a Hartley.

Não me lembro de ter convidado essa tal de Ashley para o baile. Lanço um olhar para Hazel de *e daí*.

— Tá?

Ela solta um suspiro frustrado.

— Eu a convenci a ir para o baile mesmo assim. Quando a gente entrou, você estava com a língua na garganta de outra menina.

De repente me vêm memórias. Ela tem razão. Eu fiz isso mesmo e não estava nem aí para os sentimentos dessa tal de Ashley. Uma pontada de raiva de mim mesmo endurece meu peito. Sou um cuzão, igualzinho ao Rick Miller.

— Ela foi chorar no banheiro. Você fez ela se sentir como se tivesse algo errado com ela. Fez ela se sentir pequena, insignificante e desprezível.

A intensidade na voz de Hazel me corta. Há uma corrente de emoção no fundo das palavras dela que faz meu estômago se revirar.

— Você faz ideia de como isso foi escroto? — ela continua com dor nos olhos. — Sabe como isso é — ela aponta para a própria cabeça — prejudicial e traumático?

Ouço o barulho baixinho da fechadura enquanto minha mãe ia embora. Ouço de novo quando Lauren, a namorada seguinte do meu pai, saiu alguns anos depois. Ouço o tom distante como ele me disse que ele e a namorada seguinte não estavam mais juntos.

Minha vida vai imitar a dele. Já imita. Vou ter cinquenta e cinco anos e ficar esperando minha namorada atual me largar igual a todas as outras. Vergonha e frustração envolvem meu peito, apertando com força.

— Hartley, isso faz uma década. Tenho certeza de que ela já superou.

Fúria cresce no olhar dela, e consigo ver em seu pescoço a pulsação se acelerar.

— Tem certeza?

Dou de ombros, fazendo pouco caso. Por favor. Por favor, podemos deixar essa merda desse assunto para trás?

— *Tomara* que sim, porra. — As palavras saem de um fôlego, alimentadas por aquela sensação fria e esmagadora em meu peito. — É ridículo ficar choramingando uma década depois por um cara que nem ligava para você. Duvido que ela ainda pense em mim e, se pensar, é porque não tem muita coisa acontecendo na própria vida.

Ouço minhas próprias palavras, mas não consigo impedir que saiam. A vergonha me pega pelo pescoço e me sufoca. Hazel está com cara de quem levou um tapa, encarando-me com mágoa e choque antes de soltar um riso baixo.

— Não sei por que topei isso. Você é exatamente quem eu pensei que fosse.

Meu peito se aperta.

— Não sei por que pensei que... — ela para de falar, balançando a cabeça enquanto sai patinando, dirigindo-se à entrada do rinque. — Acabou.

14

RORY

Escuto o fim da frase dela de um milhão de maneiras.

Não sei por que pensei que conseguiria passar tempo com você.

Não sei por que pensei que nosso acordo daria certo.

Não sei por que pensei que você era diferente.

Minha ficha cai: a reação de Hazel não é apenas sobre a amiga. É sobre o que Connor fez com *ela mesma*.

Eu disse que não tinha tido importância. Que ela deveria ter superado a essa altura. Eu a chamei de ridícula. Como pude ser um cuzão tão insensível? Não me admira que ela não me aguente mais.

Meu pai não cederia. Rick Miller sempre as deixa ir embora. Ele queria ir atrás da minha mãe (ainda me lembro da cara arrasada dele quando ela partiu), mas não foi.

— Hartley — chamo, patinando atrás dela. Ela me ignora enquanto me aproximo. — Foi da boca para fora. Desculpa.

Ela leva as mãos aos painéis, perde o equilíbrio, e me aproximo para segurá-la.

— Não encosta em mim — sussurra ela. — Estou brava com você.

— Eu sei. — Espero até ela se equilibrar antes de me afastar. — Você tem todo o direito de estar, mesmo.

O maxilar dela está muito tenso, e os olhos faíscam com todas as emoções ruins que nunca, jamais, quero ver neles. Ela cruza os braços diante do peito, me fuzilando com os olhos.

Passo a mão no cabelo, o pulso a mil.

— Odeio ter magoado sua amiga, então fingi que isso não era nada para me fazer me sentir melhor. Acho que pensei... — inspiro fundo, observando o rosto dela em busca de alguma reação, algum sinal. — Pensei que, se fingisse que não era nada de mais, eu não me sentiria assim.

— Assim como?

— Como um cuzão do caralho. — Vasculho os olhos dela. — Não quero magoar as pessoas desse jeito. Isso é o que meu pai faz. Sinto muito por ter magoado sua amiga. Eu era novo demais e idiota, mas isso não justifica. — Ela fica olhando para mim, e memorizo as linhas cinza de suas íris envoltas por cílios grossos e escuros. As pessoas dão a volta por nós, mas as ignoramos.

Compreensão, tristeza e dor sobem e descem nos olhos dela. Hazel engole em seco de novo, e suas sobrancelhas se unem antes de ela desviar os olhos.

— Ele me traiu desde o começo — diz ela, baixinho, encarando o gelo.

Streicher já me contou isso, mas mesmo assim sou tomado por uma fúria protetora. Como aquele filho da puta teve coragem de machucar essa menina?

— Eu consegui adiantar matérias na escola para a gente poder ir junto para a faculdade. — O olhar dela se ergue para mim antes de se voltar para o gelo. — Descobri no fim do primeiro ano da universidade. Todo mundo sabia, menos eu.

Raiva me percorre, ganhando força. McKinnon é um idiota do caralho e, se é que é possível, eu o odeio ainda mais. Fecho os punhos para não colocar a mão nela. Não é à toa que ela não leve desaforo para casa.

Ela cutuca as unhas.

— Ele disse... — ela se interrompe, tocando a língua no lábio superior.

Levo as mãos aos ombros dela e me agacho para olhar em seus olhos.

— O que ele disse?

Ela nega com a cabeça.

— Vai, por favor, me fala — imploro.

Ela volta a balançar a cabeça.

— Eu só quero esquecer essa história.

Pressiono os dentes uns contra os outros, e aquela autoaversão aperta meu peito de novo. Ela confia tão pouco em mim que não consegue me contar. Acha que sou igual ao McKinnon.

Então talvez eu precise resolver isso. Talvez, se quero que isso com

Hartley seja real, eu precise mostrar para ela que não sou nada parecido com ele ou com o meu pai.

— Odeio aquele cara pelo que ele fez com você. — Será que ela sabe como meu coração está batendo rápido, como meu peito está apertado? — Não é que eu só odeio o cara por ser um cuzão; eu odeio ele porque não soube te dar valor. Mentiu para você e foi descuidado com você. Não quero ser nem um pouco parecido com ele.

Consigo ver todos os tons de azul e cinza nos olhos dela e deixo as cores hipnotizantes me ancorarem, me distraírem da constatação enorme de que nunca fiz isso antes: nunca me desculpei de forma séria e sincera.

Rick Miller não pede desculpas. Não é uma habilidade que ele considerou necessária a ponto de me ensinar, e nem consigo me lembrar da última vez que fiz isso. No ano passado, quando senti o impulso inquietante de resolver as coisas com Streicher, acabamos brigando no rinque.

— Desculpa — digo de novo, dessa vez só para me ouvir, para saber que é real.

Não sou nada parecido com ele.

— Tá. — Ela desvia o olhar.

— Tá? — Eu me abaixo para encontrar o olhar dela. — Você me perdoa? Estamos numa boa?

Ela assente de forma discreta. Não confia completamente em mim, quer dizer, ainda não, pelo menos, mas não vejo mais raiva em seus olhos.

Passo a mão no cabelo, deixando meu pulso desacelerar, e lanço um olhar hesitante para ela.

— Vamos voltar a patinar.

Ela morde o lábio inferior. Está prestes a negar, mas não posso deixar que paremos nesse clima.

— Você não é de desistir — digo, um sorriso me tomando. — E pensa em como ele vai ficar puto quando descobrir que eu te ensinei.

Ela sorri como uma diabinha.

— Beleza.

— Parabéns, gatinha — digo, quando voltamos a patinar ao redor do rinque, e a boca de Hartley se contrai com divertimento e irritação. — Acabamos de ter nossa primeira briga.

— Não me chama de gatinha — responde ela, mas posso ver que está sorrindo.

15

RORY

Meia hora depois, estamos saindo do rinque quando um cara vestindo equipamento de hóquei para na minha frente.

— Você é Rory Miller.

Meu sorriso é simpático e agradável.

— E aí.

Ele aponta para o rinque com uma expressão confusa.

— Você estava patinando aí?

— Estava ensinando minha namorada. — Coloco o braço ao redor dos ombros de Hazel.

Está ficando cada vez mais fácil dizer essas palavras. *Minha namorada.*

— A gente joga aqui toda semana. — Ele aponta para o rinque, onde alguns caras estão patinando, conversando e aquecendo. — Quer jogar com a gente?

Abro um sorriso constrangido.

— Valeu, cara, mas preciso levar minha namorada para casa.

Ele encolhe os ombros.

— Beleza, não custava perguntar.

Ele entra no rinque e sai patinando, e guio Hazel até um banco para ela poder desamarrar os patins.

— Espera. — Ela coloca uma mão no meu braço, vendo os outros jogadores darem voltas pelo rinque antes de erguer o olhar para o meu. — Você devia jogar com eles.

— Por quê?

— Porque... — ela hesita. Há uma doçura em seus olhos. Afeto, talvez. — Você se divertiu hoje, patinando comigo.

— Foi. — Sorrio. — Com *você*. Não com um cara de meia-idade chamado Steve.

Ela solta uma risada, e memorizo o som.

— Estou falando sério. Talvez você se divirta com eles.

No gelo, eles estão passando o disco, tirando sarro uns dos outros. Um deles erra o gol e outro ri, mas não de um jeito cruel. Algo vibra em meu peito.

— Deixei você me ensinar a patinar — continua Hazel. — Você me deve uma.

— Ah, é? — Arqueio uma sobrancelha para ela.

Acho que ela está tentando não sorrir, pela maneira como os olhos dela estão brilhando.

— Aham. Nem tudo é uma competição — acrescenta ela, com a voz mais suave. — Algumas coisas são só por diversão.

Penso no que decidi antes, que não quero ser parecido com McKinnon. Quero ser alguém que Hazel tenha orgulho em namorar, mesmo que seja de mentira.

Vinte minutos depois, marco outro gol para um silêncio total. Sinto um arrepio na nuca enquanto Hazel assiste da arquibancada, e patino com os caras de volta ao centro do rinque para o recomeço da partida.

— Quanto está o jogo? — um dos outros jogadores grita para o árbitro.

— Doze a zero.

— Puta merda — murmura outro cara, e minhas entranhas ficam tensas. — Miller, você está atropelando a gente.

Ele está brincando, mas as palavras que usa são cortantes. Esses caras não jogam da forma como estou acostumado. Não são tão competitivos e acirrados, e agora estão com uma energia destroçada. Sinto um peso no peito. Não está sendo divertido, e não sei o que estou fazendo de errado. Estou marcando gols. Jogando da forma como sempre jogo. Não sei por que pensei que seria diferente.

Meu olhar se volta para Hazel, que está assistindo. A alguns metros, Ward observa o gelo com os braços cruzados, apoiado na parede com uma expressão impossível de interpretar. Nossos olhos se encontram antes de ele se virar e sair.

Merda. Que capitão de merda eu sou.

— Rapaziada, agora eu preciso ir — digo. — Valeu por me deixarem jogar.

O clima fica imediatamente mais leve, e todo mundo se despede enquanto saio patinando, deixando o bastão que me emprestaram no gelo antes de ir até Hazel.

— E aí. — Ela examina meu rosto quando me aproximo. — Acabou?

— Acabou. — Aquela semente de culpa e vergonha que senti hoje durante nossa discussão se aloja no centro do meu peito. Eu me ajoelho e desamarro seus patins, sentindo o olhar dela.

— Aquele jantar do time na sexta ainda está de pé? — pergunto.

— Ah. — Ela pisca como se tivesse se esquecido. — Aham. Está sim.

— Boa. — Tiro o outro patim dela. A sensação tensa e envergonhada em meu peito vai passando quanto mais conversamos. — O *stylist* vai entrar em contato.

— Do que você está falando?

— Você precisa de uma roupa. É um jantar de gala.

Pego o pé com meia dela entre as mãos. Ela olha o movimento, distraída, e, enquanto aperto o polegar nas solas, o maxilar de Hartley relaxa.

Sorrio. Ela gosta disso.

— Eu tenho roupa — responde ela, ainda franzindo a testa para minhas mãos massageando seu pé.

— Não pode usar um vestido antigo, Hartley. — Massageio o peito do pé dela, e vejo suas pálpebras baixarem. — Lembra o que eu falei? Se você fosse minha namorada de verdade, eu gastaria dinheiro com você a torto e a direito. É o que Streicher faz com Pippa.

Passo para o outro pé, e ela faz um barulho que é meio uma reclamação, meio um suspiro de prazer.

— Hm — diz ela, piscando quando aperto o polegar mais fundo. — Nossa.

— Diz que sim, Hartley. — Os olhos dela ficam turvos e suaves. — Me deixa comprar um vestido bonito para você se sentir bem.

O ponto que estou massageando deve estar dolorido, porque, quando aperto, os olhos dela se fecham.

— Você não vai me fazer usar nada transparente, né?

Rio baixinho.

— Não. Acho que eu nem conseguiria *fazer* você usar nada. — Eu a imagino em algo fino e transparente, tão gata e terrivelmente gostosa sob os olhares de McKinnon, e um ciúme cortante se retorce em minhas entranhas. — Gosto de exibir você por aí, Hartley, mas ninguém além de mim pode ver seus peitos.

Ela abre os olhos. É um *rubor* que noto em suas bochechas?

— Vai sonhando.

Meu sangue ferve de orgulho e prazer por vê-la sem graça. Eu sonho pra caralho mesmo.

— Vou deixar tudo acertado, então. Tudo o que você precisa fazer é estar lá. — Minha expressão fica maliciosa. — E ficar parada quando eu der uns beijos em você.

Ela revira os olhos, e suas bochechas estão definitivamente rosadas.

16

RORY

Quando chego para o jantar do time na velha mansão em Shaughnessy, um bairro conhecido por ser rico e tradicional em Vancouver, noto duas coisas.

A primeira é que Hartley está deslumbrante pra porra.

Paro, boquiaberto, no vestíbulo, enquanto meu coração acelera. Hazel Hartley é a mulher mais linda que conheço. Sinto um nó na garganta quando tento engolir.

Depois daquele dragão de cristal de que ela obviamente gostou, do vestido e do envelope guardado no bolso do meu smoking, fiquei viciado em gastar dinheiro com ela.

A segunda coisa que noto é o cuzão do McKinnon a cercando feito um abutre. Ele está a meio metro, falando com ela enquanto Hazel parece desinteressada. Os olhos dele a perpassam, pousando na onda perfeita de seu decote.

Ele me traiu desde o começo. Todo mundo sabia, menos eu.

Passo a língua no lábio superior com ciúme e possessividade. Jogadores me cumprimentam enquanto avanço na direção dela, mas mal presto atenção.

Nossa discussão na quarta me mostrou o quanto tenho a perder com ela, e não estou disposto a desistir.

— Hazel. — Minha voz está baixa. Ela arregala os olhos, não sei se porque estou usando o primeiro nome dela ou porque pouso a mão na lombar dela de uma forma que mostra para todos no salão que ela é minha. — Você tá linda — digo, e meu coração bate forte quando levo a boca à dela.

Ela prende o ar e, pelo momento mais longo da minha vida, tenho medo de que vá me empurrar, mas ela se dissolve em mim, retribuindo o beijo, e, em meu peito, algo se encaixa.

17

HAZEL

Rory Miller me beija, e o mundo balança sob meus pés. A barba rente dele raspa em minha pele, me fazendo perder o ar. Beijá-lo é diferente demais do que eu imaginava.

A boca dele aperta a minha de leve, a expiração é suave contra minha pele, e os dedos traçam meu maxilar antes de se afundarem em meu cabelo. Os movimentos de Rory são lentos, sem pressa. Eu diria que ele está relutante, não fosse pela maneira como a língua dele passa por meus lábios e me acaricia de leve.

O ar escapa dos meus pulmões e percebo que estou apertando a frente da camisa dele. Rory flexiona os dedos por uma fração de segundo em meu cabelo e cobre minha mão em cima do próprio peito, relaxando-a sobre a minha. Tudo nele é caloroso, acolhedor e reconfortante.

Pouca coisa faz sentido neste momento, mas ele cheira bem — sândalo e algo limpo, tipo sabonete para banho —, e a sensação da barba rente dele roçando meu queixo é tão agradável que paro de tentar entender esse momento. O cheiro dele repuxa um músculo no fundo do meu ventre.

— Meu Deus — murmura ele consigo mesmo, encostado em meus lábios, antes de deslizar a língua por sobre a minha.

Ele aperta meu cabelo, ainda delicado e cuidadoso, e puxa. Rory me beija como se viesse pensando neste momento há muito tempo e, quando faíscas disparam pela minha pele com o toque de sua mão em meu cabelo, solto um barulho baixo de prazer em seus lábios.

Ele suspira.

— Gostou, né?

As palavras dele reverberam em minha mão sobre seu peito. Abro a boca para fazer algum comentário espertinho ou ácido, mas ele enfia a língua de volta, lambendo o interior da minha boca.

Não é só um beijo. Minha cabeça gira pelo prazer dos lábios dele nos meus, o gosto dele, o toque e os cheiros.

Em algum canto obscuro da minha mente, fico me perguntando se é assim que ele usaria a língua entre as minhas pernas. Os músculos daquela área se tensionam e mordo o lábio inferior dele. Sob a palma da minha mão, sinto o coração dele disparado.

Eu me desvencilho para olhar para Rory e sinto um friozinho na barriga quando nossos olhares se encontram. Ele está extremamente gato. Chega a ser injusto como aqueles olhos azuis se destacam em contraste com o preto intenso e o branco imaculado do smoking que está vestindo, e chega a ser injusto como ele consegue ter uma beleza tão jovial e ao mesmo tempo ser tão robusto e masculino. O cabelo dele está naquele estilo perfeitamente bagunçado e desleixado na medida certa que fica tão bem nele. As laterais estão arrumadas como se ele tivesse saído para cortar à tarde, e meus dedos ficam coçando para traçar os cabelos curtos, senti-los pinicar meus dedos.

Alguém pigarreia, e sou jogada de volta para a realidade.

Pippa e Jamie nos encaram com a mesma expressão risonha, e Connor desapareceu. Sinto meu rosto arder e passo o dedo pela linha superior do lábio para confirmar se não manchou nada. Ao meu lado, Rory se ajeita, ofegante. Nossos olhares se cruzam, e um calor pulsa entre minhas pernas perante o olhar turvo que vejo em seus olhos. Nós dois desviamos os olhos ao mesmo tempo de novo.

— Você tá muito bonita — comenta ele, ainda sem olhar para mim.

— Obrigada. — Fico analisando um ponto qualquer do outro lado do salão.

Há um momento em que nos entreolhamos de novo antes de desviar o olhar. Ele está corando, penso.

— Vou buscar bebidas pra gente — diz ele, olhando de novo para o meu vestido antes de sair andando.

O smoking preto e elegante dele está perfeitamente ajustado para se moldar a cada centímetro do corpo esguio e forte. Ver Rory Miller vestindo um smoking como *aquele*, com os ombros largos e pujantes, é realmente uma dádiva. Não estou preparada para a beleza dele, e sei que estou encarando demais, mas não consigo desviar os olhos.

— Hmm. — Pippa está sorrindo para mim, e meu pescoço arde.

— Nem começa. — Jogo o cabelo para trás dos ombros, me recompondo.

Me encho de preocupação e mordo o lábio. A gente não devia ter feito isso. Eu gostei demais.

Por dias, fiquei repassando nossa discussão, a sensação esmagadora em meu peito enquanto ele basicamente me dizia que eu era frescurenta e ridícula, depois a expressão desesperada e dolorida no rosto ao pedir desculpas.

Parecia que ele morreria se eu não o perdoasse.

Pensei nele amarrando os cadarços dos meus patins. A paciência gentil que demonstrou enquanto me ensinava a patinar. No rinque, quando ele olhou para a minha boca com aquele olhar compenetrado, pensei que talvez fosse tentar me beijar, mas não.

Aquele dragão besta e adorável em cima da minha cômoda, olhando para mim enquanto pego no sono toda noite.

Volto a observá-lo. Ele me encara de volta, e desvio os olhos para as obras de arte nas paredes, os móveis de couro acolchoados, as mesas de canto cheias de quinquilharias antigas. Perto do bar, Ward está entre um grupo de jogadores, uma bebida na mão, ouvindo Alexei falar. Era para os técnicos serem velhos de cara vermelha e furiosa, mas Ward está mais para James Bond com o smoking que está vestindo, todo bonitão e com uma confiança tranquila.

Rory volta com uma bebida para mim, e dou um gole, grata por ter algo para fazer com as mãos.

— Estou feliz por você ter vindo — murmura ele, e a boca roça minha orelha antes de dar um beijo rápido em minha têmpora.

Um arrepio percorre minhas costas. Ele está ficando mais atrevido com essa farsa de relacionamento de mentira, e queria poder dizer que isso me irrita, mas... não me irrita.

Meu sorriso está um pouco tímido.

— Você achou que eu não viria?

— Bom, depois do outro dia... — Ele volta o olhar para mim, coçando a nuca. — Te comprei uma coisa. Como um pedido de desculpas.

— Você já pediu desculpas.

— Eu sei. — Uma leve ruga se forma em sua testa enquanto ele leva a mão até dentro do paletó e tira um envelope. — Queria mostrar que não foi da boca para fora.

Ele está com aquela mesma expressão sincera com que estava no rinque, como se estivesse sentindo uma dor física. Uma mecha de cabelo caiu em sua testa, e meu olhar pousa nela.

— Abre — pede ele, apontando o queixo para o envelope que agora está na minha mão.

De lá de dentro, puxo uma folha em que um e-mail foi impresso. É uma confirmação de reserva para um fim de semana num destino turístico perto daqui, Harrison Hot Springs: uma suíte de luxo num hotel *muito* bom e dois dias completos no spa.

— É para você e a Pippa — diz ele, bem rápido. — Podem ir quando quiserem. — Ele me abre um sorriso tenso e vulnerável que me provoca um aperto no peito. — Você disse que passar tempo com Pippa faz você se sentir valiosa.

O letreiro reluzente que diz *Rory Miller é um jogador de hóquei egoísta e cruel* pisca, perdendo força.

— Era para você ser um babaca. — Mantenho o tom leve e bem-humorado enquanto encaro o papel e ele solta uma risada baixa.

Esse era o cara que eu esperava quando concordei com isso. Não *este* Rory. Não o cara fervoroso e honesto que pede desculpa com sinceridade.

Estou começando a achar que me enganei. Talvez eu não conheça Rory Miller, afinal.

— Eu não estava fingindo — responde Rory baixinho, os olhos em mim.

Ele está falando... do beijo? Vasculho o olhar que me lança, azul-escuro, azul como meu vestido, e não consigo respirar direito.

— Sobre o vestido. — A boca de Rory se curva num sorriso afetuoso. — Você está mesmo linda.

Sentimentos calorosos e fluidos se acumulam dentro de mim, girando e rodopiando.

— Esse vestido custa mais do que meu salário de um mês — admito, rindo um pouco.

— Quantas vezes preciso dizer? — A voz dele é baixa e suave enquanto sorri para mim, o olhar pousando em meu cabelo, o sorriso metido e pretensioso de sempre. — Eu vou gastar dinheiro com você.

Um anseio aperta meu peito. Não é o dinheiro; é o gesto. Sempre fui independente e teimosa. Ninguém cuida de mim.

Gosto disso. Rory está sorrindo para mim como se eu fosse preciosa para ele, e a forma como me beijou, sedenta, voraz e desesperada, como se não fosse conseguir esperar nem mais um segundo?

Gostei disso tudo também.

Um receio aperta meu peito. Temos até primeiro de janeiro, depois tudo isso acaba, então não vou me acostumar.

— Aliás — diz ele, enfiando as mãos nos bolsos —, não estou falando do vestido. Estou falando de você. É você que está um espetáculo.

— Obrigada. — Sinto o coração bater forte. Ninguém nunca me disse que eu era bonita assim, com tanto fervor. — Por tudo. Pelo vestido, por isso. — Ergo o envelope. — Estou começando a achar que você é bonzinho, bem lá no fundo.

Ele sorri para mim, e, sim, estou fodida, porque tem uma sensação estranha, inédita e intensa tomando meu coração.

Um barulho de vidro tilintando ecoa, e Ward espera até todos pararem de conversar.

— Você tem a boneca inflável mais sortuda do mundo — sussurro para Rory, sorrindo, e ele se sacode de tanto rir.

18

RORY

— Obrigado por terem vindo hoje — os olhos de Ward cintilam. — Pensei em começarmos a noite com uma competiçãozinha saudável.

O interesse reverbera pela festa, e os jogadores se empertigam, atentos. Do outro lado da sala, McKinnon olha na minha direção.

Me aproximo de Hartley, colocando um braço ao redor da cintura dela.

Porra. Aquele beijo. Derreteu meu cérebro de tão bom. Nunca beijei ninguém assim na vida.

— Esse jogo chama Assassino — continua Ward. — Vocês vão receber uma polaroide de vocês mesmos. Se outro participante te tirar do jogo, você está morto. Vai até ele e entrega a foto.

A energia no salão crepita de entusiasmo enquanto as pessoas murmuram entre si. Jogadores de hóquei. Somos competitivos pra caramba, até em um jogo bobo como esse. Os olhos de Hazel brilham de interesse quando trocamos um olhar.

— O jogo começa lá fora. — Ward pega uma arma de brinquedo de plástico. Com um estalo, atira uma bola de espuma em Owens, e algumas pessoas riem. — Tem várias dessas escondidas por toda a mansão. Quem for atingido morre.

McKinnon passa o peso de um pé para o outro, cruzando os braços, voltando a olhar para mim. Penso no que ele fez com Hartley. Em todas as coisas que disse, até nas que ela se recusa a admitir para mim.

— Hartley — sussurro no ouvido dela. — A gente precisa ganhar.

Os olhos dela brilham de determinação.

— Então vamos ganhar.

Caralho, que sexy! Baixo os olhos para ela. Gosto desse brilho em seus olhos.

Ward explica o resto das regras, e flashes de câmeras disparam enquanto funcionários tiram fotos antes de distribuir as polaroides.

Uma pressão expande meu peito, e meus músculos começam a se contrair com aquela ansiedade acalorada típica do começo de uma partida no gelo. É tipo ver o árbitro segurar o disco, todos os músculos prontos para explodir em velocidade enquanto esperamos que ele o solte e o jogo comece.

Mas, por algum motivo, isto consegue ser ainda melhor.

Depois que todos estão com as fotos, olhamos para o Ward.

— Quê? Precisam de um apito? — Ele dá de ombros, sorrindo. — Vão.

O salão explode em caos, e pego a mão de Hazel, puxando-a para o corredor.

— Precisamos encontrar uma daquelas armas de brinquedo — diz ela enquanto corremos, distanciando-nos dos outros.

Ouço um estalo abrupto numa sala atrás de nós seguido por uma gargalhada delirante.

— Vamos lá para o segundo andar — sugiro. — Podemos deixar que eles briguem aqui embaixo. Deve ter mais armas de brinquedo lá em cima.

Subimos a escada voando, e aquela sensação tensa e empolgada salta pelo meu peito como se estivesse tentando sair. Isso aqui é divertido, percebo. É... *muito* divertido. Mais divertido do que qualquer coisa que eu tenha feito há séculos.

Por que esse jogo besta, em que estamos correndo feito crianças numa festa de aniversário, é mais divertido do que hóquei?

Nunca dou risada durante uma partida de hóquei do jeito que estou rindo agora. Nunca tenho essa sensação expansiva e crepitante em meu corpo.

Seguro a mão de Hazel enquanto subimos a escada correndo, dois degraus por vez, e fico espantado pela força e a velocidade dela, mesmo quando fica para trás por causa dos saltos. O tesão dispara por meu sangue quando nossos olhos se encontram, e abro um sorriso sacana na direção dela, incapaz de desviar o olhar.

Ouço outro estalo, e uma bala de espuma passa voando por nós, quicando numa moldura. McKinnon está atravessando o corredor na direção da escada.

Eu me abaixo, pego Hazel no colo e a jogo por cima do ombro.

— Miller, me coloca no chão, *porra* — ordena ela enquanto subo a escada correndo. — Eu vou acabar vomitando.

— Você vai tropeçar e se machucar nesses saltos, Hartley. Vamos fugir dos outros, e daí eu te coloco no chão. — Sorrio quando ela bate na minha coxa. — Você não pesa nada. Acho que eu conseguiria ganhar esse jogo com você no ombro.

— Metido, arrogante de *merda*. — Ela dá outro tapa forte e, no alto da escada, dou risada, colocando-a no chão quando entro numa sala próxima.

— Não me bate, Hartley. Desse jeito eu fico excitado.

Ela solta um barulho engasgado que parece uma risada. Quando se endireita, o rosto dela está vermelho.

— Argh. Que nojo.

Ouço os passos pesados de McKinnon ao pé da escada, e outro estalo dispara.

— Merda — resmunga ele.

Estamos numa biblioteca, com estantes que vão até o teto, sofás que parecem desconfortáveis e uma lareira. Os passos de McKinnon chegam mais perto, então faço a primeira coisa que me vem à mente: empurro Hartley em cima do sofá e subo em cima dela. O sofá fica de costas para a parede, então, a menos que ele chegue bem em cima de nós, não vai nos ver.

Meu rosto e o de Hartley estão a centímetros de distância, e os olhos dela se arregalam.

— O que você está...

Coloco a mão sobre sua boca e aponto com a cabeça para a porta. O coração dela está acelerado junto a meu peito enquanto encaramos os olhos um do outro. À porta, passos soam. Vermelho cobre as maçãs do rosto dela.

Está com vergonha?, gesticulo com a boca com um olhar provocante, minha mão ainda tapando a boca dela, e a expressão de indignação que ela me lança quase me faz rir alto.

Ficamos nos encarando em silêncio, mal respirando enquanto esperamos. Ele deve estar parado no batente, mas não estou prestando muita atenção nisso, sentindo cada centímetro do meu corpo que toca o dela. Os seios dela estão pressionados contra o meu peito enquanto sobem e descem a cada respiração, e me pergunto se ela consegue sentir meu coração acelerado. A parte masculina e possessiva do meu cérebro gosta de ficar em cima dela assim, prendendo-a embaixo de mim e olhando em seus olhos.

Finalmente, ele vai embora, seguindo reto pelo corredor e, por mais que eu quisesse passar o resto da noite assim, saio de cima dela. Ela tira os sapatos antes de voltarmos para o jogo.

Dez minutos depois, tendo encontrado uma arma de brinquedo numa prateleira, eu e Hartley estamos com uma pilha de polaroides de jogadores que atingimos.

Escuto um barulho no fim do corredor, prestes a virar a esquina. Rápido como um raio, eu a puxo para a porta ao lado.

É um armário escuro e estreito. Meu peito acaba roçando nos seios de Hazel. A metade superior da porta tem uma imagem de vitral e, com a luz que entra pelo corredor, as cores se espalham sobre o rosto dela.

Meu coração bate mais forte quando penso no nosso beijo. Meu olhar desce para seus lábios, tão fartos e macios. O tom perfeito de rosa.

Será que os mamilos dela são da mesma cor? Será que teriam o mesmo gosto suave e doce na minha língua? Será que, se eu fizesse isso, ela prenderia a respiração desse mesmo jeito ou será que ficaria ofegante? Talvez soltasse um gemido.

Meus olhos traçam as linhas do vestido de Hazel, o arco do tecido escuro sobre cada seio e a leve curva do decote. Apoio a mão na prateleira em cima da cabeça dela, respirando fundo. Esse espaço pequeno tem o cheiro dela — os produtos de cabelo que ela usa, o perfume dela, ela inteira — e está fazendo um calor líquido se acumular em minha virilha.

Caralho. Ela é um tesão.

— Que cara é essa?

Meu olhar sobe para o sorriso engraçado e divertido que ela me lança. Engulo em seco e cerro os punhos para não os mergulhar naquelas ondas suaves do cabelo de Hazel de novo. Foda-se o jogo. A gente poderia ficar neste armário pelo resto da noite.

— Estou pensando que sou muito mais alto do que você.

Ela bufa e ergue o canto da boca.

Foda-se a sutileza.

— Você está pensando naquilo? — pergunto.

A respiração dela fica entrecortada.

— Naquilo o quê?

— No nosso beijo.

— Não. — Ao lado do corpo, ela esfrega a ponta dos dedos umas nas outras. — Eu não pensei nisso em nenhum momento.

— Mentirosa — sussurro.

Os olhos dela cintilam.

— Rory — murmura. Ela fala meu nome como se estivesse dizendo *não podemos*, mas seus olhos vasculham os meus.

Ela também quer me beijar de novo. Sei que quer.

— Não era "Miller"?

Sob a luz fraca e rajada que atravessa a porta, eu a vejo engolir em seco.

— Sei lá, a gente é amigo agora. Né? — Ela ergue os olhos para encarar os meus, inquisitivos. — Depois do que aconteceu na quarta.

Se formos amigos, vou estar um passo mais perto do que quero com ela, então não vou estragar isso.

— Sim. — Minha voz mal passa de um sussurro. — Amigos.

A boca de Hazel se abre em um sorriso de alívio, e quero dar outro beijo nela. Só uma vez hoje não foi o suficiente. Não sei nem se dez vezes seriam o suficiente. Não importa o quanto eu a toque, quanto tempo passemos juntos, nunca é o suficiente.

Ouvimos um estrondo alto, e somos retirados do que quer que estivesse acontecendo.

— Saiam daí, saiam daí — grita Owens, e os olhos de Hartley se arregalam quando escutamos o som de portas se abrindo e se fechando. Ele está vasculhando o corredor e vai acabar nos encontrando.

— Rory — sussurra ela, erguendo a arma de brinquedo. — Estamos sem munição.

— Merda. — Nós nos encaramos. — Precisamos fugir.

Ela acena, mordendo o lábio inferior, abrindo um sorriso.

— Está se divertindo? — pergunto, sorrindo, e ela acena de novo, abrindo ainda mais o sorriso. — Ótimo. — Pego a mão dela, tão suave e delicada na minha. — Pronta?

— Pronta.

19

RORY

Abro a porta e saímos correndo pelo corredor, para longe de Owens.

— Ah, ha, *ha* — grita ele atrás de nós, e Hazel solta uma gargalhada que faz felicidade e alegria me atravessarem como um raio.

Estou voando. Estou no topo do mundo com ela rindo assim para mim. Ela segura minha mão com a mesma força que seguro a dela enquanto viramos o corredor, e sinto como se isso fosse tudo o que faltava na minha vida. Ouço meu coração bater nos ouvidos enquanto admiro o brilho nos olhos e o rosto de Hartley, vermelha de cansaço. O peito dela subindo e descendo rápido. A linha fina de seu pescoço enquanto engole em seco, ainda olhando para mim.

— Hartley — sussurro, pegando uma arma de brinquedo completamente carregada em uma mesa de canto.

Ela contém um grito de alegria, e me sinto o rei do universo. Eu a entrego para ela. Ela mira, e Owens entra no corredor. Hartley dispara as balas, que acertam o peito dele.

Ele murcha de decepção.

— Ah, pô.

Hartley encolhe os ombros, radiante.

— Pode pagar, Owens.

Ele tira a própria polaroide do paletó e a entrega para ela antes de colocar o braço ao redor do pescoço dela, fingindo que a sufoca enquanto ela ri.

— Vejo vocês lá embaixo — diz ele, soltando-a e me dando a arma de brinquedo que estava usando. Baixa a voz e cochicha: — McKinnon está no terceiro andar.

Os olhos de Hartley ficam luminosos pelo ímpeto competitivo e subimos para o terceiro andar, em silêncio, feito ladrões, ouvindo com muita atenção enquanto atravessamos os cômodos.

Um celular apita no quarto ao lado, e paralisamos.

— Deve ser ele — murmura ela, olhando por sobre o ombro para a porta que dá para aquele quarto. Ela morde o lábio, provavelmente pensando o mesmo que eu: ele pode estar a postos do outro lado.

— Tem outra porta que dá para o corredor — sussurro no ouvido dela, sorrindo quando ela tem um arrepio.

— É arriscado demais. — Hartley curva a boca. — Esse jogo é muito idiota.

— É mesmo — concordo. — Mas é divertido.

Ela concorda, sorrindo para mim.

— Vou atrair o cara pra fora.

Ela arregala os olhos de surpresa.

— Como assim? Não.

— Sim. — Quero que ela ganhe o jogo. Ele que se foda. — Você quer ganhar, não quer?

— Quero que *a gente* ganhe. — Ela me encara. — Juntos.

A questão é que ver Hartley vencer seria *igual* a vencer.

— Somos um time — acrescenta ela, e isso é tudo que preciso ouvir.

— Então me deixa levar essa pelo time.

Depois de um aceno relutante vindo dela, saio e atravesso o corredor, as mãos nos bolsos, assobiando alegremente. Quando passo na frente do quarto onde ele está deitado num sofá, digitando no celular, McKinnon ergue a cabeça na minha direção. Um momento depois, uma bala de espuma acerta minhas costas.

Suspiro e, quando me viro, as narinas dela se alargam pelo meu sorriso besta.

— Puxa vida. Você me acertou, McKinnon.

Atrás dele, Hazel entra no corredor, empertigada e com os olhos cheios de fúria. A coisa mais sexy que já vi na vida.

McKinnon olha feio para mim.

— Qual é o seu problema, porra? Eu ganhei, ô filho da puta.

O estalo ecoa no corredor quando Hartley dispara a bala de brinquedo, e McKinnon se encolhe, virando-se.

— Mas que...

O sorriso de Hartley se estende de orelha a orelha, e sorrio em resposta.

— Perdeu — diz ela para ele.

A cara que ele faz quando se toca que o enganamos? É gloriosa pra porra.

— Foda-se — ele dispara. — Esse jogo é uma merda.

Hazel estende a mão.

— Me dá sua foto.

Ele a tira da corrente ao redor do pescoço e a lança para ela. Ela a pega, observando com um sorriso felino enquanto ele desce o corredor.

— Ele sempre foi um mau perdedor — Hazel diz baixo, e franze o nariz.

Porra, adoro que foi ela quem venceu.

— Você é implacável.

Ela está sorrindo para mim, e eu poderia congelar este momento e viver nele para sempre.

— Sou uma dragoa mesmo, não sou? — Os olhos dela se fixam nos meus, me provocando, fazendo meu sangue ferver.

Ela olha por sobre o ombro para McKinnon, que ainda está atravessando o corredor, antes de colocar o braço ao redor do meu pescoço e puxar minha boca para a dela.

Um grunhido escapa do fundo do meu peito quando os lábios de Hazel encontram os meus. A boca dela é quente, suave, macia pra caralho e doce e receptiva quando entro nela. Envolvo o queixo dela com as mãos, inclinando-a para se abrir mais e, quando chupo a ponta de sua língua, ela solta um barulho surpreso e voraz que corre direto para o meu pau.

Puta merda. Puta. Merda. Hartley está me beijando, e não tem ninguém por perto para ver.

— Puta que *pariu*, Hartley — digo com a voz rouca entre um beijo e outro. — Você beija bem pra caralho.

O riso dela é leve e ofegante em minha pele, e mordo seu lábio inferior, observando a maneira como as pálpebras de Hazel palpitam.

— Você também — responde ela, sem fôlego, e colo nossas bocas de novo.

Enquanto a saboreio de novo e de novo, como se não tivesse outra chance, minha mão passa sobre ela, tocando o tecido fino, perpassando os dedos sobre seu pescoço, seu maxilar, a ondulação de seus seios.

Desço ainda mais. Sobre os arcos provocantes de tecido que cobrem o espaço entre seus seios. Ela se arrepia quando traço a costura, parando na curva entre seus peitos. Ela se arqueia na minha direção, e sinto alguma coisa retorcer de satisfação e orgulho dentro de mim.

— Ai, meu Deus.

As palavras dela são um sussurro desesperado, e gosto de pensar que sussurraria essas mesmas palavras exatamente dessa forma nos segundos antes de eu fazê-la gozar. Provocar essa reação nela me faz sentir vitorioso. Ela finge que me odeia, mas está colada em mim querendo mais. Era para nossa relação ser de mentira, mas foi ela quem me beijou.

Cara, como ela é delicada. Tão quente, úmida e voraz, e estou ficando doido aqui, o pau marcando a calça enquanto saboreio cada centímetro da boca de Hazel.

— Estou usando todo o meu autocontrole para não virar você e te foder agora mesmo. — Minha voz é rouca quando encosto a testa na dela, respirando fundo.

Ela ergue os olhos para mim com a boca inchada e um olhar sexy e turvo que me deixa ainda mais duro, e traço o polegar sobre seu lábio inferior. As pálpebras dela vibram de novo, e sinto uma pulsação abrupta de desejo.

— E, se a gente não parar, é o que eu vou acabar fazendo.

Ela fica tensa antes de dar um passo para trás, desvencilhando-se do meu toque. Pestaneja, apagando todo o tesão que vi em seus olhos.

— Isso é de mentira. Não sei por que fiz aquilo.

Murcho quando me lembro do que ela recomendou na academia quando definimos os termos. Para eu não criar sentimentos.

— Pois é. — Aceno que nem um idiota.

Ela desvia o olhar.

— Desculpa.

— Não. A gente só, hm. — Pigarreio. — Se deixou levar pelo momento. Pelo sentimento da vitória.

— Sim — concorda ela, mexendo na pilha de fotos. — Exatamente.

Enfio as mãos nos bolsos, procurando pela minha arrogância petulante de sempre. Se eu continuar agindo como um adolescente sem jeito, ela vai saber o quanto mexe comigo.

E, pela primeira vez, a perspectiva de algo real com Hartley me mete um puta medo. Vê-la ir embora acabaria comigo.

— Tá tudo bem, Hartley. — Minha boca se curva em um sorriso malandro, e dou uma piscadinha para ela. — Eu causo esse efeito nas mulheres.

Ela bufa, e meu pulso se acalma.

— Vamos — fala ela, a boca se curvando num sorriso frio. — Quanto antes terminarmos o jantar, antes você pode voltar para casa e bater uma pro espelho.

E, de repente, voltamos ao normal, à tensão implicante que sempre tivemos.

20

HAZEL

Depois do jantar, nosso pequeno grupo vai para o Flamingo Imundo. Estou sentada na mesa entre Rory e Hayden, à frente de Jamie, Pippa e Alexei. O braço de Rory está sobre o dorso do banco, sobre meus ombros, e consigo sentir o calor da presença dele ao meu lado.

Eu o beijei. Acho que Connor nem viu, mas eu não estava nem aí. Só estava com muita, muita vontade de beijá-lo de novo.

O troféu ficou em cima da mesa do nosso grupo. Toda vez que Connor olhava para ele durante o jantar, travava o maxilar em irritação. Quando o jantar acabou, ele foi embora, murmurando alguma coisa sobre uma sessão de treino amanhã cedo. Sorri comigo mesma.

— O que é assim tão divertido, Hartley? — murmura Rory em meu ouvido.

— Só estou pensando que a gente deu um pau no Connor. — A risada de Rory enquanto subíamos a escada se repete em minha cabeça. O sorriso que ele abriu ia de orelha a orelha, uma alegria jovial emanando dele.

Eu gostei, e estou doida para ver aquela mesma expressão de novo.

Inspiro, tensa. É de mentirinha. Homens como Rory e Connor podem ter o que e quem quiserem. Não vou me apegar.

Mas parece diferente com Rory, e não sei dizer em que sentido. Talvez seja porque ele me dá toda a atenção, enquanto, com Connor, eu estava sempre em segundo plano. Meus pensamentos se voltam para quando estávamos dentro do armário hoje, com a janela de vitral, e eu perguntei se éramos amigos.

Os dedos de Rory encontram meu cabelo, mexendo nele. Arrepios me percorrem quando ele toca meu ombro.

— Vocês já decidiram a data? — pergunta Hayden a Pippa e Jamie sobre o casamento.

Pippa sorri, girando a aliança de noivado, e olha para Jamie. Ele sorri de canto, e ele desce o braço do ombro para a cintura dela.

— Ainda não — responde ela, ainda sorrindo para Jamie. — Vai ser em algum momento da primavera.

Aquela pontada estranha atinge meu peito, aquela que sinto às vezes quando olho para eles, e minha mente se volta para Rory, sentado ao meu lado. Lembro do presente que ele me deu. Como ele me beijou quando me viu hoje. Como me beijou no corredor do andar de cima com tanto fervor, como se precisasse de mim.

Pippa arqueia uma sobrancelha para Hayden.

— Você vai levar alguém?

O sorriso dele se alarga.

— Não. Estou pensando em ficar com uma daquelas suas amigas cantoras bonitas.

Ela revira os olhos.

— Seu canalha.

— Eu não sou canalha, não — protesta Hayden, rindo. — Nunca engano as mulheres. Elas sabem que não estou querendo nada sério. — Ele ergue os ombros largos. — É mais fácil assim, com nossos cronogramas e trocas de time e tal.

Franzo a testa. Sempre pensei que ele era igual a todo o resto dos jogadores de hóquei que ficam com uma pessoa nova por semana porque podem.

Mas *não estou querendo nada sério* e *é mais fácil assim* é o que eu costumo dizer sobre relacionamentos, e agora estou me perguntando qual é a dele.

Com minha regra de nunca ficar com uma pessoa mais de uma vez, se eu fosse um homem, provavelmente também seria chamada de canalha.

— Tem uma coisa que a gente estava querendo perguntar para vocês dois — fala Pippa para mim e Rory, e volto a atenção para a conversa. Ela torce as mãos no colo. — Você aceita ser minha madrinha, Hazel?

Emoção arde em meus olhos, forte e doce, e pisco para passar. Pela primeira vez, cai a ficha: minha irmãzinha vai se casar. Ela se apaixonou por um cara legal de verdade que a ama mais do que tudo. Um homem de que até gosto e em quem confio, e está extremamente feliz.

Tudo que quero é que ela seja feliz.

— É claro que aceito — digo, com a voz rouca. — Nem precisava pedir.

Ela encolhe os ombros, sorrindo. As bochechas estão coradas.

— Eu sei. É só que vai ser um grande dia e preciso de você lá.

Sinto o coração afundar de amor no peito.

— Vem cá — digo, e Hayden e Alexei abrem espaço para podermos nos levantar do banco.

Ela pula em cima de mim para me dar um grande abraço, quase tropeçando no vestido, e rio com a cara em seu cabelo, apertando-a com tanta força quanto ela me aperta. Desde que éramos pequenas, é assim que nos abraçamos. O mais apertado possível.

— Te amo — sussurra ela em meu ouvido.

— Também te amo.

Voltamos a nos sentar, e a mão de Rory traça o topo dos meus ombros. Ele está me observando com um leve sorriso, e minha pele arde. Ele viu isso tudo. Não estou acostumada a deixar que ele me veja toda carinhosa e amorosa. Desvio o olhar, envergonhada.

Do outro lado da mesa, Pippa lança um olhar incisivo para Jamie. Ele pigarreia e se volta para Rory.

— E eu preciso de um padrinho.

A mão de Rory paralisa em meu ombro.

— É, acho que precisa.

Jamie ergue as sobrancelhas.

— Você topa?

Um segundo se passa.

— Só se você tiver certeza. — Há um tom hesitante nas palavras dele. Parece que ele não acha que merece isso. Meu coração se aperta.

— Eu tenho. — Jamie dá um aceno. — Quero que seja você.

Rory relaxa, e os dedos dele voltam a traçar movimentos longos e distraídos em minha pele.

— Você sabe que estou dentro.

Jamie se recosta no assento.

— Boa.

— É. Boa. — Noto o sorriso de canto de Rory.

Há uma pausa em que ninguém diz nada, até que Pippa aponta para eles com exasperação.

— Vai, eu quero ver um abraço.

Rory ri baixinho e Jamie chega até a abrir um sorriso enquanto todos saímos da mesa. Eles se levantam e dão um abraço masculino com tapas nas costas. Quando Rory volta a se sentar ao meu lado, sou eu quem o está observando com um leve sorriso. Ele dá uma piscadinha na minha direção antes de se aproximar e pousar a mão na parte do meu ombro que encontra meu pescoço. Um segundo depois, os dedos dele estão brincando com a gola do meu vestido, provocando arrepios e mais arrepios em minhas costas.

Os jogadores começam a falar sobre o próximo jogo, só que mal estou prestando atenção, concentrada demais na sensação formigante dos dedos dele na minha pele e pensando em como nos divertimos hoje, correndo pela escada e rindo feito crianças. Ele estava tão diferente da versão inexpressiva e indiferente de Rory que vejo no rinque. Ele estava iluminado, brilhando de dentro para fora.

Quero ver essa versão de Rory Miller de novo.

21

HAZEL

Quando saímos do bar, está frio e úmido na rua como se tivesse chovido. Eu me arrepio sob o ar da noite, e Rory coloca um braço ao redor dos meus ombros, puxando meu corpo para mais perto dele. Ele é quentinho, e o perfume que exala é tão delicioso que chega a ser injusto.

— A gente não precisa fingir aqui fora — lembro a ele, mas não me afasto.

— Você está com frio — responde ele, como se isso resolvesse a questão.

Caminhamos em silêncio, ouvindo os sons da cidade ao nosso redor. Música transborda dos bares e restaurantes. Um carro buzina. Duas meninas bêbadas tropeçam, segurando-se uma à outra e rindo histericamente, e Rory me guia pelo meio delas com um sorriso. Um grupo de homens passa e arregala os olhos para Rory. *Aquele é Rory Miller*, diz um deles.

— Foi divertido hoje — comenta ele, o sorriso assumindo um ar presunçoso e ácido. — E a cara que o McKinnon fez quando você atirou nele, Hartley? — Ele balança a cabeça, olhando para mim com admiração. — Tão puto.

Rio baixinho.

— Sabia que ele odiaria aquilo. Ele sempre foi daquele jeito. Sempre precisou ser o melhor. Precisava sair sempre por cima.

Um pensamento horrível atravessa minha mente.

— Você sabia? — Minha voz está baixa enquanto caminhamos. — Na época da escola, o que o Connor fazia?

— Não. — Os olhos dele ficam cheios de raiva, fixando-se em mim. — Hazel. Eu não sabia.

Mais cedo, eu o chamei de Rory. Escapuliu, mas pareceu muito natural. Agora ele está me chamando de Hazel, e adoro a maneira como pronuncia meu nome ao mesmo tempo que busco motivos para *não* gostar dele. O som do meu nome em sua voz grave me faz querer ouvi-lo de novo.

Ele balança a cabeça, os olhos ainda em mim, e o tom que usa é firme.

— Se ouvisse aquele cara contando qualquer uma dessas merdas, você seria a primeira a saber. — Ele curva a boca. — Se eu tivesse sentido que a relação de vocês estava passando por problemas, teria tentado a sorte.

Sinto um friozinho na barriga. É estranho, mas acredito nele.

Merda. Isso é ruim.

Finalmente, chegamos ao meu prédio. Embaixo da árvore, na entrada, procuro minhas chaves na bolsa.

— Obrigada por me trazer pra casa.

Rory coloca as mãos nos bolsos, o olhar perpassando o prédio velho.

— Me convida pra subir.

Divertimento e nervosismo se embolam em meu estômago.

— De novo isso?

— Hartley — ele provoca enquanto reviro os olhos, sorrindo. — Cadê a educação? Eu disse que levaria você para casa em segurança e levo isso muito, *muito* a sério. — O sorriso dele assume um ar malandro. — Sem falar que quero ver seu apartamento.

— Você está tramando alguma coisa.

Ele empalidece, parecendo ofendido até demais.

— Eu nunca faria isso.

Estou balançando a cabeça comigo mesma enquanto destranco a porta. Por que estou deixando Rory entrar? Ele deveria ir para casa.

— Faria, sim.

Mas hoje ele sorriu. Muito. E riu, e pareceu feliz. Rimos juntos. Então, por algum motivo, seguro a porta para ele enquanto entramos.

Conforme vamos subindo a escada para o segundo andar, ele funga e faz uma careta.

— Que cheiro estranho.

Dou de ombros.

— Tem alguém no segundo andar que tá sempre fazendo rolinhos de repolho.

Subimos a escada, e ele examina o carpete manchado e puído, com as pontas desfiadas.

— Esse prédio é bem antigo.

— É barato, e o proprietário não é um esquisitão. — Abro um sorriso tenso enquanto o guio pelo corredor até a porta. — Beleza, então, estou na porta. Obrigada. Boa noite.

Ele aponta o queixo para a porta.

— Me mostra sua casa.

Sinto um frio de nervosismo na barriga. Rory vem de família rica, sem falar que já acha meu prédio nojento e esquisito.

— Vai pra casa, Rory.

— Eu odeio meu apartamento. Quero ver o seu.

— Seu apartamento é com certeza cem vezes mais bonito e maior que o meu — digo, enquanto destranco a porta. — E tenho certeza de que cheira cem vez melhor também. — A porta range enquanto a abro, e aponto para a quitinete. — Tcharam.

Rory entra, olhando ao redor enquanto descalço os saltos. Embora eu seja até que organizada, meus móveis são surrados, minha cozinha é minúscula e o carpete é de um marrom feio.

— Você não vai ficar — digo, enquanto ele descalça os sapatos.

Ele tira o paletó.

— Cadê o resto do apartamento? — Ele me abre um sorriso, fingindo confusão.

— Engraçadinho.

O olhar dele paira sobre a mesa da cozinha minúscula de dois lugares, o sofá e minha cama antes de estender os braços, olhando de uma parede a outra.

— Quase consigo tocar as duas paredes ao mesmo tempo.

— Não, não consegue. — Sim, ele quase consegue. Meu rosto está ficando vermelho de vergonha. — É que você tem o corpo largo. Seu pau deve ser enorme. Beleza, você já viu meu apartamento. Hora de ir.

Ele me lança um olhar como se eu fosse uma esquisita, mas que cintila diversão.

— O que você falou sobre o meu pau?

Ai, Deus. Estou sem graça. Por que sempre falo as coisas mais estranhas perto dele?

Ele fica com dó de mim e se vira, examinando uma foto minha com Pippa na estante tirada alguns anos atrás. Ela tem uma igual na casa dela.

— O time não tá te pagando direito?

— Eles me pagam direito. — Um valor acima do mercado, o que é outro motivo pelo qual preciso manter esse emprego pelo maior tempo possível. — Só que não gosto de gastar dinheiro com aluguel.

Ele vira a cabeça enquanto lê os títulos na minha estante.

— Você é mão de vaca?

Rio, frustrada.

— *Não*. Estou economizando para abrir meu próprio estúdio.

Compreensão perpassa o rosto dele, que dá outra olhada pelo apartamento, andando até a cômoda.

— Faz sentido. — Ele cutuca o dragão de cristal em cima da cômoda, sorrindo para mim por sobre o ombro antes de pegar um frasco de perfume, tirar a tampa e cheirar enquanto pousa os olhos num porta--retratos. — É sua mãe aqui, né?

É uma foto dela de quando era bailarina, antes de se casar. Na foto, ela está em ponta. Os membros fortes e graciosos estendidos com um sorriso pacífico e orgulhoso no rosto. Uma maquiagem forte de palco e um coque apertado e penteado para trás.

Ela queria jogar esse retrato fora porque a lembra do quanto o corpo dela mudou, mas roubei porque ela está bonita nele. E não está bonita porque está mais magra, mas porque está mais feliz e confiante.

A foto é um lembrete para mim também. Sempre que um pensamento sobre meu corpo ou meu rosto se esgueira, quando me preocupo se estou começando a ficar com rugas, se meus peitos são do tamanho certo ou se minha bunda é grande demais, penso nessa foto. Minha mãe não está bonita nela por causa do aspecto físico; está bonita por ser quem é. Eu pensaria isso independente da aparência dela.

A foto me lembra de me amar. Mesmo que meu corpo e meu rosto não sejam perfeitos. Não vou me permitir odiar meu corpo como minha mãe odeia o dela.

— Ela parece com você.

Concordo, sorrindo comigo mesma. Todo mundo diz isso, e me orgulho de ser uma cópia dela. Pippa puxou a pele mais clara do meu pai, mas adoro me parecer com minha mãe.

Rory me observa como se estivesse tentando me entender, e alarmes disparam em minha cabeça. Rory está aqui no meu apartamento, vendo todas as minhas coisas, vendo quem eu sou.

— Isso, fica à vontade, xereta o quanto quiser. — Meu tom é seco enquanto chego perto e coloco a foto virada para baixo. Abro a segunda gaveta para pegar minha camiseta de dormir favorita.

Ouço um rangido atrás de mim.

— *Rory.*

Ele está deitado na minha cama, as mãos atrás da cabeça. O rosto dele se franze numa careta de horror.

— Hartley, pelo amor de Deus, *sua cama*. Parece que tem pedras aqui. — Ele se ajeita, tentando ficar confortável. — Mas ao mesmo tempo é, tipo, mole demais? Onde você arranjou isso, no lixão?

Baixo a cabeça, mas estou rindo. Sim, é um colchão velho, e sim, isso é constrangedor pra caralho.

— Dormir no chão seria mais confortável. — Ele move o quadril para cima e para baixo, e a cama range violentamente. — Como você transa em cima dessa coisa?

— Não trago homens aqui pra casa...

— Acho bom. — Ele me lança um olhar severo.

— ... porque depois que eles vêm — coloco a mão no quadril — eles não vão *embora*.

Ele sorri e expira, liberando toda a tensão do corpo. As pernas dele estão cruzadas na altura dos tornozelos, e as meias têm estampas de pés-grandes andando de bicicleta. Esquisito.

Então ele fecha os olhos.

— Rory.

— Hmm. — Olhos ainda fechados.

— Quero ir pra cama. — Ainda estou parada, em pé, de vestido.

— Então vai pra a cama — murmura ele.

Rory parece perfeitamente à vontade, como se viesse aqui o tempo todo. Como se essa fosse a segunda casa dele.

Algo se aperta dentro de mim. Meu namorado de mentira está pegando no sono na minha cama, e não faço a mínima ideia do que fazer em relação a isso.

— Boa noite, gatinha — murmura ele, os olhos ainda fechados.

— Você não vai ficar. — Paro no batente do banheiro. — E não me chama assim.

— Esquentadinha.

Rio de má vontade.

— Quando eu sair, acho bom você já estar calçando os sapatos — digo, mesmo sabendo que ele não vai estar.

— Pode deixar.

Minha camiseta de dormir mal cobre minha bunda, e ouço um sussurro de alerta no fundo da mente que me diz para vestir um short, mas odeio usar qualquer coisa além de calcinha e camiseta para dormir. Odeio sentir que meus movimentos estão limitados, e sou calorenta demais.

Foda-se. Se Rory quer dormir aqui, ele que lide com o que vir.

É claro que, quando saio do banheiro, ele está dormindo profundamente ou fingindo muito bem. Ergo o braço dele para cima da cabeça e o deixo cair. Ouvi uma vez que é assim que os médicos verificam se os pacientes estão desmaiados ou fingindo.

Cai na cara dele, mas ele não acorda. Está dormindo profundamente.

22

HAZEL

Na manhã seguinte, estou toda quentinha. Está tudo perfeito e estou confortável pra cacete. Ouço a chuva caindo no teto. Estou de lado, com o travesseiro moldado perfeitamente para apoiar minha cabeça e meu ombro, e transito naquela zona nebulosa entre dormir e acordar.

Suspiro, encostando devagar no peito aconchegante atrás de mim. De repente me dou conta da situação e meus olhos se abrem.

Rory está me abraçando de conchinha. O peito quente e firme dele está encostado em mim, subindo e descendo suavemente com a respiração constante. A respiração dele faz cócegas na minha nuca.

O membro *duro* e grosso dele está pressionado contra minha bunda com urgência.

As mãos de Rory envolvem a parte da frente do meu corpo, os dedos dentro do elástico da minha calcinha.

Entre minhas pernas, calor e líquido se acumulam, e uma sensação íntima de excitação se agita em meu ventre. Estou com *muito* tesão.

Todos os músculos do meu corpo ficam tensos, e meus olhos se arregalam do tamanho de pratos de jantar enquanto fico deitada ali, ouvindo a respiração dele. Pelo ritmo constante, tenho certeza de que ainda está dormindo.

Ele se mexe, roçando a ereção em mim, e um calor revira meu interior. Os dedos dele descem alguns centímetros. Ainda está com a respiração constante, ainda dormindo.

Com cuidado, viro a cabeça. Ele está sem camisa. Sem meias e sem *calça*. Está só com uma boxer preta justa.

Minha camiseta? Está erguida até a altura da cintura, e minha calcinha rosa está totalmente à mostra, o que quase não importa, já que a mão de Rory está praticamente dentro dela.

Sinto latejar entre minhas pernas. Cara, a mão dele é enorme, os dedos bem lá embaixo, pousados logo acima das áreas sensíveis. Aperto os lábios até formarem uma linha reta. Estou ficando mais excitada a cada segundo que passa.

Transar seria bom, sei que seria. Algo desperta dentro de mim, exigindo atenção.

Uma vez não faria mal, desde que fosse apenas uma.

Pressiono o quadril contra o pau de Rory atrás de mim e ele inspira fundo. Sinto-o bem duro na minha bunda. O pau dele é enorme. Vou ficar dolorida por dias.

A excitação causa uma contração entre minhas pernas. *Adoro* essa ideia.

Uma memória de ontem à noite me volta (Jamie pedindo para Rory ser padrinho dele), e freio meus pensamentos. Eles estão virando melhores amigos de novo. Vão ficar na vida um do outro por anos. E Jamie é tão louco por Pippa que nunca vai perdê-la.

Fico imaginando o casamento deles, e eu e Rory estamos sentados ao lado um do outro. Eu os imagino dando jantares, e eu e Rory tendo conversas sem graça. Festas de aniversário de crianças. Natal. Ano-Novo. Férias em grupo.

Um arrepio me percorre. Rory vai ficar na minha vida para sempre e eu estou aqui, abraçada nele. Temos uma data limite para esse relacionamento de mentira, e estou me acostumando demais.

As palavras horríveis de Connor de anos atrás se agigantam em minha cabeça e me levanto da cama de um salto.

— Bom dia. — A voz dele é grave de sono enquanto estreita os olhos na minha direção sob a luz matinal.

— Bom dia. — Eu me viro, procurando roupas na cômoda.

— Apesar do seu colchão horrível, Hartley, eu dormi bem pra caralho. — Ele se espreguiça com um grunhido baixo e rouco, e meu olhar se prende nos braços musculosos e definidos dele, nas linhas esculpidas de seu peitoral e seu abdome, e...

Minhas coxas se apertam. Aquele membro duro que estava encostado em mim marca o tecido da boxer.

Encontro os olhos dele, que piscam de volta. Ele sabe exatamente o que eu estava olhando e não parece que se importa nem um pouco.

Meu clitóris arde.

Preciso dar o fora daqui antes que eu faça alguma besteira, tipo tirar a calcinha e sentar nele.

— Vou tomar um banho — consigo dizer, atravessando o quarto na direção da porta do banheiro.

Ele me lança aquele sorriso preguiçoso que abaixa qualquer calcinha, o olhar descendo para minhas pernas nuas e provavelmente para parte da minha bunda, visível debaixo da camiseta, e sinto outro aperto quente entre as pernas.

— Quer companhia?

Aquela altura imponente em meu chuveiro minúsculo?

— A gente não caberia.

O sorriso dele fica selvagem e convencido.

— A gente faz caber.

Calor me atravessa, e minha mente sussurra *só uma vez* enquanto meu olhar pousa de novo em sua ereção marcada.

Seria tão bom com ele. Sei que seria.

Mas não durmo com homens que conheço. Fico uma vez, e cada um vai para o seu lado. Definitivamente não fico com caras com quem estou fingindo namorar, ou com quem estou saindo regularmente, ou que vão ser o padrinho de casamento da minha irmã.

Bato a porta e me recosto do lado de dentro, recuperando o bom senso.

Meu coração bate forte enquanto ando até meu apartamento, recuperando o fôlego depois de correr. O exercício normalmente me ajuda a espairecer, mas, hoje, meus pensamentos ainda estão à toda.

Esse lance com Rory está saindo do controle. Podemos ser amigos, mas não mais do que isso, independentemente de como meu corpo reaja a ele ou de como eu me sinta quando ele se ilumina como se estivesse se divertindo de verdade pela primeira vez na vida.

Preciso me lembrar do que essa situação é para ele: uma mera caça. Ele quer o que não pode ter e, assim que conseguir, vou ser coisa do passado.

— Hazel Hartley?

Dois homens esperam à frente do meu prédio. Uma van de entregas está estacionada na rua.

— Sou eu.

— Entrega para você. — Ele me passa o tablet eletrônico que segura. — Assina aqui.

Estreito os olhos.

— Mas eu não pedi nada.

O cara olha para o tablet.

— A cobrança foi para Rory Miller.

É claro que foi. Assino o tablet e, enquanto os entregadores descarregam um colchão e uma base para cama do veículo, pego o celular e ligo para ele.

Rory atende o celular um momento depois, enquanto seguro a porta aberta para os entregadores.

— É sério isso? — pergunto, no lugar de cumprimentar.

— Não precisa agradecer.

Não sei se grito ou dou risada enquanto subo a escada atrás deles. Rory não parece estranho sobre o que aconteceu hoje cedo, então isso é bom. Eu consigo fingir se ele também conseguir.

— Dá para ouvir seu sorriso presunçoso pelo telefone.

— Não vou dormir naquele colchão velho e desnivelado de novo.

Minha boca se abre de choque.

— Você também não vai dormir no novo.

Muito menos depois de hoje cedo.

— Hartley, tenho que desligar. O avião já está para decolar.

— Mas o que é que eu vou fazer com...

— Os entregadores vão levar a cama antiga embora. — Ouço um anúncio de aeroporto no fundo. — Te ligo quando a gente pousar.

Encaro o celular, a ligação encerrada. O cretino desligou.

23

RORY

— O que você está fazendo?

No nosso quarto de hotel, viro a cadeira, abrindo um sorriso inocente para McKinnon.

— Comprando presentes para a minha namorada. — Curvo a boca. — Você não se importa, né?

Ele franze os lábios, os olhos no site de lingerie aberto em meu notebook.

— Nunca precisei comprar esse tipo de coisa para ela.

— Não foi o que ouvi dizer.

O sorriso some de seu rosto e sei que toquei num ponto sensível. Por mais que isso atice minha curiosidade, volto a olhar para o notebook, rolando a tela e colocando coisas no carrinho.

Penso em McKinnon tocando Hartley e sinto vontade de vomitar. Penso nele acordando abraçado a ela, com as mãos no corpo dela, e quero socar alguma coisa.

Ela queria ir mais longe hoje cedo, mas algo a impediu.

Passo as mãos no rosto antes de pegar o dragãozinho de cristal que trago comigo em viagem. É exatamente igual ao dela, tirando que o dela é azul, e o meu, verde. Se ela soubesse que tenho um, diria que é desperdício de dinheiro, mas me pego segurando-o o tempo todo, pensando nela. Gosto que nós dois tenhamos um cada um, como se fossem anéis de compromisso, walkie-talkies ou alguma coisa assim.

Mais uma coisa que não posso contar para ela.

Antes que eu consiga raciocinar, já estou ligando para ela por FaceTime, empurrando o dragão de cristal para fora do enquadramento.

— Não vou ficar com ela — ela responde em meus fones antes até de me cumprimentar.

Sorrio e acrescento mais lingeries ao carrinho.

— Vai, sim.

Nunca comprei lingerie para uma mulher, mas imaginar Hartley nesses pedacinhos de renda funciona como combustível para minhas fantasias. Ela nunca, jamais, usaria nenhuma delas, mas isso não vai me impedir de comprar.

Ouço um farfalhar do lado dela e escancaro ainda mais meu sorriso.

— Abre a câmera, Hartley.

— Hmm. Não.

Já estou rindo. A voz dela parece culpada.

— Abre a câmera agora.

A câmera dela finalmente dá sinal de vida, e tremo de tanto rir.

— Sabia.

Ela está recostada nos travesseiros com um sorrisão, e me limito a sorrir de volta enquanto uma sensação calorosa e fluida me atravessa.

— Tá. Eu gostei. Parece que estou numa nuvem no céu. Feliz?

— Muito.

Os olhos dela brilham.

— Obrigada — diz baixinho.

Apenas balanço a cabeça, girando na cadeira, sorrindo para ela. O cabelo castanho recai sobre o travesseiro e me lembro de hoje cedo, quando acordei com ela aconchegada em mim.

Meu Deus, como foi gostoso sentir o corpo dela todo quente e macio.

— De nada.

— Sinto que não estou fazendo minha parte nesse acordo, considerando a frequência com que agradeço você.

— Gosto de fazer essas coisas para você.

Há uma pausa longa em que apenas nos entreolhamos, e minha pulsação acelera pelo receio de ter mostrado minhas cartas. Meus olhos percorrem o rosto dela; os lábios curvados num pequeno sorriso, os olhos brilhando sob a luz baixa do apartamento.

Será que meu sentimento é recíproco?

— Então, o que vamos fazer para encher o saco dele hoje? — ela pergunta.

A noite de ontem passa pela minha cabeça, a maneira como ela ria alto enquanto fugíamos de Owens. Tenho uma ideia.

— Hartley — digo, num tom repreensivo, olhando por sobre o ombro para McKinnon na cama dele. — Não podemos. Estou dividindo o quarto.

— Rory. — Puta que pariu, adoro quando usamos primeiros nomes. — O que você está fazendo?

Arregalo os olhos para ela como quem diz *entra no jogo*, e ela solta um suspiro, ainda sorrindo.

— Só assiste o vídeo que a gente fez. Vai ter que servir até eu voltar para casa.

— Ai, meu Deus. — Ela balança a cabeça, mas o rosto está ficando vermelho. — Inacreditável.

— Tá — cedo. — Não consigo dizer não para você. — Pego o notebook e vou até o banheiro, parando à porta. — Talvez seja bom dar uma saidinha, McKinnon. Eu e Hartley precisamos de um tempo pra gente.

Ele me lança um olhar fulminante.

— Hm. Miller? O que a gente vai fazer? — ela pergunta, no fone.

Fecho a porta do banheiro atrás de mim e ergo as sobrancelhas para ela. *Sexo virtual*, gesticulo com a boca.

Ela arregala os olhos.

— Você tá de brincadeira.

Faço um gesto indicando que vou desconectar os fones, e ela pressiona a boca numa linha fina, segurando o riso.

— Tira a camiseta — digo alto enquanto ela me fuzila, tentando não sorrir. Depois de um segundo, gemo. — Cara, eu estava com tanta saudade desses peitos.

Ela bufa como se não conseguisse acreditar em mim, mas aponto para ela. Ela me faz um gesto frenético de *que porra é essa?*

Sua vez, faço com a boca.

— Hmm — ela geme com uma expressão de quem está comendo comida podre. — *Isso.* — Ela tapa a boca, rolando de rir em silêncio enquanto sorrio para ela.

O que foi isso?, gesticulo com a boca.

Ela me lança um olhar frenético, um brilho nos olhos. *Não faço ideia, porra.*

— Tira tudo. — Minha voz é baixa e suave, mas alta o suficiente para McKinnon ouvir. — Tudo. Isso. Deixa eu ver você.

— Assim? — pergunta ela com uma voz murmurada que não soa *nem um pouco* parecida com ela. O rosto dela fica vermelho de vergonha.

Meu pau pula, despertando.

— Isso. — Minha voz engrossa. — Assim. Exatamente assim.

— E isso aqui? — A voz dela é provocante. Confiante. Como se soubesse exatamente o efeito que tem em mim. — Você gosta quando eu faço assim?

Puta merda.

— Sim. — O que será que ela está imaginando? — Gosto. Muito. Faz de novo. — Passo a língua pelo lábio inferior. — E se masturba enquanto faz isso.

Os olhos dela cintilam de calor. Ainda bem que a câmera não chega até a minha metade inferior, porque estou duro feito pedra.

— Você está se masturbando pra mim, gatinha? — pergunto.

— Uhum. — Ela mexe nas pontas do cabelo na câmera, mas os olhos dela têm um brilho que me faz pensar que talvez sua mente esteja no mesmo lugar em que a minha está.

— Está imaginando que sou eu fazendo isso?

— Sim.

— Isso. — Dou um sorriso satisfeito.

Ela definitivamente está ficando vermelha. Interessante. Ela gostou disso.

— Como você prefere que eu continue? — pergunto.

— Mais forte — murmura ela, e arrepios me percorrem. — Quero mais forte. Você sempre me faz me sentir tão bem.

Os pelos da minha nuca se arrepiam.

— Você sabe exatamente como me fazer gozar — ela sussurra, e minhas bolas ficam tensas.

Há algo no tom aprovador dela que está me deixando tão duro que não consigo nem pensar direito.

— Caralho, que tesão. — Engulo em seco, observando o rosto vermelho de Hazel enquanto ela simula uma respiração ofegante.

Se estivéssemos fazendo sacanagem de verdade pelo FaceTime, a mão dela estaria naquela calcinha rosa que vi hoje cedo, dedilhando o clitóris molhadinho. Ela estaria encharcada, sei que estaria.

— Goza e finge que sou eu. — Meu olhar está grudado na tela, e minha respiração está ofegante. — Se masturba como eu te masturbaria.

Ela assente, os olhos entreabertos enquanto geme pela caixa de som do laptop.

Jesus Cristo. Passo a mão no cabelo. Fico me perguntando se ela seguiria minhas instruções assim na vida real. Se ela se entregaria a mim ou se resistiria a cada passo do caminho.

Não sei qual prefiro.

— Você também — responde ela, ofegante. — Vai, sobe e desce com essa mão. Quero ver.

Meu pau lateja. Um desejo me atravessa, ribombando em meu sangue.

— Não vou aguentar muito se continuar fazendo esses barulhos, Hazel. — Estou viciado no tesão que vejo em seus olhos. — Você é gostosa demais. Vai me fazer perder o controle.

Não sei o que é verdadeiro ou falso nisso. Estou tão duro que chega a doer e, no segundo que essa ligação acabar, vou relembrar todos os sons que ela fez enquanto bato uma.

— Hmm. — Ela morde o lábio.

— Você está quase?

— Uhum.

Estou jorrando pré-gozo na cueca.

— Isso. Continua. Vai mais rápido.

Preciso ouvir o som que Hazel faz quando goza.

24

HAZEL

— Caralho, que delícia — gemo.

Quem sou eu? O dragão de cristal idiota me julga de cima da cômoda. Mas nada mudou desde hoje cedo, e ainda estamos fingindo.

Pelo menos eu acho.

— No que você está pensando? — pergunta ele com a voz rouca, me observando com atenção.

Meu Deus, Rory sabe fingir bem que está com tesão. O tom baixo vai direto para a minha buceta ardente. Os olhos dele estão escuros, semicerrados, fixados em mim, e me pergunto se ele está pensando sobre nós fazendo isso tudo para valer.

Eu estou.

Estou pensando naquele membro grosso encostado na minha bunda hoje cedo e como seria a sensação dele em cima de mim, metendo fundo. Minha mente imagina como seria a ardência deliciosa dele dentro de mim.

Minha calcinha está encharcada.

— Em você — admito. — Dentro de mim. Seu pau é tão grande. Nunca vi um maior.

O safado abre o sorriso mais lento e metido que já vi na vida.

— Onde você aprendeu a me comer tão bem, Rory?

Mais desejo se acende em seus olhos. Ele gosta quando falo esse tipo de sacanagem, ou finge gostar. Não sei mais.

— Me fala se isso tá gostoso — pede ele, com a respiração ofegante e uma expressão determinada.

— Quando você me come, chega a lugares dentro de mim que nem eu consigo alcançar.

— Aposto que você está muito molhada agora.

A expressão agoniada que ele tem no rosto faz latejar entre minhas pernas. Cara, eu acabei de choramingar. Estou por um fio. Mas não ligo. Essa é a coisa mais sexy que já fiz e nem é de verdade. Não estou nem me masturbando. Tesão se acumula no fundo do meu ventre, e aperto as coxas, desesperada por fricção.

Uma explosão abrupta de prazer dispara através de mim e abro os lábios. Precisamos encerrar isso aqui antes que eu goze de verdade.

— Estou quase — digo, ofegante.

— Isso. — Ele chega perto, olhando para a tela com intensidade. — Isso, gatinha. Continua. Preciso ver você gozar.

— Goza comigo.

— Estou quase — ele geme. — Agora, gatinha.

Solto um grito ofegante de prazer e aperto o edredom como se fosse de verdade, e um grunhido áspero e atormentado o atravessa.

— Nossa — digo, porque consigo imaginar perfeitamente ele fazendo essa expressão agoniada enquanto goza dentro de mim.

— Puta merda. — O peito largo sobe e desce para recuperar o fôlego.

Ficamos olhando um para o outro. O que acabou de acontecer, porra?

Do outro lado da porta do banheiro, ouvimos Connor saindo.

— Ele foi embora. — Ele abre um sorriso sacana no rosto corado. — Bom trabalho.

— Você também. — Ainda estou inchada, molhada e ardente. Preciso resolver isso. Não posso ficar falando com Rory enquanto estou com tanto tesão. — Preciso ir.

Ele responde com um aceno abrupto.

— Eu também. — Ele pigarreia mais uma vez. — Boa noite, Hartley.

— Boa noite — digo com um tom estranho antes de encerrar a ligação.

Jogo o celular para o lado e enfio os dedos embaixo do elástico da legging. No segundo em que encosto no meu clitóris, minhas costas se arqueiam para fora da cama.

— Caralho — murmuro, traçando círculos ao redor da umidade. — Caralho, caralho, caralho.

Meu orgasmo vai crescendo, me preenche, expande através de todos os membros antes de explodir, emanando calor e prazer intenso do meu centro enquanto puxo o ar, imaginando a expressão intensa e concentrada dele. Estou apertando o vazio onde o pau de Rory deveria estar, onde imagino que ele estaria, gemendo enquanto meus dedos se movem rápido sobre a pele delicada e sensível.

É tão gostoso, gostoso pra caralho, mas não é o suficiente.

Quando estou finalmente esgotada, o pulso latejando e os pensamentos letárgicos, solto um longo suspiro, deito de costas e fico olhando para o teto.

Esse foi o orgasmo mais intenso que já senti.

Isso vai ser um problema.

25

RORY

— Olha só pra você, Hartley — ironizo enquanto ela desliza de patins na minha direção. — Está colocando aquelas criancinhas no chinelo.

Ela solta uma risada e sorrio, patinando de costas na frente dela. Estamos de volta ao centro comunitário de patinação, rodeando o rinque enquanto a bola de discoteca gira e música pop do começo dos anos 2000 toca. Depois da nossa ligação por FaceTime, gozei tão forte que minha visão ficou turva e, agora que ela está na minha frente, tudo que quero é tocar nela.

Ward olha de relance, e aproveito a desculpa para pegar a mão de Hazel. Ela desce o olhar para nossas mãos dadas com um leve sorriso antes de voltar o olhar para ele.

— Ele comentou alguma coisa? — ela pergunta. — Sobre o lance de capitão?

— Não — respondo, balançando a cabeça. — Ward é uma fortaleza. Não faço ideia se estou atendendo às expectativas.

Uma sensação que não consigo nomear se contorce dentro de mim, arranhando e importunando. Odeio fracassar. O desafio me motiva, mas não sei nem o que Ward quer de mim. Mesmo com esse esquema com Hartley, acho que não é o bastante para o deixar orgulhoso.

Ela franze a testa.

— Será que é por isso que ele colocou você junto com Connor?

— Não sei se foi uma boa ideia. — Meu sorriso fica maldoso. — Hartley, ele estava com um humor do cão depois da nossa ligação.

Ela dá risada, mas o rosto fica rosado como se estivesse com vergonha.

— Tudo bem por você aquilo tudo? — pergunto.

A linha comprida de seu pescoço se move enquanto ela engole em seco, sem olhar para mim.

— Aham.

Franzo as sobrancelhas.

— Hartley, se algum dia eu for longe demais, é só dizer que eu paro.

Ela balança a cabeça bem rápido.

— Você não foi. — Ela ainda está corando. — Foi divertido.

Um sorriso reservado e satisfeito passa pelo rosto dela antes de encontrar o meu olhar e a expressão dela ficar inocente.

O instinto masculino possessivo em mim desperta, interessado, e agora estou imaginando o que Hartley fez logo depois da ligação.

— Divertido — repito, imaginando-a deitada naquela cama grande que comprei para ela fazendo os barulhos que não consigo esquecer há dias.

Ela pigarreia e volta o olhar de novo para Ward, que está encorajando uma criança a patinar na direção dele.

— Você é um bom professor de patinação. Isso deve valer alguns pontos com Ward.

— Ah, jura? — Ergo a sobrancelha, puxando-a para perto de mim. — Você me acha um bom professor?

— Ih, tá se achando. — Seus lábios se curvam, e voltamos a um território familiar.

— É claro que eu tô me achando. — Estufo o peito, e ela revira os olhos. — McKinnon não conseguiu levar você para dentro do rinque.

Ward passa os olhos por nós, e coloco o braço ao redor dos ombros de Hazel.

— Gosto de patinar com você — admito, antes de dar um beijo rápido na testa dela.

O cheiro dela entra no meu nariz, para dentro de mim. Ela encontra meus olhos, e seus lábios se erguem num sorriso discreto e contido.

— Também gosto de patinar com você.

Quando a patinação acaba, tiro fotos com as crianças e os pais do grupo de Ward antes de ir até Hazel, que está sentada no canto com um leve sorriso.

— E aí, Miller. — Um dos jogadores amadores da semana passada, Ed, está entrando no rinque. Alguns já estão lá dentro aquecendo.

Fico tenso.

— E aí. — Outros jogadores me cumprimentam enquanto seguem lá para dentro, e sinto de novo aquela sensação lancinante e incômoda que não consigo ignorar.

Hazel indica o rinque com as sobrancelhas, e meu instinto de tentar de novo briga com a vergonha pela forma como joguei da última vez.

Mas não posso desistir. Não sou assim. Meu sangue pulsa com a necessidade de resolver isso.

— Tudo bem se a gente ficar um pouco? — pergunto para ela, vendo os caras aquecendo.

O sorriso dela fica ainda maior, os olhos cheios de incentivo.

— Joga o quanto quiser.

Entro no rinque e patino até Ed.

— Espaço pra mais um hoje?

Estou totalmente preparado para ele recusar educadamente, mas ele me lança um aceno rápido e um sorriso acolhedor.

— Pode apostar. — Aponta para o banco. — Tem bastões extras no banco.

Dez minutos depois, estamos aquecidos e divididos em times, e o apito toca. Mantenho distância do disco, jogando com menos agressividade, resistindo a todos os instintos que meu pai enfiou na minha cabeça, mas a sensação de que tem alguma coisa errada persiste, como se eu não estivesse fazendo o que deveria. O cara que estou marcando tenta pegar o disco e o passo de volta para um dos meus colegas de time.

Tenho a sensação de que estou fazendo alguma coisa errada. Não sou o astro, mas nem divertido isso é. Sinto como se estivesse me escondendo. Não tem por que ficar aqui se vou ficar à margem.

Uma lembrança do jantar do time aparece em minha cabeça: ver Hazel entrar no corredor e atirar em McKinnon com a bolinha de espuma, vencer o jogo, a vitória nos olhos. A sensação intensa e vasta de orgulho em meu peito.

Ver *Hazel* ganhar foi incrível.

O outro time está com o disco, mas marco o jogador e o roubo antes de passar para Ed, que está livre. Patino até o gol.

— Livre — grito, e ele passa de volta para mim.

Os jogadores se amontoam entre mim e a rede, bloqueando meu disparo.

Numa jogada como essa, normalmente eu faria o gol. É para isso que sou pago, é isso que sou treinado para fazer. Mas Ward nem está aqui, e meu pai não está assistindo pela TV. Não tem imprensa. Só tem a Hazel, e ela está pouco se fodendo se marco gols.

Passo de volta para Ed. Surpresa cintila em sua expressão antes de ele mandar o disco na direção da rede. O goleiro avança, mas o disco passa por ele.

Nosso time comemora, e Ed me abre um sorriso triunfante. Algo floresce em meu peito: orgulho, recompensa e satisfação. Felicidade. É a mesma sensação de quando subi a escada correndo com Hazel. Aquele aperto de alegria no peito quando ela gritou e quando tapou a boca durante nossa ligação por FaceTime, abafando o riso.

Ela observa da arquibancada com um sorriso contente e orgulhoso, e acho que finalmente encontrei o que tem de errado comigo.

26

HAZEL

Um pacote está apoiado na minha porta quando chego em casa depois de patinar com Rory.

Entro, largo a bolsa e descalço os sapatos, abrindo a caixa em seguida. Dentro do pacote tem outra caixa: rosa-clara, com um laço branco ao redor. Franzo a testa. Faltam meses para o meu aniversário, e Pippa normalmente me avisa se está mandando alguma coisa.

Sinto a faixa suave sob os dedos e, quando abro a tampa e passo pelo papel de seda grosso, meu queixo cai.

Três sutiãs e três calcinhas de renda estão dobradinhos dentro da caixa. Os conjuntos (um nude, um azul-celeste e um lavanda-claro delicado) são lindos, de alta qualidade e de boa sustentação. Tecido fino forra as taças do sutiã, e os elásticos são de cetim, macios e suaves.

Meu coração palpita de emoção. Eu nunca, nunca *mesmo*, compro coisas caras assim por culpa, mas essas peças são tão bonitas e femininas que estou desesperada para usá-las.

Franzo a testa. Quem me mandou lingerie? Na caixa tem um cartão enfiado na lateral.

Levo um susto. *Com amor, Rory*, diz o cartão.

Sem nem pensar, já estou ligando para ele.

— Já está com saudade? Tá bom — suspira ele, fingindo cansaço. — Vou passar aí.

— Rory. Que porra é essa? Você me mandou lingerie?

Será que ele ficou pensando em mim usando uma dessas enquanto comprava? Meu rosto cora.

— Comprei no quarto de hotel na frente de McKinnon. Ele ficou fulo da vida, Hartley.

Os sutiãs são quase transparentes, meus mamilos ficariam visíveis. Calor vibra entre minhas pernas. Consigo imaginar perfeitamente a maneira como o olhar de Rory ficaria intenso e seus lábios se entreabririam ao me ver usando isso.

Cara, seria tão divertido. Deixar Rory cheio de tesão desse jeito. Eu o provocaria até ele implorar.

Pelo quê? No que *eu* estou pensando?

Evito esses pensamentos.

— Tá, até que essa foi bem genial. Mas não precisava comprar de verdade.

Passo a ponta dos dedos por sobre o tecido. Seria um sonho usar isso, tenho certeza.

— Hartley, quantas vezes a gente vai ter que ter essa mesma discussão? Eu gosto de comprar coisas para você.

Meus olhos se voltam para o dragão de cristal em cima da cômoda, cintilando sob a luz fraca da lâmpada.

— Não vou usar.

Seria estranho se eu usasse. Mesmo se ele nunca descobrisse, seria esquisito.

— Qual é o problema, não gostou?

— Não é isso... — eu me interrompo. — A questão não é se eu gostei ou deixei de gostar.

— Então você gostou. — Consigo ouvir o sorriso largo dele, e mais uma onda de calor pulsa através de mim. — Será que seria melhor se eu começasse a mandar as entregas para o seu escritório?

Contra minha vontade, uma risada me escapa.

— *Não.*

— Tá, tá. — Ele ri baixinho. — Vou continuar mandando para o seu apartamento, então.

— Vai ter mais?

— Ah, sim. — Ele assobia. — Bem mais.

Mexo os lábios, mas não sai nenhum som, porque nem sei o que dizer.

— Sinto que você vai tentar me dissuadir, então vou só te desejar boa-noite agora, Hartley. Boa noite.

— Boa noite.

— Tenta não pensar em mim quando estiver experimentando.

Ele desliga e outra risada incrédula me escapa enquanto encaro o celular, depois o conteúdo macio e rendado da caixa.

Não vou usar a lingerie que ele me mandou, por mais que eu queira.

27

RORY

Os torcedores do Vancouver ficam tensos quando o outro time faz um lançamento contra Streicher. Ele bloqueia, e Volkov rouba o disco, passando-o para mim antes que eu chegue ao outro lado do gelo.

Os torcedores começam a gritar, e a energia na arena se intensifica quando vou chegando perto do gol com o disco.

Tenho visão desimpedida até o gol e deveria aproveitar a oportunidade.

Mas Owens está livre, e penso no jogo de várzea. Passo para ele. É o mesmo reflexo de surpresa que vi nos olhos de Ed, mas ele não desperdiça um segundo.

Ele faz a jogada e marca.

A arena se enche de barulho, e êxtase pulsa por minhas veias quando a buzina do gol toca. Luzes se acendem, sirenes tocam, e os torcedores pulam para cima e para baixo.

— Aí, sim, mano! — grita Owens quando o cercamos, e rio com o entusiasmo que ele demonstra.

No banco, Ward me dá um aceno firme de aprovação, depois meu olhar vai até Hartley, que está sentada ao lado de Pippa e olha para mim com uma surpresa agradável, como se tivesse acabado de ver um novo lado meu.

Acho que eu também vi, e gosto de quem encontrei.

28

HAZEL

Tem alguma coisa diferente em Rory quando ele entra no Flamingo Imundo depois do jogo.

Está mais leve, mais relaxado, e seus lábios têm uma leve inclinação, que imito enquanto ele se dirige até mim.

— Oi. — Meu olhar sobe para seu boné de beisebol, virado para trás. Em contraste com o cabelo loiro-escuro e os olhos azuis luminosos, o efeito é inebriante. — Belo jogo.

— Obrigado. — Ele invade meu espaço. — Agora seja uma boa namorada de mentirinha, Hartley, e me deixa te beijar.

Os lábios dele são gentis, macios e doces, e meu corpo relaxa contra o dele. O bar desaparece, e a única coisa que existe no mundo é a aspereza de sua barba sob meus dedos e as cosquinhas de sua respiração em minha bochecha. Minha outra mão aperta seu peito firme. O moletom dele é tão macio que fico pensando em como seria usá-lo. Cada vez que puxo o ar, meu sistema é inundando pelo cheiro inebriante de roupa limpa e sabonete líquido de Rory.

Esqueço que estamos num bar. Esqueço que isso é de mentira.

Quando Rory Miller me beija, esqueço como é ter o coração partido.

Ele mordisca meu lábio inferior, e recuo antes que ele possa intensificar o beijo e destroçar meus sentidos para valer. Meu rosto está corado e, quando ele desliza o dedo para o ponto pulsante em meu pescoço, seu olhar se inflama de interesse ao sentir meu coração acelerado.

Gosto dele. E isso é um problema.

Sem falar no fato de que estou usando a lingerie que ele me mandou, mesmo tendo dito que não usaria.

Um problema. Um problema grande. Um problema muito, muito grande.

— Hartley — murmura ele num tom provocante. — Até uma freira beijaria com mais língua do que isso.

Ele arqueia uma sobrancelha com o ar pilantra.

Está me instigando, mas funciona, e aperto a frente do moletom dele e o puxo de volta para mim.

Dessa vez, não me contenho. Eu o beijo como se aquela ligação por FaceTime tivesse sido de verdade. Ele apoia um braço no pilar atrás de mim enquanto o saboreio e, quando chupo a ponta de sua língua, um grunhido baixo e desesperado escapa do peito de Rory, vibrando em meu punho que ainda segura o moletom dele. Um desejo urgente e insistente zune por meu sangue quando ele aperta o cabelo na minha nuca com a mão livre. Inclina minha cabeça para trás para intensificar o beijo e, entre minhas pernas, excitação se acumula.

Não pensei que fosse gostar tanto dele puxando meu cabelo.

— Melhor? — sussurro, erguendo a cabeça para olhar em seus olhos.

— Sim. — A respiração dele está ofegante, as pupilas dilatadas. Lança um olhar para trás de mim, e a expressão dele fica maldosa. — McKinnon.

Enrijeço. Até me esqueci de que ele estava aqui.

Rory aponta a cabeça para Connor.

— Talvez seja bom pegar um drinque melhor. Você está com cara de que não gostou desse aí.

A expressão de Connor fica tempestuosa, mas Rory já está me puxando para a mesa com os outros. Pippa e Jamie estão numa mesa maior que o normal e, sentados com Hayden, estão os amigos dele, Kit e Darcy. Kit Driedger joga pelo Calgary, o time contra o qual o Vancouver jogou hoje, e Darcy é a namorada dele desde quando os três estavam juntos na faculdade.

— Ei — diz Rory para Kit com um sorriso descontraído. Eles jogaram juntos na temporada passada. — Só jogadores do Vancouver são permitidos aqui.

Todos reviram os olhos.

— Como se isso tivesse te impedido alguma vez — comento, e ele ri baixinho e aperta a mão de Kit.

— Jogou bem hoje, Driedger.

— Você também — responde Kit com um aceno.

— Já é difícil fazer esse cara aí sair sem você enchendo o saco, Miller — fala Hayden. — Darcy teve que arrastar Kit para cá hoje.

— Kit gosta de ir pra cama cedo, parece um vovô — provoca Darcy, e Rory a cumprimenta com um grande abraço antes de ela vir até mim, o cabelo loiro platinado praticamente cintilando sob as luzes difusas do bar.

— Não sabia que você estava na cidade — digo, enquanto nos abraçamos. Chegamos a sair algumas vezes depois de jogos, mas nunca consegui conversar com ela por muito tempo. — Você poderia ter sentado comigo e com a Pippa durante o jogo.

— Pois é, Darce. — Hayden ergue o queixo para ela, os olhos brilhantes. Ela mal chega à altura do ombro dele. — Assim você poderia ter visto meu gol de perto como Driedger viu.

Ele dá uma cotovelada na barriga de Kit, que ri baixinho, empurrando-o de leve.

— Quem sabe na próxima — responde Darcy com um sorriso tímido antes de alternar um olhar curioso entre mim e Rory. — Ouvi falar nisso, mas não estava acreditando.

A mão de Rory pousa entre minhas escápulas e, quando ele baixa os olhos para mim, o sorriso que abre é gentil e atraente. Faz uns dias que ele não se barbeia, e uma camada rente de pelos loiro-escuros se estende por seu maxilar forte.

— É verdade. — Ergo os olhos para o boné de beisebol virado para trás de Rory. Os olhos dele estão brilhando, e suas maçãs do rosto ainda estão um pouco coradas nas partes mais altas pelo jogo. Com ele usando esse boné, não tenho nenhuma chance contra Rory Miller.

As pessoas abrem espaço, e faço menção de me sentar, mas Rory me puxa para seu colo. Jordan chega com uma água com gás para Rory e um drinque para mim e, enquanto ele a está agradecendo, os olhos de Pippa se arregalam enquanto dá um gole da própria bebida.

Cala a boca, digo para ela com os olhos.

Eu não, responde ela com os dela.

Tento sair do colo dele, mas as mãos dele apertam minha cintura, segurando meu corpo mais perto.

— Não — ele murmura em meu ouvido. — Não sai daí, esquentadinha.

Mais uma onda de calor me atravessa, e me obrigo a me concentrar na conversa à mesa.

— Uma vez li uma entrevista de um ator pornô famoso — Hayden está dizendo —, e ele disse que, quando tem problemas de ereção, cheira o cangote da atriz. — Ele aponta para a própria nuca. — É um lance de feromônio ou sei lá o quê.

— Duvido — bufa Rory. — Isso não é de verdade.

— É, sim — insiste Hayden, me fazendo rir com a expressão sincera que tem no rosto.

Rory pega meu cabelo detrás do pescoço, puxando-o para o lado. Meu sorriso vacila quando seus lábios encostam em minha pele e, quando ele inspira fundo, sua barba me arranha.

Quando ele suspira na minha pele, algo se contrai entre minhas pernas.

Rory endireita o corpo, soltando meu cabelo.

— E aí? — pergunta Hayden enquanto todo mundo olha.

Rory dá de ombros.

— Sei nem o que dizer, parceiro.

Hayden faz uma cara de decepção.

— Pô, eu contei isso para todo mundo. — Darcy começa a rir, e ele aponta a cabeça para ela, abrindo um sorriso sedutor. — Vem cá, Darce. Vamos testar.

Ele finge que as mãos são garras na direção dela, que ri ainda mais, dando tapinhas nele. Kit balança a cabeça, rindo.

Os olhos de Hayden pairam nela por um momento a mais, sorrindo como se ela fosse a melhor coisa que ele já viu na vida.

Eles são amigos. Melhores amigos, pelo que ele conta para todo mundo. E ela está com Kit.

Mas Hayden não olha para ela como se eles fossem amigos.

Ela se recosta em Kit, dizendo alguma coisa para Pippa, e Hayden lança um olhar para o braço de Kit ao redor dela e desvia os olhos, a expressão tensa.

Hm.

Meus pensamentos são interrompidos quando Rory fica tenso ao meu lado. Eu me viro para olhar para ele, mas ele me segura com mais firmeza, o maxilar tenso.

— O que tá rolando aí?

— Você pode ficar paradinha por um segundo? — A voz dele é controlada.

— O que é que...

Ah.

Uma coisa grossa e dura aperta minha lombar. Meus pensamentos se evaporam e sinto mais uma contração quente entre as pernas. Rory está de pau duro. Tipo, muito duro. Pressionado contra mim. Duro.

— Ah — digo, olhando com firmeza para a frente. Todas as células do meu corpo estão concentradas demais na pressão insistente do pau dele encostado em mim.

— Pois é. — Ele faz um barulho rouco.

Um calor líquido se acumula no fundo do meu ventre. Imagino mil coisas obscenas. Como seria transar com Rory. Sentar nele e cavalgar. Nossa. Fecho os olhos por um momento e imagino: ele me segurando na cama, meus punhos imobilizados sobre a cabeça enquanto ele me come devagar, olhando fundo nos meus olhos com aquele sorriso preguiçoso e pilantra enquanto me desfaço embaixo dele.

Mexo os quadris, buscando fricção por instinto, e ele inspira de forma abrupta enquanto aperta as mãos na minha cintura.

— *Não* faz isso, Hartley — grunhe ele, e seu membro pulsa. — Não tá ajudando.

Minha pele está ardendo demais, mas sinto o impulso de rir.

Nas minhas costas, o peito dele sobe e desce enquanto tenta se controlar.

— Por que o seu cheiro é tão bom? — Ele fala como se isso o irritasse, e um rubor quente sobe por meu pescoço.

— Meu cheiro é normal.

— Seu cheiro não é normal porra nenhuma, Hartley.

O tom frustrado dele faz coisas estranhas com meu corpo. Tesão repuxa o fundo do meu ventre.

Fingimos ouvir a conversa à mesa enquanto fico muito, muito imóvel. Jordan passa e peço comida, ainda concentrada demais na ereção de

Rory. Depois de um tempo, aquela vara grossa que pressionava minha bunda relaxa e consigo pensar de novo.

— Quer uma? — pergunto quando minhas batatas fritas chegam.

Ele nega, sem tirar os olhos delas.

— Não, valeu.

— Não bebe, não come fritura — listo, colocando mais uma na boca. Ele parece até a minha mãe, sempre de dieta.

Os olhos dele pairam sobre minha boca.

— Meu corpo é minha carreira, e comer porcaria não vai me ajudar em nada.

A batata salgada explode na minha boca enquanto como.

— Ué, mas uma única batata? Será que vai mesmo acabar com a sua temporada? Ainda mais quando está *tão boa*. — Gemo baixinho as duas últimas palavras, revirando os olhos como se fosse a melhor batata que já comi na vida.

Os olhos de Rory ficam mais intensos.

— Faz isso de novo.

Mantenho contato visual com ele enquanto como outra.

— Puta que pariu. — Ele desvia o olhar quando lambo o lábio inferior. — Que sexy.

— Sabe o que combina muito com batata frita? Cerveja.

Ele inspirou profundamente.

— Nem lembro da última vez que tomei uma.

— Você jogou bem hoje. — Ergo as sobrancelhas. — Estou orgulhosa de você. Você deveria comemorar.

Estou orgulhosa dele?

Mas estou mesmo. Pela primeira vez em muito tempo, ele realmente parecia feliz lá, e sei que isso tem algo a ver com o jogo amador de ontem.

Mas é melhor não tocar nesse tipo de assunto.

— Não que isso importe — acrescento rápido.

— Importa. — A expressão dele fica muito séria. — Importa, sim.

Meu coração dá uma cambalhota com isso.

Ele olha para as batatas, e os olhos dele faíscam de ironia.

— Está tentando ser uma má influência para mim, Hartley?

— Não sei — digo, ainda sorrindo. — Está funcionando?

— Está. — Ele me olha nos olhos de novo. — Beleza. Me dá um gole aí.

Abro ainda mais o sorriso e dou minha cerveja para ele antes de chamar a atenção de Jordan e pedir mais uma para mim em silêncio. Quando Rory dá um gole, fecha os olhos e geme como se tivesse acabado de encontrar água no meio do deserto.

— Puta que pariu — murmura ele.

Prendo a respiração, fascinada pela expressão que vejo em seu rosto.

— Está boa?

Ele acena com a cabeça, dá mais um gole e suspira, e algo caloroso e contente atravessa meu peito.

29

HAZEL

Uma hora depois, Rory já tomou *duas* cervejas. O sorriso dele está um pouco mais radiante do que o normal e a mão me acaricia de maneira um pouco mais solta, alisando minhas costas, pousando em minha cintura e dando apertos rápidos e firmes na minha coxa.

Ele encosta o nariz em minha têmpora enquanto inspira fundo.

— Meu Deus — murmura ele.

Algo em sua voz baixa faz meus hormônios dispararem pelo corpo, exigindo safadeza.

Minha mente repassa imagens dele na minha cama só de cueca.

— Você está bêbado? — sussurro, abrindo um sorriso provocante para ele.

— Não — ele ri em meu ouvido. — Só alegrinho.

— Fracote. — Estou com um sorrisão besta estampado na cara. — Você tem a tolerância para álcool de um lulu da Pomerânia.

— Não faz bullying comigo, Hartley. — Ele mordisca minha orelha, e meus lábios se entreabrem. — Isso me deixa de pau duro.

Estou rindo, mas também estou corando. Rory aperta as mãos em minha cintura, e uma delas desce para meu quadril. Depois desce ainda mais, pousando na curva entre meu quadril e a coxa. Quando me acaricia com o polegar, perco o ar.

Tão. Sexy.

— Você está bêbado. — Mal consigo dizer as palavras de tão excitada.

— Não estou, não. — Ele dá um beijo na minha têmpora. — Só acho que você é muito, muito linda.

Desvio o olhar, sorrindo e corando.

— E inteligente. — A barba dele roça minha maçã do rosto enquanto ele dá outro beijo delicado em mim. — E cheirosa. — Dá outro beijo, dessa vez em meu maxilar. — E gosto do formato dos seus lábios. — Beijos no pescoço. — E dos seus peitos. — Estremeço quando ele grunhe, encostado à veia do meu pescoço. — Você sempre teve peitos perfeitos — sussurra ele em meu ouvido.

Estou toda acesa, vibrando enquanto sinto o tesão se retorcer na base da minha coluna.

— Para de se fazer de bêbado ou vou me aproveitar de você.

— Promete?

Dou uma risada.

— Vou fazer perguntas pessoais e descobrir todos os seus segredos.

Ele me encara com aquele sorrisinho que quero arrancar da boca dele aos beijos.

— E quando foi que eu não respondi suas perguntas?

Fico olhando e pensando. Ele tem razão; sempre responde minhas perguntas.

— Quantas vezes você bateu punheta pensando em mim? — pergunto, com um sorriso desafiador. Ele nunca responderia...

— Perdi a conta. — Os olhos dele se acendem de calor, e as sobrancelhas se erguem uma vez. *Viu?*, dizem seus olhos. — Depois da nossa ligação por FaceTime.

Nossos olhares se encontram por um segundo antes de eu me virar, um friozinho na barriga. O braço dele pesa em meus ombros, um peso quentinho e reconfortante.

— Não deu para segurar, Hartley. — Ele baixa um pouco as sobrancelhas enquanto sorri com qualquer que seja a memória da qual está se lembrando. — Os barulhos que você fez foram tão...

— Hambúrguer e anéis de cebola. — Jordan coloca um prato à minha frente, e recuo e acalmo a cabeça com uma respiração profunda.

— Obrigado, Jordan — responde Rory para ela enquanto dá uma mordida enorme no próprio hambúrguer, fecha os olhos e solta um gemido gutural de prazer. — Puta merda — ele geme, e me pergunto se é isso que ele diria se eu estivesse ajoelhada entre suas pernas, subindo e descendo a língua por seu pau.

Desvio os olhos, expulsando a imagem da minha mente, mas sou obrigada a ficar sentada aqui, vendo e ouvindo enquanto Rory basicamente tem um orgasmo ao comer o hambúrguer.

— Anéis de cebola — constata ele com reverência depois que come o primeiro, balançando a cabeça.

— Pois é. — Roubo um e mergulho no ketchup. — É bom, né?

— Uhum. — Ele olha para a comida, parando. — Eu não deveria estar comendo isso tudo. É inflamatório.

Penso na minha mãe e em como ela nunca se permite comer sobremesa. Adora doces, mas tem tanto medo de ganhar peso que não se deixa desfrutar nem de meia fatia de bolo de aniversário.

Cerro os punhos embaixo da mesa ao pensar nisso. É como se ela sentisse que não pode, que não merece.

— Não tem problema aproveitar a comida. — Apoio o cotovelo em cima da mesa, apoiando meu rosto na palma da mão, observando-o. — Um hambúrguer só não vai acabar com a sua carreira, Rory.

Ele encara a comida como se não acreditasse em mim, como se achasse que esse único hambúrguer o faria ser expulso do time, e fico me perguntando quem foi o filho da puta que colocou essa ideia na cabeça dele. Tristeza comprime meu peito, e um instinto protetor desperta.

Ele come outro anel de cebola e geme de novo, e minha cara arde.

— Dá pra ser menos *sexual*? — murmuro, e ele se limita a rir.

— O que você seria se não fosse jogador de hóquei?

Estamos andando pela minha rua, e Rory está com o braço em cima do meu ombro, com o corpo colado ao meu. Darcy e Hayden tentaram convencer todo mundo a sair para dançar, mas, assim que o grupo saiu do bar, Rory me puxou na direção oposta, a caminho do meu apartamento. O efeito da bebida já passou, mas a noite está fria e ele é quentinho, então deixo que me mantenha colada a seu corpo.

Andamos meio quarteirão até ele responder.

— Sei lá. Eu sempre quis ser jogador de hóquei, desde que me entendo por gente.

Passamos embaixo da árvore de bordo gigante na frente do meu apartamento.

Penso nos lances dele durante o jogo hoje e no sorriso exuberante estampado em seu rosto.

— Você foi incrível hoje.

O pomo de adão dele sobe e desce enquanto nossos olhos se encontram.

— Você ainda pensaria isso se eu não fosse o jogador que mais pontua da liga?

Tem alguma coisa em seus olhos que parte meu coração.

— Não gosto de você por causa do quanto você pontua.

— Então você realmente gosta de mim. — O canto da boca dele se ergue, e os olhos perdem aquele ar vulnerável. — Me convida pra subir.

O ar crepita de energia entre nós. Se Rory subir, algo vai acontecer.

Mas não me importo. Se eu olhar bem lá no fundo, embaixo de todas as cicatrizes e arranhões que o Connor me deixou, quero que Rory suba.

Gosto dele. Não quero gostar, mas gosto. Pânico cresce com esse pensamento, mas deixo isso de lado.

— Tá bem — respondo.

30

HAZEL

Rory descalça os sapatos e segue direto para minha cama nova, afundando--se com um grunhido de satisfação baixinho que me faz pensar coisas obscenas.

— Essa é muito melhor — grunhe ele de novo.

A maneira como ele se sente tão confortável na minha casa me dá vontade de rir.

— Rory, quando as pessoas são visita, costumam se sentar no sofá.

— É, mas as pessoas não costumam ter o quarto na sala.

Meu queixo cai, mas ainda estou sorrindo. Meu rosto dói de tanto que estou sorrindo.

— Estou só te zoando, Hartley. — Ele pisca. — Sei que você está economizando. Vai ter seu estúdio logo mais.

Uma pulsação de felicidade atinge meu peito, e fico contente por ter contado isso para ele.

— Obrigada de novo pela cama — digo, subindo no colchão ao lado dele e cruzando as pernas embaixo de mim.

Ele dá um sorriso suave.

— De nada. Tem dormido bem sem todas aquelas molas espetando suas costas?

Estou tremendo de tanto rir.

— Vai se foder. — Disparo um olhar contra ele. — Mas tenho, sim.

Ele ainda está sorrindo, olhando para mim. A meia-luz quente do apartamento faz coisas incríveis com os olhos e a pele dele.

— Gosto de comprar coisas para você. Você deveria me deixar fazer isso com mais frequência. — Ele se apoia no cotovelo, franzindo a testa para mim. — Por que você não usa mais minha camiseta nos jogos?

— Sei lá. — Dou de ombros. — As pessoas já entenderam que a gente está junto.

— Mas eu comprei pra você usar.

Algo vibra no fundo do meu ventre com o tom territorialista que ele usa. Depois de Connor, passei a odiar a ideia de usar a camiseta de um cara.

Mas estamos falando do Rory. Todo mundo usa a camiseta dele nos jogos, mas tenho um pressentimento, no fundo da mente, que me diz que, quando eu visto, tem outro significado para ele. Me vem a memória da expressão aflita dele durante o yoga, quando pedi para a classe pensar sobre o que os fazia sentir valiosos.

Eu me importo com ele, e acho que ele sabe disso.

Pior de tudo, acho que ele também se importa comigo. Eu deveria pedir para ele ir para casa.

Só uma vez, sussurra o diabinho no meu ombro. É a minha regra, afinal. Uma vez, e nunca mais vamos transar de novo.

Rory repousa a mão na minha coxa, e os dedos dele vagam para dentro da costura da legging, brincando com ela.

— E quero que você use. — Ele sustenta nosso olhar. — Por favor.

É o *por favor* que acaba comigo. E talvez o toque da mão dele na minha perna, tão grande e quente.

— Tá. — Estou concentrada demais no local do meu corpo que ele está tocando e no olhar dele, que sobe e desce por meu rosto. Meu coração dispara porque não consigo controlá-lo perto de Rory. — Você sabe ser fofo quando quer — digo, por algum motivo.

— Você também.

Preciso me lembrar de respirar quando nossos olhares se encontram e sinto meu coração disparar. Examino as linhas elegantes do seu rosto, o nariz forte, as sobrancelhas, a curva dos lábios. Ele fica tão bonito com essa barba por fazer, e minhas mãos se contraem com o impulso de traçar os dedos por ela.

— Além disso, vai irritar McKinnon. — Ele balança a cabeça. — Aquele desgraçado do McKinnon — dispara ele. — Não tirava os olhos de você hoje.

— Ele só está querendo brincar com os seus brinquedos, Rory. O cara sempre foi competitivo com você.

Ele cruza os braços diante do peito.

— Ele ainda sente alguma coisa por você, e não gosto disso. Sabe que estamos juntos. Não deveria ficar te secando daquele jeito.

Meu estômago dá uma cambalhota lenta pela maneira como ele pronuncia essas palavras, como se o que a gente tem fosse de verdade. Não é esse o objetivo do que estamos fazendo, espezinhar o Connor?

— Você fala como se estivesse com ciúme.

Vejo o maxilar dele contrair, e nossos olhares se encontram.

— E estou.

Eu não deveria incentivar esse sentimento possessivo dele comigo, mas me pego saindo da cama e andando na direção do closet. Sinto um friozinho na barriga enquanto tiro a camiseta do cabide e a visto.

— Melhor? — pergunto, virando para ele, estendendo os braços.

O olhar cintilante que ele me lança me atravessa de emoção. Ele engole em seco enquanto desce os olhos devagar pelo meu corpo e volta a subi-los.

— Vem cá — pede ele.

O ar crepita de tensão. Se eu for até a cama, vai ser um erro.

Mas vou mesmo assim.

— Acho que isso é um sim... — solto um gritinho quando ele me ergue para que me sente em cima dele.

Rory tira o boné e o coloca em cima da mesa de cabeceira, e não sei por quê, mas esse movimento é sexy pra caralho. O cabelo dele está bagunçado, e me permito erguer a mão e passar os dedos por ele. É macio também.

Venho aprendendo que Rory tem uns mil sorrisos. Um para cada emoção, cada situação possível na vida, e esse que ele está abrindo agora é um misto de aconchego e tesão. Ele pousa as mãos nas minhas coxas, subindo e descendo, apertando meus músculos com firmeza.

— Oi — sussurro, porque sinto que chegamos a um nível acima do que quer que seja isso entre nós, e não sei mais o que dizer.

— Oi, Hazel. — Ele me abre aquele sorriso que diz "*Hazel é fofa*". Sobe um pouco mais a mão, os polegares roçando a costura entre meu quadril e minha coxa, e minha respiração fica ofegante. Ele nota, porque seu olhar se inflama.

Puxa meu corpo para me beijar, dominando minha boca com urgência e desespero tórrido. Um ardor cresce embaixo do meu clitóris quando sua língua se aprofunda, me acariciando.

— Estou pensando em como deve ser seu gosto — comenta ele entre um beijo e outro. Uma mão sobe ao meu peito, apertando e encontrando meu mamilo duro através do tecido da camiseta dele e da que tenho por baixo.

Seus olhos cintilam de calor, e algo dentro de mim se agita de ansiedade. Ele vai ver que estou usando o sutiã e a calcinha azul-claros que ele mandou.

— E que barulho você faz quando goza — ele continua, a voz baixa enquanto mordisca meu lábio inferior. — Faz anos que penso nisso.

Calor cresce entre minhas pernas, que estão abertas sobre seu quadril. Estou deixando a calcinha que ele me comprou toda molhada.

Talvez tudo fique mais fácil quando Rory conseguir o que está caçando.

Meu coração bate com tanta força que quase sai do peito.

— Antes de fazermos isso, hm...

Eu me ajeito para aliviar a pressão, mas seu volume grosso roça em mim, fazendo um raio de desejo me atravessar até eu perder a linha de raciocínio.

Ele arranca pela minha cabeça a camiseta com seu nome e depois a camiseta que eu estava usando antes, congelando em seguida. Meu coração acelera enquanto ele encara o sutiã azul-claro, piscando uma, duas vezes até seu olhar intenso se erguer para o meu.

— Hartley — começa ele, o sorriso se insinuando. — É o...

— Sim — respondo num suspiro.

A maneira como ele me provoca com os olhos está começando a me deixar sem graça, como se eu talvez tivesse me excedido. Talvez seja ridículo eu estar usando algo que ele comprou para mim numa intenção clara de me zoar.

— Por quê? — Ele encara meu olhar, as mãos subindo por minhas coxas.

— Porque... — procuro por um pensamento coerente que não tenha a ver com o quanto estou molhada ou como estou com tesão. — Porque era bonito, e eu queria me sentir sexy.

— E funcionou?

O olhar que ele me lança me queima, e aceno com a cabeça.

É verdade: usar algo tão bonito e delicado me faz me sentir sexy.

Embaixo de mim, a ereção dele pulsa, e Rory solta um suspiro pesado.

— Você está gostosa pra caralho, Hartley. — Ele engole em seco, e a palma quente das mãos volta aos meus seios, deslizando sob as taças do meu sutiã para brincar com meus mamilos. Quando ele os repuxa, sinto um calor que desce até minha buceta.

— Ai, meu Deus — sussurro, inclinando-me para a frente para beijá-lo de novo.

Ele devora minha boca, a língua deslizando sobre a minha, fazendo minha cabeça girar.

— O que você estava dizendo, Hartley?

Ah. Sim. Aquilo.

— Essa é a primeira e a última vez que fazemos isso.

Ele recua para olhar em meus olhos.

— Como assim?

— É o jeito que eu faço. — Dou de ombros com naturalidade, embora esteja tensa de desejo. — Só durmo com o mesmo cara uma vez. É mais fácil assim.

Ele franze a testa.

— E depois?

— Depois cada um segue sua vida.

Quando digo isso para as pessoas, elas normalmente parecem aliviadas, mas Rory só franze ainda mais a testa e tira as mãos do meu corpo. Engole em seco enquanto vasculha meus olhos.

— É melhor a gente parar — afirma ele.

A excitação no meu sangue se apaga como se eu tivesse tomado um banho de água fria.

Ele contrai o maxilar.

— Isso complicaria as coisas.

A rejeição me queima. Ele disse que vinha pensando nisso há anos. Dormiu na porra da minha *cama*. Eu o beijei na festa do time, e ele ainda por cima retribuiu o beijo. Disse que era sexy que eu estava usando a lingerie que ele me enviou.

Foi ele quem me chamou para sair no começo da temporada, antes do acordo.

Faz anos que vem me perseguindo, e agora não me quer mais?

Ai. Meu coração se aperta. Ele nunca viu meu corpo todo assim antes. Nunca me tocou assim, sentiu meus peitos, minha barriga, minhas coxas, minha bunda.

Vergonha me atravessa enquanto saio de cima dele, pego minha camiseta e a visto por sobre a cabeça.

Não estou chateada. É tudo de mentira. É tudo um acordo. Não é um relacionamento. Mesmo se o sexo fosse incrível. Mesmo que eu tivesse gozado muito e me esforçado para fazer com que ele gozasse mais do que nunca.

— Você tem razão. — Estou incorporando a mulher que disse a Connor que está namorando Rory, a mulher vestindo uma carapaça fria, calma e calejada. — Não sei no que eu estava pensando. Acho que só estava com tesão.

— Hazel... — começa ele.

— É melhor você ir embora. — Cruzo os braços diante do peito. — Está tarde.

Os olhos dele brilham com algo que parece arrependimento e, quando nossos olhares se encontram, ele parece querer dizer alguma coisa, mas dou mais um passo para trás, para fora da Zona de Perigo de Rory Miller.

Ele se senta com uma expressão aflita, como se eu o estivesse matando.

— Hazel.

— Está tudo bem, Rory.

Não tem nada bem. Estou morrendo de vergonha. Nunca fui rejeitada assim, na cara dura, mas Rory está acostumado a sair com modelos e atrizes. Tenho uma lembrança terrível de anos atrás, de quando Connor me perguntou se eu consideraria implantar próteses de silicone, e meu estômago se revira.

— Vamos fingir que isso nunca aconteceu.

31

RORY

Hazel parece querer cavar um buraco no chão enquanto se dirige à porta, e estou sentado aqui na cama dela, de pau duro e sem saber o que fazer.

Eu disse que *isso complicaria as coisas*, mas o que quis dizer de verdade foi que *uma vez nunca seria o suficiente.*

No segundo em que dormirmos juntos, Hartley não vai mais me querer.

Tem alguma coisa rolando entre a gente. Sei que tem. Lembro dela me dizendo que ficou orgulhosa de mim depois do jogo e da maneira como riu comigo na festa do time.

E agora ela está usando a lingerie que mandei para ela, parecendo uma deusa enviada para me tentar? Depois que ela admitiu que o presente que dei para ela a fazia se sentir sexy, pisar no freio foi a coisa mais difícil que já fiz na vida. Ela parecia minha, envolta na renda azul-clara que comprei.

Instintos possessivos me atravessam. Mas sei que ainda não vamos seguir cada um com a própria vida. Nem fodendo.

Foi por isso que menti e por isso que agora ela está magoada, e tem uma dor no meu peito que cresce a cada segundo que passa. Minha boca se abre para dizer uma coisa, mas ela solta um suspiro frustrado.

— Rory, por favor. — A expressão no rosto de Hazel é vulnerável como na academia no dia em que encontrou Connor e me pediu para dar espaço para ela. — Não quero falar sobre isso. Não me faça me sentir pior. Sei que você sai com mulheres diferentes de mim...

— Quê? — Eu me levanto e me aproximo dela. — Do que você está falando?

Duas manchas rosa aparecem em suas bochechas, e ela se recusa a olhar nos meus olhos.

— Só estou dizendo que, comparada com as mulheres que costumam sair com jogadores de hóquei — ela aponta para o próprio corpo —, eu sou diferente. Tenho um corpo mais normal. Estou bem com ele, e amo meu corpo, mas não precisa cravar a estaca ainda mais.

— Hazel. — Os olhos dela se arregalam quando a encurralo na porta, apertando a mão na superfície acima de sua cabeça, prendendo-a. Sinto o coração bater no ouvido.

Como ela pôde pensar que foi isso que quis dizer? Como pôde pensar que não é perfeita? Como *deixei* que ela pensasse isso? Desde que a reencontrei no ano passado, nunca mais encostei em mulher nenhuma. Perto dela, nenhuma é tão engraçada, ou gata, ou interessante, ou divertida.

Cerco o pulso dela com os dedos e levo a mão dela à minha ereção, observando seus olhos cintilarem de calor.

— Parece que não estou interessado? — questiono, e a mão dela se contrai sobre meu pau, fazendo minhas bolas arderem de desejo. — Parece que não penso no seu corpo umas cem vezes por dia?

Ela entreabre os lábios, e capturo sua boca. Retribui meu beijo, e sou tomado de alívio, seguido por um desejo intenso.

Vou mostrar para a Hazel como ela está enganada. Vou venerar cada centímetro do corpo dela.

Mas uma única vez nunca, jamais, vai ser suficiente.

Então talvez a gente não vá até o fim. Talvez eu prolongue, demore o quanto for preciso e nunca, jamais, dê a ela o suficiente. Assim, quando finalmente transarmos, ela esteja pouco se fodendo para a própria regra.

Talvez eu espere até ela se apaixonar por mim.

— Estou bravo com você — falo para ela, interrompendo o beijo, e seus olhos se arregalam, confusa e indignada.

— Como assim? Por quê?

— Porque faz meses que estou chegando perto de beijar seu corpo inteiro e você ainda acha que não estou interessado. — Aperto o quadril no dela, imobilizando-a contra a porta. — Talvez eu precise ser mais claro, Hartley.

Seus olhos despertam de interesse.

— O que você tem em mente?

— Essa sua regra. — Traço os dedos pelo peito dela, roçando seu sutiã e os mamilos duros embaixo dele, e ela inspira fundo. — Me diga os detalhes dela.

Traço círculos lentos sobre seus mamilos e, sob meus dedos, o peito dela sobe e desce mais rápido.

— Hm. — Ela pisca como se estivesse com dificuldade de se concentrar, e aperto a ereção com mais força entre suas pernas. Ela entreabre os lábios, e sorrio.

— Temos que transar pra valer? — pergunto. — Com penetração? Essa é a regra?

Ela faz que sim, o olhar se turvando enquanto crava os dentes no lábio inferior farto.

— Então, se eu te chupasse, não contaria.

Ela murmura alguma coisa.

— O que você disse? — Inclino a cabeça, e minha boca se ergue.

— Eu disse que faz tempo que ninguém me chupa. — Ela se eriça de irritação, e meu sorriso se alarga.

Um sentimento possessivo atravessa minhas veias. É errado, mas gosto disso. Gosto do fato de que vou ser eu quem vai fazê-la se sentir bem.

— Não acho que seja uma boa ideia — acrescenta ela.

Mas algo em seu rosto me diz que ela acha que essa é uma ideia *muito* boa. Ela quer isso, só não sabe se vai se encaixar na regra idiota que criou.

— Por quê?

— Homens como você não chupam mulheres. — Ela desvia os olhos antes de voltar o olhar para o meu, cintilando de curiosidade e relutância. — Seria uma perda de tempo.

Meu sorriso cresce.

— Tá falando sério?

Ela engole em seco.

— E você não saberia me fazer gozar.

Eu já estava decidido, mas uma chavinha vira dentro de mim e me sinto pronto para o jogo.

— Ah, é isso que você acha? Tem certeza?

Ela arqueia uma sobrancelha, ainda parecendo em dúvida, mas mantém a postura fria que veste como uma armadura.

— Ninguém nunca me fez gozar me chupando.

Ela é tão linda e, quando acabarmos hoje, vai estar gritando meu nome.

— Vamos fazer uma aposta, então, Hartley?

32

HAZEL

Não é esse o rumo que pensei que essa conversa tomaria, e agora mergulhei tão fundo que não consigo sair. Os olhos de Rory estão luminosos pela competição. Acabei de desafiar o homem mais determinado do hóquei profissional, e ele odeia perder.

Por quê? Por que fui desafiá-lo desse jeito?

— O que você propõe? — Minha voz não é mais do que um sussurro. Sinto o coração bater nos ouvidos.

— Aposto que consigo fazer você gozar.

Pela minha experiência, homens bonitos não são bons de cama. São egoístas porque não precisam se esforçar para arranjar mulher. E Rory? É o homem mais gato que já vi na vida.

É impossível que ele ganhe.

— Acha que consegue? — Mesmo assim, decido entrar nesse jogo com ele. Fraca, Hazel. Você é tão fraca.

— Eu *sei* que consigo.

Já até imagino a sensação da sua língua, traçando círculos quentes e úmidos em meu clitóris, me deixando sem ar. Sei como o cabelo de Rory é macio e o quanto eu gostaria de puxá-lo enquanto sua cabeça estiver entre minhas pernas.

Encarando meu olhar, ainda com a mão na porta, ele desce os dedos até minha legging e me acaricia. Arqueio o tronco, meus lábios se entreabrindo enquanto calor me atravessa.

— É uma das calcinhas que comprei? — pergunta ele entre dentes, e faço que sim.

Ele solta um riso baixo, passando a ponta da língua sobre o lábio inferior enquanto seus dedos deslizam sobre mim, traçando círculos firmes. Aperto os músculos de minhas pernas contra o vazio quando a pressão fica ainda mais intensa ali.

— E você está tão molhadinha. — O sorriso dele é arrogante, como se já tivesse vencido. A aprovação em sua voz me deixa maluca, inclinando o quadril contra ele em busca de mais fricção. Meu centro arde, e quero senti-lo dentro de mim.

Mal consigo respirar direito; estou apenas dando golinhos de ar.

— E o que você ganha se vencer?

Mais uma traçada lenta e úmida sobre meu clitóris.

— O que eu quiser.

Minha buceta se contrai, rápida e abruptamente, e aperto os dentes no lábio inferior. Por que a ideia de Rory conseguir o que quiser é tão sexy?

— E se eu vencer? — Estou lutando para não gemer enquanto ele cerca a região tensa de nervos. — Se você não conseguir?

Lá vem aquele riso baixo de novo, como se essa nem fosse uma possibilidade, mas, claro, ele vai fingir por mim.

— Daí você pode ter o que quiser.

Entre minhas pernas, ele está traçando círculos extremamente inebriantes. Minha cabeça gira.

— Você disse que eu deveria colocar o que eu quisesse na boca — acrescenta ele com um sorrisinho malicioso.

Acho que gosto de brincar com fogo. Acho que me esqueci da sensação de me queimar. As mãos de Rory não saíram de cima de mim a noite inteira, e estou muito excitada, ardendo entre as pernas. Não estou raciocinando direito.

Existe uma versão minha de meses atrás que odiava Rory e que neste momento grita para eu só *calar a boca*, e fecho a porta na cara dela.

Ela pode esperar lá fora enquanto faço más escolhas.

Ele leva os lábios à minha orelha.

— Diz que sim, Hazel. Me deixa fazer uma coisa que quero fazer desde o dia em que te conheci.

Assinto, porque danem-se as consequências. Apesar do que Rory diz, vai ser só uma vez.

E eu estou muito, muito curiosa para saber se Rory vai vencer.

As mãos dele se afastam, e ele ri do meu barulho de frustração, mas depois tira minha camiseta.

Os olhos dele ficam mais intensos enquanto encara meus seios, balançando a cabeça.

— Se você chegou a pensar que eu não me sentia atraído por você, Hazel — ele puxa uma das taças do sutiã para baixo e coloca um mamilo na boca, e minhas costas se arqueiam enquanto um raio de prazer me atinge entre as pernas —, você é maluca.

Enquanto está com a boca em meu mamilo, as mãos agem rápido, baixando minha legging e me ajudando a tirá-la enquanto se ajoelha, erguendo os olhos para mim com um sorriso perigoso.

— Maluca assim? — pergunto, enquanto ele dá um beijo na parte interna da minha coxa. Constrangimento me percorre. Estou na frente de Rory com dois pedacinhos de renda enquanto ele está completamente vestido e ajoelhado na minha frente, mas o olhar dele é puro calor, puro êxtase, enquanto suas mãos sobem por minhas coxas e minha cintura.

— Uhum. Exatamente assim. — Ele vai deixando um rastro de beijos delicados por minha coxa até chegar ao meu quadril. — Quero ver você vestindo o que comprei.

Ele coloca a mão dentro da parte da frente da calcinha e passa um polegar por sobre meu clitóris, o olhar alternando entre meu rosto e sua mão, arrancando um gemido de mim. Um prazer lancinante me atravessa enquanto ele vai subindo, e arranho a porta em busca de algo em que me segurar.

— Coloca as mãos no meu cabelo — pede ele em voz baixa e, quando obedeço, Rory faz um barulho satisfeito. Seu polegar é incessante e firme, deslizando sobre mim, fazendo a tensão que sinto aumentar ainda mais.

Rory tocando meu clitóris é mais do que incrível: a pressão e a velocidade são perfeitas, e ver esse grande jogador de hóquei no chão na minha frente, olhando para o meu corpo com reverência, alimenta meu ego ferido e minha autoconfiança machucada. Ele encontra meus olhos.

— *Rory.* — É um apelo desesperado porque, minha nossa, Rory Miller é gostoso para caralho, e estou encharcada.

— Puta merda, eu gosto disso — diz ele, espalhando a umidade sobre mim, girando, deixando-me ainda mais tensa. — Gosto de quando você diz meu nome assim, Hazel.

Desce ainda mais os dedos, enfiando-os em mim, e meus olhos se reviram enquanto a sensação intensa me atravessa.

— Porra! — exclamo. Já me sinto tão preenchida, mas foram só dois dedos. O que vai acontecer quando ele meter em mim? Vou quebrar no meio.

— Me diz se está bom, Hazel.

— Assim, até agora foi no máximo um "ok" — digo, sem ar, querendo encher o saco dele mesmo em um momento como este, mas ele ri e engancha os dedos num ponto que faz minha visão ficar turva.

Quem estou tentando enganar? Eu diria qualquer coisa para fazê-lo continuar.

— Está bom — digo de um só fôlego. — Está muito bom. Sua mão é incrível, Rory.

Ele solta um grunhido satisfeito de aprovação mais uma vez e retraio os músculos ao redor de seus dedos.

— É isso que gosto de ouvir.

Com o braço grande ao redor do meu quadril, ele puxa minha calcinha de lado, me guia na direção da boca e traça uma longa linha pela minha abertura. Prazer reverbera pelo meu corpo. Eu deveria ficar envergonhada pelo barulho ávido e desesperado que me escapa, mas não fico. Não estou nem aí.

— Sabia que você adoraria isso — grunhe ele, e retraio os músculos de novo. Os dedos dele são enormes, e meus músculos ardem ao redor deles de uma forma extremamente alucinante e prazerosa enquanto ele entra e sai de mim.

A língua dele gira em meu clitóris, e fico perdida, descontrolada. Tudo está apertado, tenso, e o prazer é quase insuportável. Os lábios de Rory se fecham ao redor do meu clitóris, e seus olhos encontram os meus enquanto me chupa. Ele solta o mesmo grunhido que soltou mais cedo quando estava comendo, aquele som satisfeito e voraz que eletrocuta minhas pernas.

As sensações são avassaladoras: o movimento quente e úmido de seus lábios em meu clitóris, o alargamento de seus dedos dentro de mim e os fios sedosos do seu cabelo entre meus dedos. Tudo vai se somando, crescendo em intensidade enquanto Rory me leva até a beirada do orgasmo.

Os barulhos que ele está fazendo? Só me deixam ainda mais excitada. Rory Miller subiu para um novo nível.

Nunca foi assim. Nunquinha. Ninguém jamais me tocou assim antes, *gostando* de me tocar e de me fazer sentir assim.

Uma pequena chama de medo me percorre porque isso vai mudar as coisas entre a gente. Era muito mais fácil juntar Rory com o resto dos homens com quem não me importo.

Como se conseguisse sentir minha preocupação, ele puxa minha calcinha para baixo para não ter que ficar segurando-a de lado. Ela cai a meus pés enquanto Rory pega uma das minhas mãos, entrelaçando nossos dedos. Entreabro os lábios. A mão dele envolve a minha, e sentir nossa pele em contato enquanto ele está no chão desse jeito na minha frente, enquanto suga meu clitóris e ergue os olhos para mim como se meu prazer fosse o dele é...

Minha mente se esvazia, e mergulho nos sentimentos ávidos e inebriados do meu sangue.

Ele me chupa de maneira rítmica, e aperto ainda mais os dedos dele. Rebolo o quadril em sua boca, desesperada por mais fricção, mais pressão.

As primeiras palpitações começam, mas aquela parte teimosa de mim finca o pé. Não, não, não. Se ele realmente me fizer gozar, não sei o que isso vai significar, e *odeio* que ele vai ter o gostinho da vitória.

— Para de ficar se segurando, Hartley.

Ele desliza a língua ainda mais rápido, bem quente e bem úmida. Lança um olhar acalorado de êxtase que me atravessa numa onda de prazer. O rosto dele está corado, e por que isso é tão sexy? Está com uma expressão como se minha buceta fosse a melhor coisa que já experimentou na vida, como se fosse *morrer* se não pudesse continuar me chupando. Dentro de mim, os dedos dele se curvam, encontrando meu ponto G.

Meu orgasmo se aproxima, crescendo, se expandindo, transbordando.

— Eu vou gozar — digo sem ar, rebolando em sua boca, e ele aperta os dedos nos meus enquanto um calor abrasador e ofuscante se contorce e se revira através de mim. — *Rory*.

O grunhido que ele solta reverbera em mim enquanto ainda estou gozando. A sensação arqueia dentro de mim, me fazendo tremer em sua boca. Acho que meus olhos estão fechados, ou talvez estejam abertos e eu só esteja tão dominada por esse orgasmo que não sei a diferença. A sobrancelha dele está franzida, os olhos, fechados, e atinjo o orgasmo mais uma vez, exclamando enquanto ele aperta a minha mão.

As ondas me perpassam, e minha mente fica um pouco mais lúcida, me fazendo piscar umas cem vezes. Não costumo gozar quando transo.

— Caralho — solta ele, desesperado em meu clitóris, ofegante. — Hazel.

Ele fala meu nome como um palavrão, como se estivesse louco, mas se levanta e me encurrala na porta, nós dois respirando com dificuldade. Os olhos dele estão turvos, semicerrados e intensos, e seu pau está saliente, marcando a frente da calça. Ele leva os dedos aos lábios, encarando meus olhos enquanto chupa a lubrificação que ficou neles.

Um tremor me perpassa.

— Me fala que foi bom — pede ele com a voz rouca, a centímetros da minha boca.

— Não sabia que dava para ser assim. — Eu deveria fazer algum comentariozinho esperto e ácido, mas não consigo pensar em nada. Pequenos tremores se espalham por minha pele.

Um sorriso lento e presunçoso se ergue em seus lábios lindos, e ele me beija, enfiando a língua no fundo da minha boca. Nunca pensei que sentir meu próprio gosto num cara faria minha buceta se contrair desse jeito, mas também nunca pensei que Rory Miller se ajoelharia aos meus pés e me daria dois orgasmos.

Enquanto ele me beija, levo a mão ao seu pau, traçando a palma sobre o membro duro. Se essa é minha única transa com ele, quero ouvir o som de quando ele goza de verdade.

Ele pega meu punho antes de sorrir e balançar a cabeça. As maçãs do rosto dele estão num tom de rosa parecido com como ficam logo depois de um jogo.

— Fica pra uma próxima.

As palavras *não vai haver uma próxima* pairam na ponta da minha língua. Quando me imagino quebrando a regra, deixando que Rory me vire de costas e me coma do jeito que ele queria fazer depois do jogo de Assassino, minha pele se arrepia.

Nunca tive nem um pingo de desejo de quebrar minha regra, mas não consigo tirar essa imagem da minha cabeça.

Isso é preocupante.

— Vamos pra cama — murmura Rory, me levando para a cama com seus lábios no meu pescoço, dando beijos suaves e íntimos ali.

Isso tudo foi íntimo. Tenho o impulso de fazer uma piada: *acho que agora você vai querer dormir aqui* ou *seria muita grosseria pedir para você ir embora?*, mas nada disso soa engraçado, apenas maldoso e insensível, e não quero ser essa versão fraca de mim mesma.

Além do mais, quero que ele fique. Não sei por que e não quero perder tempo pensando nisso agora.

— Vou só escovar os dentes. — Escapo do toque dele e pego uma camiseta de pijama, sentindo os olhos de Rory em meu corpo enquanto a visto e vou com as pernas trêmulas para o banheiro. Hesito no batente, o coração acelerado. — Aliás, eu tenho uma sobrando. Escova de dentes. — Pigarreio quando ele sorri em divertimento. — Para você. Se quiser. A dentista me dá uma toda vez que vou fazer limpeza, mas gosto de um tipo diferente, então tenho várias de sobra.

Caraca, se controla, Hazel.

Sem dizer uma palavra, como se soubesse que estou a segundos de surtar, Rory me segue até o banheiro. Consigo sentir a atenção dele enquanto escovamos os dentes e, quando ele se inclina para a frente para enxaguar a boca, leva a mão até a minha lombar como que por instinto.

Eu me recosto em seu toque.

Não se atreva a se acostumar com isso, aviso a mim mesma.

Quando voltamos para a cama, Rory vai para o lado dele, olhando para mim com aquele sorrisinho presunçoso.

— Eu disse que conseguiria fazer você gozar. — Ele me puxa em sua direção, me abraçando de conchinha, e também nunca fiz essa parte antes: a parte de *ficar agarradinho depois de transar*.

Ele deveria ir embora. Eu deveria falar para ele ir embora. Em vez disso, estendo a mão e desligo o abajur de cabeceira.

— Não fica se achando, Rory.

O riso baixo e satisfeito dele ecoa no escuro enquanto me pergunto que porra acabou de acontecer.

33

RORY

Luz do sol entra no apartamentinho minúsculo de Hazel. Quando está acordada, Hazel é ácida, confiante e fechada, mas, dormindo, todo seu lado afiado se suaviza. Ela está do lado dela da cama, o joelho dobrado para a frente, a mão embaixo do rosto.

Acho que nunca vi uma mulher tão linda quanto Hazel Hartley.

Não sabia que dava para ser assim, foi o que ela disse ontem à noite, e os pelos da minha nuca se arrepiam. Tem alguma coisa em Hazel que não me sai da cabeça, me dizendo que fiz um bom trabalho.

Na mesa de cabeceira, meu celular começa a vibrar e, quando vejo quem está ligando, meu peito se aperta.

— Alô. — Minha voz está baixa para não acordar Hazel.

— Rory. — É o tom cortante e direto de sempre do meu pai. — Vamos falar sobre o jogo.

Por uma fração de segundo, penso que ele vai me dizer que está orgulhoso de mim. Quando me saio bem, ele me dá um aceno firme de cabeça. Só isso. Mas já é alguma coisa, um reconhecimento de que não sou uma perda de tempo e energia para ele.

— Não sei que porra você estava fazendo lá — começa ele, e minhas entranhas se endurecem —, mas precisa se concentrar mais no jogo. Não contrataram você para passar o disco.

Por que pensei que ele ficaria contente?

— Astros marcam gols — acrescenta ele.

Mas, ontem à noite, jogar hóquei foi divertido. Passar o disco para os outros e vê-los cravá-lo na rede foi como uma brincadeira, e consegui curtir os gritos da torcida em vez de me ressentir dela.

Vergonha formiga em minha pele assim que Hazel acorda. Ela está me observando, ouvindo, mas não olho para ela. Não quero ver a expressão em seu rosto.

Ele repassa minhas jogadas, descrevendo cada oportunidade perdida, analisando cada lance meu como se tivesse estado no rinque comigo. Ele está com uma página de anotações escritas à mão e vai ticando cada uma delas, linha por linha, porque é isso que sempre fez.

— Não sei o que Ward pensa que está fazendo, mas, se continuar essa merda, o Storm não vai para o mata-mata de jeito nenhum.

— O Ward sabe o que está fazendo.

Um segundo se passa.

— Por que você está tão quieto? Está com uma menina na cama ou alguma coisa assim?

Afasto o olhar para Hazel. O cabelo dela está todo bagunçado, e ela está linda demais deitada na cama com os olhos sonolentos. Consigo sentir a preocupação franzindo minha testa. Sentimentos protetores me inundam. Não quero que meu pai nem chegue perto de Hazel. Se disser alguma coisa, mesmo que seja qualquer comentariozinho sobre como estou perdendo tempo com ela, eu seria capaz de fazer algo idiota e imprudente.

— Entendi — murmura ele, quase consigo mesmo. — Você está com aquela menina. A físio.

Meu coração começa a bater mais forte, e fecho a mão que não segura o celular num punho ao lado do corpo. As fotos estão em todas as redes sociais porque planejamos isso, e Rick Miller acompanha minha carreira como ninguém.

— Por mais que o treinador seja uma bosta, o Storm contrata bons assessores de imprensa. Vai ser ótimo ficar de braços dados com uma menina bonita e parecer um bom capitão para, no fim da temporada, seguir em frente.

— Não é só isso. — Meu coração bate nos ouvidos. E se *for* só isso para Hazel e eu estiver me deixando levar por uma fantasia? E se ela me largar como se não tivesse sido nada? Náusea me atravessa com esse pensamento.

Ela não confia em homens, e acha que eu e Connor somos farinha do mesmo saco.

Ele dá aquela risada áspera característica.

— O hóquei vem sempre em primeiro lugar na nossa vida. Não esquece disso.

— Nem sempre. — Minha voz é dura. Ele está descrevendo um pesadelo para mim, embora seja minha realidade. Faço um desejo ao universo.

— Não deixa essa mulher entrar na sua cabeça. A última coisa de que você precisa é uma menina te atrapalhando.

Odeio como ele faz isso: faz parecer que tudo, menos o hóquei, na nossa vida nos faz parecer fracos. Eu *quero* que Hazel entre na minha cabeça. Gosto dela lá, ocupando espaço, observando tudo com aquele sorrisinho aprovador. Quando Hazel entrou na minha cabeça, coisas boas começaram a acontecer na minha vida.

— Ah, é? — Sou atravessado pela raiva, seguida de algo mais pesado. Mágoa, porque ele foi parte do motivo por que minha mãe foi embora. Frustração, porque consigo identificar o padrão de comportamento dele e não quero ficar igual. — É assim pra você? É por isso que seu casamento anda às mil maravilhas?

Há uma longa pausa, e consigo sentir o choque, seguido por uma atitude defensiva.

— As pessoas se divorciam, Rory. Relacionamentos não são feitos para durar para sempre. Vê se cresce e sai dessa merda de conto de fadas que você gosta de viver.

Sinto como se tivesse levado um soco no estômago.

— E você está feliz, então?

— Do que está falando?

Não sei por que toquei nesse assunto; as palavras simplesmente saem de dentro de mim. Ranjo os dentes e respiro fundo, tentando me controlar antes que eu descarregue tudo na frente de Hazel.

— Preciso desligar — digo.

— Tá bom. — O tom dele é estranho, como se também não soubesse o que acabou de acontecer. — Tchau.

— Tchau.

Encerro a ligação e respiro fundo de novo para voltar ao presente, para o apartamento de Hazel com seu dragão, sua foto de bailarina e seu guarda-roupa transbordando de roupas de yoga em cores vivas.

— Era seu pai? — pergunta ela com a voz suave.

Meu olhar se volta para ela, vasculhando seu rosto.

— Deu pra ouvir o que ele falou?

— Não. — Ela fixa os olhos nos meus. — Foi só um pressentimento.

Respondo com um barulho no fundo da garganta, o olhar fixo na cômoda ali ao lado e no frasco de perfume em cima dela, mas ainda ouvindo todas as coisas que meu pai disse.

— Como você se sente sobre o jogo de ontem?

A desaprovação do meu pai corrói meu estômago feito ácido.

— De boa. — Ontem, eu estava no topo do mundo, mas hoje fui puxado de volta à realidade.

Ela responde com um grunhido, ainda me observando. A luz do sol matinal ilumina seus olhos, fazendo-os cintilarem.

Meu olhar desce para a camiseta que ela está vestindo e franzo a testa. Fica grande demais nela. É uma camiseta de algum cara? Ela a usou na última vez em que dormi aqui também. A sensação possessiva inunda meu peito de novo.

— De quem é essa camiseta?

— Minha.

— Mas de quem era antes de ser sua?

Ela franze a testa.

— Quê?

— Você ganhou de algum cara?

Ela desata a rir.

— Como assim? Não.

— Era do McKinnon?

A expressão dela fica perplexa.

— *Não*. É sério que você acha que ainda uso uma camiseta de um cara para dormir depois do que ele fez? Depois de anos? Depois do que te contei ontem? — Ela se apoia nos cotovelos para me encarar. — É sério isso?

— Foi mal. — Eu me encolho. — Sei que você já superou o cara. — A sensação possessiva diminui, passando.

— Ciumento — ela tira sarro, sorrindo.

— Um pouquinho — admito, jogando o cabelo para trás. Engulo em seco e olho ao redor pelo apartamento dela, pensando em outro homem aqui, no meu lugar da cama, e me sinto mal. — Às vezes parece que você é a única coisa boa na minha vida, aí não quero dividir você com ninguém.

Falei demais. Fico olhando para o rosto dela, esperando que ela se retraia.

Fraco, meu pai diria.

— Que horas é seu treino hoje? — pergunta ela.

— Não tenho treino hoje cedo, mas tenho uma sessão com o personal às onze. Você precisa sair para trabalhar?

Ela balança a cabeça, negando.

— Só às dez. — Parece que tem alguma coisa para falar.

— Posso levar você para tomar café? — pergunto.

Balança a cabeça de novo, mas está começando a sorrir.

— Eu pensei numa outra coisa.

34

RORY

Meia hora depois, estou seguindo Hazel pelo paredão de Vancouver, desviando de carrinhos de bebê e de outras pessoas correndo. Nuvens cinza se estendem pelo céu, mas não está chovendo, e isso é uma vitória para novembro na cidade. Estamos indo na direção do Stanley Park, a grande floresta esmeralda na fronteira da cidade. Confiro minha frequência cardíaca no relógio.

— Vamos acelerar — aviso. — Quero manter minha frequência cardíaca acima de cento e vinte.

Ela estende a mão na minha direção, a palma voltada para cima.

— Me dá isso daí. — Aponta para o relógio. — O relógio. Vai, passa pra cá. — Ela está ofegante, o rosto vermelho, linda para caramba sob a luz matinal. — Você não para de olhar para ele.

— E pro que mais eu teria que estar olhando?

Ela estende os braços para mostrar o ambiente à nossa volta. Aponta para o mar, as torres de vidro, as árvores.

— Pra isso. Tudo isso aqui.

Tem algumas pessoas sentadas nos troncos na English Bay Beach, admirando os navios na água.

Aponto para uma gaivota comendo pizza do lixo e exclamo com uma admiração exagerada.

— Ai, meu Deus. Olha só pra essa natureza majestosa, Hazel!

Ela me dá um tapa no ombro, mas está rindo.

— Ai, Miller, vê se cala essa boca.

Sorrio para ela antes de estreitar os olhos para um prédio pelo qual estamos passando.

— Acabei de ver um rato. Vem, vamos dar uma olhada mais de perto.

— Você é inacreditável. — Ela nega com a cabeça, apertando os lábios, mas há um brilho risonho em seus olhos. — Sabe por que gosto de correr, fazer yoga e nadar? Porque todas as outras merdas da vida simplesmente desaparecem. Minha única preocupação é tentar respirar e não cair, e nada além disso. Nem merdas familiares, nem hóquei, nem McKinnon. Só isso. — Ela olha para a água. — Só árvores e água. — Ela aponta a cabeça para trás de nós. — E aquela gaivota comendo pizza.

Entramos no Stanley Park, e o barulho da cidade fica abafado enquanto corremos pela calçada entre abetos enormes. O ar parece mais limpo e fresco aqui dentro, e está na temperatura perfeita para correr.

— Beleza, então, esquentadinha. Vou fazer do seu jeito.

Esse apelido a faz olhar feio para mim.

— Se me chamar assim mais uma vez, vou acabar com você.

— Você sabe o que acontece quando você acaba comigo.

Ela abre um sorriso imenso e o peito dela treme enquanto ri, e aquela mesma sensação de quando estávamos subindo a escada correndo no jantar do time me inunda. A sensação que eu estava buscando quando tentei jogar hóquei amador. A mesma de ontem à noite, quando passei o disco para Owens e o vi fazer um gol.

Corremos ao redor do parque e paro de me importar com meu ritmo ou minha frequência cardíaca. Apenas corro com Hazel. Tudo desaparece, e somos apenas nós, bem aqui.

— Vamos lá — eu a instigo, quando a entrada do parque volta a aparecer. Ela está ficando um pouco para trás, mas o orgulho dela nunca a permitiria pedir que eu diminuísse o passo. — Tá cansada, Hartley? Pensei que fosse mais forte.

— Eu *sou* forte — retruca ela, acelerando o passo.

Diminuo a velocidade para acompanhar a dela e, quando chegamos à entrada, estamos correndo. Errada ela não está: ela é forte *mesmo*. Além de muito mais rápida do que eu tinha previsto, mas eu sou bem mais alto.

Minha mente divaga, e estou de volta naquela floresta com minha mãe quinze anos atrás. Sinto meu coração se apertar. Valiosos, acho que é assim que Hazel se refere a momentos como esses.

Passo correndo pela placa da entrada, meio metro à frente dela, e me viro para ela com um sorriso arrogante e vitorioso.

— Ganhei. — Cutuco as costelas dela. — Talvez seja melhor correr um pouco mais e cochilar um pouco menos no seu tapetinho de yoga, viu?

Ela ri.

— Babaca.

— Má perdedora. — Coloco o braço ao redor dos ombros dela e a puxo para perto enquanto andamos. Estou suado, ela está suada, mas nenhum de nós parece se importar enquanto recuperamos o fôlego. — Tudo bem. Minhas pernas são mais compridas.

Ela acotovela minhas costelas.

— Para de ser condescendente.

— Mas é verdade. — Dou uma risada. — Se você tivesse a minha altura, é provável que vencesse.

— Na próxima vez que dormir lá em casa — diz ela —, vou testar quanto tempo você consegue prender a respiração com um travesseiro na cara.

Jogo a cabeça para trás enquanto rio.

— Vai ter próxima vez, então?

— Cala a boca. — Ela revira os olhos, ainda sorrindo. — Por que a gente nunca vai para a sua casa? Você tem vergonha dela? — A expressão de Hazel congela. — Você não tem uma boneca inflável *de verdade*, tem?

Rio.

— Não, Hartley, não tenho. — Penso no meu apartamento: tão frio, vazio e sem vida comparado com a lata de sardinha bagunçada e vibrante de Hartley. — Minha casa é ruim.

— Pior que a minha?

— Ah, também não é assim. — Aperto o braço ao redor do pescoço dela, balançando-a. — Nenhuma casa é pior que a sua, gatinha.

Ela acerta o cotovelo nas minhas costelas de novo. Mas não me pediu para não a chamar de gatinha.

— Às vezes, você me lembra da minha mãe — digo enquanto andamos para casa, cafés na mão, meu braço ao redor do ombro dela. Ela deve ter se cansado da nossa corrida, porque não está se desvencilhando de mim.

Embaixo do meu braço, ela congela, mas fica com uma expressão curiosa. Meu foco vai para onde a mão dela toca minha costela, o braço ao redor da minha cintura, e é como naquele dia na floresta quando eu era criança, quando minha mãe colocou o braço ao redor de mim e disse que me amava.

Quando foi a última vez em que nos falamos? No Natal do ano passado, acho. Ela me mandou um e-mail, e não respondi porque não sabia o que dizer.

Cara, eu sinto tanta falta dela.

— Ela adora fazer coisas assim. Corrida, trilha, yoga até. — Olho para Hazel e ergo as sobrancelhas. Ela está me observando com atenção. — Ela ficaria doida com esse seu papinho de momentos valiosos, Hartley.

Fico pensando o que minha mãe pensaria de mim participando de jogos amadores. Se ela assiste aos meus jogos na TV.

— Você costuma ver sua mãe com frequência? — pergunta Hazel.

— Não muita — respondo, balançando a cabeça.

— Por que não?

Mordo a parte interna da bochecha, sem saber o que dizer.

— Ela abandonou a gente. — O olhar de Hazel cintila de fúria e compaixão, então acrescento rápido: — Tipo, na real ela perguntou se eu queria ir com ela.

Sinto um nó na garganta enquanto luto para continuar aqui com Hazel e não voltar para aquela casa, ouvindo a porta se fechar atrás dela.

— E eu disse que não. Ela não gostava de como meu pai me pressionava no hóquei. Dizia que ele era obcecado e estava me deixando obcecado. — Pigarreio. — E eu queria deixá-lo orgulhoso, então disse que não queria ir com ela. Eles até tentaram um esquema de guarda compartilhada, mas era difícil por causa da minha agenda de hóquei. — Meu peito se aperta. — E eu também não estava fazendo muito esforço para facilitar as coisas — admito. — Quando estava com ela, eu a ignorava ou ia jogar hóquei até dar a hora de dormir e, depois de um tempo, disse que não queria mais morar com ela.

Náusea me inunda. Eu estava tão magoado por ela não querer ficar comigo e com meu pai que dificultei ainda mais as coisas.

— As coisas são diferentes entre nós agora.

A culpa é minha, e me odeio por isso.

— Quantos anos você tinha?

— Doze.

Ela fica em silêncio por um segundo.

— Você era só uma criança.

A emoção gentil na voz dela abre um buraco no meu coração, então forço uma risada e abro um sorriso irônico e autodepreciativo para não botar tudo para fora.

— Hartley, eu estou de boa com isso.

Estou? Às vezes, sinto como se tudo estivesse desmoronando.

— Sou um dos melhores atletas do mundo — continuo. — Sou rico pra caralho e sou muito, muito bonito.

Pisco para ela, mas ela não sorri.

— Às vezes você não fica pensando em como teria sido se tivesse ido com ela?

— Evito pensar nisso.

Ela franze a testa.

— Não quero ter arrependimentos. — Por isso, evito pensar naquele momento em que talvez eu devesse ter ido com ela.

Ela não diz nada, apenas dá um gole do próprio copo de café enquanto a levo de volta para casa.

— Por que você fez isso? — pergunto, quando entramos na rua dela. — Me levou para correr?

— Porque somos amigos agora. — Os olhos dela encontram os meus, tão brilhantes e azuis sob a luz do dia, e ela hesita como se estivesse escolhendo as palavras com cuidado. — E porque você é uma pessoa boa e gentil — continua, erguendo os olhos para mim com a expressão mais franca e sincera que já vi em seu rosto lindo.

Essa aqui é a Hazel de verdade, debaixo de todas aquelas farpas afiadas. Aposto que não deixa ninguém além de Pippa ver essa parte dela. É valiosa e preciosa demais para alguém como eu ter.

— E você merece ter coisas boas na vida, Rory.

35

HAZEL

Alguns dias depois, entro na academia enquanto Rory está fazendo supino com a ajuda de um personal. Os olhos dele encontram os meus lá do banco.

— Mil e um — solta ele, quando passo, erguendo a barra. — Mil e dois.

Solto uma gargalhada. Ele coloca a barra no suporte, senta e me abre um sorriso largo.

Cara, eu tô muito ferrada. Quando não estou pensando nele de joelhos, me chupando, estou pensando em correr com ele pelo Stanley Park. Ou nele me contando sobre a mãe com aquela cara entristecida, como se sentisse saudades dela. Como se estivesse perdido sem ela. Meu peito se aperta.

Ou na maneira como ele fechou a cara quando o pai ligou.

Uma raiva protetora me atravessa. Eu adoraria encontrar o pai dele e fazer picadinho desse homem. E daí que ele é uma lenda do hóquei canadense? Tenho um pressentimento de que ele é a voz que Rory ouve quando diz coisas como *comida é combustível*, *cerveja é inflamatória* e *meu valor está no que meu corpo pode fazer por mim*.

Rory merece coisa muito melhor do que Rick Miller.

— Podemos fazer uma pausa de cinco minutos? — pergunta Rory ao personal, que acena que sim.

Ele vem até onde estou me preparando para minha sessão com Connor e se senta na caixa de madeira que acabei de colocar no chão. Meu estômago dá uma cambalhota de expectativa. Desde que ficamos, fico esperando que ele toque no assunto.

— O que você vai fazer hoje? — ele pergunta. — A gente pode sair para jantar.

Eu costumava achar a arrogância dele irritante. Então por que agora acho sexy? E por que estou usando outra lingerie que ele me mandou?

— Já tenho planos.

Ele olha de canto de olho para Connor, que acabou de entrar na academia para nossa sessão, e se levanta, invadindo meu espaço.

— Me dá um beijo — pede ele.

Sinto que estamos sendo observados, o que era o propósito disso tudo, mas meu estômago dá mais uma cambalhota com a ideia de tocar nele.

Quando ele acaricia meu maxilar com os dedos, eu estou entregue. Estico o corpo na direção dele como uma planta buscando o sol.

Ele me beija com um cuidado delicado, suave e doce, me puxando junto ao peito. O cheiro dele está no meu nariz, ao meu redor, me cercando, e todos os meus músculos se relaxam contra ele. Ele é tão alto, e meu pescoço está quase num ângulo de noventa graus, mas não ligo.

Ele sorri em meus lábios, dá outro beijo na minha boca e olha para mim com afeto como se eu fosse a melhor coisa que já viu na vida.

— Deixa eu levar você pra jantar — diz ele de novo, e imagino todas as coisas que poderíamos fazer depois do jantar. Coisas parecidas com as que fizemos na outra noite, com a cabeça dele entre as minhas pernas. Talvez ele me deixasse tocar nele e eu pudesse ouvir quais sons Rory Miller realmente faz quando goza.

Talvez possamos até pular o jantar.

Não, eu me repreendo. Foi só uma vez, por mais que eu não pare de pensar nela.

— Não posso. — Pestanejo, esvaziando a cabeça, voltando a me concentrar em meus pensamentos. Minha pele formiga, e sei que Connor está olhando e esperando para nossa sessão começar. — Sério, hoje não posso. Meus pais estão na cidade.

Ele olha para mim, esperando.

— Que foi?

— Me convida, ué.

— Rory. São só os meus pais. — E Pippa, Jamie e a mãe de Jamie, Donna.

— Eu sei. Conheço eles.

É mesmo. Réveillon do ano passado, quando ele e um monte de outros jogadores dormiram na sala do meu pai.

Mas meus pais acham que estamos namorando de verdade e, se Rory chegasse perto da minha família, isso tudo ficaria ainda mais real. Ainda não sei explicar esse lance entre a gente.

— Posso dizer que você está ocupado.

— Não. — Ele franze a testa. — Quero ver os dois. Gosto do seu pai e não tive muita oportunidade de conversar com a sua mãe. Seria bom conhecê-la melhor. — Ele arqueia a sobrancelha. — Aliás, é isso que eu quero.

— Quê?

— Eu ganhei. — Os olhos dele brilham com calor como se estivesse revivendo o momento em que sentei na cara dele e cavalguei. — Concordamos que, se eu ganhasse, eu poderia ter o que quisesse.

Solto uma risada incrédula.

— É *isso* que você quer? — Dentre todas as coisas que ele poderia pedir?

— É isso que eu quero.

Ele abre aquele sorriso doce e suave que diz "*Hazel é tão fofa*", e fico surpresa por quanto gosto desse. Como vou sentir falta dele quando isso tudo acabar.

Merda.

Abaixo a cabeça porque não sei o que pensar desse homem às vezes. Um riso me escapa.

— Tá. Rory, gostaria de jantar com a gente?

Um sorriso largo se abre no rosto lindo dele, e sinto que ganhei alguma coisa, porque amo essa cara que ele faz.

36

HAZEL

— Time de hóquei dos sonhos — meu pai diz para Rory no restaurante à noite. — Valendo.

Rory se inclina com uma expressão séria, e sorrio.

— Pode ser qualquer jogador?

— Qualquer jogador — meu pai confirma. — Vivo, morto ou fictício.

Rory lista alguns jogadores de hóquei, e meu pai vai aprovando com a cabeça.

— Tate Ward — acrescenta Rory.

Meu pai fica surpreso.

— Não esperava por esse.

— *Slapshot* mais rápido da história.

Meu pai assobia.

— Ah é, eu me lembro. É uma pena que ele só tenha jogado pelo Vancouver por meia temporada.

— Pois é. — Os olhos de Rory pousam no meu copo vazio de água antes de eu voltar a enchê-lo com o jarro, ainda escutando enquanto meu pai e Jamie conversam sobre o time dos sonhos de cada um. Depois de um momento, ele repousa a mão quente e pesada na minha coxa.

Ele está vestindo um suéter de tricô azul-marinho que marca seus ombros largos e uma calça social que cai bem em suas coxas musculosas e sua bunda. Tirando os jantares do time, Rory normalmente veste roupas esportivas, mas, hoje, está arrumado. Ele se esforçou, penso, com um nó nas entranhas. Passou algum produto no cabelo. Está cheiroso, limpo e passa uma sensação de frescor. Está tão bonito que chega a ser frustrante, tentando causar uma boa impressão na minha família.

Do outro lado da mesa, Pippa me dá um sorrisinho, e desvio o olhar rápido. Se ela descobrir como as coisas mudaram entre mim e Rory, nunca mais vai parar de me atazanar, e convencê-la de que isso tudo é uma farsa vai ser ainda mais impossível.

— Você anda jogando diferente — comenta meu pai, e os dedos de Rory ficam tensos na minha perna.

— Pois é. — Rory se ajeita no assento.

— Não de um jeito ruim — acrescenta meu pai. — Você é capitão agora. É natural que seu estilo de jogar mude.

— Você acha? — pergunta Rory, e sinto o coração se partir.

Rick Miller pode queimar no inferno de tanto que feriu a confiança de Rory, mas o sorriso encorajador que meu pai abre para ele afasta toda a minha raiva protetora e fico muito grata.

Pouso a mão em cima da de Rory e, quando ele olha para mim, abro um sorriso para ele.

Eles continuam conversando, e minha mãe me cutuca.

— O Rory é bem simpático.

Sorrio de novo.

— Pois é. Ele é mesmo.

A mãe de Jamie, Donna, cochicha com um sorriso irreverente:

— Sempre soube que vocês ficariam juntos, Hazel. Na escola, Rory não parava de falar sobre a tutora dele.

Calor sobe por meu pescoço, e escondo um sorriso. Sinto como se ele se encaixasse aqui, com todos nós, hoje, e gosto demais disso.

— Ele é um bom partido — sussurra minha mãe, e as maçãs do rosto dela ficam destacadas. — Mas você também é.

Solto um riso baixinho.

— Obrigada, mãe. Seu cabelo está lindo. Você cortou?

Ela leva a mão às pontas do cabelo escuro e dá de ombros, acanhada.

— Testei uma coisinha diferente.

— Você está linda. — Sopro as brasas da autoconfiança dela, tentando fazer com que se acendam.

A menção do meu nome chama a minha atenção.

— Vocês viram a casa dela? — pergunta Rory para o meu pai.

— Aquele muquifo? — meu pai zomba. Lanço um olhar fixo para ele, embora não sorrir seja um esforço. — Pois é, a gente viu.

— Tenho caixas de sapato maiores do que o apartamento dela — acrescenta minha mãe.

— Tá. — Estreito os olhos para todos eles. — Muito engraçados.

— Não acredito que vocês deixam ela morar lá — diz Rory para os meus pais.

Meu pai bufa.

— Ninguém manda na Hazel.

— Desde bebê, você já era cabeça-dura. — Minha mãe ri baixinho.

— Tá, parou. — Eu a encaro, sorrindo. — Eu prefiro *determinada*.

Rory arqueia uma sobrancelha.

— Teimosa.

— Focada — retruco.

Ele envolve meus ombros com o braço e sorri para mim.

— Gosto de tudo isso em você, Hartley.

— Own. — Pippa sorri pra gente. Está com o celular na mão, apontado para nós.

— Você acabou de tirar uma foto? — pergunto. O braço de Rory ainda está ao redor do meu ombro.

— Aham. — Os olhos dela brilham. — Agora beija.

— Pippa. — Estou sorrindo, mas fuzilando minha irmã com os olhos. O sorriso dela só fica mais largo.

— Ah, vai — diz Donna do outro lado da mesa. — Beija.

Rory enrosca a mão no meu cabelo.

— Não seja tímida, Hartley.

Minha cara está ardendo com todos os olhos pousados em nós. As pessoas em outras mesas estão olhando porque dois dos maiores astros de hóquei da cidade e uma artista musical de sucesso estão aqui. Sinto um friozinho de nervosismo e expectativa na barriga enquanto ergo os olhos para os de Rory.

— Vai, Hartley. — Ele sobe os dedos ao meu maxilar enquanto conduz meu rosto para o dele. Está olhando para mim com um afeto tão intenso que acho que meu coração vai explodir. — Finge que gosta de mim.

Solto uma risada baixa, e ele me beija. É doce, suave e cuidadoso, como se eu fosse preciosa para ele.

Quando abro os olhos, ele sorri para mim, e sinto um aperto doce no peito que me diz que estou muito, mas muito fodida.

— Perfeito — conclui Pippa baixinho, sorrindo para o celular.

Era disso que eu tinha medo.

37

HAZEL

Quando a garçonete começa a tirar a mesa, passo os olhos pelo prato da minha mãe. Ela quase nem comeu. Minha mente fica voltando a isso, mesmo quando a conversa continua.

— Rory, o que você vai fazer no Natal? — pergunta Donna.

Estamos no começo de dezembro, e as decorações de fim de ano estão começando a aparecer pela cidade.

Meu coração acelera. Eu e Rory não conversamos sobre isso, mas eu, Pippa e Jamie vamos passar alguns dias em Silver Falls. Jamie precisa voltar para o jogo do Clássico da Liga na véspera de Ano-Novo. Eu também, porque prometi para Rory que iria com ele.

Os olhos dele encontram os meus.

— Ainda não sei.

Ele não conversa com a mãe, e desconfio que o durão do Rick Miller não seja o tipo que se fantasia de Papai Noel.

Minha mãe me lança um olhar, erguendo as sobrancelhas, um brilho nos olhos. *Pode convidar*, é o que eles dizem.

Aqui? Na frente de todo mundo? Sinto o coração acelerar. Ele não negaria. Aceitaria de cara.

Meu peito se sobressalta com a ideia de Rory passar tempo com a minha família, assistindo a filmes antigos e tomando sidra de maçã enquanto montamos as decorações que meus pais compraram antes de nascermos.

Mas nunca apresentei um cara para a minha família. Seria mais uma primeira vez minha que ticaríamos juntos. Rory ir para minha casa no Natal significaria algo. Criaríamos memórias juntos, e seria mais uma ligação com ele, mais uma coisa difícil de abrir mão quando nosso lance acabasse.

— Está gostando de estar de volta a Vancouver? — pergunta minha mãe, e fico grata por termos mudado de assunto.

— Estou adorando. — Ele pega a minha mão, que está no colo, e dá um aperto. — Eu e Hazel saímos para correr no Stanley Park no outro dia.

Minha mãe suspira.

— Preciso voltar a correr. — Desce as mãos para a cintura e arregala os olhos para mim. — É difícil perder peso no inverno.

Meus ombros ficam tensos, e aquela dor antiga e familiar de ouvir minha mãe se insultar ressurge. Esse peso que ela diz ter ganhado não é nem visível, mas sei, por crescer na casa dela, que ela se pesa todo dia de manhã e mantém um registro.

— Então não perde — digo, com a voz leve, brincando com meu copo d'água. — Por que forçar seu corpo a se encaixar na ideia que os outros têm de como você deveria ser?

Como sempre, minhas palavras não penetram aquela carapaça dela. Minha mãe passou a vida inteira inserida numa visão cultural de como as mulheres deveriam ser fortalecendo as crenças que ela já tinha. Ela dispensa meu comentário com um aceno rápido de mão.

— Assim que voltarmos para Silver Falls, vou fazer um detox.

Ranjo os dentes. Consigo sentir os olhos de Rory em mim, mas fico olhando para a mesa. Sou um turbilhão de emoções: frustração pela pressão que minha mãe coloca em si mesma, por ela não conseguir ser o bastante para si mesma, e vergonha por Rory estar presenciando essa amostra da minha vida pessoal. Venho tentando esconder todas essas coisas dele sem sucesso.

— Limão, água, mel e uma pitada de pimenta-caiena — continua ela. — Três dias disso e o peso desaparece.

Quando solto o ar, estou trêmula. Olho para Pippa, mas ela está conversando com Donna.

— Isso não é saudável, mãe — digo. — Você precisa de proteína e vegetais e carboidratos. Comida de verdade.

— Os homens das cavernas passavam dias sem comer — constata ela, fazendo pouco-caso. — É bom para nós. Reseta o metabolismo.

— Não tem nada de errado com o seu metabolismo — insisto, o coração acelerado. — E, quando você voltar a comer comida de verdade, vai ganhar os dois quilos de volta.

Minha voz soa mordaz, e de repente me concentro demais no fato de que Rory está sentado ao meu lado, vendo isso.

A garçonete volta a aparecer na nossa mesa.

— Gostariam de dar uma olhada no cardápio de sobremesa?

— Não — diz minha mãe.

— Sim — digo entre dentes ao mesmo tempo, olhando fixamente para a minha mãe. — Eles têm tiramissu.

— Não. — Ela ergue as mãos, como se não pudesse comer nem uma colherada de sobremesa.

Na minha mente, peço o tiramissu. Peço *todos* os tiramissus do restaurante inteiro e, quando chegam, eu a obrigo a comer e a gostar. E aí ela diz: *você tem razão, Hazel. Amo meu corpo do jeito que ele é e mereço comer as coisas que me fazem feliz!*

— Você que sabe — digo, em vez disso. — É melhor a gente ir pagando. Preciso trabalhar cedo amanhã.

Vergonha me inunda por Rory ter visto isso tudo. Ele me viu perder a calma. Ele viu que minha paixão é ajudar as pessoas a se sentirem bem com o próprio corpo, mas que ainda não consegui ajudar minha própria mãe nessa tarefa.

Como vou ter meu próprio estúdio se não consigo ajudar a pessoa que mais amo?

Rory pede licença e, quando a garçonete volta, peço a conta.

Ela sorri para nós.

— Já foi paga.

Rory passa por ela, voltando a se sentar, e parte do nervosismo do jantar se alivia em meu peito pela gentileza.

— Rory. — Ergo as sobrancelhas.

Ele abre um sorriso malandro.

— Hazel.

— Não precisava pagar o jantar.

— Mas eu quis. — Para os meus pais, ele sorri. — Na próxima vez que vierem para a cidade, eu adoraria que fossem assistir um jogo.

— Claro. — Jamie sempre convida meu pai, mas mesmo assim ele faz uma cara como se Rory tivesse acabado de melhorar o ano dele. Tira o celular do bolso e faz sinal para a mesa. — Vamos tirar uma foto de todo mundo.

— Eu tiro — diz minha mãe rápido.

Faço que não.

— A gente pode pedir para a garçonete tirar.

— Não, não. — Ela já está tirando o celular da mão do meu pai. — Ninguém quer ver minhas rugas perto de vocês dois.

O ar escapa de mim. Ou vou dar um grito muito alto bem aqui nesse restaurante, ou explodir em um milhão de partículas de poeira só de frustração e raiva. Nada que digo faz diferença.

Tiramos a foto e, mesmo com a mão sólida e calorosa sobre a parte sensível do meu ombro, meu sorriso sai duro e forçado. Do lado de fora, todos trocamos abraços de despedida e desejamos boa viagem de volta para os meus pais antes de nos separarmos.

A conversa toda com a minha mãe se repete enquanto ainda estou na calçada. Uma pulsação de raiva lateja atrás da minha testa, e meus olhos ardem.

Não, não, não. Merda. Vou chorar.

— Não estou me sentindo muito bem, então vejo você amanhã. — Minha voz sai aguda e forçada.

Se eu olhar para Rory, ele vai ver que estou a ponto de chorar, e ele não pode. Não choro na frente de homem nenhum. Não deixo homem nenhum vir jantar com meus pais nem dormir na minha casa, muito menos me ver desabar.

Não faço nenhuma dessas coisas com homem nenhum.

— Boa noite — digo, sem olhar para ele, e saio andando bem rápido. Uma lágrima quente escorre, e a seco.

— Hazel.

Não consigo puxar o ar, e lágrimas bestas e idiotas se derramam enquanto penso sobre minha mãe e como estou frustrada com ela. E comigo mesma. Fracassei com ela, e ela se odeia. Odeia o próprio corpo. Acha que não é boa o suficiente.

E eu sou a cara dela, então o que isso quer dizer sobre mim? Que agora sou bonita, mas, quando tiver a idade dela, não vou ser?

— *Hazel.*

Ele entra na minha frente, as mãos nos meus braços, me olhando atentamente.

Meu nome ressoa no ar, esticado entre nós como um fio tenso, e penso que me chamar pelo sobrenome não era só uma brincadeira, mas uma maneira de manter uma muralha entre nós, porque agora, com os olhos vermelhos e inchados e o nariz escorrendo, estou totalmente exposta.

— Olha pra mim.

Fecho bem os olhos.

— Não.

— Sim. — A palavra soa muito suave, e ele usa os dedos para erguer meu queixo.

Quando abro os olhos, vejo que me olha de um jeito que nunca olhou, tão abertamente preocupado e cuidadoso, como se qualquer movimento em falso fosse me estilhaçar. Como se ele estivesse desesperado para fazer minha dor passar.

Como se ele se importasse.

Talvez seja por isso que também o chamo pelo sobrenome. Não quero me importar com ele.

Engulo em seco.

— Estou bem.

— Me fala. — As palavras dele continuam gentis, mas são uma marretada contra minha determinação. Estou tentando manter a muralha erguida contra ele, e ele a está demolindo com essa sinceridade, essa *doçura*.

Os olhos azul-escuros dele vasculham os meus, e a mão sobe para a minha bochecha, pousando com a delicadeza de uma borboleta.

— Qual é o problema? — murmura ele, e já sei que estou ferrada.

— É a minha mãe. — Minha voz sai grossa pela emoção. — Ela, hm... ela fala essas coisas sobre si mesma de que não gosto. Não tem uma autoconfiança muito boa.

Ele inspira fundo.

— Deve ser difícil de ficar assistindo.

Meus olhos se turvam, mas pisco para conter as lágrimas.

— Odeio que nossa sociedade a fez se sentir tão horrível consigo mesma. Odeio que ela não consegue simplesmente existir no corpo e no rosto que tem sem a sensação de que precisa mudar tudo. — Engulo em seco, arranhando a garganta. — E o que isso diz sobre mim se não consigo ajudá-la?

A expressão de Rory é tão atormentada, tão sinceramente preocupada, que meu coração dá uma cambalhota brusca. Ele traça minha bochecha com o polegar, secando as lágrimas.

— Vem cá — pede ele baixinho, puxando-me para seu peito.

Minha bochecha encosta embaixo da clavícula de Rory, que acaricia meu cabelo me acalentando enquanto escuto as batidas de seu coração.

— Não é justo — acrescenta ele.

— Não.

Outra lágrima rola antes de ser absorvida por sua camisa. O cheiro dele é tão reconfortante, e a dor na minha cabeça está começando a passar.

— Queria poder voltar no tempo e ter sido amiga dela na adolescência. Eu a transformaria numa mulher muito mais forte.

Ele repousa o queixo em cima da minha cabeça.

— Sei que sim.

Eu diria que ela era suficiente se a tivesse conhecido lá atrás. E a faria acreditar nisso.

— É por isso que você diz todas aquelas coisas durante o yoga? — A respiração de Rory faz cócegas em minha orelha. — É por isso que quer criar um espaço inclusivo?

Assinto contra seu peito, fungando.

— Ela gosta de yoga, mas diz que já não é mais tão magra ou jovem. Diz que ninguém quer vê-la usando roupas de yoga. — Minha voz embarga com mais um soluço enquanto uma dor atormenta meu peito.

Só quero que minha mãe se ame tanto quanto eu a amo.

— Minha aparência é igual a dela — sussurro, embora não devesse. Pensamentos como esse não se encaixam em qualquer que seja o lance rolando entre eu e Rory.

Por fora, sou muito confiante. Ver minha mãe odiar o próprio corpo serviu só para fortalecer meu escudo de autoestima, mas o pensamento se infiltra pelas frestas. Será que um dia, quando estiver na mesma idade da minha mãe, ainda vou me amar como me amo agora? Será que alguém como Rory ainda vai me achar bonita?

Connor já não achava, e eu tinha só dezenove anos. E quando eu tiver sessenta?

Rory me examina, e nunca vi um cuidado como esse nos olhos de alguém.

— Você é tão linda que meu peito chega a doer.

Meu coração acelera.

— E, mesmo quando tivermos cem anos — ele sussurra —, vou ficar te paquerando para chamar a sua atenção.

É engraçado como ele sabe exatamente o que dizer. São apenas palavras, mas curam as feridas do meu coração.

Continuamos na calçada por um longo tempo, abraçados com firmeza, enquanto as pessoas dão a volta por nós.

— Você é incrível no que faz — ele murmura em meu cabelo, e as palavras se afundam em meu coração, dissolvendo-se em meu sangue. — Continua insistindo com ela. Um dia, ela pode te surpreender.

Engulo em seco, apoiada em seu peito, ouvindo os batimentos constantes de seu coração.

Quero tanto, tanto, acreditar nele.

38

HAZEL

— Obrigada por me trazer para casa — digo para Rory quando chegamos ao meu apartamento. A noite está sem nuvens, então as estrelas apareceram, cintilando no céu escuro.

Espero até ele me pedir para convidá-lo para subir. Não sei o que vou dizer dessa vez.

— Vamos sair pra correr — sugere ele, em vez disso. — Bem rapidinho. — As mãos de Rory estão nos meus ombros, e ele se abaixa para olhar nos meus olhos. — Dois quarteirões.

Bufo.

— Três metros. — Ele me implora com os olhos. — A gente pode correr até a esquina e voltar se quiser. Por favor, Hartley. — Ele olha para a janela do meu apartamento. — Você ainda tem aquela bolsa de academia que deixei no outro dia? Não botou fogo nela?

— Ainda não tive tempo — digo, com leveza, mas ele não ri como quero que ria.

Está me lançando aquele olhar de novo, o mesmo do dia em que brigamos no rinque de patinação e ele veio atrás de mim, e o mesmo de hoje mais cedo. Como se precisasse que eu ficasse bem, como se fosse capaz de qualquer coisa para aliviar a dor que sinto no coração.

— Por que você está fazendo isso? — Suspiro.

— Porque você fez isso por mim. — Ele vasculha meus olhos. — Então vamos dar uma cansada juntos. — Rory dá um beijo suave e doce na minha boca, e sinto meu coração acelerar. Há uma atenção tão cuidadosa, tão protetora, nesse pequeno gesto.

Meus olhos ardem, mas por motivos diferentes de antes.

— Pode ser? — ele sussurra.

— Sim — respondo. — Pode.

Ele sorri.

— Aí, sim.

Dez minutos depois, voltamos para a calçada. Está frio e silencioso enquanto a cidade relaxa. Corremos pelas ruas paralelas até chegarmos ao paredão. Enquanto isso, fico relembrando o que minha mãe e eu dissemos durante a discussão.

— Certo, Hartley — fala ele depois de dez minutos em silêncio. — Vou sugerir uma aposta.

Estamos correndo pela calçada com vista para a English Bay, e as luzes douradas das ruas projetam sombras em seus traços.

— Uma *pequena* competição — ele acrescenta, e sorri.

— Já ouvi isso antes.

— Pois é, e perdeu. Feio.

— Cala a boca. — Estou sorrindo, esquecendo todas as coisas do jantar. Esquecendo que chorei na frente dele.

— Essa é sua chance de igualar o placar.

A parte teimosa de mim diz *não morde a isca*, mas meu lado competitivo quer mais.

— O que você quer apostar?

Ele aponta para a placa no fim daquele trecho do paredão que beira a praia.

— Vamos correr até aquela placa.

Normalmente, ele é mais rápido do que eu. Mas está cansado do treino de hoje. Talvez eu consiga ganhar dele.

— E se eu vencer?

O sorriso que ele abre é presunçoso, mas seus olhos são sensuais.

— Vou te mandar uma coisa sexy por mensagem.

Sou atravessada pela vergonha, mas mantenho a máscara de frieza no rosto.

— Ah, é?

— Aham. Alguma coisa para te aquecer enquanto eu estiver longe.

O time vai viajar para jogos fora de casa pelas próximas duas semanas. Mil imagens passam pela minha cabeça.

— E se *você* vencer?

Há um momento de silêncio, e sinto que não consigo puxar o ar até o fim enquanto olho para ele.

— Vou deixar essa para você — ele diz com um sorriso lento. — O que você achar justo.

Meu coração bate mais forte. Ele basicamente me ofereceu nudes, então seria justo se eu mandasse um em troca. Sinto um friozinho na barriga com a ideia.

— Você mandava essas coisas para o McKinnon? — pergunta ele baixo.

— Não — respondo, soltando um suspiro pesado e balançando a cabeça. — Ele pedia, mas, hm... eu nunca quis.

Percebo que nunca confiei nele. No fundo, sabia que havia alguma coisa errada. Talvez não que ele estivesse saindo com outras meninas pelas minhas costas, mas sabia que eu estava sempre em segundo plano.

Os olhos de Rory ficam aguçados, me imobilizando.

— Que interessante.

— Pois é. — Engulo em seco, nervosismo subindo e descendo por minha coluna e provocando arrepios que me atravessam.

O que eu mandaria? Penso nas lingeries que continuam chegando ao meu apartamento, as que continuo usando. Ele gosta de cores mais suaves, pelo visto, porque todas são em tons pastel. Rosa-claro, azuis, lavanda, verde-hortelã, creme. Um body de renda rosa-claro chegou ontem e fiquei na frente do espelho, passando os dedos pelo tecido suave e transparente.

Fiquei incrivelmente sensual naquilo, e acho que é o que eu usaria para tirar a foto.

Um raio de energia nervosa me atinge no estômago com a ideia e, quando ergo os olhos para ele, Rory ainda olha para mim com uma expressão provocante e curiosa. Meu estômago dá outra cambalhota.

Se fizermos isso, um de nós vai ganhar uma foto. Estamos saindo do território do fingimento. Grande parte da noite de hoje passou essa sensação.

Ele arqueia a sobrancelha.

— Só se você quiser, Hartley.

Algo teimoso, competitivo e divertido me atravessa, e meu nervosismo passa. Quero a vitória para poder me gabar, mas, mais do que isso, quero ver o que ele vai me mandar.

Perder não é uma opção.

— Beleza. — Mordo o lábio inferior, e os olhos dele seguem o movimento. — Se prepara para levar uma surra.

Um sorriso largo se abre em seu rosto, e retribuo enquanto uma voz na minha cabeça me pergunta se sou louca de achar que vou vencer.

— Pronta? — Ele curva as pernas, preparando-se para dar um tiro, e imito sua postura.

— Aham.

— Já.

Saímos em disparada e, ao mesmo tempo que sou tomada pela competição, estou cheia de risos, leveza e alegria. Nossos pés tocam a calçada rapidamente. Alguém sai do caminho para nos abrir espaço.

— Desculpa — grito por sobre o ombro.

— É, foi mal — acrescenta Rory, rindo.

Estamos a trinta metros da placa. Rory está poucos passos à minha frente, então aumento a velocidade. Minhas pernas queimam, e meus pulmões ardem. Acho que meu coração nunca bateu tão forte. Nunca corri tão rápido. Estou nas nuvens. Preenchida pelas cores e luzes, e, quando Rory olha para mim por sobre o ombro com aquele sorriso lindo e perfeito, sei que também está nas nuvens.

Estamos quase chegando na placa. Merda. Ele vai vencer, e *não posso* perder. Não com o que está em jogo. Entro em pânico e, com uma olhada para a areia ao nosso lado, junto toda minha energia e dou um empurrão nele.

Não é meu momento de maior orgulho. Mas o chão é macio, então ele não vai se machucar.

Com um grunhido de surpresa, ele cambaleia, mas não cai, porque seus músculos estabilizadores são fortes demais, mas tomo a dianteira. Corro mais rápido e bato na placa.

Quando me viro, eu o vejo cair de bunda na areia, o peito subindo e descendo rapidamente, rindo.

— Sua trapaceira safada — ele, espanando areia enquanto volto até ele, tomando fôlego.

Puta que pariu, essa foi por pouco. Por que topei isso?

Porque Rory desperta algo dentro de mim que me faz querer brincar com ele. Ele sabe exatamente como me animar.

Abro um sorriso para ele, ainda sentado na areia, e estendo uma mão, mas ele me puxa para me sentar ao seu lado. Estou transbordando gratidão porque isso realmente me fez sentir melhor. Ou talvez seja só o fato de estar com Rory.

Ainda estamos ofegantes, úmidos e suados, mas sorrio para ele.

— Obrigada.

— Deixa pra me agradecer depois. Você nem viu a foto ainda.

Contenho uma risada enquanto meu peito se aperta de expectativa. Quando nos levantamos e voltamos para casa, penso sobre o jantar hoje cedo, quando minha mãe perguntou o que Rory faria nas festas de fim de ano.

— Então — começo —, sobre hoje mais cedo.

— Que parte?

— A parte que te perguntaram sobre o Natal.

Ele me lança um olhar curioso, sorrindo de leve.

— Sei que você já deve ter planos — digo, torcendo os dedos.

— Não tenho. — Os olhos dele pairam sobre mim, brilhantes, interessados e pacientes, como se eu fosse uma passarinha arisca e ele estivesse esperando calmamente com a mão estendida até eu criar coragem para pousar.

— Entendi.

Nossa, por que isso é tão difícil? Talvez porque Connor sempre tenha me passado a impressão de que eu estava sendo grudenta quando tentava fazer planos com ele. Só fala de uma vez, Hazel.

— Está em cima da hora e talvez nem tenha mais voo... — não sei por que esse pensamento me é tão decepcionante — e a cama de hóspedes da casa dos meus pais é pior do que a minha antiga... — ele poderia dormir na minha cama de solteiro no meu antigo quarto, mas seria apertado, embora talvez isso fosse sexy e fôssemos ter mais chances de nos pegar — e você provavelmente ficaria entediado numa cidade pequena...

— Vai, Hartley. Só fala de uma vez.

— Quer passar o Natal em Silver Falls? — Sinto o coração disparar.

Ele arqueia uma sobrancelha sarcástica.

— Com você?

Solto uma gargalhada.

— Sim, Rory. Comigo.

— Não está levando essa história de namoro de mentira um pouco longe demais?

Meu peito se aperta. É claro que estou. É claro que me deixei levar. Hoje, quando ele me consolou, pensei... nem sei o que pensei.

— Seria estranho se você não fosse comigo — minto.

Covarde, sussurra meu cérebro.

Sob o escrutínio dele, meu pulso acelera.

— Você tem razão. — Ele coloca o braço ao redor dos meus ombros e me puxa para ele, e relaxo. — A gente precisa manter as aparências.

— Você pode dizer não.

— Mas não quero. — Ele ajeita uma mecha do meu cabelo. — E agora vou poder ver com meus próprios olhos você abrir os presentes que comprei.

— Presentes? — Eu me animo. — Plural?

Já comprei algumas coisas para ele, mas não sabia bem como tocar no assunto.

— Sim. — Ele estreita os olhos com ironia. — Não seria estranho se eu te desse lingerie na frente dos seus pais, né?

Desato a rir, toda a tensão de antes desaparecendo.

— Não, tenho certeza de que seria totalmente dentro do tom e nada constrangedor.

— Beleza, então. Não vejo a hora.

Meu coração se alegra. Sei que ele está brincando sobre a lingerie, mas a ideia de Rory na casa dos meus pais, passando tempo com a minha família?

Também não vejo a hora.

39

RORY

Mais para o fim da semana, estou deitado na cama de hotel relendo o histórico das minhas mensagens com Hartley. Jogamos contra o New Jersey hoje e, quando nosso ala direita marcou depois do meu passe, senti mais uma onda daquela sensação leve e vitoriosa que ando buscando.

Eu deveria estar dormindo ou revendo o vídeo do jogo para a partida de amanhã, mas, em vez disso, estou pensando em Hazel.

Quando ela me convidou para ir para a casa dos pais dela no Natal, estava fazendo aquilo de torcer os dedos. Estava nervosa.

Manter as aparências o caralho. Ela gosta de mim. Não está pronta para admitir, mas consigo ser paciente.

Rolo a tela da nossa conversa para baixo. Ela não respondeu ao link que mandei com um estúdio para alugar.

Você viu o estúdio que te mandei?

Os pontinhos que indicam que ela está digitando surgem, desaparecem e ressurgem.

Vi. Obrigada.

E??

Ela manda um emoji dando de ombros, e franzo a testa.

Caro demais?

É caro, mas não chega a ser absurdo.

Grande demais? Pequeno demais?

O anúncio diz que o espaço conta com duas salas de estúdio.

Não. É um tamanho bom.

Balanço a cabeça para o celular, confuso.

Vamos visitar quando eu voltar.

Acho que ainda não estou pronta.

Lembro do que ela disse com lágrimas nos olhos depois do jantar em família, aquilo de que, se não conseguia ajudar a mãe, como poderia ajudar outras pessoas, e meu peito se aperta. A necessidade de tornar essa situação melhor para Hazel me arranha.

Você está pronta, Hartley. O que Pippa acha?

Não sou muito de falar sobre essas coisas com ela. Ela está ocupada com a própria carreira.

Solto um suspiro pesado.

Acho que você deveria conversar sobre isso com ela, e acho que está pronta.

Mas Hazel admitir essas coisas para mim deve significar alguma coisa. Isso entre nós pode ser mais do que ela deixa transparecer.

Os pontinhos de digitação aparecem, desaparecem e reaparecem antes da próxima mensagem dela surgir.

Sabe, que eu me lembre, ganhei uma aposta.

Passei a semana toda pensando nisso, e as fotos estão prontas para serem enviadas, mas...

Quero que ela peça. Minha intenção é ver pelo menos um fragmento de desejo vindo dela. Ainda fico duro de pensar nela dizendo "Não sabia que dava para ser assim" depois que chupei a buceta dela como se minha vida dependesse daquilo.

Mas ela está pedindo. Sorrio para o celular.

Você roubou.

Quem está sendo um mau perdedor agora?

Então coloca minha camisa, respondo.

Jesus, adoro brigar com ela.

Vai me deixar excitado.

Uau. Que ego, Miller.

Uma risada me escapa. Queria estar na cama dela, vendo-a tentar não sorrir. Tivemos um jogo na quarta, então não consegui fazer a aula de yoga on-line dela essa semana. Sinto como se eu não a visse há séculos.

A foto aparece em nossa conversa. Ela está de costas para o espelho do banheiro, olhando por sobre o ombro com um sorrisinho, MILLER estampado nas costas em letras garrafais.

Uma satisfação possessiva me atravessa.

Você é linda, respondo.

Está falando comigo ou com a camiseta?

Meu sorriso fica radiante. Estou vibrando, calor se espalhando pelo meu peito e minha pele.

Não pode ser as duas?

Adrenalina e nervosismo me atravessam enquanto vou para a última foto no rolo da minha câmera, uma foto sem camiseta que tirei na frente do espelho ontem. Meu celular faz um *whoosh* enquanto a foto é enviada e, um momento depois, ela responde.

Uau.

Inspiro fundo.

Hartley, acho que lembro de você ter me dito que não tenho tanquinho.

Consigo sentir o riso fofo dela mesmo assim de longe.

Não me lembro de ter dito isso.

Ergo as sobrancelhas enquanto espero. O caralho que ela não lembra.

Você é muito safado, diz ela.

Meu sorriso se ergue mais.

Então fala.

A pausa mais longa do mundo se estende, e passo a mão no rosto com impaciência.

Você tem um corpo incrível. Tá feliz?

Meus pulmões se expandem, preenchendo todos os cantos do meu peito, e sorrio para o celular feito um idiota.

Na tarde do dia seguinte, estou no avião com o resto do time, esperando pela decolagem e pensando seriamente se mando ou não a foto sem camiseta que tirei hoje cedo.

Releio nossa conversa, incluindo a resposta dela à foto que mandei ontem à noite, e uma possessividade abrasadora me percorre com a ideia de Hazel olhando para minha foto e ficando excitada.

Ward me dá um tapa no ombro enquanto passa pelo meu banco, e guardo o celular.

— Bom jogo hoje, Miller — diz ele, com um aceno e um sorriso discreto, e me endireito. Encarando o celular ao meu lado, Streicher para, escutando.

— Valeu, treinador.

— O que quer que esteja fazendo, continue assim. — Ele ergue as sobrancelhas antes de seguir em frente, e fico olhando enquanto o corpo alto dele desaparece no fim do corredor.

A cada jogo, a voz do meu pai vai ficando mais baixa. Em vez dele, imagino Hazel me abrindo aquele sorriso orgulhoso. Durante os jogos, olho para Ward no banco e, quando passo o disco e ajudo os outros a marcarem, ele sempre está com a mesma expressão estoica, os olhos brilhando de satisfação.

— Você não foi pra academia hoje cedo — comenta Streicher ao meu lado.

— Ah, pois é. Saí pra correr na orla.

Ele franze a testa. É raro eu pular um treino.

— Por quê?

Passo a mão no cabelo. Acordei com uma ligação do meu pai, mas deixei cair na caixa postal. Ainda não escutei o correio de voz.

— Às vezes Hazel me chama pra correr com ela e é, hm... sei lá. Gostoso. Não pensar em hóquei o tempo todo. — Engulo em seco. — E só conversar e tal.

Ele me encara.

— Está com saudades dela.

Penso nos últimos dias, na frequência com que penso nela ou tenho o impulso de mandar mensagem. Como mal posso esperar para vê-la de novo.

— É. Estou.

Streicher volta para o celular, e releio minha conversa com Hazel. Antes de pensar duas vezes, mando a foto que tirei hoje cedo, deitado na cama com a luz entrando.

Para de me provocar, ela me manda um momento depois, e solto uma gargalhada.

Jogadores olham e pigarreio, segurando o riso.

Sua vez, respondo, sorrindo que nem besta.

Uma foto aparece: ela está no apartamento dela, sentada no tapete de yoga com os pés unidos, se alongando, os lábios fartos curvados para cima. Está usando um suéter largo e uma legging, o cabelo sedoso preso num rabo de cavalo e sem maquiagem.

Meu coração palpita. Ela é linda.

Não era bem o que eu tinha em mente, mas mesmo assim, fofa demais.

Examino a foto, desesperado por cada pedaço de Hazel que posso ter. O dragão que dei para ela está em cima da mesa de cabeceira agora. Isso quer dizer que ela também está com saudades? A cama dela parece enorme e confortável, e não vejo a *hora* de voltar para ela e me jogar lá.

Meus olhos pousam em Hazel de novo. O ombro de seu suéter frouxo escorregou para o lado enquanto ela se alongava, revelando uma alça roxa-clara.

A alça roxa-clara de uma das peças de lingerie que comprei para ela. Uma satisfação de orgulho masculino dispara pelas minhas veias.

Hartley, está usando uma daquelas coisinhas de renda que comprei?

A resposta dela é imediata.

Sim.

40

HAZEL

Estou brincando com fogo.

Precisava confirmar se servia, escrevo, feito a safada mentirosa que sou, fechando os olhos e apoiando a cabeça na cama.

Primeiro, foi a foto dele na outra noite na frente do espelho, com uma cara tão convencida e o corpo tão musculoso que me deixou com vontade de dar. Pensei naquela foto o dia todo. Pensei nela quando acordei hoje cedo, com um calor entre as pernas, no trabalho enquanto tentava me concentrar e à noite durante o jogo.

Esse namoro de mentirinha? Sou péssima nisso, e minha regra de não repetir? Essa situação está me fazendo repensá-la.

Embora eu não esteja quebrando a regra. Esteja driblando. Uma foto dele sem camiseta não é sexo. Usar lingerie bonita não é sexo. Está tudo bem.

Abro a foto que ele acabou de me mandar. Deve ter tirado hoje cedo porque, nela, está deitado numa cama de hotel, o cabelo bagunçado e os olhos sonolentos. A luz da manhã faz seus olhos brilharem, e ele sorri como se soubesse que ando pensando nele. Os lençóis estão amarrotados, e praticamente consigo ouvir o grunhido que solta se espreguiçando neles.

Fotos como essa, em que ele está incrivelmente sexy? São perigosas. Não posso ficar olhando para elas, mas também não posso não olhar. Lá no fundo, sinto como se uma versão nova de mim mesma estivesse despertando.

E serve?, pergunta ele.

Sim.

Então prova.

Arregalo os olhos, e um frisson me atravessa. Ele quer outra?

De jeito nenhum.

Então por que está usando?

Já falei. Porque é bonita. E me sinto sexy usando ela.

Mas não é só isso. Estou com saudades dele. Quando uso as coisas que ele escolheu, me sinto mais próxima de Rory.

Não sei o que fazer em relação a isso e não sei como esse fato se encaixa no lance do relacionamento de mentira que estamos tendo, ou na regra de não repetir que tenho comigo mesma.

Por favor, Hartley. Por favor, me manda uma foto. Estou implorando aqui. Me mostra.

Perco o ar, ofegante, e calor se espalha por meu peito e pescoço. Estou perdendo rapidamente o controle dessa situação, mas o desespero nas mensagens dele dissolve minha determinação.

Uma foto não é transar. Ainda estou no controle. Ainda é só de sacanagem.

Solto um riso incrédulo. Não consigo acreditar no que estou prestes a fazer. Tiro o suéter e me deito na cama, o coração acelerado enquanto abro o aplicativo da câmera e ergo o celular.

A foto não mostra nem meu rosto, só meu ombro, a parte de cima dos peitos e meu cabelo espalhado sobre o travesseiro, mas, mesmo assim, é a foto mais sexy que já tirei. Hesitação cresce em mim, mas imagino a expressão de Rory quando vir a foto (o queixo caído, as pupilas dilatadas) e envio.

A resposta aparece imediatamente.

Minha nossa, Hartley.

Afundo o rosto em chamas no travesseiro, sorrindo.

Na manhã seguinte, recebo outra foto.

Ele está sem camiseta no espelho, usando apenas uma cueca boxer preta justa. Meus olhos pousam nas linhas em V definidas acima do quadril dele, no caminho de pelos que desce pelo elástico da cintura e na curva musculosa de seus braços. Ele está sorrindo como se soubesse o quanto é gostoso.

Calor se revira no fundo da minha barriga, e vou para meu guarda--roupa para tirar outra peça de lingerie: um sutiã meia-lua azul-bebê com uma calcinha de renda e cintas-ligas da mesma cor.

É só uma foto, digo a mim mesma enquanto apoio o celular e tiro uma de costas, o cabelo caindo sobre o ombro, a alça de renda visível. É só por diversão. Vivo dizendo para meus alunos que eles merecem se sentir bem, então por que eu não posso? Mandar fotos sensuais para Rory e ver a admiração dele pelo meu corpo me faz me sentir bonita. Só isso.

Não vou me permitir perder isso. Sei o que estou fazendo.

Meu pulso acelera quando chega a resposta dele, e coro de prazer.

Puta que pariu, Hartley.

41

RORY

Jogou bem hoje, Hazel escreve uma semana depois enquanto estou sentado num bar com os outros jogadores. Ela e Pippa estão passando o fim de semana em Whistler.

Ganhamos o jogo de quatro a zero, e nenhum dos gols foi meu. Sorrio para o celular. Uma cerveja pela metade está na minha frente depois que Owens a enfiou na minha cara.

Uma cerveja não vai estragar minha carreira, e é tão boa. Boa para caralho.

Você assistiu o jogo?, respondo.

Os pontinhos de digitação aparecem na tela, desaparecem e aparecem de novo. Espero que ela esteja ficando sem graça do outro lado.

Estava ligado na TV de fundo.

Meu sorriso fica mais largo.

Você viu o jogo.

Cara, eu estou com muita saudades dela, mas as fotos que estamos trocando? Meu pau fica duro só de pensar. Hazel, toda irritadiça e reservada, me mandando imagens da lingerie que comprei para ela. Toda vez que meu celular toca com o som da mensagem, minhas bolas ficam tensas de expectativa.

Não bato tanta punheta assim desde a adolescência. Subo até a foto que ela me mandou hoje cedo com a calcinha de renda creme esticada sobre a linha longa de seu quadril e passo a mão no rosto.

Hazel Hartley me tem na palma da mão, e adoro isso.

Algo na tela da TV atrás do balcão chama a minha atenção: meu pai. Ele está no estúdio como comentarista convidado. Passam replays do jogo do Storm, e um peso antigo se afunda em minhas entranhas. Eles reprisam uma imagem minha passando a bola para outro atacante antes de ele marcar o gol.

Essa jogada foi tudo que mais amo no hóquei: velocidade, talento e sorte. Acho que trabalho em equipe também. Porra, que gol mais bonito.

“Que desperdício”, diz a legenda, enquanto meu pai fala.

Uma dor me dilacera. Tomara que Hazel não esteja assistindo isso.

— Sei que ele é meu filho, mas Rory Miller é uma arma nesse time, e Ward o está usando para impulsionar outros jogadores — continua meu pai, e meus molares rangem. — Ward tornou Miller capitão, mas está fazendo o cara passar o disco para outros jogadores como se estivessem numa colônia de férias.

— Não faz isso — murmura Streicher ao meu lado, sem tirar os olhos do celular, provavelmente trocando mensagens com Pippa.

— O quê?

Ele aponta o queixo para a TV antes de olhar nos meus olhos com a expressão séria habitual.

— Não assiste essa merda. Não importa o que eles digam. Não estão no rinque com a gente.

— Mas ele tem razão. — Coço a nuca. — Fui contratado pelo time para marcar gols e vencer jogos.

Streicher me observa por um longo momento, franzindo a testa.

— Por que não deixa isso com o Ward?

— Só quero ser um bom capitão — admito para o meu amigo mais antigo. Solto o ar de uma forma demorada. — O que você faria no meu lugar?

— Sei lá — responde ele, balançando os ombros largos. — Eu faria o que quer que Ward achasse melhor. Confio nele.

— Eu também. — A vontade de deixar Ward orgulhoso luta contra a necessidade pela aprovação do meu pai. — Mas não entendo a dele.

Streicher solta um barulho que parece um bufo.

— Eu também não. Mas acho que ele tem um plano.

Minha mente volta ao jogo de hoje, depois do passe que fiz. Ward fixa os olhos nos meus e me dá um sinal de aprovação com a cabeça.

— Como vão as coisas com Hazel? — pergunta Streicher.

— Bem. — Muito bem. Penso em nós dois disputando corrida até a placa na praia, nela me empurrando e em mim rindo. Em pegar no sono ao lado dela. Nela me mandando as fotos mais sensuais que já vi na vida.

Bem demais, na verdade. Melhor do que eu imaginava que poderia ser. Não só pelas fotos que não paramos de mandar um para o outro, e também não só pelas punhetas diárias que toco pensando nela e em mais ninguém. Mas porque penso nela o tempo todo, e mal posso esperar para voltar para ela.

De repente percebo uma coisa que se agiganta na beira da minha consciência. Meus sentimentos por Hazel crescem a cada dia, e nunca me senti assim. Mas tudo isso pode acabar num piscar de olhos. Não é só porque estou tentando não ser como Rick Miller que isso vai acabar dando certo.

— Ainda fingindo? — pergunta Streicher, espiando meu celular.

Estou com uma foto de Hazel de hoje cedo aberta. Ela está usando uma touquinha, e suas bochechas e seu nariz estão rosados pelo frio. Meu peito se aperta de ternura.

Aquela coisa que percebi e estou evitando começa a bater na porta, exigindo atenção. Não sei o que esse lance significa para Hazel. Ainda temos uma data limite para o que está rolando entre a gente.

— Não sei. — Pigarreio enquanto sinto um aperto no peito.

Streicher responde com um barulho, como se não estivesse nada surpreso, e tenho o impulso de pegá-lo pela camisa e sacudi-lo.

— Por que não me avisou? — pergunto, mantendo a voz baixa para os outros não escutarem.

Streicher me lança um olhar desinteressado.

— Avisei sobre o quê?

Minha mente volta para Hazel chorando na rua depois do jantar da família dela e da dor insuportável de vê-la chateada e desapontada daquela forma. O impulso de resolver as coisas, a necessidade de melhorar tudo. Balanço a cabeça, sem palavras.

— Que seria assim. — Solto um suspiro pesado de frustração, olhando nos olhos dele. — É diferente com ela, sabe?

Ele me observa por um longo momento.

— Que bom. — Coloca o celular na mesa. — Você já comentou isso com a Hazel?

— Não.

— Vai comentar?

— Sei lá. — Se ela não sentir o mesmo, estragaria todo o nosso lance. — É de mentira para ela.

Ficamos olhando para a TV por um momento.

— Dá a opção de ela te rejeitar em vez de você mesmo fazer isso, pelo menos.

Ouvimos um longo assobio baixo e erguemos os olhos para ver McKinnon à nossa frente, assistindo TV.

— Uma pena — ele diz enquanto minhas estatísticas de gol nesta temporada são exibidas e comparadas com as anteriores. — Talvez, se você passasse mais tempo treinando e menos chorando e batendo punheta pras fotos de Hazel, seu valor não estaria despencando.

Se fosse Hazel dizendo a parte sobre eu chorar e bater punheta, eu daria risada, mas, como é o cuzão do ex dela, fico só encarando, uma raiva ciumenta ferve dentro de mim.

— Quer alguma coisa, McKinnon?

Streicher lança um olhar frio e intimidador, mas McKinnon o ignora, afundando-se na cadeira à nossa frente.

— Não. — Ele sorri com sarcasmo, os olhos vermelhos e turvos. — Mas entendo a graça. — A voz dele está enrolada como se estivesse bêbado. Ainda bem que Ward teve pena de mim e reservou um quarto separado durante essa parte da viagem.

— Do que você está falando? — O tom de Streicher é neutro e indiferente.

Connor só me abre um sorriso sarcástico em resposta.

— O Miller vai descobrir logo mais. — Ele chama a atenção de uma garçonete que está passando. — Desce outra cerveja aí.

Cerro o punho de irritação antes de lançar um olhar constrangido para a garçonete.

— Obrigado — digo para ela. — Não seja sem educação, McKinnon. Não fode a imagem do time.

Ele debocha, recostando-se na cadeira e encarando a bunda da garçonete enquanto ela sai.

— Ela é de boa. Gosta de mim. Se você der importância de mais, elas ficam meio grudentas. — Ele arrota no punho. — Mas, se deixar as mulheres querendo mais, vão se esforçar mais para conseguir sua atenção. — O olhar dele se volta para mim, os olhos cheios de ódio. — Funcionou com a Hazel.

Ao mesmo tempo que a raiva protetora me atravessa, mantenho a expressão relaxada e risonha.

— Ela superou, e você deveria superar também. Tá ficando feio.

Cuzão do caralho.

McKinnon estremece e faz um barulho exagerado de dor.

— Minha virilha está dolorida demais por causa do jogo hoje — diz ele, sorrindo para mim. — Vou precisar que Hazel massageie a semana inteira.

A raiva fervilhante em minhas veias transborda e cerro os dentes com força.

— Cuidado, McKinnon.

O sorriso bêbado dele se abre ainda mais, e meu sangue lateja. Ainda bem que Hazel não está aqui para ouvir isso.

Inclino o corpo para mais perto para que só ele e Streicher consigam me ouvir.

— Se você a deixar constrangida, vou acabar com a sua raça.

Meus dentes rangem. Nunca odiei alguém como odeio esse cara.

McKinnon arregala os olhos, fingindo estar assustado.

— Uau. Alguém está caidinho. — Ele ri consigo mesmo, e o som me dá vontade de vomitar. — Você sempre teve uma queda pela minha mina, né?

A provocação dele me acerta bem no peito, e a raiva me atravessa como uma tempestade.

— Ela não é sua — digo com uma voz baixa e mortal, em pé e com os punhos cerrados e os ombros tensos. — A Hazel é minha.

— Como eu disse. — Os olhos dele brilham com uma condescendência horrível. — Você vai ver.

Quase perdendo o controle, inspiro fundo e olho ao redor, fazendo contato visual com Ward, que está do outro lado do bar com os outros treinadores. O treinador de goleiros está falando, mas Ward nos observa com interesse.

Eu sou o capitão e, se Hazel estivesse aqui, ela me estimularia a ser o homem que Ward acredita que posso ser.

— Bebe uma água, McKinnon. — Aceno com a cabeça para desejar boa-noite para Streicher, que ergue a mão em despedida.

No elevador, puxo bastante o ar, soltando devagar. Puta que pariu, odeio aquele cara, mas o que falei sobre Hazel ser minha?

Era verdade.

Releio nossas trocas de mensagens, todas as fotos incríveis que ela me mandou na última semana. O corpo da Hartley é um sonho, com curvas harmoniosas, seios fartos, uma leve curva no quadril... até as escápulas dela são lindas. Tem uma sarda logo acima do peito esquerdo que penso em lamber toda vez que recebo uma foto em que ela está visível.

O fato de *ela* se sentir sexy e desejada enquanto tira essas fotos é o que me deixa de pau duro. Os pensamentos em McKinnon e meu pai desaparecem quando mando mais uma foto para ela.

A resposta dela é imediata.

É uma foto de Hazel de bruços, o cabelo caindo para a frente e os seios marcando o edredom. A curva da bunda dela está visível, e desejo me atravessa, deixando minhas bolas tensas.

*Isso é tudo que você tem, Miller? *boceja* Mesmo com todos os seus músculos bonitinhos, estou ficando entediada.*

Abro ainda mais o sorriso. Não sei se são as duas cervejas que tomei ou as sensações possessivas de hoje, mas o impulso de elevar as coisas com Hartley me percorre.

Ela pode não saber ainda, mas Hazel Hartley é minha, e hoje vou mostrar para ela.

42

HAZEL

A gente começou a mandar fotos cada vez mais sensuais, e perdi completamente o controle da situação. Fiquei viciada nas fotos que Rory manda e nas fotos que ele manda em resposta às que *eu* mando de volta.

Fiquei pensando naquela foto o dia todo, Hartley.

Cara, você é gostosa pra caralho.

Gozei no banho pensando nessa, ele disse sobre uma foto minha usando um sutiã cor de ameixa, o decote à vista, antes de me responder com uma foto dele sem camiseta, sorrindo enquanto a ereção marcava o tecido da boxer.

Deitada na cama de hotel ao lado de Pippa, rolo a janela de conversa até chegar na foto dele recém-saído do banho, gotículas de água em sua pele, a toalha baixa na cintura e o contorno de sua ereção grossa claramente visível, e a foto que mandei em resposta de mim deitada na cama, estendida nos lençóis usando um conjunto de renda creme delicado.

Meu celular vibra quando mais uma mensagem chega. Ele está pelado, segurando uma toalha na frente do corpo, todos os músculos do quadril e das coxas à mostra. Gotículas de água escorrem por seu peito esculpido e sinto uma pontada entre as pernas. Minha resposta é uma foto de mim deitada de bruços. Sem rosto, só mostrando o decote e minha bunda numa calcinha azul-escura da cor dos olhos dele.

Sou atravessada pela excitação enquanto paro nessa foto e aperto os lábios para conter o sorriso. Estou nas nuvens com sensações quentes e fluidas.

Percebo que gosto disso. Dá tesão, é divertido e nunca senti isso em relação a sexo.

Pippa liga nas entrevistas pós-jogo do Storm.

Seja um bom menino e tira essa toalha, digito, antes de rolar a janela de conversa até a foto dele recém-saído do banho de novo.

E agora estou pedindo mais. Inacreditável.

— *Você está saindo com Hazel Hartley, uma fisioterapeuta do Storm* — começa um repórter para Rory.

O cabelo dele está úmido do banho, o alto de suas bochechas ainda corado do jogo, e seu sorriso sai naturalmente.

— *Jamie Streicher vai ser cunhado dela em breve. Podemos esperar outro casamento no futuro da família?*

Pippa aperta minha mão, e fico paralisada enquanto o canto da boca dele se curva um centímetro para cima.

— *Sim. Quem sabe?*

Preocupação me toma. Ele está dizendo para a imprensa o que precisa dizer para parecer um bom capitão. Isso não é real. E, se fosse, bom, ninguém diria isso de verdade sobre a mulher com quem está saindo há poucos meses.

Rory diria, fala uma vozinha irritante na minha cabeça. Ele é intenso, impulsivo e corre atrás do que quer. Pensa com o coração.

Não é de verdade, mas estou sorrindo enquanto mando outra foto para ele.

— Você trouxe um carregador? — Pippa ergue o celular. — Esqueci o meu, e minha bateria está quase no fim.

— Pega na minha bolsa.

Ela sai da cama, e rolo minha conversa com Rory para cima. A gente tem trocado mensagens todos os dias, às vezes com fotos um para o outro: ele da estrada e eu do trabalho, ou dos passeios que dou com Pippa, ou do meu apartamento.

O voo dos jogadores é só na segunda à noite, então só vou vê-lo na terça, e um calor líquido cresce dentro de mim com a ideia de finalmente vê-lo cara a cara depois de duas semanas torturando um ao outro.

— Hazel.

Pippa está na frente da minha bolsa com um olhar acusatório, sorrindo de orelha a orelha. Ela coloca a mão dentro e tira um punhado de lingerie.

Aperto a boca e faço uma careta culpada.

— *Hazel.*

Desato a rir.

— Para de fuxicar aí.

Ela fica de queixo caído, mas os olhos ainda estão brilhantes, luminosos e cintilantes de divertimento.

— Por que você tem toda uma bolsa de lingerie para um fim de semana *comigo*?

— Por nada. — Coço o pescoço, desviando os olhos.

Ela começa a revirar as peças.

— São boas, aliás. — Ela ergue a sobrancelha.

Eu me levanto de um salto e tiro tudo dela, voltando a guardar na bolsa enquanto ela se senta na cama, ainda sorrindo.

— Foi o Rory quem comprou, não foi?

Meu rosto está ardendo de tão vermelho. Dou de ombros.

— Foi. Feliz?

— Hmm. — Ela estreita os olhos, sorrindo.

— Quê?

— *Hmmmm.*

Uma risada me escapa. Ainda estou corando.

— Pippa.

— Interessante. Muito, muito interessante.

Cruzo os braços diante do peito. Acho que também estou sorrindo.

— Fala logo o que você quer falar.

— Você disse que era de mentira.

— Mas é.

— Então por que ele está comprando lingerie cara pra você que ninguém mais pode ver?

O silêncio se estende por tempo demais para haver uma explicação lógica.

— Hazel! — Ela perde a paciência. — Vocês estão se pegando?

— Não sei — retruco. — Meio que sim. Não muito. Às vezes ele dorme lá em casa. A gente se pegou uma vez, mas ele não me deixou tocar nele e a gente... — eu estremeço — troca fotos?

Não soa tão bem em voz alta.

Pela cara dela, parece que eu disse que unicórnios existem de verdade.

— Que tipo de fotos?

— Sensuais — admito, a voz estrangulada.

Ela ergue a cabeça para trás, gargalhando.

— Eu sabia. Você gosta dele.

— Não sei. — Meu coração está acelerado, e me obrigo a dar de ombros.

— Gosta, sim. Admite.

— Tá. — Dou de ombros de novo, os olhos rodando pelo quarto. — Eu gosto dele.

Puta que pariu. Eu admiti. Minha garganta dá um nó. Preciso muito me controlar. Isso tem prazo de validade.

— Eu gosto dele — repito, mordendo o lábio inferior.

A expressão de Pippa fica mais suave.

— Por que você disse isso como se fosse uma coisa ruim?

Um milhão de coisas passam pela minha cabeça, e não posso dizer nenhuma delas em voz alta. Porque ele conseguiria ficar com qualquer outra pessoa, então por que me escolheria? Porque estou esperando ele ficar de saco cheio desse nosso lance.

Porque sou comum, e homens como Rory Miller são extraordinários.

— Convidei Rory para o Natal. — Ainda estou dando os retoques finais nos presentes dele, mas não posso usar a ida dele como uma desculpa porque já os tinha comprado antes de convidar. — Não faço esse tipo de coisa.

Os olhos de Pippa estão carinhosos e atenciosos, e eu a amo demais porque não há nem um pingo de julgamento em sua expressão, mas, ao mesmo tempo, tenho a sensação de que ela consegue olhar para o fundo da minha alma.

— Mas e se fizesse?

Meu peito se aperta.

— Não quer que isso continue?

Penso no que Rory disse na entrevista pós-jogo hoje e que não pareceu de mentira. Quando deixo o passado para trás, ficar com Rory é fácil.

Não. É mais do que isso. É incrível.

Não respondo à pergunta de Pippa, mas ela consegue ver a resposta estampada em meu rosto.

— Ele se entrosou perfeitamente com a gente no jantar — digo. Comprimo os lábios quando penso na conversa entre ele e meu pai, e como Rory pareceu à vontade. — A família dele não é como a nossa.

Ela me abre um pequeno sorriso, como se conseguisse ver algo que não consigo.

— Fiquei chateada depois — admito. — Comecei a chorar na rua bem na frente dele.

Ela arregala os olhos.

— Por quê?

Vergonha e preocupação me tomam enquanto engulo em seco.

— Por causa da mamãe. Das coisas que ela estava dizendo.

Pippa concorda, assentindo com a cabeça.

Penso no que Rory disse, que eu deveria conversar sobre isso com Pippa, e abraço os joelhos junto ao corpo, traçando as bordas da capinha do meu celular.

— Era para ser minha vocação. — Minha testa se franze. — Ajudar as pessoas a se sentirem bem consigo mesmas e com o próprio corpo.

Ela suspira.

— Essas coisas foram verdades absolutas para ela durante toda a vida. — Pippa mexe no edredom, passando a ponta dos dedos sobre as costuras. — A mudança leva tempo, e não sabemos o que passa na cabeça dela. — Ela aperta meu joelho. — Continua sendo um porto seguro para ela atracar. Quando estiver pronta, vai dizer pra gente.

Concordo, desviando o olhar e piscando rápido enquanto meus olhos ardem.

— Quando foi que você ficou tão sábia? — Ela dá uma risada, e sorrio para ela. — Te amo.

— Também te amo — ela sussurra.

Nós nos recostamos na cabeceira e botamos *Missão madrinha de casamento* para assistir. No meio do filme, a tela do meu celular acende.

É o Rory. Arregalo os olhos. Um vídeo. Essa *coisa* que estamos fazendo evoluiu para vídeos. A miniatura do vídeo mostra ele sentado no quarto de hotel e sem camiseta. Sou atravessada pela expectativa e nunca estive tão curiosa.

— O que é isso? — pergunta Pippa em minha orelha, e me sobressalto, afastando o celular para esconder. O sorriso que ela me abre mostra que sabe exatamente o que é.

— Nada. — Minha voz sai estrangulada, e desvio os olhos. Pareço *tão* culpada.

Ela arqueia as sobrancelhas.

— Então agora ele resolveu te mandar vídeos?

— Não. Não sei. Acho que sim.

— Você vai assistir?

Cara, como eu quero.

Gesticulo para ela.

— Vai ser estranho.

— Vou sair pra dar uma volta.

— Pippa, *não*. — Também estou rindo agora. — Não posso. — Meu olhar pousa na miniatura de novo. Todos os meus instintos estão implorando para assistir a esse vídeo. — Se eu assistir — admito —, talvez eu goste demais.

Vejo uma alegria genuína de divertimento nos olhos dela enquanto acena com um ar compreensivo, caçoando de mim.

— E talvez mande outro de volta?

Engasgo.

— Não.

Sim. Talvez seja exatamente isso que eu vá fazer.

Merda. Esse lance foi longe demais. Não está nem perto de ser falso. Pânico dispara dentro de mim, e jogo meu celular para Pippa.

— Pega.

Ela me lança um olhar estranho.

— *Eu* é que não vou assistir.

— Não. — Suplico com os olhos. — Fica com o meu celular. Pelo menos até a gente voltar para casa amanhã. Estou pensando demais nele. Eu... — um barulho de frustração me escapa. Isso é constrangedor. — Estou, tipo, relendo nossas conversas todo dia. Fico olhando para todas as fotos que ele me mandou e pensando nelas o resto do dia. Preciso acalmar a cabeça e voltar a ter isso sob controle. Por favor. Fica com o meu celular.

Meu coração continua acelerado, e penso em mim e em Rory correndo pelo Stanley Park, aos risos. Seria a melhor coisa que já me aconteceu, e depois ele se cansaria de mim, e tudo que me restaria é um guarda-roupa cheio de lingerie e memórias rançosas dos velhos tempos.

— Por favor, Pippa.

Ela coloca meu celular no modo avião antes de guardá-lo, e passamos o resto da noite assistindo ao filme e comendo os lanchinhos do frigobar do hotel.

Fico deitada na cama até de manhãzinha, pensando no que pode ter naquele vídeo.

43

RORY

No fim da tarde do dia seguinte, estou no aeroporto, olhando para o celular com a testa franzida, o joelho inquieto.

— Miller. — Ward alterna o olhar entre meu rosto e o celular.

— E aí, treinador. — Eu me endireito.

— Tudo certo ontem à noite?

Sinto minhas entranhas se contorcendo, mas lanço um aceno rápido de cabeça.

— De boa.

Ele se refere ao lance com o McKinnon no bar, e não ao fato de eu ter mandado um vídeo para a Hazel batendo punheta e gemendo o nome dela, mas que ela ainda não respondeu doze horas depois.

Merda.

Ward continua me encarando, e sinto como se estivesse vasculhando minha cabeça.

— Minha porta está sempre aberta — diz ele, por fim, antes de se dirigir a seu assento.

Eu me volto para o celular, olhando para nossa conversa. Burro. Burro pra caralho. Fui longe demais. A expressão horrorizada e revoltada de Hazel enche minha cabeça, e resmungo, voltando-me para a janela para olhar para o nada.

A gente tinha planos de passar o Natal juntos. As coisas estavam indo tão bem, mas estraguei tudo porque estava me sentindo possessivo e com tesão.

— Achei meu raiozinho de sol. — Owens afunda no banco ao meu lado, segurando um daqueles livros de fantasia gigantes que vive lendo.

Faz uma careta ao ver minha expressão. — Alguém está de mal humor. Vai direto para a casa de Hazel hoje depois que pousarmos para ela dar uma melhorada nele?

Era meu plano, mas ela está passando uma mensagem em alto e bom som com esse silêncio: *cai fora, Miller*.

Amanhã, vou pedir desculpa e vamos voltar a brincar de faz de conta, mas, por enquanto, vou dar espaço para ela.

— Não. — Coloco o celular no modo avião e o jogo na bolsa, o peito apertado. — Não vou não.

44

HAZEL

Quando volto para casa depois do meu fim de semana fora com Pippa, a única coisa em que consigo pensar é em entrar no meu apartamento e assistir ao vídeo que Rory mandou com os dedos no clitóris. Meus passos ecoam pelos degraus enquanto corro até o terceiro andar, as chaves na mão, mas, quando chego ao patamar, um pacote está no chão, apoiado na porta.

Sinto um friozinho na barriga e contenho o sorriso. Mais um? Ele deve estar tão viciado quanto eu naquelas fotos.

Dentro do meu apartamento, abro o pacote, entusiasmo vibrando em minhas veias, mas, quando tiro o plástico, faço uma careta de nojo.

Ergo a peça, e uma risada me escapa. Até agora, o gosto de Rory tendia a rendas delicadas, doces e transparentes. Tudo sempre de alta qualidade e ótima sustentação, que dá uma sensação de conforto incrível ao usar.

Mas essa porra parece prestes a se desfazer a qualquer segundo.

São só tiras pretas, finas e confusas. Franzo o nariz. Não sei bem qual buraco é para o pescoço e qual é para as pernas.

— Que porra é essa? — murmuro, estendendo-a.

Que negócio mais feio. Parece uma teia de aranha. Como vou usar isso? Solto uma gargalhada antes de tirar uma foto.

Sei lá, Miller. Acho que vou precisar de um manual de instruções pra esse aqui.

45

RORY

— Para onde? — pergunta o motorista quando entro no táxi no aeroporto de Vancouver.

Dou meu endereço, e viajamos em silêncio enquanto olho pela janela.

O evento de caridade de patinação é amanhã. Será que ela vai mesmo depois do vídeo que mandei? Mesmo que nunca vá admitir, sei que está orgulhosa por ter aprendido a patinar. Meu estômago despenca ainda mais pela decepção.

Meu celular apita com o toque reservado para Hazel. Sinto o coração disparar enquanto tiro o celular do bolso, esperando pelo pior. Achando que ela vai me dizer que tudo acabou ou que não quer falar comigo nunca mais.

Em vez disso, é uma foto de um emaranhado estranho de barbante preto em seu edredom. Ou talvez sejam cadarços. Franzo o cenho pela confusão.

Sei lá, Miller. Acho que vou precisar de um manual de instruções pra esse aqui.

— Quê? — murmuro, dando zoom.

Em meio ao emaranhado de cadarços está uma etiqueta de roupa. Sinto um frio na barriga.

Não são cadarços. É uma lingerie, mas não fui eu que comprei essa pra Hazel.

Você vai ver, foi o que o McKinnon disse ontem.

Uma raiva ciumenta me atinge como um trovão. Ele mandou a porra de uma lingerie para ela. Me arrependo de não ter dado um soco na cara de McKinnon ontem à noite enquanto fuzilo a foto com os olhos.

Vou matar aquele cara.

Antes, porém, vou ter certeza de que Hazel saiba exatamente quem mandou isso.

— Mudança de planos — digo ao motorista. — Vou para a casa da minha namorada, na verdade.

Dou o endereço de Hazel e cruzo os braços diante do peito, fervendo de ciúme e sentimentos possessivos enquanto seguimos viagem.

A Hazel é *minha*.

46

HAZEL

— *Este vídeo é para a minha namorada, Hazel Hartley* — diz Rory no vídeo com uma voz baixa que faz minha buceta se contrair —, *em quem tenho pensado muito nas últimas semanas.*

Eu me recosto na cabeceira e perco o ar quando meus olhos pousam no pau de Rory, duro como pedra e apoiado na barriga chapada. De repente entendo por que ele é tão arrogante.

O pau dele é perfeito: um membro comprido e grosso, com uma cabeça inchada ao redor da qual me imagino colocando os lábios e chupando. Minhas coxas se contraem. Com aquela barriga definida, o bíceps musculoso, os braços torneados e as mãos grandes ao redor da base, ele é a definição de virilidade.

Rory Miller, o Deus de me deixar superexcitada.

É só uma questão de tempo até transarmos, e faíscas descem pela minha coluna com a ideia de Rory dentro de mim. Dele em cima de mim, deslizando pela minha abertura antes de entrar, me alargando da maneira mais enlouquecedora possível com aquela grossura toda. Ainda estou de roupa, mas elas parecem apertadas demais, restritivas demais enquanto o observo em seu quarto de hotel à meia-luz.

— *E de quem estou com muita* — continua ele com um sorrisinho, subindo e descendo a mão devagar pelo pau —, *mas muita saudade.*

Minha boca fica cheia d'água e me imagino subindo a língua por seu pau enquanto ele observa com fascínio. Calor cresce dentro de mim, e meus mamilos ficam intumescidos.

— *E que mal posso esperar para foder.*

As mãos dele sobem e descem de maneira tão lenta que chega a ser torturante. Será que está fazendo isso para me deixar maluca? Ou talvez seja só porque é assim que eu masturbaria ele, mantendo-o no limite do prazer até não aguentar mais.

Umidade brota entre minhas pernas e me contorço, passando a mão sobre as coxas. Assim que Rory voltar para casa, vou cavalgar nele.

— *Espera* — ele murmura, estreitando os olhos para algo atrás do celular. — *Deixa eu pegar uma foto de mim mesmo aqui para ficar olhando enquanto faço isso.*

Uma risada me escapa, e estou corando com sentimentos bobos e leves enquanto ele pisca para a câmera. Estou sozinha no meu apartamento, sorrindo para o celular que nem besta.

Queria que ele estivesse aqui na minha cama para ver como estou gostando disso. Minha mão desliza por sobre minha calcinha e pousa sobre a renda delicada. Estou quente, inchada e molhada, e um raio de eletricidade me atravessa quando aperto meu clitóris com mais força. Fecho os lábios com força para conter um gemido enquanto Rory se masturba num ritmo martirizante na tela.

Joga a cabeça para trás, os olhos fechados enquanto massageia o próprio membro.

— *Penso na minha língua na sua buceta toda hora, o dia inteiro.*

Eu também.

Um arrepio me atravessa, e traço um círculo suave sobre o tecido molhado, tremendo. Vou gozar tanto pensando nisso.

Ele aumenta a intensidade com que se toca, as narinas se abrindo mais enquanto puxa o ar, ofegante. Calor atravessa minhas pernas, e movo os dedos mais rapidamente, igualando meu ritmo ao dele.

— *A gente vai fazer isso de novo* — ele me diz. — *E eu vou gozar tão gostoso, Hazel.*

Um gemido me escapa, e elevo o quadril para cima enquanto traço voltas curtas sobre a renda, prolongando o momento, desejando que fosse a mão dele em mim e que fosse eu quem estivesse tocando o pau dele.

Se ele me mandou esse vídeo para me levar ao limite, para me forçar a admitir que quero dar para ele, funcionou.

Um grunhido escapa do fundo do seu peito, e ele está com uma careta extremamente deliciosa enquanto todos os músculos de seu tronco ficam tensionados. Sobe e desce a mão rapidamente sobre o pau.

— *Eu vou gozar* — ele murmura, a cabeça inclinada para trás, a longa linha de seu pescoço se movimentando. Todas as sensações no meu corpo se intensificam, e meus lábios se entreabrem de prazer pela expressão tensa que vejo em seu rosto.

Assistir Rory se masturbar é a melhor coisa que já vi na vida. Um prazer urgente e insistente cresce entre minhas pernas. Estou quase lá.

Seus olhos se abrem, e ele olha para a câmera, bem na minha cara, antes de me abrir aquele sorriso dele, o mais convencido e presunçoso, e empurrar o celular com a mão livre.

Ouço um estalo, e de repente a única coisa visível na tela é o teto do quarto de hotel.

— *Caralho, gatinha* — ele diz entre dentes, e arregalo os olhos enquanto escuto o som dele se masturbando.

Ouvir, não ver. Fico olhando para a tela, incrédula. Ele realmente...?

Que filho da *puta*. Ele fez isso de propósito. Fez isso para me provocar, para me excitar e me deixar com vontade dele. Quase grito de frustração. Estou excitada demais, safada, desesperada, molhada e sedenta demais.

Tudo que preciso é gozar. E ainda não vi *Rory* gozar, o que me deixa puta da vida.

Fecho os olhos, imaginando o que queria ver do vídeo. Imaginando o pau dele pulsando, o abdome tensionado e ele jorrando porra quente sobre a barriga. Imagino o peito dele subindo e descendo rapidamente enquanto recupera o fôlego, me lançando um olhar vidrado e saciado, o mesmo com o qual me olhou depois que sentei em sua cara.

Sinto a pressão crescer e estou prestes a gozar...

Ouço uma batida na porta e congelo.

— Hazel — diz Rory, trovejante, do outro lado. — Me deixa entrar.

47

HAZEL

Pelo olho mágico, vejo Rory do outro lado da porta com uma expressão assassina, os braços cruzados. Meu coração está acelerado, mas abro a porta.

— Oi. — Minha pele formiga enquanto ele desce o olhar pelo meu corpo, cintilando de calor. Ele está apertando o maxilar, as narinas abertas. — Não gostei desse último negócio que você mandou e não vou usar.

— Que bom. — Ele entra com uma expressão tempestuosa, os olhos faiscando de fúria possessiva enquanto fecho a porta. — Porque não fui eu que mandei.

Meu corpo fica enregelado e tenso.

— Como assim?

Quando ele encontra meus olhos, sinto um frio na barriga pela maneira como os dele cintilam.

— Quem comprou, então? — sussurro.

— McKinnon.

Meu estômago se revira do avesso, e sinto ânsia de vômito.

— *Quê?*

— Você está bem? — Ele pousa as mãos nos meus braços, e vejo que seus olhos transparecem preocupação enquanto avalia meu rosto. — O que posso fazer para melhorar isso?

Estou enojada pelo que Connor fez, mas meu corpo ainda está vibrando, inquieto e agitado por ter assistido ao vídeo antes de Rory chegar.

— Estou bem.

Rory estar aqui, o cheiro fresco dele provocando meu nariz e as mãos em mim já deixa isso tudo bem melhor.

— Você estar aqui ajuda — admito.

Ele fecha os olhos, soltando um suspiro angustiado.

— Estou sentindo muito ciúme agora, Hartley, e sinto que vou fazer alguma besteira.

Um prazer perverso se revira dentro de mim, e mordo o lábio.

— Tipo o quê?

— Tipo te mandar um vídeo batendo punheta. — Um músculo fica tenso no maxilar de Rory. — Desculpa. — Ele desvia o olhar, e é o mesmo remorso de quando me deu a viagem de fim de semana com Pippa. — Fui longe demais.

Faço uma careta, confusa, antes de me tocar: eu nunca respondi ao vídeo. Ele me mandou, e eu desapareci.

— Eu esqueci de responder — digo com um suspiro. — Merda.

Ai, Deus. Hazel, sua imbecil. É claro que ele acha que foi longe demais.

— Se quiser voltar a como as coisas eram antes, a gente pode ignorar o que aconteceu. — Ele baixa os olhos para mim com tanto fervor que parte meu coração.

Não acredito que cheguei a pensar que Rory Miller era um cretino. Ele não é. Simplesmente não é.

— Eu acabei de assistir — digo sem pensar, apertando uma coxa na outra. Ainda consigo sentir como estou molhada.

O olhar dele fica aguçado, os dedos se flexionando em meus ombros.

— Sério?

— Você não foi longe demais. — Minha voz está ofegante, e não consigo puxar ar para respirar enquanto nossos olhos se encaram.

— Por dois anos, fiquei assistindo você com aquele canalha. — Os olhos dele faíscam. — Odeio que ele ainda pense que possui você.

— Ele não me possui. — Não sei mais ao certo qual o nosso lance, mas sinto uma necessidade esmagadora de provar para ele que Connor não significa nada.

Com a estranha amizade que cultivamos e as paqueras divertidas, as coisas com Rory são muito diferentes do que foram com Connor.

Minha pele está formigando. As duas últimas semanas de fotos e mensagens sedutoras me levaram ao limite do tesão, e agora quero fazer algo sobre isso.

Preciso fazer algo sobre isso.

Ficando na ponta dos pés, eu o beijo. Minha mão aperta seu peito, traçando círculos lentos sobre seu coração enquanto o guio para trás na direção da cama, dando beijos leves e doces nele.

— Senta e fecha os olhos — peço, quando a parte detrás dos joelhos dele encosta na cama.

Os traços de Rory ficam tensos como se ele estivesse se segurando, mas ele me abre um sorriso divertido e aquela faísca brincalhona está de volta em seus olhos.

— Por quê?

— Vai. — Empurro a barriga chapada dele. — Você vai agradecer por ter obedecido.

Ele inspira fundo e sorri como se eu o estivesse matando antes de se sentar na beira da cama e fechar os olhos, apoiando os cotovelos nos joelhos. No guarda-roupa, encontro minha peça favorita das que ele me mandou: o body de renda rosa-claro transparente, delicado e macio, com alças finas rosas.

Minhas roupas farfalham contra a pele enquanto as tiro e visto o body com cuidado. Como na última vez em que o coloquei, vesti-lo parece um sonho. É do tamanho perfeito, como se tivesse sido feito sob medida e, em minha pele, a renda fica luxuriosa.

— Não vale espiar.

Eu me viro, e ele está com o queixo pousado na palma da mão, o olhar ardente e intenso.

— Não estou espiando — responde ele, os olhos descendo pelo meu corpo.

Tremores percorrem minha pele. Quando me aproximo, ele me puxa entre suas pernas. As mãos dele vão para o meu quadril antes de descerem e entrarem no body, apertando minha bunda, e afundo os dedos em seu cabelo.

Tento não pensar em por que quero tanto consolá-lo, por que quero tanto que ele entenda que Connor não significa nada para mim. Não estou pensando na regra e no que isso significaria no contexto dela. Não estou quebrando minha regra. Não estou me apegando. Só estou me permitindo aproveitar esse breve momento com um homem com quem sei que vou me divertir.

— Estava com saudade — ele murmura, apoiando a testa na minha barriga, as mãos se flexionando na minha bunda. — Você também estava com saudade, Hazel?

Não deveria estar, mas estava.

— Sim — admito.

Ele dá um beijo na minha barriga, erguendo o olhar ardente para mim.

— Que bom.

Ele me coloca no colo, uma mão envolvendo toda a extensão da minha coxa para me manter ali e a outra percorrendo meu corpo, alisando a lombar do meu body, o corte alto nas coxas, as tiras finas de cetim. Eu me apoio nele, observando o olhar de admiração sensual que me lança enquanto me acaricia.

Ter um superastro do hóquei me olhando assim faz coisas *incríveis* pela minha autoconfiança.

— Foi uma boa escolha — aprova ele, a voz baixa, brincando com a tira do meu body, usando os dedos para traçar a linha do meu pescoço.

Através do tecido fino, meus mamilos estão duros. Dou um beijo no pescoço de Rory, a barba rente formigando sob meus lábios.

— Você tem um ótimo gosto.

Ele me encara, as sobrancelhas se erguendo com aquele sorriso constante e firme, como se tivesse um segredo.

— Eu sei.

Eu o puxo para baixo para que me beije, e um sorriso suave me escapa enquanto ele abre minha boca, me saboreando, explorando e a dominando.

— Melhor? — sussurro entre um beijo e outro.

— Hm. — Outro barulho angustiado em sua garganta, uma ruga entre as sobrancelhas. — Nem tanto. — Ele me puxa com mais força contra o próprio corpo, e sinto o membro grosso e duro apertando minha barriga.

Perco o ar quando ele pressiona aquele volume quente contra o alto das minhas coxas. Levo a mão dele ao meu seio, estimulando-o a continuar. Tudo dentro de mim fica tenso quando os dedos dele encontram meu mamilo duro, brincando, puxando e me deixando completamente doida.

— Seus peitos são lindos.

Dou uma risada, embora esteja tensa de desejo.

— E agora? — pergunto de novo, contendo um gemido enquanto ele brinca com meus mamilos. — Melhor?

— Não.

— O que deixaria você melhor, Rory? — Não sei por que estou agindo assim, tentando descobrir o que o satisfaria.

Ele desliza a mão por entre as minhas pernas e inspiro fundo, soltando um gemido enquanto ele usa os dedos para apertar e fazer círculos em meu clitóris sobre a renda úmida.

— Hartley, você está encharcada.

48

HAZEL

Aperto os lábios para conter o gemido quando ele move as mãos exatamente do jeito que preciso. Meu rosto está afundado em seu pescoço, inspirando seu aroma enquanto ele massageia minha buceta com as mãos até me levar a outro estado de consciência.

— Ainda com ciúme? — Minha voz está fraca enquanto ele desliza os dedos sob o tecido, e nossos gemidos se misturam enquanto ele fricciona meu clitóris. — Ai, meu Deus — murmuro em sua pele quente. O calor vai crescendo sob os dedos dele, girando e se acumulando sob seu toque, e já consigo sentir o orgasmo no horizonte.

Ele solta um barulho baixo e satisfeito, a mão trabalhando continuamente com os dedos retos, círculos largos e firmes, exatamente do jeito que faço para me masturbar. Não faço ideia de como ele sabe.

— Isso está ajudando — atesta ele.

— Que bom. — Meus lábios sobem por seu maxilar até a orelha. — Então não para.

Ele leva a mão atrás do ombro e tira a camiseta antes de abrir um sorriso safado e voltar a massagear entre as minhas pernas.

— Quero te dar uma coisa bonita pra olhar enquanto te faço gozar.

Tão cheio de si. Isso só me deixa mais doida. Ele gira os dedos, e a tensão ao redor da base da minha coluna cresce mais e mais.

— Mas só uma coisa ajudaria de verdade — ele murmura.

Enfia os dedos em mim, e todos os nervos do meu corpo se acendem. Não consigo pensar nem falar, apenas murmúrios ansiosos me escapam e, com os olhos arregalados, olho no fundo dos de Rory enquanto ele enfia os dedos longos dentro de mim sem nem dar tempo para o meu corpo se acostumar.

— Ah — digo, sem ar, enquanto tremores de calor me percorrem.

Ele não é gentil, e gosto disso. Fica observando minha reação atentamente e sei que qualquer sinal de dor ou desconforto colocaria um fim em toda essa situação, mas é a última coisa que quero.

Quero que ele continue fazendo o que está fazendo. Adoro a expressão em seu rosto, como se tivesse tido uma amostra do que é o controle pela primeira vez e agora precisasse de mais.

— Tá gostoso?

— Sim. — Rory me segurando em cima de seu joelho e fazendo o que precisa fazer acende meu corpo inteiro. — Faz o que quiser, Rory.

Ele grunhe, o maxilar tenso, imobilizando meu corpo com seu foco.

— É exatamente isso que quero. Quero manter você aqui assim. — Ele desce o olhar para onde seus dedos estão enfiados bem fundo em mim, tocando uma parte de mim que nunca consegui alcançar. — Adoro quando você é uma menina boazinha para mim desse jeito.

Prazer se desdobra através de mim e cerro os dentes, respirando com dificuldade. Eu talvez tenha desbloqueado um novo fetiche, ver Rory conseguir o que quer.

— Você está quase gozando.

— Não, não. — Sim, estou, mas até onde consigo instigá-lo? — A última vez foi uma exceção.

Ele leva a mão atrás da minha cabeça e, quando seus dedos se enroscam no meu cabelo, puxando um punhado com força, luz brota através de mim como um amanhecer. Não machuca nem um pouco, mas, com a força dele, o tamanho e o olhar atento e concentrado que vejo em seus olhos, a mensagem é clara.

— Você não vai a lugar nenhum — ele diz, o olhar me atravessando como se estivesse perdendo o controle. — Vai ficar sentadinha no meu colo e gozar com os meus dedos do jeito que venho pensando em fazer há semanas.

A expressão de Rory é de assombro e curiosidade, como se estivesse surpreso consigo mesmo, as pupilas imensas e a boca curvada para cima num sorrisinho relutante que mostra que está curtindo isso até demais.

Quando meu corpo se contrai em volta dele, Rory sorri ainda mais.

— Isso. Foi o que pensei.

Estou sempre no controle. Sempre. Mas ele me prendendo no colo, me preenchendo com seus dedos enquanto vou enlouquecendo mais e mais: funciona demais para mim. Ele deita minha cabeça alguns centímetros para trás, exibindo meu pescoço, e seu sorriso presunçoso cresce ainda mais.

— Ah, não — exclama ele, a voz baixa e provocante. — Você não vai gozar, vai?

Com uma expiração ofegante, balanço a cabeça, ainda encarando seu olhar.

— Porque você não faz isso com homem nenhum, né?

— É. — Começo a fechar os olhos, mas a mão dele aperta meu cabelo.

— Abre os olhos e olha pra mim. — Encostado no meu quadril, o pau duro como aço dele me pressiona com urgência. — Você está me deixando maluco, Hartley.

Ele curva os dedos, encontrando aquele ponto dentro de mim que me faz perder a cabeça, e cravo as unhas no peitoral dele enquanto o prazer me atinge em ondas.

— Adoro como você tenta resistir a mim — ele diz na minha orelha, mordiscando a pele sensível entre meu pescoço e meu ombro. — Não sabe quantas vezes pensei nisso quando você era minha tutora.

Contenho um gemido, imaginando nós dois transando desse jeito na biblioteca, eu tentando ficar em silêncio enquanto os dedos dele me alargam e fazem estrelas dançarem atrás dos meus olhos. A pressão dentro de mim cresce mais, e estou começando a tremer contra o corpo dele.

— Não para — gemo em seu ombro enquanto ele massageia meu ponto G. O prazer que sinto me pressiona, me aproximando mais e mais do orgasmo.

— Nossa, Hartley — grunhe ele, quando começo a curvar os dedos dos pés —, eu precisava tanto disso.

Ao redor dos dedos dele, meus músculos se contraem. Ele aperta meu cabelo com mais força, inclinando meu corpo um pouco mais para trás para olhar em meus olhos enquanto abre aquele sorriso safado e malicioso e leva o polegar ao meu clitóris, traçando círculos curtos e rápidos.

Não consigo mais me controlar.

Meu orgasmo me atinge com força, explodindo por trás da minha visão e me dominando. Estou arfando palavras como *por favor* e *sim* e *Rory* e *ai, Deus* enquanto ele fica me observando me desfazer sobre seu joelho, tremendo e me despedaçando e soluçando pelas ondas de prazer incríveis pra porra que me atingem. Ele não solta meu ponto G, não para de enfiar e tirar os dedos enquanto os aperto com os músculos e, mesmo enquanto ouço meu coração bater nos ouvidos e meu rosto está apoiado em seu ombro, consigo escutar o barulho que minha umidade provoca enquanto ele me preenche de novo e de novo.

Quando me afundo sobre ele, recuperando o fôlego, Rory beija minha têmpora, minha orelha, meu pescoço, minha bochecha. Ergo o rosto para ele, sentindo-me inebriada e esgotada da melhor maneira possível, e ele sorri em meus lábios.

— Parabéns para mim — comemora ele, e rio em silêncio.

— Tão metido.

— Uhum.

Ele ergue a mão e chupa os dedos, e outra onda de calor reverbera através de mim quando ele solta um grunhido baixo. Encostado em meu quadril, o pau dele pulsa.

Cara, não era para isso ser tão sexy, mas é, vê-lo saborear meu gosto assim.

— Qual é a sua posição favorita, Rory? — sussurro, usando os lábios para traçar a curva de seu pescoço. Mais do que tudo, quero vê-lo perder o controle. Minha mão vai para seu pau, e um grunhido rouco escapa dele quando contorno o membro por cima da calça.

— A que fizer você gozar mais.

— Ótima resposta.

Lá vamos nós. Eu me ajeito em seu quadril, montando nele, abrindo um sorriso tímido e provocante enquanto empurro os ombros dele para trás para que se deite. O pau dele aperta o espaço entre minhas pernas, empurrando a calça, e sorrio com a expressão torturada no rosto bonito de Rory.

— Não vamos fazer isso hoje — ele acrescenta, inspirando fundo, o olhar descendo para meu peito e o tecido úmido entre minhas pernas.

Inclino o corpo para a frente, traçando o contorno de seu peito com beijos suaves, encarando seu olhar.

— Mas eu quero. — Roço em sua ereção, já sentindo de novo o ardor excitante.

Tem alguma coisa por trás de seus olhos, algo que ele está escondendo de mim. Algo vulnerável que não quer dizer enquanto engole em seco.

— Por que a pressa?

Hesito. É a segunda vez que ofereço sexo para ele e ele recusa. Eu me sentiria rejeitada se ele não parecesse estar a segundos de perder o controle. O membro duro apertando minha buceta também ajuda.

Ele quer, então por que está se segurando? Não sei bem como isso se encaixa na narrativa de *Rory só está interessado na caçada* que vivo repetindo para mim mesma.

Homens não são assim. Isso não faz o menor sentido.

Ele leva a mão até o meu quadril, um sorriso doce nos lábios, e pavor se instala em minhas entranhas.

Ai, Deus. Ele está prolongando isso porque falei que fico com um cara uma vez para nunca mais.

Não consigo nem pensar no que isso significaria vindo dele. Não consigo pensar nas intenções dele. Minha mente fanfiqueira iria longe demais.

Talvez seja bom que a gente não durma junto. Rory é muito mais do que eu imaginava e, se eu transar com ele, posso acabar me apaixonando, o que não pode acontecer. Já venho até percebendo aquela sensação começando, aquele impulso de ser a pessoa amorosa e encorajadora de que ele precisa na vida.

Seria muito ruim me apaixonar por Rory Miller. Isso me partiria em um milhão de pedaços.

Mas ele merece coisas boas, e um desejo insistente de agradá-lo e o fazer se sentir bem me atravessa, então uso os dedos para acariciar seu peito e sua barriga chapada, passando-os por todo o V que leva até seu quadril, chegando mais e mais perto de sua cintura enquanto as pálpebras dele se fecham.

— Tá, mas e aí? — pergunto com a voz suave, abaixando o corpo para beijar seu pescoço. — O que você quer que eu faça? — Ele solta o ar, ofegante, e engole em seco de novo. — No que você ficou pensando enquanto estava viajando?

Ele fecha os olhos e, quando os abre, o olhar que me lança me queima.

— Você deitada na beira da cama e eu fodendo sua boca.

O barulho que me escapa é de puro desejo.

— Então faz o que quiser, Rory.

49

RORY

— Porra, finalmente — Hazel diz quando tiro a calça e a boxer e meu pau pula para fora, duro pra caralho e molhado de pré-gozo.

Todos os músculos do meu corpo estão tensos de ansiedade. Ela me disse para fazer o que quero, e a vontade de comer Hazel deixa meu pau tão duro que chega a doer. Minhas bolas ardem de desejo enquanto tento encontrar um motivo pelo qual não deveríamos fazer o que nós dois queremos.

Ela envolve meu membro com a mão, e de repente não consigo pensar em mais nada.

— Seu pau é maravilhoso — ela sussurra, ajoelhando-se na cama e subindo e descendo a mão por meu membro; um grunhido escapa do meu peito.

— É? — Estou com as mãos em seu cabelo, puxando-o. Ouvir a minha Hazel, que tem a língua tão afiada, encher meu pau de elogios faz minha pele formigar.

— Uhum. — Ela sorri para meu pau enquanto sobe e desce a mão, depois se abaixa para lamber a umidade da ponta, e um raio de desejo me atravessa.

— Puta que pariu — solto, a voz engasgada, e ela me abre um sorriso malicioso. — Hazel.

Não tenho nem palavras para dizer a ela que não estou conseguindo me conter, que estou me esforçando para me controlar, mas, de algum modo, ela sabe. O sorriso que me lança é felino enquanto se deita de costas, a cabeça pendurada para fora da cama.

Não vou sobreviver a isso.

— E aí? — encoraja ela, ainda sorrindo. — Está esperando o quê...

Ela geme quando meto o pau entre aqueles lábios rosados e lindos.

— É *isso*, porra. — Caraaalho. Faz tanto tempo para mim, mas mesmo assim sei que não era para ser *tão* bom assim. Ela abre mais os lábios enquanto meto até o fundo da sua boca, devagar e cuidadosamente, e depois tiro. Ela deixa a língua plana, traçando todos os nervos sensíveis, e um arrepio me atravessa.

Ela é boa pra caralho nisso. Sentir a boca dela é um paraíso. Não consigo juntar dois pensamentos.

Pouso a mão na cama atrás dela para me equilibrar. Cada estocada em sua boca me deixa mais perto de gozar.

Hazel não me dava a menor bola nem gostava de mim, e agora está gemendo com meu pau na boca.

— Que menina boazinha, me deixando foder a boca dela — digo com um grunhido.

Uso a mão livre para acariciar o meio de suas pernas, e minhas bolas se apertam quando sinto que ela ainda está molhada. Ela ergue o quadril, buscando fricção, e não consigo conter o sorriso lento. Cravo os dedos dentro dela e ela geme ao redor do meu pau, deixando meu abdome tenso.

— Isso — digo com a voz rouca, enfiando e tirando os dedos da buceta apertada dela no ritmo do meu pau na sua boca. — Isso, Hazel. É disso que preciso.

Ela murmura com a boca cheia e solto um barulho de desespero e prazer, grave e gutural. Fico me sentindo um animal, metendo na boca de Hazel desse jeito. Todos os meus instintos primitivos e possessivos vêm à tona. Ela sobe a mão pela base do meu pau, alisando-o, e minha atenção se fixa em como os lábios dela se alargam ao redor do meu membro. É grande demais para sua boca, e a constatação faz outra onda de calor me atravessar.

Puta que pariu, estou tão perto de gozar.

Tento diminuir a velocidade, mas a necessidade urgente continua, me levando ao limite. Como se conseguisse sentir que estou me segurando, Hazel chupa com força, as bochechas se encovando, e um gemido desesperado escapa de mim enquanto me curvo sobre ela. Encontro aquele ponto sensível dentro dela, apertando com força, e ela contrai os músculos.

Estou tremendo pela necessidade de gozar. Minhas estocadas em sua boca, para dentro e para fora, ficam espasmódicas.

— Posso gozar nos seus peitos? — imploro. — Por favor?

— Uhum — geme ela, e minha mente começa a se estilhaçar.

Com os olhos nela deitada sob mim como a deusa maravilhosa do caralho que é, tiro meu pau de sua boca e passo a me masturbar com força. O prazer me toma por inteiro, correndo por meu sangue, subindo de maneira abrasadora enquanto gozo, jorrando em cima das curvas perfeitas dos seios de Hazel, cobertas pela renda rosa-claro. Meu corpo todo está tenso enquanto pulso, ondas de desejo irradiando através de mim.

Estrelas explodem na frente dos meus olhos; nunca gozei de forma tão intensa na vida.

Meu cérebro de homem das cavernas gosta da maneira como ela está coberta pela minha porra. Um arrepio de satisfação me atravessa. Minha. Hazel é minha. Usando a lingerie que *eu* comprei para ela.

Subo em cima dela e a beijo com força, reivindicando sua boca, e a língua dela se enrosca na minha, retribuindo cada toque. Uma ideia obscena e depravada entra na minha cabeça, e não tenho o autocontrole necessário para me deter.

— Você toma anticoncepcional? — pergunto, ainda ofegante.

Ela acena.

— Tenho DIU.

Levo a mão até seu peito, passando os dedos em meu próprio gozo, e olho nos olhos dela enquanto direciono a mão para o meio de suas pernas, enfiando os dedos nela novamente.

Ela semicerra as pálpebras, e um barulho desesperado sai de seus lábios.

— Pronto. — Minha voz é baixa. — Melhor assim.

Algo quente e urgente me atravessa, e curvo os dedos em seu ponto G, de olho em seu lindo rostinho corado enquanto suas pálpebras palpitam.

— Ai, *porra* — geme ela, ficando tensa.

A necessidade de possuí-la me domina. Outro gemido agudo e esbaforido escapa de seus lábios enquanto enfio minha porra dentro dela. Crava as unhas em meu bíceps, e abro um sorriso satisfeito e vaidoso.

Os olhos dela cintilam, arregalando-se, e ela se crispa ao redor dos meus dedos.

— Isso não costuma acontecer — ela deixa escapar, apertando meu braço com mais firmeza.

Ai, caralho. Ela vai gozar de novo. Minha pele formiga de expectativa.

— Mais um?

Ela acena, apertando, e meus instintos se aguçam. Ajeito a mão para que a palma esbarre em seu clitóris, e pronto: sua cabeça se inclina para trás e seus lábios se entreabrem. Meus dedos se afundam mais rápido. Ela está dizendo "Isso, Rory" e "Ai, meu Deus, isso é bom demais" e "Isso, gatinho, continua desse jeito", e eletricidade corre pelas minhas veias.

Estou viciado em dar prazer para Hazel, pelo visto.

Ela cavalga em minha mão, e seu olhar fica desesperado.

— Me beija — ela implora, e nossas bocas se encontram. Ela geme em minha língua, encharcando minha mão, e diminuo a velocidade dos movimentos quando sinto que ela começa a voltar. — O que foi isso, Rory? — ela murmura com uma leve surpresa. — Foi tão...

Não chega a completar o pensamento.

— Pois é. — Engulo em seco, o pulso acelerado em meus ouvidos. Já consigo sentir a brisa sonolenta e preguiçosa pós-orgasmo se assentando em meu corpo.

Depois que nos limpamos, Hazel se encolhe abraçada a mim na cama, a cabeça em meu peito, o cabelo roçando em minha pele, o cheiro dela em meu nariz.

— Boa noite — sussurra ela, e dou um beijo no alto de sua cabeça.

— Boa noite.

Quero dizer mais. Não sabia que transar podia ser assim. Não parece apenas transar; parece...

Não estou pronto nem para refletir sobre isso. Não se existe a chance de ela não sentir o mesmo.

Então, fico apenas deitado, torcendo para que, dentro da cabeça dela, ela sinta o mesmo.

50

HAZEL

No dia seguinte, chego à arena adiantada para o evento de patinação de caridade e me sento perto da entrada do rinque, onde marquei de encontrar Rory depois que o treino dele acabasse.

Sinto um friozinho na barriga. Rory, com quem eu não deveria estar me pegando porque essa coisa toda é de mentira, mas em quem não consigo parar de pensar.

Meu celular vibra no bolso da jaqueta, trazendo meus pensamentos de volta ao presente.

É uma mensagem de uma das minhas alunas, Laura, com um link de um espaço de estúdio para alugar. Confidenciei a ela meu sonho para o futuro.

O dono é um amigo da família que mora no Irã, diz ela na mensagem. *Ele voltou para cá pra passar as festas de fim de ano e quer alugar o espaço rápido.*

Abro o link que ela enviou. Duas salas de estúdio de tamanho razoável, uma entrada principal espaçosa e três salas menores, duas das quais poderiam ser usadas como salas de fisioterapia ou massagem. O aluguel é caro, mas a localização é incrível, a dois quarteirões do metrô. É um prédio novo, então deve ter uma acessibilidade excelente.

Interessante. Um lugar assim iria longe.

Mas será que estou pronta? Relutância cresce dentro de mim.

Na minha mão, o celular vibra, e meu coração acelera pelo nome exibido na tela.

— Oi, mãe — atendo.

— Oi, amor. — O tom dela é caloroso. — Te peguei numa hora ruim?

— Imagina. Daqui a pouco tenho um evento de patinação de caridade com o time, mas vai demorar um pouco para começar.

— Patinação?

Sorrio para o rinque, que a equipe do evento está arrumando.

— Pois é. Patinação. Rory me ensinou.

E amanhã à tarde, véspera do Natal, vamos pegar o avião para passar a data com a minha família. Estou completamente fodida.

Ela faz um barulho contente.

— As fotos de vocês de quando jantamos juntos ficaram muito lindas.

O jantar de família. Meu estômago se revira ao me lembrar do que Rory e Pippa, ambos, me disseram. Sei que preciso tocar no assunto e que não posso evitar isso para sempre.

Continua sendo um porto seguro para ela atracar, tinha dito Pippa.

— Queria ter tirado uma foto com você — admito.

Ela faz aquele barulho zombeteiro de desdém que sempre faz.

— Na próxima, depois que eu tiver perdido um pouco do peso das férias.

Eu não deveria ficar surpresa, mas é um cortezinho no meu coração toda vez que ela diz essas coisas. As palavras se alojam na minha garganta, mas as forço a sair.

— Não gosto quando você faz comentários sobre dieta e precisar perder peso.

— Ah, amor, mas isso é porque você é magra.

— Não... — eu me interrompo, tentando manter a calma. — Você é linda, e é difícil ouvir você ficar se insultando.

— E daí que quero correr mais? — Ela dá uma risada, mas é frágil. — Eu me sinto melhor quando estou magra.

— É isso que estou dizendo. — Suspiro. — Quero que você se sinta incrível independente do tamanho da sua roupa. Você é tantas coisas, mãe. Engraçada, inteligente e uma mãe incrível, e nenhuma delas tem a ver com o seu peso. Não tem problema querer ser magra, mas você ainda é linda e fantástica se não for.

Ela fica em silêncio, e supero toda a relutância, chegando às minhas partes mais vulneráveis.

— Eu te amo — digo. — E quero que também se ame tanto quanto eu te amo. Quero que faça uma aula de dança e sinta a mesma alegria que sentia...

— Aula de dança? — O tom dela é estranho e tenso, e meu estômago se embrulha.

— Tem um estúdio de dança em Evergreen. — A cidade vizinha de Silver Falls. — Eles dão aulas para adultos quinta à noite.

Ela ri, me deixando arrasada.

— Para eu usar um collant e todo mundo ficar me olhando?

Minha expressão fica desolada.

— As pessoas usam roupas de academia normais. Fazem exercícios de barra com música pop. — Minha voz fica mais baixa porque sei que não está funcionando.

— Você vive falando: nosso corpo, nossas regras. — O tom dela é cortante. — Então me deixa decidir o que quero para mim.

Fecho a boca com força, e um silêncio se estende entre nós.

— Preciso ir — ela diz.

— Certo. — Angústia fria cobre meu estômago. — Tchau. Te amo.

— Também te amo. Tchau.

A ligação termina, e fico sentada, olhando para o nada. Falhei com ela. De novo.

— Ei.

Eu me sobressalto ao encontrar Rory diante de mim vestindo a camiseta do Storm e patins. Minha tensão se alivia.

— Oi.

Ele aponta o queixo para o celular na minha mão.

— Tudo bem aí?

Como não respondo de cara, ele se senta ao meu lado, o braço indo para o redor dos meus ombros, e me puxa na direção dele. Apoio o corpo no dele.

— Era minha mãe.

— É? — Ele olha para os meus olhos com preocupação.

— Tivemos outra briga.

— Sinto muito, Hartley. — Ele solta um suspiro pesado com uma expressão inconsolável, como se minha dor fosse a dele e, embora eu esteja abalada pela ligação e não saiba que merda de lance é esse com Rory hoje em dia, a expressão em seus olhos faz meu coração saltar no peito.

Ele me dá um beijo muito terno e carinhoso, e todas as questões com minha mãe desaparecem em segundo plano. O cheiro fresco dele me envolve, e sorrio em sua boca.

— Você sempre me faz me sentir melhor — sussurro.

— Que bom. — Ele sorri, e me apaixono um pouco mais por ele.

A mensagem de antes volta a meus pensamentos.

— Uma aluna me mandou isto. — Abro o link e dou o celular para ele, observando enquanto ele desliza a tela.

— É ainda mais legal do que o estúdio que te mandei.

— E mais caro também.

— E tem uma localização melhor. Perto do seu apartamento *e* do meu.

Meu estômago dá uma cambalhota lenta. Não deveria importar que o apartamento de Rory seja perto desse espaço (eu nem visitei o lugar ainda), mas, no fundo, importa. Adoro que ele pense sobre essas coisas, mesmo que eu não esteja pronta para pensar.

— Não sei. — Franzo a testa.

— Tudo bem. — Ele me devolve o celular, e o olhar em seu rosto é firme e encorajador. — A minha opinião é que você deveria dar uma olhada. Sabe, sem compromisso, só dar uma visitada. — Ele me cutuca, erguendo a boca. — Posso ir com você.

Já consigo até nos imaginar vendo o espaço juntos, e essa imagem torna a possibilidade muito menos assustadora.

— Vou pensar.

— Ótimo. — Olha de relance para onde crianças, pais e jogadores entram no rinque. — Pronta para mostrar para eles o que você aprendeu, Hartley?

Aceno e sorrio.

— Pode apostar.

Ele aperta a língua na bochecha, escondendo um sorriso. É o sorriso dele de *aprontei alguma coisa*.

— Que cara é essa? — pergunto, erguendo as sobrancelhas.

— Pendurei aquela coisa de teia de aranha na baia do vestiário de McKinnon.

Solto uma gargalhada tão alta que as pessoas olham antes de eu tapar a boca com a mão.

— Estou surpresa que você tenha conseguido pendurar. — Ele rasgou o negócio todo.

Os olhos de Rory brilham de malandragem e me balanço de rir enquanto ele amarra os cadarços dos meus patins e, quando se levanta e estende a mão para mim, eu a pego sem hesitar.

51

HAZEL

Meia hora depois, estou patinando com uma criança em cada mão, enquanto Rory patina de costas à nossa frente. Do outro lado do rinque, Jamie ensina as crianças a defender usando uma bolinha de plástico enquanto Pippa tira fotos. Alguém ligou a música, e as crianças, os pais e os jogadores parecem estar todos se divertindo.

— Por acaso estão tentando roubar minha namorada? — pergunta Rory para as crianças que estão segurando minhas mãos, e elas riem baixinho.

Ele abre aquele sorriso que diz "*Hazel é fofa*". Minha pele formiga de alegria.

As crianças querem patinar com Rory, então me dirijo às muretas e fico olhando com um sorriso quando ele as instrui a segurarem seu bastão de hóquei enquanto ele as puxa pelo gelo. Ele é insuportavelmente fofo, rindo e pegando no pé delas, irradiando luz.

Rory daria um ótimo pai. Não seria nada parecido com o próprio pai. Há um calor em meu peito com a ideia de filhos que se parecessem com Rory, encrenqueirinhos de coração de ouro e olhinhos brilhantes. A imagem de Rory correndo atrás deles pela nossa casa, brincando com eles, me enche de afeto.

Nossa casa? Ai, meu Deus. Essas crianças agora são *nossos* filhos?

Nunca pensei muito em ter filhos. Sempre me pareceu uma ideia muito abstrata e, pela maneira como normalmente saio com as pessoas, não me parecia algo ao meu alcance.

Meu peito volta a se apertar. Eu não deveria estar pensando em Rory como pai. Parece perigoso.

Alguém chama a minha atenção, e tento não fazer uma careta. Connor está do outro lado do gelo com os pais enquanto a mulher que ele trouxe observa. Ela tem o cabelo loiro cacheado, um sorriso brilhante e o nome dele atrás da camiseta. Uma criança faz uma pergunta para ela, que se abaixa com um sorriso meigo.

Ela parece legal. Fico me perguntando se ela sabe que Connor é horrível.

Sinos começam a tocar, e as crianças enchem a entrada, onde Alexei aparece usando uma fantasia de Natal. Hayden, vestido de elfo, está logo atrás dele. As crianças vão à loucura quando Hayden tira presentes do grande saco vermelho de Alexei.

Darcy se aproxima com um sorriso tímido, e me alegro de surpresa quando ela se apoia na mureta ao meu lado, me dando um abraço rápido.

— Que bom ver você — digo. — Não sabia que estava na cidade. Kit também está aqui? — Às vezes, jogadores de outros times vêm para esses eventos.

— Ali. — Ela aponta para ele, vestido de rena, ajudando Hayden e Alexei.

— É batom na ponta do nariz dele?

Ela ri.

— A gente teve que improvisar de última hora. Hayden nunca avisa pra gente quando tem essas ideias.

— Vai passar o Natal aqui? — Lembro de Hayden ter comentado que Darcy é de Vancouver, como ele.

— Vou. A gente jogou contra o Seattle ontem à noite, então Kit vai passar essa noite aqui para ver minha família antes de voar para Ontário para passar as festas de fim de ano. — Seattle fica a duas horas de carro de Vancouver. — Acho que eu e Hayden vamos passar a maior parte das férias jogando *Legend of Zelda* como na época da universidade. — Ela sorri. — A gente jogava por horas. Kit escondia os controles para a gente conseguir estudar. Estou ansiosa para passar um tempo com ele. A gente não costuma ver muito ele durante a temporada.

Volto a pensar que Rory vai comigo para o Natal e fico contente por tê-lo convidado. Nunca que eu o deixaria ficar aqui sozinho.

— Você e Kit estão juntos desde a universidade, né?

— Desde a primeira semana. Parece uma vida. — Ela fica olhando para os jogadores no gelo. — Mas às vezes também parece que a gente se conheceu ontem.

Ela os acompanha com os olhos enquanto patinam. Hayden sorri para ela, acenando, e ela acena em resposta com um sorriso radiante.

Eu a examino por um momento. Nunca a vi sem Hayden e Kit por perto, mas acho que ela deve ser tímida. Há algo na simpatia contagiante de Hayden que deixa as pessoas à vontade, e penso que conviver com ele deve deixá-la menos reservada.

— Você e Hayden já ficaram? — pergunto, feito a fofoqueira que sou.

Ela arregala os olhos.

— Ai, meu Deus. Não. *Não.* — Ela ri. — O tipo dele são mais supermodelos altas e de cabelo escuro, e eu sou só a mulher que terminou uma graduação em matemática. — Ela ri de novo, revirando os olhos para si mesma, antes de hesitar, uma ruguinha minúscula se formando entre as sobrancelhas. — Pensei que ele me chamaria para sair na primeira semana de aula, mas... — Balança a cabeça consigo mesmo. — Enfim, é como eu disse. — Ela aponta para o próprio corpo delicado com uma risada autodepreciativa. — Não faço o tipo dele. Homens como Kit são mais a minha praia.

Ergo as sobrancelhas porque *não* foi isso que perguntei e, agora, estou curiosa de verdade, mas ela se controla.

— E amo Kit. — Ela volta os olhos para ele. — É difícil ter uma vida que gira em torno da dele? Claro. Às vezes fica parecendo que a gente está só dividindo o mesmo apartamento? Sim. Mas a gente se conhece muito bem e... — Ela pestaneja. — Não consigo me imaginar sem ele.

Aquelas palavras me parecem estranhas, como se ela estivesse pisando em ovos em torno do que realmente quer dizer.

— Acho que é o que acontece quando se está com alguém há sete anos. Está tudo bem. — A expressão dela fica tensa como se estivesse constrangida. — Estou divagando. Fala alguma coisa aí, por favor, para não ficar esquisito.

Começo a rir porque, mesmo que eu tenha ficado um pouco preocupada com o que ela acabou de dizer, Darcy é uma graça.

— Sobre o que você quer falar?

— Você e Rory — responde ela, incisiva. — Quero saber todos os detalhes sórdidos. — Rio ainda mais quando ela arregala os olhos de entusiasmo. — Sério. Quero saber todas as coisas proibidas para menores. Minha vida é chata, Hazel. Prefiro viver a sua indiretamente.

— Bom... — Rio baixinho, pensando em quando cavalguei na mão de Rory ontem à noite. Definitivamente não posso contar isso para ela, embora tenha certeza de que ela adoraria saber. — É bem divertido. Ele é diferente do que eu esperava.

— Ele te olha como se você fosse uma sobremesa que ele está prestes a devorar.

Minha cara arde.

— Aproveita — ela diz, sorrindo. — Essa é a parte divertida, quando vocês ainda não cansaram um do outro.

Penso no fim dessa frase, e meu coração se aperta com a ideia dos olhos de Rory passarem por mim com desinteresse. As provocações dele costumavam me irritar, mas agora eu sentiria falta delas.

Uma nuvem imensa de vermelho e verde freia com tudo à nossa frente, espirrando gelo nas muretas.

— Ai, meu Deus. Vem cá. — Darcy ergue a mão e passa o polegar no queixo de Hayden. A cabeça dela chega ao ombro dele. — Você está todo cheio de glitter. Como conseguiu ficar assim?

Ele se abaixa obedientemente para ela limpar a barba dele.

— Pippa colocou em mim. — Ele abre um sorriso galanteador. — Não sou o elfo mais bonito que você já viu?

Ela está corando.

— Você é o maior com certeza. O trenó ficaria sobrecarregado.

Hayden estufa o peito.

— Vou tomar isso como um elogio.

Eles sorriem um para o outro, mas há algo mais nos olhos de Hayden enquanto ele olha para Darcy. Seu olhar pousa nela, cheio do mesmo desejo afável e caloroso que vejo nos olhos de Rory quando ele olha para mim.

Kit chega ao lado de Darcy.

— Vocês estão com uma cara de que vão aprontar.

Ele coloca o braço em volta da cintura dela, e Hayden baixa os olhos antes de desviar o olhar.

— Só o de sempre. — Darcy sorri para Kit, cutucando o ombro dele. — Você estava se divertindo lá, hein?

— Estava, sim. — Ele acaricia a nuca dela, abrindo um sorriso comedido. — Não vejo a hora.

— De ensinar crianças a patinar? — pergunta Darcy, rindo baixinho.

— Não. — Ele faz uma expressão reservada e incisiva para ela. — De ter filhos. Vários. Sair para patinar com eles e tal.

Ela fecha o rosto como se essa fosse a última coisa que esperava que ele fosse dizer.

Hayden ri, mas parece forçado.

— Queimando um pouco a largada, hein, parceiro?

— Pois é. — Darcy dá sua própria risada sem graça. — Você foi bem longe nessa, Kit.

— Sei não — responde ele, dando de ombros. — Nem tão distante assim.

Os traços dela ficam tensos, os olhos cintilando de nervosismo e apreensão, e Hayden alterna o olhar entre os dois como se tivesse visto um fantasma. Não há vestígio do sorriso anterior em seu rosto jovial.

— Claro que a gente se casaria primeiro — acrescenta Kit.

Darcy pisca como se não soubesse o que dizer e, quando Connor e a amiga dele se aproximam de patins, ela parece aliviada.

Connor cumprimenta todos antes de erguer as sobrancelhas para mim.

— Hazel. — Perpassa minha camiseta com os olhos, uma faísca de descontentamento. — Chegou a conhecer minha namorada, Sam?

Darcy, Hayden e Kit devem sentir a energia estranha porque murmuram uma desculpa sobre ajudar Ward com alguma coisa e saem.

Uma risada colide contra minhas cordas vocais, mas a contenho. Sam está sorrindo para mim de uma forma que me diz que ela é adorável e gentil, e não quero ser mal-educada.

Vi isso aqui e fiquei pensando que você ficaria gostosa vestindo. Era o que o cartão dizia. Ele mandou aquela lingerie nojenta provavelmente quando já estava namorando.

Asqueroso. Ele é asqueroso. Mas essa situação não é culpa dela.

— Oi, Sam — digo, com um sorriso cordial, apertando a mão dela. — Meu nome é Hazel. Muito prazer.

— O prazer é meu. — Ela sorri para mim, e sinto meu estômago azedar. Por que ela está com ele? Será que não enxerga quem ele é de verdade?

Mas eu não enxergava, então como posso culpá-la por não ver também?

— Você mora em Vancouver? — pergunto, e a expressão de Connor fica um pouco mais sinistra.

Ele não gosta que eu seja simpática com a namorada nova dele, mas o ignoro. Enquanto conversamos, Connor pigarreia e coloca o braço ao redor dos ombros dela, olhando para mim, mas apenas sorrio para os dois.

Esse babaca está tentando me deixar com ciúme, mas, em vez disso, sinto vontade de rir.

Depois de alguns minutos de conversa agradável, ele abre um sorriso tenso para ela.

— Quer voltar a patinar, gostosa?

Ela acena e sorri para ele e, sem nem olhar para mim, ele a puxa para longe. Ela dá tchauzinho por sobre o ombro.

Aceno atrás deles, cansada de todos esses joguinhos. Quando penso no que Connor fez, não sinto mais raiva. Quero seguir em frente.

Rory para ao meu lado, observando Connor e Sam.

— Que porra foi aquela?

— Ele trouxe uma menina. Ela é bem simpática. — Coloco a mão na dele, que baixa os olhos para mim, a expressão relaxando. — Não ligo para eles — digo, abrindo um sorriso suave.

Lembranças da noite passada voltam à minha cabeça, eu sentada no colo de Rory enquanto os dedos dele se curvavam dentro de mim com aquela expressão turva e intensa. Arqueio as sobrancelhas enquanto lanço um olhar despretensioso e sedutor.

O olhar de Rory se aguça, e ele ergue as sobrancelhas com interesse.

— Quer comer alguma coisa hoje à noite? — pergunto com leveza, ainda sorrindo.

— Você — ele diz, e solto uma gargalhada.

— Ótimo. — Finalmente.

Um bando de crianças chega perto de nós, interrompendo.

— Pode ensinar a gente a patinar de costas? — um deles pergunta para Rory.

Rory se abaixa, apoiando as mãos nos joelhos.

— Claro que posso. — Ele olha para a menininha ao lado do menino. — Você também quer aprender?

Ela aponta o dedinho para mim.

— Quero que ela me ensine.

Rory faz uma careta.

— Ela não é muito boa.

Meu queixo cai e dou risada.

— Não sou muito boa? É só porque tive um professor muito ruim.

Ele sorri.

— Ele não para de tentar pegar na minha mão — digo para as crianças, franzindo o nariz.

— Eca — o menino diz, e a menina ri baixinho.

Eu e Rory sorrimos um para o outro, os olhos dele transbordando leveza e afeto.

— Que tal uma pequena competição, Miller?

Cinco minutos depois, os cones laranja estão colocados no gelo e jogadores e pais fazem fila atrás de nós para revezar na corrida de obstáculos. Rory e seu parceiro, um menino de óculos e uma janelinha adorável entre os dois dentes da frente, terminam com uma salva de palmas.

Sorrio para a menininha que aperta minha mão.

— Pronta?

Depois do aceno entusiasmado dela, decidimos começar, patinando apenas na velocidade em que ela consegue enquanto todos torcem por nós. Olho para Rory e mostro a língua para ele, e as crianças riem. Estamos rodeando os cones, e ela está um pouco vacilante, então patino de costas, segurando as mãos dela como Rory fez comigo na primeira vez.

— Olha esse gingado, Hartley — grita Rory. — Você deve ter tido um professor incrível.

Dou risada, mas, quando sorrio em resposta para ele, um dos meus patins esbarra em algo. Um dos cones. Prendo a respiração abruptamente, cambaleando e soltando as mãos da menina enquanto meu patim escorrega de novo.

Desabo no gelo, perdendo o ar, e uma dor incandescente irradia pelo meu tornozelo.

52

RORY

As pessoas voam para cima de Hazel, cercando-a.

— Abram espaço! — Minha voz ressoa pela arena enquanto patino em velocidade máxima. As pessoas dão espaço para ela, mas ainda não está bom. — Abram espaço, porra!

— Cara, tem crianças aqui — Owens murmura para mim.

Não estou nem aí. Sinto o coração bater nos ouvidos enquanto me agacho ao lado de Hazel, olhando para ela, passando as mãos sobre seus braços e pernas.

Sem sangue. O tornozelo dela ainda está no lugar. Não parece ter quebrado nada.

— Rory, está tudo bem — responde ela, mas está com uma careta. Hazel está com dor, fazendo careta, e a culpa é minha.

Eu disse que não a deixaria cair. Medo se infiltra em meu sangue, fazendo meu peito doer.

— Ela precisa de uma maca. — Minha voz está diferente. Tensa, aguda e alta.

Hazel coloca a mão no meu ombro, e consigo sentir que meus olhos estão desvairados. Ela abre um sorriso que me passa tranquilidade.

— Rory, não preciso de maca — afirma ela, a voz suave. — Estou bem. Só escorreguei.

Pego a mão dela, a que usou para apaziguar a queda, e a inspeciono. A palma está vermelha. Deslizo os dedos sobre os ossos delicados de seu punho, mas não parece estar nada fora do lugar. Inchado, mas não quebrado.

— Pronto. — O socorrista se agacha ao nosso lado. — Onde dói?

— Estou bem... — ela começa.

— O tornozelo e o punho — respondo. — E provavelmente o cóccix. A gente precisa ir para o hospital.

Ela desabou com tanta força no gelo que ouvi o barulho dos dentes dela. Minha mente continua repassando como os olhos de Hazel se arregalaram enquanto ela caía, como seus lábios se entreabriram de medo, e meu peito se aperta de novo.

— Ela pode ter sofrido uma concussão — acrescento.

Não deixo de notar o olhar que ela troca com o socorrista.

— Não sofri concussão nenhuma — diz ela — e definitivamente não preciso ir para o hospital.

— Precisa, sim. Você pode ter fraturado alguma coisa.

Hazel se machucou, e a culpa é minha.

Consigo me ouvir, consigo notar como minha voz está maluca e aflita, mas agora tudo que quero é que Hazel se sinta melhor. Garantir que esteja bem. Instintos protetores disparam por mim.

Merda.

Atrás de nós, crianças, pais e jogadores me veem perder a cabeça. Ward encontra meus olhos e arqueia uma sobrancelha.

Olho para Volkov, que está esperando por perto.

— Liga para a dra. Greene.

Ele faz uma careta. Georgia Greene é uma das médicas do time, e Volkov não a suporta, mas estou cagando para isso agora.

— Liga para ela — grito, e ele fecha a cara, mas pega o celular.

— Consegue se levantar? — o médico pergunta a Hazel.

— Não, ela não consegue. — Já estou pegando Hazel no colo com cuidado, apertando sua coxa contra o meu corpo enquanto patino devagar na direção do banco. Meu cérebro travou nesse instinto de homem das cavernas: fazê-la se sentir melhor, deixá-la em segurança, deixá-la quentinha e fazer com que fique confortável. Tirar a dor que está sentindo.

— Rory. — Ela alisa meu peito com a mão que não está machucada em círculos relaxantes.

Ela é tudo para mim, e deixei que caísse. Ranjo os dentes.

— Quero que a dra. Greene dê uma olhada em você. — Pela expressão exasperada de Hazel, olho feio para ela. — Sem discussão.

Hazel suspira enquanto saio do gelo e sigo para a enfermaria.

53

HAZEL

No fim da tarde, Rory me carrega pela porta do Flamingo Imundo, e todos celebram.

— Vocês vieram. — Pippa sorri, e Streicher ergue uma sobrancelha enquanto Rory me coloca com delicadeza na cadeira ao lado da de minha irmã. Kit, Darcy, Hayden e Alexei dão oi, espremidos na mesa.

É a última vez que todos vão se ver antes das férias de fim de ano, e a maioria dos jogadores e suas namoradas estão aqui, conversando e rindo, enchendo o bar. Jordan pendurou luzinhas de Natal numa pequena árvore no canto dos fundos, e enfeites tradicionais baratos e cintilantes sobre as molduras e fotos.

— Vamos ficar só uma hora — Rory murmura antes de se agachar para examinar meu tornozelo enfaixado. — Depois vou levar você para casa para repousar.

Eu o observo conferir a tala. Também fez isso quando Georgia, a médica, deu uma olhada, e exigiu que ela buscasse uma segunda opinião para ter certeza de que era apenas uma entorse. Rory passou as duas últimas horas com a cara fechada de preocupação e, por mais fofa que seja, sei que ele acha que é culpa dele.

Pouso a mão em seu ombro e dou um aperto.

— Por que não se senta aqui em cima comigo?

Ele ergue os olhos para mim com hesitação, e contenho um sorriso porque, por um momento, parece que Rory realmente preferiria se sentar no chão ao lado do meu tornozelo, protegendo-o, mas se levanta e, depois de pegar uma bolsa de gelo com Jordan e a colocar sobre meu tornozelo erguido, finalmente se senta ao meu lado.

Sinto um frio na barriga quando ele coloca um braço ao redor da minha cintura, me puxando para perto.

— Por que está agindo assim? — pergunto baixo, o olhar pousando na mecha de cabelo que caiu em seus olhos.

Estão cheios de preocupação.

— Eu disse que não deixaria você cair.

— Não é culpa sua. Não culpo você. Foi só um acidente.

— Odeio ver você machucada. — Ele engole em seco e franze a testa para meu punho enfaixado. Dói, mas mal dá para notar comparado com o que sua expressão angustiada faz comigo.

— Estou bem, juro. — Balanço os dedos para mostrar para ele. — Você conseguiu se divertir hoje?

— Tirando a hora que você me tirou uma década de vida?

Dou uma risada, e ele finalmente entreabre um sorriso provocador. Sinto um friozinho na barriga com a imagem.

— Sim, consegui. — Ele pisca, a boca ainda curvada para cima com relutância. — Obrigado por vir.

Lanço um olhar caloroso para ele. Atrás de Jamie e Pippa, avisto Connor na outra mesa, sentado com alguns jogadores, mas a menina com quem ele estava hoje, Sam, não está mais com ele. Nossos olhares se cruzam, e os olhos dele estão vermelhos e desfocados enquanto vira o resto da cerveja.

Algo se encolhe dentro de mim. Ele está bêbado. Algumas pessoas ficam engraçadas, fofas e bobinhas quando estão bêbadas, mas Connor não. Pelo que me lembro, ele fica infantil e controlador.

Deixo de lado os pensamentos sobre Connor. Não ligo pra ele.

— Foi uma graça ver você com as crianças — comento com Rory, voltando a me concentrar nele. — Você leva jeito.

Ele faz um barulho, pensativo.

— Se eu não fosse jogador de hóquei — diz, encolhendo os ombros com um sorriso que eu poderia chamar de tímido —, acho que eu seria professor de educação física. É divertido ensinar crianças a patinar e brincar com elas. — Ele volta os olhos para mim, com ironia, mas há algo vulnerável e honesto por trás do seu olhar. — Você gostaria de mim mesmo que eu fosse professor de educação física?

Meu coração se parte ao meio.

— Claro. — Abro um sorriso indiferente. — Você ficaria ótimo de shortinho.

— Tenho pernas lindas, né?

Sorrimos um para o outro, e seus olhos estão brilhantes sob as luzes de Natal do bar. Ele está finalmente começando a relaxar e voltar ao normal.

— Mas gostaria, sim — acrescento baixo. — Se você fosse um professor de educação física, digo.

A expressão de Rory fica mais leve enquanto ele vasculha meus olhos.

— Você é um bom partido. E seria mesmo se não jogasse hóquei.

Rory Miller é muito mais do que um jogador de hóquei, mas não sei como dizer isso sem revelar tudo para ele.

Ele respira fundo como se tivesse a intenção de falar alguma coisa, mas, em vez disso, engole em seco e apenas abre um sorriso. Não sei como categorizar esse; é doce, carinhoso e tristonho. Ele fica lindo quando me mostra esse sorriso.

Rory leva a boca à minha orelha antes de me dar uma mordiscada de leve no lóbulo, e prendo a respiração.

— Adoro quando você infla meu ego assim, Hartley.

Sinto um friozinho na barriga.

— Como se você precisasse.

Ele dá um beijo na minha têmpora, me aquecendo com outra risada silenciosa.

— De você? Preciso, sim. — A voz dele fica baixa e líquida, e me dá mais um friozinho na barriga.

— Quem sabe mais tarde você não me mostra em que mais você é bom além de hóquei?

Os olhos dele se acendem, mas ele balança a cabeça.

— Hoje não vai rolar.

Fico boquiaberta.

— Por que não?

— Porque você precisa repousar.

Devolvo o olhar dele, um sentimento de afronta crescendo em meus olhos enquanto minha boca se abre num sorriso safado.

— Veremos. — Levo os lábios ao seu ouvido, baixando a voz. — Tem algumas peças que você mandou que ainda não viu.

Ele desce os olhos à minha boca, mais intensos, mas desvia o olhar, respirando fundo como se estivesse tentando bloquear pensamentos obscenos sobre o que fizemos ontem à noite.

— Hartley — grunhe ele. — Por favor, não me deixa duro em público.

Rio baixinho, voltando a me concentrar na conversa da mesa.

— A gente pega o avião amanhã à noite — Pippa diz a Hayden, apontando para mim, Jamie e Rory. — Mas — seus olhos pairam em mim enquanto ela morde o lábio inferior — acho que você não devia mais ir.

— Como assim? — Meu queixo cai de indignação. — Não vou perder o Natal.

— Pippa está certa — diz Rory num tom firme e pragmático, aquela preocupação dolorosa de volta em seu olhar. — Vai ter neve em Silver Falls, e não quero que você escorregue de muletas.

Decepção me atravessa em ondas. Nunca perdi o Natal com a família, e todas aquelas imagens que fantasiei incluindo Rory? Lá se vão.

Ele aperta os dedos em minha cintura.

— Vou ficar na sua casa e cuidar de você.

Meu coração se alegra, sem saber o que dizer enquanto olho no fundo de seus lindos olhos azuis.

— Não seja teimosa, Hartley — acrescenta ele, olhando para mim como se torcesse para eu aceitar.

— Tá, tudo bem — concordo, soltando uma expiração nervosa. Ele vai *ficar comigo*. Não apenas dormir na minha cama. Isso está ficando mais real a cada dia. — Eu adoraria.

Ele abre outro sorriso, mais suave desta vez, e me dá um beijo carinhoso.

— Ótimo — sussurra em minha boca. — Vou obrigar você a repousar, Hartley, nem que tenha que amarrar você à cama.

Minhas sobrancelhas se erguem, e sorrio contra sua boca e, considerando a risada bufada que ele solta, está gostando da ideia tanto quanto eu.

Depois de convencer Rory de que ele não precisava me carregar até o banheiro, estou atravessando o bar lotado para voltar à mesa.

Esbarro em alguém, e uma onda de bafo quente de cerveja me acerta no rosto.

— E aí.

Eu me encolho sob o olhar turvo de Connor. Ele cambaleia com uma careta desfocada.

— E aí. — Meu tom, minha expressão e minha linguagem corporal dizem *sai daqui*.

— Recebeu o que te mandei? Nem me agradeceu.

Uma sensação repulsiva arrepia minha pele.

— Não me manda mais esse tipo de coisa.

À mesa, Rory observa, tenso e em alerta.

— Não é legal — acrescento. — Mesmo se eu não estivesse namorando Rory, não seria legal. A gente trabalha junto. — Lanço um olhar de *dã* para ele. — Precisa ser profissional, lembra?

Começo a passar reto por ele de muletas, mas Connor suspira e coloca uma mão no balcão ao meu lado, bloqueando o caminho que me levaria à mesa.

— Vi o jeito como estava me olhando hoje — diz ele com a voz enrolada.

Náusea e desconforto se reviram dentro de mim. O hálito quente e úmido de cerveja dele resvala por minha pele de novo, e olho para Rory, que se levanta. Connor dá um passo vacilante, sorrindo para mim, e dou um passo para trás com as muletas, mas sou atingida pelo balcão. Há uma cadeira atrás de mim, o que me deixa encurralada.

Fico alarmada, e meus pulmões se apertam. Rory vem na nossa direção, tentando rodear as pessoas, mas o bar está lotado e barulhento.

— Eu não estava...

— Você estava com ciúme — Connor continua como se não me escutasse, ainda me abrindo aquele sorrisinho estranho. — Está tudo bem. É o joguinho que estamos jogando aqui. — Ele soluça.

— Eu não estava com ciúme. — Minha voz sai cortante. Estou apertando as muletas com mais força do que o necessário, as unhas cravadas na espuma. — Não dou a mínima se você namora. — Gesticulo com a muleta para ele sair da minha frente. — Dá licença.

Ele chega mais perto e me encolho, mas não tenho para onde ir.

Estou encurralada contra o balcão. Meu coração dispara, e sinto ele à toda em meus ouvidos. Procuro por Rory, mas Connor bloqueia a visão, colocando-se bem na minha frente, a boca na minha...

Um som horrorizado de revolta escapa de mim e me encolho, todas as células do meu corpo se retraindo. O bar explode em comoção: barulho, movimento e energia. Por instinto, ergo uma muleta e bato no tornozelo dele. Acerto o osso e sinto o impacto subir pela extensão da muleta.

— Não *encosta* em mim, porra — digo entre dentes enquanto Rory tira Connor de cima de mim com uma expressão assassina.

— Puta que *pariu.* — Connor silva de dor enquanto Jamie e Hayden o puxam para trás. — Ela me bateu.

— Tira esse filho da puta de perto dela — Rory grita, vasculhando meus olhos com um olhar frenético. O peito dele está subindo e descendo rapidamente, e um músculo em seu maxilar se contrai. — Você está bem, gatinha? — Leva as mãos ao meu maxilar, erguendo-o enquanto faço que sim.

— Ele me beijou — digo, quase comigo mesma, e consigo sentir meu rosto se contrair de repulsa enquanto relembro o cheiro nojento de cerveja, o toque de seus lábios apertando os meus. Engulo em seco, o pulso ainda acelerado. Atrás de Rory, Connor tenta se desvencilhar de Hayden, que o segura firme. Pela primeira vez, Hayden não está sorrindo. Está com a mesma expressão furiosa e dura de Jamie.

— Eu sei. — A voz de Rory é cortante como uma faca, mas o olhar dele continua fixo no meu. — Vou matar aquele filho da puta.

54

RORY

Uma raiva protetora me queima por dentro.

Não deveríamos ter vindo. Deveríamos ter ido direto para a casa de Hazel para eu poder colocá-la na cama e mantê-la segura.

Observo o rubor de irritação que colore suas bochechas e a maneira como as narinas dela estão largas, e o impulso de protegê-la dispara por mim como uma bala.

Era para eu evitar esse tipo de coisas. Essa era a intenção do nosso acordo.

— Estou bem — ela diz. Engole em seco de novo. — Tô puta da vida, mas bem.

Todos no bar estão ou encarando a gente, enquanto a ajudo a se sentar, ou encarando McKinnon, que ainda está tentando se desvencilhar de Owens e Streicher, que o seguram feito sentinelas. Eles estão quase tão furiosos quanto eu e, sob a raiva ciumenta, sinto uma pulsação de gratidão. Mesmo que eu não estivesse aqui, eles defenderiam Hazel. Sabem o que ela significa para mim, mesmo que nunca tenha dito explicitamente para eles, e se preocupam com ela.

Quando ela já está sentada, dou um beijo no topo da cabeça dela.

— Pode ficar aqui um minuto?

Ela faz que sim, e dou outro beijo nela antes de me endireitar e me dirigir a McKinnon.

— Errou feio, McKinnon — digo, enquanto me aproximo, balançando a cabeça, me sentindo louco e descontrolado.

Ele magoou Hazel. *Minha* Hazel. Pensou que poderia conseguir o que quisesse dela. Mandou *lingerie* para ela.

Mas isso acaba agora.

Ele balança a cabeça com um sorriso idiota que me faz querer quebrar todos os ossos do seu corpo.

— Ela te deixou *de quatro*.

— Cala a boca, porra — rosna Streicher. — Ela é sua fisioterapeuta, e ele é seu capitão.

McKinnon arrota. Ele está bêbado pra caralho.

— Foda-se.

Pego McKinnon pela camiseta, erguendo-o para olhar nos olhos dele. Todos no bar estão em silêncio, ouvindo e assistindo enquanto uma música de Natal toca dissonante ao fundo.

— Você nunca mais vai encostar nela, caralho — digo, com uma calma fria, a voz letal enquanto meu pulso acelera. — Nem chegar perto dela. Nem *olhar* para ela. Você é um ninguém para a gente. Essas saídas que a gente dá? — Faço sinal para o bar. — Nem pense mais em aparecer. Vai ficar fazendo esse tipo de merda? Então não vai mais fazer parte do time.

Ele está ofegante, uma expressão extremamente feia e rancorosa no rosto.

— Não posso te expulsar do time, mas pode ter certeza que vou garantir que nunca mais incomode Hartley — continuo. — Troca de físio ou eu vou fazer você trocar.

Um silêncio se estende entre nós e, nos olhos de McKinnon, vejo uma ficha cair. Derrota, talvez.

— Deu para entender? — Dou um empurrão nele, que cambaleia.

— Vai se foder — ele grita.

Meu sangue ferve, crepitando de energia. Todos os instintos masculinos primitivos em mim querem bater nele.

Mas ele está bêbado, e a briga não seria justa. *Capitão*, avisa Streicher. Estou tentando ser o cara que Ward quer e não posso bater em alguém que mal consegue ficar em pé. Hazel fica olhando com uma cara de preocupação, e isso põe minha cabeça no lugar.

— Vai pra casa — digo com aquela mesma voz calma e mortal antes de soltá-lo. Streicher e Owens o escoltam para fora do bar, mas já estou ao lado de Hazel, inclinado sobre ela.

— Rory, o que você está... — ela solta um gritinho de surpresa enquanto a puxo para meu colo, com cuidado para não esbarrar no tornozelo dela.

Estou com uma mão ao redor de Hartley, segurando-a com firmeza, e Volkov coloca as muletas na minha mão livre.

— Vou levar você para casa, e nem pense em reclamar — digo a Hazel.

Preciso tirá-la desse lugar. Meu sangue está latejando pela necessidade de levar Hazel para casa, mantê-la segura e ficar com ela só para mim.

Ela não diz uma palavra, e os olhos de Pippa estão arregalados enquanto ela nos observa. Até as sobrancelhas de Jordan estão erguidas.

— Ótimas férias, pessoal, e bom trabalho hoje — anuncio para o bar silencioso, carregando Hazel para fora do bar. — E feliz Natal.

55

HAZEL

Acordo na manhã da véspera de Natal com Rory ajeitando um travesseiro embaixo do meu tornozelo com delicadeza, elevando-o enquanto durmo. Abro um olho e o vejo, sob a luz forte da manhã, andar até a cozinha, admirando suas costas musculosas e seus ombros largos enquanto vasculha os armários, tirando o café. A bunda dele fica uma delícia naquela boxer preta justa.

É gostoso vê-lo andar pela minha cozinha como se se sentisse em casa aqui. No meio da noite, acordei e estendi a mão na direção dele, que estava bem ali, me abraçando, quente, sólido e firme.

Ele dá uma olhada de relance para mim e logo depois volta a olhar, dessa vez concentrando-se em mim.

— Oi, Hartley. — Ele se aproxima, e deixo meu olhar vagar por seu corpo, contando todos os gominhos e músculos conquistados a duras penas.

Sinto uma pontada entre as pernas quando penso no que ele fez na outra noite e em como me fez gozar tanto. Meu olhar volta a subir para o dele, mas Rory está franzindo a testa, a preocupação ali presente enquanto me examina.

A cama se afunda quando ele se senta ao meu lado, pegando meu punho para conferir o inchaço.

— Como está se sentindo hoje?

— Melhor. — Testo meu tornozelo, flexionando-o e alongando-o o máximo possível. Sinto uma onda forte de dor ao atingir o limite de movimento, e os olhos de Rory se arregalam quando inspiro fundo. — Tá tudo bem — eu o tranquilizo. — Não vou me apoiar nele hoje. Você pode me servir na boquinha se quiser.

Ele faz um barulho que lembra um grunhido, e tremo de rir.

— Não tem graça, Hartley. — Ele engole em seco e me observa com receio. — Acha que algum dia vai querer voltar a patinar?

— Claro. Depois de todo o tempo que você dedicou a me ensinar? — Coloco a mão na dele. — Além disso, é o nosso lance.

Ele ergue uma sobrancelha, abrindo um sorriso.

— Nosso lance?

Meu coração dá um salto e faço que sim, retribuindo o sorriso dele.

— E ver você ter um surto foi até que fofo. Você mandou umas seis crianças irem tomar no cu.

Ele ri, se encolhendo.

— Fiz isso mesmo, né?

— Uhum. — Nossa, ele é tão lindo assim, sem camisa e com o cabelo todo desgrenhado. — Toma cuidado, viu, Miller. As pessoas vão começar a achar que você gosta de mim de verdade.

Ele volta o olhar para o meu e curva a boca como se fosse contar um segredo.

— Mas eu gosto de você de verdade.

Há um zumbido urgente e insistente em meu peito, mas apenas encaro seu olhar.

— E acho que você também gosta de mim — conclui ele, abrindo ainda mais o sorriso, os olhos em mim como se nada mais existisse.

Gosto quando ele me olha assim.

— Hmm. — Sorrio para ele. — Quem sabe?

Ele acena, ainda sorrindo, antes de algo frio perpassar seu olhar e ele franzir a testa.

— Sobre o McKinnon.

— Argh. — O som de repulsa escapa enquanto faço uma careta.

Rory respira fundo, e entrevejo aquela versão furiosa e protetora dele de ontem. Aperta minha coxa com a mão calorosa e firme.

— Você está bem? — ele pergunta com a voz baixa, me observando.

Tenho a impressão de que, se eu disser que não, ele faria o que fosse preciso para me fazer me sentir melhor. Vê-lo perder a cabeça ontem foi tão...

Não sei o que rolou. Eu não deveria gostar tanto, mas gosto. Adoro ver Rory Miller perder a cabeça por minha causa.

— Estou bem. Foda-se o Connor. Ele é nojento, e estou feliz que você tenha mandado ele arranjar um físio novo. — O ar me escapa. — E, pela milionésima vez, fiquei me perguntando que merda eu via nele.

O maxilar de Rory fica tenso, e chega a ser ridículo como ele é um namorado melhor, até mesmo quando ainda estávamos fingindo. Mesmo agora, que começamos um lance que não parece de mentira.

— Mas estou bem. Juro.

— Que bom. — Ele se inclina para a frente, com cuidado para não apoiar o peso no meu tornozelo ou punho, e me dá um beijo rápido.

Quando volta a se empertigar, franze a testa.

— Por que está tão gelado aqui? — ele questiona, andando até o termostato. — Eu fico aumentando a temperatura, mas ainda assim tá um gelo aqui. — Ele vai até a saída do ar, passando a mão na frente dela antes de me lançar um olhar indignado. — O aquecimento não está funcionando.

Aponto para o armário no corredor de entrada.

— Tem um aquecedor portátil ali.

O olhar indignado que me lança se intensifica.

— Hazel.

— Quê?

Ele se levanta, colocando as mãos no quadril esbelto, e meu olhar pousa naqueles músculos em V que apontam para a cintura da sua cueca. O calor irradia entre as minhas pernas, e aperto as coxas uma na outra.

Conviver com Rory está me deixando mais excitada a cada segundo. É o cheiro dele, o som da voz matinal, a maneira como ele mantém um braço protetor ao meu redor a noite toda.

Até o cabelo bagunçado desse cara é sexy pra caralho.

— Uau. — Ele cruza os braços musculosos diante do peito, achando graça. — É sério isso?

Ergo uma sobrancelha.

— O quê?

— Você está me secando.

Seguro o riso enquanto arrepios de eletricidade me atravessam.

— Você não parece incomodado.

— Claro que não. — Ele me abre aquele sorriso lento e sedutor que faz meu pulso vacilar antes de fechar a cara. — Tá, mas tá frio demais aqui. — Ele olha pela janela para o céu. — A previsão é ficar abaixo de zero hoje.

Aponto para o armário de novo, mas ele me corta.

— A gente *não* vai usar um aquecedor portátil. — A expressão que me lança me informa que ele está falando sério, e contenho outro sorriso.

— Gosto quando você fica mandão.

Do lado da minha mesinha de cabeceira, ele pega meu celular e o passa para mim.

— Liga pro proprietário.

— Ele está passando férias na Grécia.

— Então liga para quem arruma essas coisas quando ele está fora.

Meu sorriso dá lugar a uma careta relutante, e Rory sabe de imediato que não tem ninguém que faça a manutenção quando o proprietário está fora.

— *Hazel.*

— É por isso que meu apartamento é tão barato.

Ele joga a cabeça para trás e grunhe alto, como se eu fosse a pessoa mais frustrante do mundo.

Apenas sorrio para ele.

— Seus olhos são tão bonitos na luz da manhã.

Ele me olha de esguelha, suspirando, mas está começando a sorrir.

— Não me distrai.

— Está funcionando? — Ele revira os olhos, e acho que gosto dessa dinâmica invertida entre nós. — Isso é um sim.

Ele passa a mão no cabelo, olhando ao redor do apartamento.

— Cadê sua mala?

— Por quê?

Ele a encontra no guarda-roupa, tirando-a e a colocando em cima da cama.

— Vamos para a minha casa.

56

HAZEL

— Uau!

No vestíbulo do apartamento de Rory, meu queixo cai. Dou alguns passos de muletas para a frente, olhando em volta.

— Você vem escondendo o jogo de mim, Miller.

Atrás de mim, segurando minha bolsa, ele me observa, o olhar inseguro e desconfiado.

— Venho?

Faço que sim, os olhos passando do piso de madeira quente para o gigantesco sofá em L e o sol do meio-dia que entra pelas janelas incrivelmente altas. Neve está começando a cair lá fora. Uma TV imensa está pendurada entre duas estantes embutidas que vão até o teto. Mas não tem nada nas prateleiras.

Franzo a testa, passando os olhos pela sala de estar escassa com duas luminárias, o sofá grande e uma mesa de centro, e depois a grande cozinha aberta com uma ilha imensa e eletrodomésticos reluzentes.

Aponto o queixo para as estantes.

— Acho que isso aí foi feito pra colocar coisas em cima.

— O quê, por exemplo?

— Fotos, bibelôs e livros. — Não tem nada nas paredes: nem obras de arte, nem fotos. Nem mantas sobre o sofá. Vou entrando mais no apartamento, seguindo o longo corredor. Uma porta na ponta leva ao que parece ser o quarto principal, e os passos suaves de Rory me seguem.

À porta, observo a cama king size com um edredom verde-floresta. Um calor emana das entranhas porque vou dormir naquela cama hoje e vai ser o melhor sono da minha vida. As janelas têm vista para a cidade, assim como o resto do apartamento, e, na sacada, fica uma banheira de hidromassagem.

Ainda sem nenhum porta-retrato. Nenhuma planta. Nenhum móvel de sacada. Uma luminária, um abajur e sua bolsa de hóquei de alguns dias atrás, mas só isso.

Ele tem uma lareira à frente da cama que eu com certeza vou acender mais tarde, mas o apartamento de Rory parece vazio demais. Silencioso. Deserto. Rory Miller é cheio de personalidade, a ponto de transbordar, mas o apartamento dele não se parece em nada com ele.

Algo cintilante em cima da mesa de cabeceira chama a minha atenção, e meus lábios se entreabrem de surpresa.

— O que você está... — ele começa antes de ver aonde estou indo de muleta, e uma expressão culpada perpassa seus traços.

Pego o dragãozinho de cristal, quase idêntico ao meu, só que verde. Meu coração dá uma cambalhota engraçada, e abro um sorriso antes de erguer as sobrancelhas para ele.

— O que é isso?

Ele se ajeita, a boca se curvando num sorriso irônico relutante.

— Um dragão — ele diz simplesmente.

— Eu sei que é um dragão, Rory. — Ainda estou sorrindo que nem besta, mas estreito os olhos para ele. — Você é viciado em compras?

Ele ri baixinho, sentando-se na cama.

— Não.

Viro o bibelô, vendo-o refratar luz pela parede.

— Então por que você comprou isso aqui?

Acho que sei a resposta, mas quero ouvir na voz grave de Rory.

Sentado na cama, ele mantém os olhos firmes em mim. Ergue os ombros largos, fazendo a expressão mais doce e inocente.

— Levo nas viagens porque fico com saudade de você.

Meu coração suspira e dá uma cambalhota. Não consigo. Ele é demais para mim, e não sei o que fazer com essa vibração encantada no peito.

Contenho o sorriso que ameaça me escapar.

— Quer dizer que esse dragão já viu coisas horríveis e depravadas?

Ele tenta segurar uma gargalhada com um engasgo, luz emanando de seus olhos enquanto me lança um sorriso sedutor.

— Ah, sim. Esse dragão conhece todos os meus fetiches.

Um arrepio ardente desce pela minha coluna. Também queria saber todos os fetiches do Rory. Lembro de como ele me lambeu entre as pernas como se eu fosse a melhor coisa que já tivesse experimentado.

Volto a colocar o dragão na mesa de cabeceira e vasculho minha bolsa no chão antes de tirar o que guardei com cuidado embolado nas meias quando Rory não estava olhando, colocando-o ao lado do dele.

Ele ergue as sobrancelhas de alegria.

— Você trouxe o seu?

Dou de ombros como se não fosse nada. A verdade é: adoro esse dragãozinho besta superfaturado. Os olhos vermelhos me fazem rir, e vê-lo antes de dormir me faz pensar em Rory.

— Não é nada demais — digo.

Ele aguça o olhar, e dou um sorriso safado.

— Ele sabe os *seus* fetiches?

Ao mesmo tempo que minha cara arde ao pensar em todas as vezes em que usei meus brinquedos ou me masturbei pensando em Rory, dou risada.

— Sabe.

Ele passa a língua pelo lábio inferior, olhando para mim com interesse.

— Talvez nossos dragões possam conversar.

— Talvez. — Abro um sorriso blasé, e o interesse em seus olhos se intensifica.

Ai. Uma ficha cai na minha cabeça como um livro tombando no chão. A gente está flertando. Quando dou esse sorrisinho blasé para ele, estou flertando com ele.

E venho flertando com ele há anos, desde quando éramos adolescentes estudando na biblioteca.

— Tudo bem aí, Hartley? — A voz dele é quase um ronronado enquanto abre um sorriso astuto.

Eu quero esse homem. Meu coração bate como um beija-flor.

— Quer tirar um cochilo? — pergunto baixinho, passando as mãos no cabelo dele. É tão macio e os fios são tão grossos que sinto como se tocasse o céu entre meus dedos. Sob meu toque, ele se arrepia, e consegue notar pelo tom da minha voz que, se deitarmos nessa cama, a última coisa que faremos é cochilar.

Baixa as pálpebras e se entrega ao meu toque, e já estou começando a achar que vai rolar quando ele diz:

— Argh! Eu quero. — Desce o olhar ao meu tornozelo e suspira pelo nariz, um barulho frustrado que me faz querer brincar ainda mais com ele. Levá-lo ao limite. — Mas você precisa...

— É, eu sei. — Suspiro, me sentindo vermelha. — Preciso repousar.

Repousar é a última coisa que quero. Cara, seria tão sexy ver Rory Miller perder a cabeça.

Ele entra no closet, e pego nossos dragões, segurando um em cada mão.

— *Por favor, transa comigo* — faço meu dragão dizer para o dele, com uma voz aguda e feminina, antes de erguer o dragão dele e fingir uma voz grave e masculina.

Ele volta ao quarto segurando um moletom.

— *Não* — continuo. — *Você é uma mocinha frágil, e tenho medo de machucar você com minha enorme...*

— Já deu — Rory ri, tirando os dragões de mim enquanto me dissolvo em risos. — Vem cá.

Faz sinal para eu erguer os braços e, quando veste o moletom em mim, meus pulmões são invadidos pelo cheiro reconfortante dele.

— Agora vai querer me vestir também? — pergunto, sorrindo para o moletom. Fica enorme em mim, macio pela lavagem.

Os olhos dele faíscam.

— Não quero você pegando um resfriado.

Sou atravessada pelo desejo. Por que, *por que* o homem que está cuidando de mim é tão gato? Algo na natureza doce e atenciosa dele me faz querer escrever meu nome no corpo dele e dar para ele até dizer chega.

Eu me deito na cama, e ele ocupa o lugar ao meu lado, apoiado no cotovelo, os olhos cintilando de calor.

— Me ver na sua cama está te deixando excitado?

Ele solta um suspiro pesado.

— Sim.

Calor corre entre as minhas pernas, vibrando.

— Que bom. E o que vai fazer em relação a isso?

Ele desce os olhos para minha boca, e um barulho torturado reverbera em seu peito.

— Você disse que cuidaria de mim — sussurro.

Ele fecha as pálpebras e suspira.

— Disse, não disse?

— Uhum. — Minha mão vai para seu pau, já duro e marcando a calça, e o acaricio de leve.

Ele solta um grunhido, o quadril empurrando minha mão, e seus olhos ardem como lava derretida.

— Caralho. Não consigo dizer não para você.

— Então não diz. — Um fio repuxa no fundo do meu ventre, me fazendo arder.

— Vem cá.

Ele me cutuca para eu ficar de lado antes de ficar atrás de mim, de conchinha, me envolvendo com seu peitoral firme e seus ombros largos. Eu me afundo em seu calor, e ele puxa o edredom sobre nós.

Gemo de tão confortável que isso é, mas prendo a respiração quando ele passa um braço grande por baixo de mim e desliza a mão para dentro da minha blusa. Os lábios dele estão no meu pescoço, o hálito formigando minha pele enquanto puxa meu sutiã para baixo e encontra um mamilo.

— Melhor? — pergunta ele, a voz baixa.

— Quase. — Calor gira dentro de mim, e empino o quadril contra a ereção grossa que me cutuca, tirando um grunhido grave dele. Consigo sentir que já estou ficando molhada pela maneira como seus dedos brincam com meu peito.

A outra mão de Rory entra em minha legging, me massageando. Faíscas disparam através de mim pelo contato, e arqueio contra ele.

— E agora? — O tom dele é metido e presunçoso.

Aperto o braço dele em volta do meu peito, e minha respiração se prende quando ele belisca meu mamilo. Estamos chegando a um novo nível de sacanagem. Estou ao mesmo tempo incrivelmente confortável e louca de desejo, inalando seu cheiro masculino e limpo a cada respiração.

— Você sabe que está gostoso — digo entre dentes, sem ar. — Continua.

Ele paira a mão entre minhas pernas e pousa o dedo em meu clitóris. Sem se mexer. Apenas tocando de leve. Empino na direção dele, buscando fricção, mas ele se afasta, ainda mal me tocando.

— Rory — choramingo, me contorcendo.

— Você vai se comportar nos próximos dias?

— Argh — digo, e sua risada roça em minha bochecha.

— Não vai botar peso nesse tornozelo e vai me deixar cuidar de você?

— Juro por Deus, Rory...

Ele aperta meu clitóris e cerro os dentes pelo desejo que me atravessa.

— Tá. Sim. Beleza. Vou me comportar.

Não é justo que essas brincadeiras com ele sejam, ao mesmo tempo, o melhor sexo da minha vida e também o mais divertido.

Ele desliza os lábios por meu pescoço e me mordisca.

— Tem certeza?

— *Rory*.

Ele ri e começa a girar os dedos. Eu me afundo nele enquanto um calor me atravessa e meus músculos se tensionam.

— Assim é gostoso?

— Muito — gemo. Meu coração acelera, e a mão de Rory se mexe mais rápido, fazendo círculos exatamente como gosto, os dedos planos, nem rápido nem forte demais.

— Vai gozar pra mim?

— Vou, claro. — Já consigo me sentir perdendo o controle, os nervos disparando sensações.

Ele solta um barulho baixo de prazer.

— Acho bom.

A pressão cresce entre minhas pernas e enfio a cara no travesseiro. Quando inspiro fundo, o cheiro de Rory vai direto para o meu cérebro e sinto meus músculos pélvicos contraírem. Em meu ouvido, ele grunhe de prazer enquanto me masturba, e o calor entre minhas pernas transborda, me atravessando, irradiando pelos meus braços e pernas. O tempo todo, Rory me abraça com força, sussurrando em meus ouvidos sobre o quanto gosta de estar aqui, como sou linda e o quanto ama me ver gozar.

— Ai, meu Deus — sussurro, enquanto meu orgasmo diminui. — Você é muito bom nisso.

Rory sorri em meu pescoço, mas, quando me viro e busco por sua ereção, ele sai da cama num piscar de olhos.

Arqueio a sobrancelha, sentindo frio sem ele encostado em mim.

— Volta aqui.

— Não. — Ele se abaixa para me dar um beijo, mas recua quando tento pegar nele de novo. — Tenho coisas para fazer, e você vai ficar de repouso, como disse que faria.

Fico indignada, apontando para o volume grosso entre suas pernas.

— Está duro.

— Vou sobreviver, Hartley. Faz anos que você me deixa de pau duro, e isso ainda não me matou.

Uma risada escapa dos meus lábios. Minha boca está cheia d'água, pensando de novo em dar para ele.

— A gente tem um acordo. — Ele me lança um olhar severo, mas está sorrindo enquanto me dá outro beijo nos lábios. — Então seja uma namorada boazinha e vê se não bota peso nesse tornozelo para eu não me preocupar com você.

Namorada, foi o que ele disse. Não *namorada de mentira*.

— Fui coagida — grito para ele enquanto ele dá uma piscadinha e sai do quarto.

Eu deveria ter na cabeça que nosso lance tem data para acabar e que não abordamos o que está rolando entre nós. Eu deveria estar surtando porque Rory se encaixa perfeitamente na minha vida e, se isso der errado, vai deixar um buraco tão grande que vai ser impossível remendar. Poderia fazer a ginástica mental de sempre e afirmar para mim mesma que ele não tinha a menor intenção de ter dito o que disse, que foi só um lapso.

Mas em vez disso, sorrio enquanto olho pela janela e escuto a porta da frente se fechar, já ansiosa para quando ele voltar.

57

RORY

Os alto-falantes do mercado tocam músicas de Natal enquanto encho ainda mais meu carrinho já lotado.

Manter Hazel quentinha, manter Hazel alimentada, manter Hazel feliz. Assumi totalmente o modo protetor e adoro isso. Tomar conta dela parece certo e natural.

Passo as férias de Natal na academia ou aproveitando a agenda vazia do rinque, mas a ideia de ficar deitadinho com Hazel hoje faz tudo isso ir pelos ares. Eu odiava meu apartamento, evitando ativamente a cobertura vazia e solitária com vista para a cidade, mas com ela lá?

Mal posso esperar para chegar em casa.

Estou colocando as compras no carrinho, neve caindo ao meu redor, quando meu celular vibra com uma ligação. Já o pego pensando que tem algo a ver com o jantar que pedi para a gente de um restaurante local, mas meu peito se aperta quando vejo o nome que aparece na tela.

Pai.

O peso se instala em minhas entranhas. Faz algumas semanas que não conversamos, e esqueci essa sensação que inunda meu sistema quando nos falamos.

— Rory — ele diz quando atendo. — Estive reassistindo seus últimos jogos.

Fecho os olhos. Não falamos de merda nenhuma além de hóquei.

— Quero assistir um treino — resmunga ele. — Preciso ver o que Ward anda enfiando nessa sua cabeça.

— Não. — Ansiedade dispara pelo meu corpo. — Os treinos são fechados. Ward não gosta de público. Diz que distrai a gente.

Não sei se é verdade, mas nunca vi ninguém de fora da organização assistir aos treinos, e nem fodendo que quero meu pai lá tomando notas.

Ele suspira.

— Bom, então quero ir no Clássico da Liga na semana que vem.

Estou ansioso para o jogo da véspera de Ano-Novo. Reservei uma suíte superchique porque, sim, mesmo depois de tudo, ainda estou me esforçando descaradamente para impressionar Hazel. O jogo é nossa data combinada para o fim desse acordo de vingança contra McKinnon, embora tenha virado muito mais do que isso.

Ela desenvolveu sentimentos por mim. Sei que sim. O fim de semana do Clássico da Liga vai ser especial, então não quero meu pai lá, enchendo meu ouvido por que não sou bom o bastante.

— Não acho que seja uma boa ideia — digo, coçando a nuca.

Há uma longa pausa do outro lado da linha.

— O que anda rolando com você nos últimos tempos?

Hazel. É Hazel que anda rolando comigo. Ela se tornou toda a minha vida, mas meu pai nunca entenderia isso.

— Você está diferente nessa temporada — acrescenta ele, um tom de frustração na voz. — Está jogando diferente, está agindo diferente... não reconheço mais você. Cadê o astro, Rory?

Foi embora faz tempo, e estou feliz em me ver livre dele.

— Não sei nem o que te dizer.

— É aquela menina.

— Hazel. — Aquela sensação protetora cresce dentro de mim. — O nome dela é Hazel.

— Você se distraiu.

— Não me distraí, pai. — Eu deveria considerar distração se sinto que tudo que sempre quis está finalmente se encaixando? Essa conversa não vai dar em lugar nenhum. — Preciso ir.

— Grandes planos para hoje, né?

Algo em sua voz me faz franzir a testa. Ressentimento, solidão ou sei lá.

— Pois é. A gente se fala depois.

Nós nos despedimos, tensos, e termino de colocar as compras no carrinho. Minha mente divaga até a mulher que me espera em casa, e o nervosismo passa.

Meu pai tem razão: estou diferente, e é por causa dela. Com Hazel ao meu lado, não sou nem um pouco parecido com ele. Talvez eu nunca tenha sido, e ela me mostrou isso.

Ouço passos macerando a neve, e duas mulheres passam por mim carregando uma árvore de Natal.

— Feliz Natal — uma delas deseja com um sorrisão.

Aceno com a cabeça, olhando para a árvore.

— Feliz Natal.

Do outro lado do estacionamento, neve cai sobre as árvores de Natal restantes, e sorrio.

Hazel está perdendo o feriado com a família, então vou tornar esse Natal memorável para ela.

58

HAZEL

Enquanto Rory está fora, vagueio pelo apartamento, xeretando o guarda-roupa e o banheiro e comprando artigos para sua casa com o cartão de crédito que ele deixou para mim na cozinha. Com as lareiras acesas, o apartamento fica quente e acolhedor, mas, sem ele aqui, sinto uma angústia estranha no peito.

Volto para a cama, olhando pela janela com a gola do moletom dele erguida sobre o nariz, sentindo seu cheiro. Lá fora, neve cobre a cidade de branco.

Acordo um tempo depois com o quarto escuro salpicado pelo calor do fogo bruxuleante e uma pancada abafada vinda do outro cômodo. Estou confortável, quentinha e sonolenta, e o cheiro de Rory no moletom dele impregna minhas narinas, me fazendo afundar mais na cama. Olho para o celular: são cinco e pouco da tarde. O edredom está em cima de mim agora, e um copo d'água repousa na mesa de cabeceira.

— Rory? — pergunto, estreitando os olhos sob a luz enquanto sigo o corredor de muletas até a sala.

Paro, boquiaberta.

— Como é que isso funciona, porra? — Rory murmura consigo mesmo, mexendo em alguma coisa de costas para mim.

Não sei para onde olhar primeiro. Talvez a coberta de lã xadrez estendida sobre o sofá, ou a guirlanda e os piscas-piscas pendurados sobre a cornija da lareira. Na TV gigante de Rory, o canal da lareira também está ligado, o que é muito estranho e muito Rory.

Uma dezena de velas ocupa porta-velas de vitral sobre a mesa de centro e por toda a cozinha, e Rory está usando um suéter de tricô verde e vermelho horrível que, sabe-se lá como, ele consegue fazer ficar sexy. Há poinsétias por toda parte. O lugar todo cheira à sidra de maçã quente que minha família faz todo ano em casa, e há agulhas de pinheiro por todo o chão.

Entre a estante e a janela, um pinheiro enorme se estende até o teto.

Quando ele vira, está de novo com aquela expressão perscrutadora e cautelosa, que faz meu coração bater mais forte.

— Você comprou dez poinsétias e está usando uma blusa feia de Natal.

Ele sorri, apontando o queixo para uma sacola perto dos meus pés.

— Comprei uma igualzinha para você. — Ele se aproxima e, sim, fica muito, muito gato nessa blusa idiota. — Você não achou que eu usaria isso aqui sozinho, achou, Hartley? — Os olhos dele brilham enquanto alarga ainda mais o sorriso. — A gente tem que combinar.

— Você comprou uma árvore. — Minha voz está engraçada, fina e ofegante. — Parece que o Natal vomitou aqui.

— De um jeito bom?

Suspiro, assimilando tudo, olhando para a cozinha, sentindo o cheiro familiar e doce de canela que enche o apartamento.

— É a mesma receita que fazemos em casa, não é?

— Uhum. — Os olhos dele estão calorosos. — Liguei para os seus pais hoje cedo.

Aquela menina de alguns meses atrás, que odiava Rory Miller? Balança a cabeça e sai andando, porque sou um caso perdido.

Decorações de Natal. Ele comprou decorações. Todas, pelas pilhas de caixas no canto. Meu coração explode em um milhão de pedaços.

— Por quê? — pergunto, piscando para o ardor nos meus olhos passar.

Ele chega por trás de mim, colocando o braço ao redor da minha cintura e dando um beijo carinhoso na lateral do meu pescoço.

— Porque você queria, Hartley.

Se meu coração for uma casa, Rory mora nela.

59

RORY

Estou apaixonado por ela.

Os olhos de Hazel estão brilhando enquanto contempla a sala de estar de novo, e uma pulsação calorosa de felicidade se irradia pelo meu peito.

Estou apaixonado por ela, e faria qualquer coisa para vê-la feliz. E essa cara de exaltação em seu rosto enquanto ela sorri para mim é tudo que eu sempre quis.

— Obrigada — diz ela, apoiando as mãos no meu peito. — Isso é incrível, Rory. — Ela aperta os lábios, o olhar pousado na árvore. — Você simplesmente...

Nossos olhos se encontram, e os lábios fartos dela se curvam para cima num sorriso bonito. Acho que talvez eu sempre a tenha amado, porque esse sentimento no meu peito não é novo. É só que agora consigo nomeá-lo.

— Você torna tudo melhor — ela sussurra.

Sinto um nó de emoção e me pergunto se alguém já disse a Rick Miller que ele torna tudo melhor. Se minha mãe chegou a sentir isso por ele.

Enrosco os dedos no cabelo dela e dou um beijo suave em sua boca.

— Você também, Hartley.

Quando ela recua, esmiúço os olhos dela em busca de algum sinal de que sinta o que estou sentindo. Por trás do afeto caloroso, preocupação transparece.

Ótimo. Ela está preocupada porque parece real para ela também, e nunca sentiu isso por ninguém antes. Outra pulsação de algo cortante e doce me atravessa, e ajeito uma mecha de cabelo atrás da orelha de Hazel.

Ela sabe o que sinto. Deve saber a essa altura e, quando estiver pronta para ouvir, vou falar.

— Quer decorar a árvore comigo? — pergunto, e ela faz que sim, o sorriso se alargando de orelha a orelha.

— Não sou pesada demais? — pergunta Hazel à noitinha enquanto ando com ela de cavalinho ao longo do paredão.

Neve cai ao nosso redor, cobrindo as calçadas, e o trânsito é quase inexistente. Somos apenas nós e algumas outras pessoas andando na rua, aproveitando a vista da água e da floresta nevada.

A tarde toda, Hazel alternou entre implorar para sair e ameaçar que usaria só lingerie pelos próximos dois dias para testar os limites do meu autocontrole, então agora resolvi carregá-la, porque nem fodendo que eu a deixaria andar de muletas na neve. A neve não foi limpa da maioria das calçadas, e está escorregadio.

Bufo, lançando um olhar seco para ela por sobre o ombro.

— Assim você me ofende, Hartley. Você não pesa quase nada.

Ela ri baixo. Minhas botas maceram a neve, e inspiro fundo o ar frio e fresco que vem da água.

— Meu pai me ligou hoje mais cedo — conto para ela, por algum motivo.

Sinto os braços dela ficarem tensos ao redor do meu pescoço.

— Como foi?

— Hm. Nada bem. — Faço uma careta para ela por sobre o ombro. — Ele disse que estou diferente nessa temporada.

— Mas você está mesmo.

— Estou. — Olho de esguelha para ela. — Mas estou bem com isso. Eu me sinto melhor jogando do jeito que jogo. — Meus pensamentos se voltam para os momentos depois que dou assistência para um gol, a pura euforia no rosto dos meus colegas de time. — Aqueles caras do time são como irmãos para mim, sabe? Eles importam.

Ficamos em silêncio enquanto andamos, e continuo pensando no meu time e nesse desejo íntimo em meu peito de ser o melhor capitão para eles.

Hazel aperta meu corpo contra o dela.

— Me coloca no chão rapidinho.

Eu a abaixo, colocando-a em pé, mantendo uma das mãos nela o tempo todo para a apoiar, e ela me vira para olhar para ela. Seu nariz está rosa pelo frio, flocos de neve caem em sua touca, seu cabelo e seus cílios.

— Estou muito orgulhosa de você — diz ela, e memorizo esse momento para guardar comigo para sempre, essa serenidade tranquila com alguém que nunca pensei que teria.

— É como se a gente estivesse num globo de neve — sussurro, e ela sorri enquanto me abaixo para dar um beijo nela.

— Hayden vai passar para buscar minhas chaves daqui a uma hora — diz Hazel a cerca de um quarteirão de casa.

Casa. Ela não mora aqui, mas quem sabe um dia. Meu coração flutua enquanto imagino: nossos dragões de cristal um ao lado do outro, os produtos de cabelo dela no banheiro, as roupas penduradas no guarda-roupa. O cheiro dela impregnado na cama.

Meus pensamentos voltam ao que ela disse e me viro para olhar para ela por sobre o ombro.

— Por quê? — Minhas sobrancelhas se unem, e sinto aquele impulso possessivo de novo. — Se precisa de alguma coisa do apartamento, posso ir buscar. O que você precisar, Hartley. Conta comigo.

Tento manter o tom leve para ela não pensar que sou um babaca territorialista.

Ela aperta os braços em torno do meu pescoço.

— Você não pode me ajudar com isso porque preciso que ele busque seus presentes de Natal.

— Presentes de Natal? — Eu me endireito, abrindo um sorriso. — Para mim?

Ela ri.

— Sim, gatinho. Para você.

Gatinho. Ela me chamou de *gatinho*. Meu sorriso se alarga, e uma sensação leve e vibrante aperta meu peito.

— O que você comprou para mim?

Ela ri de novo.

— Não vou contar. Vai ter que esperar até amanhã.

— Hmm. — Estreito os olhos enquanto ando, cheio de curiosidade.

Meus lábios se entreabrem, e estou prestes a começar a dar palpites do que pode ser em voz alta quando uma mulher mais velha de cabelo loiro comprido sai de uma loja e quase tromba em nós.

— Ah, desculpa... — ela começa, mas então nossos olhos se encontram.

Sinto um frio na barriga, e meu corpo todo fica tenso.

— Mãe.

60

RORY

Sinto o coração bater nos ouvidos enquanto eu e minha mãe nos encaramos.

— Rory — ela murmura, os olhos perpassando meu rosto como se não conseguisse acreditar no que está vendo.

Ela parece mais velha. Vejo algumas rugas novas ao redor de seus olhos e percebo o rosto dela mais magro, mas o cabelo é o mesmo. Comprido e um pouco encaracolado. E suas íris são do mesmo azul-escuro que as minhas.

Meu coração se aperta.

— Sou Hazel — diz Hazel, atrás de mim, espiando por sobre meu ombro.

Minha mãe ergue o olhar, como se só agora notasse a mulher agarrada às minhas costas. Sorri um pouco enquanto volto a colocar Hazel no chão.

— Nicole.

Elas se cumprimentam com um aperto de mãos, e algo funde meu cérebro. Hazel coloca um braço ao redor da minha cintura, me apertando com firmeza. Minha mãe nota, e algo se suaviza em seu olhar.

— Muito prazer, Hazel — diz ela. Baixa os olhos para o pé de Hazel, pairando sobre o chão enquanto se equilibra numa perna. — O que aconteceu aí?

— Rory me deu um empurrão no gelo.

Engasgo, e Hazel abre um sorriso largo para mim com provocação nos olhos.

— Não dei empurrão nenhum em ninguém — acrescento, olhando de relance para minha mãe. — A gente estava num evento de patinação do time, e ela caiu. Torceu o tornozelo. — Lanço um olhar severo para

Hazel, mas ela apenas sorri ainda mais. — Estou tentando cuidar dela, mas ela se recusa a ficar parada e repousar como deveria.

Hazel revira os olhos.

— Rory, está nevando. Você não pode esperar que eu fique dentro de casa se neva, tipo, duas vezes por ano.

Ela está brincando, mas há um quê protetor em seu olhar. Percebo que está tentando nos deixar à vontade com suas piadas.

Eu a amo um pouco mais, se é que é possível.

Minha mãe fica olhando com uma expressão estranha entre risonha e surpresa, mas desconsolada.

— Concordo. Neve significa que você precisa sair. — Ela sorri. — Você costumava gostar muito de sair na neve — diz ela baixinho. — Fazia um boneco de neve todo ano.

Dor me abala, e engulo em seco o nó na garganta. Ela abandonou isso tudo quando foi embora, e eu exterminei qualquer esperança de um relacionamento com ela.

Quero fazer um milhão de perguntas sobre a vida dela. Quero contar para ela tudo que aconteceu entre eu e a Hazel e entre eu e o hóquei, e que acho que tudo entre nós pode ter se estragado pelas minhas cagadas, mas as palavras se prendem em minhas cordas vocais, e me viro para Hazel.

— A gente precisa ir pra casa.

Minha mãe ajusta a postura.

— Vou dar uma festa de Natal. — Há um tom apressado e frenético em suas palavras, como se também não quisesse que isso acabasse. — Amanhã à tarde. Só uma reuniãozinha informal, alguns amigos. Não precisa levar nada, só aparecer. — A postura dela fica mais fraca, como se estivesse se preparando para eu dizer não, antes de respirar fundo. — Eu adoraria receber você — diz ela antes de voltar os olhos mais brilhantes para Hazel. — E você também, Hazel. Adoraria que vocês dois aparecessem. — Nossos olhares se cruzam. — Quer dizer, se quiserem.

Hazel me observa com preocupação, os olhos acesos como se estivesse prestes a atacar se eu precisasse dela.

Quer ir?, pergunta ela com os olhos.

Eu não deveria, porque já causei estragos demais na relação entre mim e minha mãe, mas de repente sinto aquela dor de novo em meu peito.

Talvez não precise ser assim. Talvez eu possa mostrar para ela que não sou meu pai.

Quando dou um aceno quase imperceptível na direção de Hazel, ela se ilumina.

— A gente adoraria ir — responde ela para a minha mãe.

O rosto dela relaxa com um alívio visível enquanto nos passa o horário e o endereço.

Aceno.

— Eu lembro.

— É mesmo. — Ela balança a cabeça consigo mesma. — É claro que lembra. — Respira fundo outra vez, voltando a olhar para mim. Parece que quer dizer mais alguma coisa. — Bom...

Sem pensar muito, me adianto e dou um abraço nela, que tensiona por um momento antes de relaxar, retribuindo com força, e seu cheiro extremamente familiar faz meu peito doer. Recuo antes de fazer alguma besteira, como dizer que sinto saudade dela.

— Vejo você amanhã.

— Até amanhã — ela sussurra enquanto me abaixo para Hazel subir nas minhas costas.

Carrego Hazel embora, o coração acelerado, e logo antes de virar a esquina, olho por sobre o ombro para ver minha mãe ainda lá, nos observando.

61

HAZEL

Na manhã de Natal, acordo com Rory trazendo uma bandeja para o quarto.

— Bom dia — diz ele, abrindo um sorriso para mim.

Está sem camisa, usando uma calça social preta e uma gravata borboleta preta. Caio na gargalhada.

— O que você está vestindo? — pergunto enquanto ele coloca a bandeja na mesa de cabeceira.

Ele me passa uma caneca.

— Que foi, não gostou? — Ele contrai os peitorais, e sorrio ainda mais. O cabelo dele está desgrenhado, e os olhos, sonolentos, mas carinhosos.

Como nunca vi nele esse homem amável, engraçado e gentil? Minha vida com Rory é tão plena, cheia de cores vivas.

— Tá parecendo um stripper.

— Preciso de um plano B, se o hóquei não der certo.

Ele flexiona os bíceps, me lançando um sorriso sedutor, e dou um gole no café, vibrando de felicidade. Café com leite de amêndoa, meu favorito. É assim que é estar num relacionamento? Parece bom demais para ser verdade.

— Obrigada pelo café. Espera. — Franzo a testa. — Você não tem máquina de espresso. — Deslizo o olhar para o croissant de chocolate em cima da bandeja.

Rory dá de ombros, deitando-se de lado na cama.

— Achei um lugar aqui perto que estava aberto hoje.

— Não precisava ter feito isso. — Meu coração pulsa de novo, quentinho e contente. — Está acordado faz tempo?

— Umas horas. — Ele olha pela janela, e preocupação transparece em seus olhos.

Minha mente volta a ontem, quando ele e a mãe se encararam como se tivessem muito a dizer um para o outro. Como ele parecia perdido.

Meus instintos protetores ficaram em alerta total quando encontramos com a mulher que deveria amá-lo com todo o coração, mas que o abandonou. A expressão dela, porém, estava cheia de saudade e remorso.

Eles sentem falta um do outro e querem construir uma relação melhor, mas não fazem ideia de como. Tenho certeza de que ele está apavorado com a ideia de ir para a casa dela hoje.

Coloco o café de lado. A necessidade de consolá-lo e distraí-lo me faz chegar mais perto dele na cama, passando os dedos em seu cabelo despenteado.

— Seu cabelo está rebelde.

— O seu também.

— Eu gosto.

Ele passa os olhos por mim, calorosos e suaves.

— Também gosto.

Calor me atravessa, e sou inundada pelo impulso de cuidar de Rory como ele cuida de mim. De distraí-lo das preocupações e encher esse feriado de boas memórias.

Roço a mão em seu pescoço, dando um peteleco na gravata-borboleta e tirando um sorriso dele. Traço uma linha lenta pelo peito dele, descendo pelo abdome até chegar ao elástico da calça. Desço mais, acariciando o membro que endurece.

Os músculos abdominais de Rory ficam tensos, e ele inspira, relutante, voltando os olhos para o meu punho.

— Meu punho está ótimo. — Abro o botão de cima da calça dele e coloco a mão dentro de sua cueca, apalpando a ereção.

— Eita, porra — ele murmura, empurrando os quadris contra minha mão.

Adoro a maneira como seus lábios se entreabrem e como ele fixa o olhar semicerrado em mim, observando-me com fascínio.

— Está pensando em quê? — pergunto, a voz leve enquanto subo e desço a mão por seu pau.

— Em te comer — ele diz com um grunhido.

— Você não duraria nem um minuto dentro de mim.

— Caralho — ele ri, e sinto o pau dele pulsar na minha mão. — Eu não duraria mesmo. Posso tocar em você?

— Não.

Ele faz um barulho frustrado, e sorrio. Calor flui através de mim, pousando entre minhas pernas, me deixando molhada, mas provocar Rory é divertido demais.

— Tira a calça.

Ele abaixa a calça e a boxer às pressas, e seu pau pula para fora, já escorrendo umidade da cabeça. Os olhos dele faíscam de uma forma sacana e sexy enquanto tira a gravata-borboleta e a joga de lado.

Quando subo em cima dele, Rory fecha a cara.

— Seu tornozelo...

— Rory. — Coloco a mão em seu cabelo e aperto os fios, montando em seu colo e obrigando-o a olhar para mim, em vez do meu pé. — Cala a boca — digo suavemente.

Ele acena, os olhos vidrados.

— Tá, então.

Sorrio de novo. Isso é divertido.

— Adoro quando você faz o que mando — digo, baixando a mão para tirar minha camiseta.

E *adoro* a maneira como o olhar dele fica intenso quando encara meu peito. Meus mamilos ficam intumescidos sob o olhar de Rory. Quando pego as mãos dele e as coloco ali, ele contrai o maxilar.

— Seus peitos são os melhores que eu já vi — murmura ele, brincando com as pontas.

— Eu sei.

Ele prende a respiração quando volto a mão ao pau dele, subindo e descendo devagar e firme. Sob meus lábios em seu pescoço, a pele dele está quente, o pulso acelerado e a respiração ofegante. Os lábios dele encontram os meus, me beijando com desejo. Por causa das mãos dele em cima de mim, no meu cabelo e nos meus seios, pela forma como ele me beija como se fosse se afogar sem mim e pelos barulhos baixos e desesperados vindos dele, estou ardendo de excitação.

Mas gosto demais de brincar com ele. Acelero a velocidade que o toco.

— Vai mais devagar.

— Não.

— Por favor — ele ofega, tensionando as coxas, os dedos apertando meus mamilos e lançando um raio quente de eletricidade que atinge minha buceta.

Arqueio uma sobrancelha.

— Não.

— Hazel. — A voz dele está áspera, suplicante. — Não quero gozar ainda.

Meu sangue zumbe de poder, e abro um sorriso malicioso.

— Então não goza.

Ele joga a cabeça para trás com um grunhido. Meu sorriso se alarga, e minha mão se move mais rápido ao redor dele.

— Você é gostoso demais quando está assim — sussurro, admirando suas bochechas coradas, os olhos turvos, os dentes cerrados. — Você é lindo pra caralho, Rory.

— Você nem *sabe* o quanto é linda — ele diz entre dentes. — No segundo em que vi você no ano passado, perdi o interesse em todas as outras mulheres do planeta.

Minha pele formiga de prazer. Não consigo evitar, adoro ouvir isso.

— Que bom.

Um pensamento cruza minha cabeça. Não sei bem se quero saber a resposta, mas pergunto mesmo assim.

— Quando foi a última vez que você transou?

Ele está ofegante quando nossos olhos se encontram, e algo brilha em sua expressão. Ele hesita, e aperto seu pau, fazendo suas narinas se alargarem.

— Quando?

— No verão do ano passado. — Ele engole em seco e se inclina para a frente para encostar os lábios em meu pescoço, inspirando o ar da minha pele.

— Um ano e meio atrás?

Ele faz que sim, mordiscando a pele sensível entre meu pescoço e meu ombro, e uma emoção pesada cresce em mim. Esperança, eu acho, ou talvez afeto. Posse. A ideia de que Rory é meu, e só meu, é tão doce e necessária que tenho medo até de pensar.

Em vez disso, vou para trás, ficando de joelhos entre suas pernas, e lambo seu pau da base à ponta. O gemido que ele solta é torturado, trêmulo e desesperado, e giro a língua ao redor da ponta inchada, vibrando pelo sabor dele.

Ao lado do corpo, ele cerra os punhos.

— Você está indo muito bem — murmuro antes de colocar a boca ao redor dele, e seu pau pulsa em minha língua.

Envolvo as bolas dele com minha mão livre, tirando outro barulho grave e rouco dele. Ele leva os dedos ao meu cabelo, tensionando com um peso delicado, e aumento a sucção.

— Ah, caralho, caralho, caralho, Hazel. Não consigo... — ele se interrompe com um gemido entrecortado quando o enfio até o fundo da garganta, encovando as bochechas.

O tom desesperado na voz dele? Sei que está quase.

Sou cruel, então tiro o pau dele da boca por um momento. Os olhos de Rory estão febris, o cabelo todo bagunçado, suor escorrendo por sua testa.

— Não goza — eu o lembro antes de colocá-lo de volta na boca, sorrindo ao redor do seu membro grosso enquanto ele faz barulhos torturados.

Aumento ainda mais a sucção, e ele se enrijece. As bolas de Rory ficam tensas e, um segundo depois, um jato quente e salgado inunda minha boca. Ele balança o quadril, metendo entre meus lábios, e engulo o gozo dele com avidez. Meu sangue vibra entre as pernas, latejando através de mim com satisfação e orgulho.

— Desculpa — ofega ele, me puxando para junto do peito. — Não consegui segurar.

— Eu sei. — Rio. — Eu queria que você gozasse.

— Você é o diabo. — Ele ainda está recuperando o fôlego, mas está sorrindo.

— E você adora.

— Sim.

A expressão saciada dele cintila de calor, e a mão vaga até o espaço entre minhas pernas. Meus dedos dos pés se curvam com a rajada de sensações.

— Minha vez?

Faço que sim, empurrando meus quadris contra seu toque. Ele leva a mão à minha cintura e desce da cama embaixo de mim antes de seus lábios estarem no meu clitóris.

— Ai, caralho.

— Uhum. — Rory fecha os olhos enquanto passa a língua em mim.

Fogo dispara por mim enquanto cavalgo no rosto dele: estou tão excitada por ter chupado Rory que não vou demorar. Meu quadril rebola no ritmo de sua boca, e pressão se acumula entre minhas pernas. A boca dele é ágil, quente e com o nível perfeito de pressão e, quando ergue os olhos para mim, algo se abre em meu peito.

— Rory — gemo.

Ele desliza a mão até chegar na minha, os dedos se entrelaçando aos meus, e o carinho desse momento me excita ainda mais. Isso aqui é muito mais intenso do que qualquer transa que já tive, e ainda nem fizemos sexo com penetração.

O pensamento se desfaz quando os lábios de Rory envolvem meu clitóris e ele chupa com força. Meus músculos palpitam, ele geme, e o ardor atrás do meu clitóris explode, me atravessando, me fazendo ofegar e rebolar descaradamente na boca dele. Prazer se revira pelos meus membros, e todos os pensamentos se resumem a pó. Durante o tempo todo, ele segura minhas mãos, firme e forte.

Quando meu orgasmo passa, saio de cima dele, desço por seu corpo e desabo em seu peito. Estamos os dois ofegantes, nosso coração acelerado um contra o outro.

— Melhor Natal de todos os tempos — ele sussurra, sorrindo, e me derreto de tanto rir.

62

HAZEL

Depois que Rory me carrega até o chuveiro e insiste em lavar meu cabelo para "dar um descanso para o meu punho", passamos para a sala de estar.

Vibro de excitação enquanto coloco a meia que fiz para ele em seu colo.

— Você que fez? — Ele acaricia o bordado dourado de seu nome com os dedos.

— Claro.

Ao seu lado no sofá, puxo a coberta sobre as pernas nuas e assisto com um sorriso enquanto Rory abre a meia, colocando os presentes um a um em cima da mesa de cabeceira com cuidado. Desodorante, chiclete, chocolates Lindt, meias de lã, uma laranja e hidratante labial.

Ele ri baixo do chaveirinho de plástico que comprei na outra semana: um dragãozinho com uma cara irritada e chamas saindo da boca.

— É você?

Minhas maçãs do rosto doem de tanto que estou sorrindo essa manhã.

— Comprei para você poder levar para suas viagens, mas isso foi antes de ver que você já tinha um dragão.

Ele examina o pedaço de plástico barato, virando-o com um sorriso.

— Eu amei.

Ele volta a colocar a mão dentro da meia e tira uma lata de cerveja em temperatura ambiente, sorrindo para ela com surpresa.

— Eu gosto desse tipo de cerveja — diz ele.

— Eu sei. — Dou um beijo na bochecha de Rory. Minha mãe sempre coloca cerveja na meia do meu pai. Entendo por quê.

— Obrigado, Hartley — ele diz, olhando para todas as coisas enfileiradas sobre a mesa antes de balançar a cabeça. — Não estava esperando por isso.

Minha garganta se fecha de emoção. Mesmo se isso tudo der errado, mesmo se Rory perder o interesse em mim e seguir em frente com outra pessoa, vou me lembrar de momentos como esse.

Não me arrependo de nada disso. Rory merece demonstrações de amor.

Ele me beija de novo e sorri.

— Obrigado — diz ele.

— De nada. — Eu me viro, apontando para o presente maior, um retângulo largo e plano embrulhado em papel azul com renas dançantes. — Abre esse aí agora.

Rory vai até a árvore, ainda com um sorriso alegre e curioso enquanto o traz até nós. Rasga o embrulho, revelando uma camiseta azul-marinho e cinza emoldurada: o uniforme antigo dele do Storm. Franze as sobrancelhas enquanto empurra o papel e encara, processando o autógrafo no número.

Meu coração bate forte, torcendo para ele gostar.

— Você enquadrou a camisa do Ward para mim?

Não sei dizer o que ele está sentindo em relação a isso.

— Não precisa pendurar nem nada. Ninguém precisa saber que você tem. É só que... — eu me interrompo, tentando me lembrar de por que escolhi esse como um dos presentes que queria dar para ele. — Você disse que o Ward era seu ídolo. Disse que deixá-lo orgulhoso importa. Eu queria comprar alguma coisa que te fizesse lembrar do que importa.

A expressão dele, sincera e analítica, se abre num sorriso brilhante, e Rory volta os olhos radiantes para mim antes de voltar a olhar para o uniforme emoldurado.

— Eu gostei pra caralho, Hartley.

Meu coração se alegra. Admiração enche os olhos dele enquanto examina o autógrafo.

— Ele deu um autógrafo para você?

Faço que sim, sorrindo.

— Ele autografou com o maior prazer.

Rory faz um barulho contente no fundo da garganta antes de colocar o quadro no chão e me dar um beijo.

— Obrigado — ele diz encostado em meus lábios.

— De nada. — Consigo sentir a expressão boba alegre em meu rosto enquanto os sentimentos calorosos e vibrantes me atravessam.

Ele endireita a postura.

— Minha vez.

— Não. — Ergo as sobrancelhas e sinto um friozinho de nervosismo na barriga.

Rory me lança um olhar curioso.

— Hm. — Torço os dedos, as pontas traçando círculos rápidos. Meus olhos se voltam para a árvore e aponto para outro presente. — Tenho mais um para você.

— Tá querendo me mimar, é? — comenta ele, balançando a cabeça enquanto busca o presente para o qual apontei. Quando volta ao sofá, ele rasga o embrulho.

É a nossa foto na biblioteca da escola, mas em vez de estar cortada, como no fundo de tela do celular dele, é a imagem completa. Nós dois sentados lado a lado a uma das mesas da biblioteca, livros e papéis espalhados à nossa frente, eu com um sorriso reservado e relutante e Rory sorrindo de orelha a orelha com o braço à minha volta.

— Hm — Rory diz, estudando a foto com uma expressão que não consigo interpretar.

— Pode colocar na estante. — Eu me ajeito sob a coberta. Talvez seja um presente estranho. Eu deveria ter perguntado para a Pippa para saber se ele gostaria de algo assim.

Ele inclina a foto para mim.

— Eu já gostava de você nessa época.

Vibrações se espalham por meu peito.

— Acho que eu também já gostava de você.

Sorrimos um para o outro.

— Eu amei, Hartley. Obrigado.

Ele fica em pé, vai até a estante e coloca a foto na altura dos olhos. Quando olha para mim, dá uma piscadinha.

— Perfeito — diz ele.

Eu poderia me dissolver dentro do sofá de tão aliviada e feliz que me sinto.

Um momento depois, ele coloca um presente pequeno no meu colo e se afunda no sofá ao meu lado, observando-me com um brilho nos olhos.

— Sua vez.

A caixa é pequena, pouco maior do que a palma da minha mão, e rasgo o embrulho para revelar uma caixa de joias de veludo.

Meu pulso dispara.

— Acho bom que não seja um anel de noivado de mentirinha — digo, sem pensar, mesmo sabendo que não é.

Eu acho.

Os olhos dele se aguçam, e o sorriso fica ardiloso.

— E se for?

— Rory. — Minha cara arde, e o sorriso dele se alarga.

— É fácil demais deixar você sem graça, Hartley. — Ele aponta com o queixo para a caixinha. — Abre logo.

Sinto o veludo suave sob os dedos enquanto a abro, e dentro estão dois brincos com pedras da cor dos meus olhos. Perco o ar e, por um momento, fico só olhando para eles.

— Você odiou.

— Não. — Solto uma risada leve. — Como eu poderia odiar? São lindos.

Há uma sensação em meu peito quando retribuo o sorriso cauteloso dele, tipo uma cambalhota dentro de mim enquanto eu e Rory nos entreolhamos.

— Não diga que foi exagerado ou caro demais. — Os olhos dele estão muito suaves, como a caixa de veludo na minha mão. — Fiquei pensando em você quando os vi e gosto de comprar coisas para você e te fazer feliz. — Ele suspira devagar, os olhos ainda vagando pelo meu rosto. — E você merece ter coisas bonitas.

É tão clichê me apaixonar por um homem rico que ama me comprar coisas. Sou mais evoluída do que isso. Posso comprar meus próprios brincos, se quiser.

Mas a questão não é o preço. É o fato de ele ter pensado em mim. É o gesto, porque Rory Miller está se revelando muito *cuidadoso*, *gentil* e *doce*.

— Ficou pensando em mim? — Volto a olhar para os brincos. São lindos mesmo. Nunca tive nenhuma joia como essa, e já estou apavorada com a ideia de perdê-los.

— O tempo todo — responde ele, quase relutante, como se não quisesse ter que falar a verdade.

Meu coração fica errático, emocionado e contente.

— São bonitos demais para usar.

— Hartley. Usa esses brincos. Se perder um, eu compro outro. Compro dez.

Bufo. Não sei o que significa o fato de ele conseguir basicamente ler meus pensamentos.

— Coloca pra ver como ficam. — Ele se recosta no sofá, finalmente parecendo à vontade na própria casa. — Vamos ver se servem.

Solto um riso baixo enquanto tiro os brincos da caixa e os coloco. Quando me volto para Rory, os olhos dele estão calorosos de afeto.

— Linda — diz ele com a voz baixa.

— Pippa tem um par igual, eu acho. — Meu coração se aquece com a ideia de ter brincos que combinam com os dela.

— Mesma pedra, mas modelo diferente — diz Rory. — Da mesma joalheria.

Ele pegou a recomendação de joalheria com Jamie. Dedicou um esforço e planejamento para isso.

Sinto um friozinho na barriga e contenho um sorriso, inclinando-me para beijar sua bochecha.

— Obrigada.

— De nada. — Ele se inclina para a frente para pegar um envelope verde da mesa de centro antes de entregá-lo para mim.

Estreito os olhos enquanto o abro.

— Outra viagem com Pippa? — pergunto, erguendo as sobrancelhas, e ele sorri consigo mesmo. Tiro o papel e leio a letra grosseira e masculina de Rory.

São cinco sessões de mentoria com a mulher que abriu o estúdio de dança *body positive* em Nova York, aquele que inspirou meus sonhos.

Ergo o olhar para encontrar o dele. Meses atrás, quando Rory estava começando a me ensinar a patinar, comentei sobre ela uma vez. Nem sequer citei o nome.

Quando eu penso que já vi tudo que há para ver nesse homem, ele tira outra carta da manga.

— Não sabia que ela dava mentoria — murmuro, relendo o cartão.

— Ela não dá. — Rory coça a nuca. — Mas não foi difícil convencê-la, depois que expliquei o que você queria fazer e ela deu uma olhada no seu site.

— Ela deu uma olhada no meu site? — Mordo o lábio, o coração batendo descontroladamente.

Ele assente, num sorriso cauteloso.

— Fui longe demais?

Emoções sobem e descem dentro de mim. Mesmo que eu me sinta insegura quanto às capacidades que tenho, Rory acredita em mim e nos meus sonhos. Ninguém nunca fez esse tipo de coisa por mim.

— Não — sussurro, passando o dedo pela borda do cartão. — Não foi longe demais.

Rory se recosta, me observando, tão lindo sob a luz matinal que quero dizer um milhão de coisas.

— Vem cá — diz ele e, com cuidado, sento em seu colo. O corpo dele está quente embaixo de mim, e acaricio seu peito com as mãos, subindo pelo pescoço, até meus dedos se enroscarem em seu cabelo bagunçado.

— Obrigada — sussurro antes de dar um beijo em sua boca. — Eu amei.

Ele solta um *hm* baixinho e satisfeito em meus lábios que reverbera pelo meu peito, e sinto que estou ainda mais afundada em qualquer que seja esse lance que tenho com Rory Miller.

63

RORY

— Eu deveria ter imaginado que você dirigia um carro assim — Hazel diz à tarde enquanto saio da garagem.

Abro um sorriso para ela, ligando o aquecedor de assento.

— Rápido, potente e incrivelmente bonito?

— Espalhafatoso e caro. — Ela bufa. — E só *você* dirige um carro como *esse* na neve.

— Ow, eu tenho pneus de neve. — Engato a marcha do carro esportivo, piscando para ela com um sorriso malandro enquanto o motor ronca mais alto, e ela revira os olhos, escondendo um sorriso. — Você sabe dirigir carro manual?

— Não. Meu pai quis ensinar pra gente, mas eu e Pippa nos recusamos.

As ruas estão tranquilas enquanto seguimos.

— Quer que eu te ensine?

— Rory. — Os olhos dele se voltam para os meus. — Não vou dirigir esse carro.

— Por que não?

Ela hesita, provavelmente prestes a reclamar que é caro demais ou coisa assim.

— Talvez você precise dele pra alguma coisa depois.

É fofo pra caralho quando ela dá essa piscadinha rápida quando está sem graça. Tipo hoje cedo, quando viu a caixa e pensou que fosse um anel de noivado. Quase me fez querer comprar um para ela para ver o que diria.

Quem estou enganando? Não é esse o motivo por que quero comprar um anel de noivado.

— Eu alugo um carro se precisar — insiste ela.

— Tá. — Suspiro como se ela tivesse me convencido. — Então eu compro outro carro pra você. — Pego a ponte para North Vancouver e sinto as entranhas se apertarem de nervosismo. — Que tipo de carro você quer?

Ela cai na gargalhada.

— Você não cansa.

Meus pensamentos vagam até minha mãe, e outra onda de nervosismo me atravessa. Tamborilo os dedos no volante de ansiedade. Será que os amigos dela sabem sobre mim? Será que está com alguém? Ainda faz trilhas? É como se ela fosse uma estranha. Mas a maneira como olhou para mim ontem me fez sentir como se...

Solto um suspiro pesado. Me fez sentir como se ela não quisesse que as coisas estivessem do jeito que estão.

Mas foi ela que decidiu ir embora, então não faço ideia do que pensar. Não sei o que estou fazendo ao visitá-la hoje.

Hazel pousa a mão em minha coxa. Consegue ver dentro de mim e sabe que estou nervoso por hoje.

Fico me perguntando o que mais Hartley sabe. Se sabe que sou apaixonado por ela.

— Estou contente por você estar indo comigo hoje — admito, alternando o olhar entre ela e a estrada.

Sem Hazel, eu inventaria alguma desculpa e levantaria pesos até estar cansado demais para pensar. Mas, com Hazel, não tive a sensação urgente e dilacerante de não estar fazendo o suficiente pelo hóquei. Se eu perguntasse para ela, tenho certeza de que diria que posso tirar três dias de folga sem estragar minha carreira, e eu concordaria com ela.

— Preciso de você — acrescento, chegando mais perto de contar o segredo que estou guardando dela.

Hazel mudou minha vida de maneiras que eu não teria como prever, e estar com ela é muito mais do que eu esperava.

Ela fica olhando para mim, e de repente estou com medo de ter ido longe demais, mas ela só abre aquele sorriso suave e doce que descobri nos últimos meses.

— Também estou feliz em estar aqui — diz ela, dando mais um aperto na minha perna.

64

RORY

Enquanto minha mãe se alvoroça pela festa, enchendo bebidas e conversando com as pessoas, eu me sento ao lado de Hazel na sala. Minha mãe comprou esta casa alguns meses depois de ir embora, e estive aqui duas vezes. Não, três. Passei a maior parte das visitas praticando *slapshots* na garagem, ignorando a presença dela.

— Hazel — pergunta minha mãe, sentando-se ao lado dela. — Com o que você trabalha?

Hazel pega a minha mão, me ancorando.

— Sou fisioterapeuta do time.

Elas conversam sobre o trabalho de Hazel e seu treino de yoga, e minha mãe me lança um olhar caloroso quando Hazel mostra os brincos que comprei para ela.

— Está gostando do time de Vancouver, Rory? — pergunta minha mãe, e a sala parece ficar em silêncio.

— Aham. — Lanço um olhar rápido para ela. — Streicher está no time, então é bom jogar com alguém que conheço. — Eu me ajeito, consciente de que todos na sala estão prestando atenção na nossa conversa. — E gosto do comando do Ward.

— Hm — diz minha mãe, assentindo com a cabeça. — Você não tinha um pôster dele na parede?

Hazel sorri para mim, e tento sorrir em resposta, mas sinto que meu sorriso sai meio rígido.

— Sim.

— Hm — diz ela de novo, e ficamos em silêncio. Ela encara as próprias mãos no colo antes de voltar a erguer os olhos para mim. — Jamie e a mãe dele estão bem?

— Sim — respondo, acenando com a cabeça.

— Ele e minha irmã estão noivos — acrescenta Hazel, e minha mãe abre um sorriso radiante.

— Vi que ele estava noivo, mas não sabia que ela era sua irmã. — O olhar da minha mãe alterna entre nós, hesitando, como se quisesse falar mais. — Parabéns para eles.

Hazel passa o polegar no dorso da minha mão, e alguns nós dentro de mim se desatam. Não sei como eu faria isso sem ela.

— Jamie é um ranzinza rabugento — comenta Hazel com a minha mãe —, mas não imagino um cunhado melhor.

Minha mãe ri baixinho.

— Ele sempre foi quieto e sério. Bem diferente do Rory. Acho que é por isso que eles faziam bem um para o outro.

Não sei nem o que dizer. Tudo que conversamos é sobre o passado, mas não quero falar sobre hóquei. Ela odeia hóquei.

A situação toda é meio constrangedora. Abro a boca para perguntar se ela ainda faz joias, mas a campainha toca e ela se levanta de um salto, como se estivesse esperando por uma desculpa. Abre a porta, e outros amigos dela vão entrando.

— Que bom que a gente conseguiu vir — diz uma amiga dela, abraçando minha mãe. — Quando você ligou ontem...

— Ah, sim, sim — minha mãe a interrompe, voltando o olhar para mim e Hazel. — Muito bom ver vocês.

A amiga dela me vê e leva um susto, a mão na boca e os olhos arregalados.

— Esse aqui é o Rory?

Abro um sorriso tenso para ela.

— Oi.

— Meu Deus — murmura ela. — Ele é a cara do Rick!

Tão rápido que mal noto, minha mãe fecha a cara, e meu coração se aperta.

— Acho que eu, hm... — começo, levantando de um salto sem olhar nos olhos penetrantes de Hazel. — Vou pegar uma água. Já volto.

Sinto os olhos de Hazel em mim o caminho todo até a cozinha. Na pia da cozinha, encho um copo de água da torneira, viro, e tomo outro, olhando pela janela que dá para o quintal dos fundos.

O que estou fazendo aqui? Estou só abrindo velhas feridas. A reação dela quando a amiga disse que eu parecia meu pai era tudo que eu precisava saber.

Foi um puta erro ter vindo aqui. Não sei o que pensei que aconteceria, aparecer nessa festa. Pensei que de repente seríamos pessoas diferentes? Que a gente conseguiria começar do zero ou alguma coisa assim?

Ridículo, diria Rick.

Penso no dia em que ela foi embora, quando perguntou se eu queria ir com ela. Tudo seria diferente se eu tivesse dito que sim. Eu conheceria minha própria mãe. Mas não jogaria hóquei.

— Rory. — Minha mãe entra na cozinha com uma expressão estranha.

A cozinha é pequena demais para nós dois, mas, ao mesmo tempo, fixo o olhar no dela, contemplando-a. Minha mãe. Minha cabeça dói só de olhar para ela. Embora esteja bem na minha frente, sinto saudade dela.

Queria que *pudéssemos* começar do zero. Só não sei como.

Ela aponta por sobre o ombro, balançando a cabeça.

— Desculpa pelo que a Erica disse. Sobre você parecer seu pai.

Dou um gole d'água só para ter algo para fazer com as mãos.

— Todo mundo diz isso.

— Sempre achei que você parecia mais comigo.

Silêncio se estende entre nós. Consigo sentir o perfume dela, o mesmo que usava quando eu era criança.

— Como está seu pai?

— Hm. — Passo a mão no pescoço, pensando na ligação dele de ontem. — Tá bem.

— Veio aqui pra cidade para passar as festas?

— Não — respondo, balançando a cabeça. — Está em Toronto. Ele não é muito de Natal.

Ela acena como se lembrasse antes de sua expressão mudar.

— Ele era, quando você era bem pequeno. Adorava fazer todas as coisas de Natal com você.

Faço uma careta. Não me parece do feitio dele.

— Sério, Rory, ele era. — Ela suspira. — Seu pai te ama. Espero que saiba. Ele demonstra do único jeito que sabe.

Meu pai ama *hóquei*. Ama ser o melhor e que qualquer pessoa relacionada a ele seja a melhor, mas deixo isso tudo de lado.

— Acho melhor voltar... — começo.

— Você está feliz?

A pergunta apunhala meu coração, e não sei por quê. Ela espera, observando meu rosto.

— Sim. Estou. Hazel é... — perco as palavras, olhando na direção da sala de estar, onde dá para ouvir todos conversando e rindo. — Hazel é incrível.

A expressão preocupada da minha mãe se dissolve num sorriso cheio de afeto.

— Ela é uma graça. Vocês parecem perfeitos um para o outro.

Me limito a assentir. Quero contar para ela que gosto de Hazel desde o ensino médio e que inventamos toda essa história de namoro de mentira para irritar o ex dela, mas que estou apaixonado por ela e não faço ideia do que fazer ou quando me declarar para ela.

Em vez disso, fico olhando para o copo de vidro em cima da bancada e aceno de novo.

— Espero que sim.

Um silêncio paira novamente na cozinha, e dou um passo para voltar para a sala.

— Tenho um presente para você — ela diz de um fôlego só atrás de mim.

Ergo as sobrancelhas enquanto ela corre até a sala e volta segurando uma pequena caixa de presente.

— Não é nada de mais, mas... — Ela entrega para mim, afobada. — Enfim, abre aí e vê.

Tiro a tampa e empurro o papel de seda. É um suéter de tricô azul-marinho com pontinhos cinza na lã, como os olhos de Hartley. Quando o ergo, parece do tamanho certo.

— Foi você que fez?

Como se estivesse com vergonha, ela assente, e sinto o peito apertar. Por que ela está fazendo suéteres se foi embora? Por que está me convidando para festas de Natal com seus amigos e conhecendo minha namorada e perguntando sobre meu pai?

— Fiz no ano passado. Queria te dar na época, mas perdi a coragem.

Consigo sentir a expressão perplexa no meu rosto.

— Ano passado?

Ela estremece.

— Fiquei achando que você já tinha tudo de que precisava e não gostaria de...

Acho que esse aperto doce no meu peito é aquilo de se sentir valioso que Hazel comentou no yoga daquela vez. Coloco a caixa em cima da bancada e abraço minha mãe com toda a força. O cheiro aconchegante de canela nos envolve, e ela retribui o abraço.

— Obrigado — digo, com uma voz estranha e embargada. — Eu amei.

Nós nos soltamos, e ela não me olha nos olhos.

— Queria que você ficasse quentinho. Você vive viajando com o time para lugares frios.

Que coisa mais mãe de se dizer.

De volta à sala, eu me sento ao lado de Hazel e coloco a mão na dela.

— Tudo bem? — ela sussurra, e aceno que sim. Ela se apoia mais em mim. — Estou aqui pra você, sempre — acrescenta ela, e consigo respirar de novo.

65

HAZEL

À noitinha, nós nos deitamos no sofá na frente da lareira, tomando sidra quente de novo enquanto neve cai lá fora e a árvore de Natal brilha. Estou usando o moletom dele, recostada nele, coberta com a manta quente que ele comprou para mim, e ele brinca distraidamente com meu cabelo com os dedos.

— O que você decidiu sobre aquele estúdio? — pergunta Rory.

Tensão aperta meu estômago. Faz dois dias que Laura mandou mensagem, e ainda não respondi. Eu me sinto uma cretina por não responder na hora, mas vivo mudando de ideia.

— Não decidi nada.

— Hm — responde Rory, ainda brincando com meu cabelo, e sei que, se eu dissesse que não quero alugá-lo, ele respeitaria e deixaria para lá.

Estou com medo. Tem muita coisa em jogo. Se não vingar, vai ser uma vergonha e um grande desperdício de dinheiro, mas, mais do que isso, se não vingar, o que isso diz sobre mim?

Mas não posso ficar empacada no mesmo lugar para sempre por medo. E, com as sessões de mentoria que Rory me deu no Natal, vou ter alguém para responder às minhas perguntas. Meus pulmões se expandem com uma respiração funda e endireito a coluna.

— Quero dar uma olhada no espaço.

Ele se ilumina.

— Quer?

Aceno, sorrindo.

Ele ergue o queixo para meu celular na mesa de centro.

— Então manda mensagem para ela agora.

— Agora?

— Sim. — Ele me cutuca. — Antes que você perca a coragem.

Ele tem razão. Inspiro fundo, pego o celular e digito uma mensagem rápida para Laura.

— Nem deve estar mais disponível agora — murmuro. — E tudo bem.

Ela responde um momento depois. *Ótimo! Você está livre na manhã da véspera de Ano-Novo? Podemos marcar de você dar uma olhada no espaço, se quiser.*

Rory lê a mensagem por sobre meu ombro. Precisamos pegar a estrada para Whistler nesse mesmo dia para o jogo do Clássico da Liga.

— A gente se planeja direitinho, dá tempo — ele diz, erguendo uma sobrancelha.

Mordo o lábio.

— Vai, Hartley — murmura ele, sorrindo.

Relutância cresce dentro de mim porque fazer algo tão grande assim é apavorante, mas Rory venceu o nervosismo para ir à casa da mãe.

Parece uma boa, respondo para Laura antes de soltar uma lufada de ar.

— Muito bem — diz Rory em minha têmpora, e coro, jogando o celular de lado.

Ele leva os olhos até nosso porta-retratos pousado na estante antes de se voltar para mim e sorrir.

— É isso que você esperava quando fez aquela aposta de que ficaríamos juntos? — pergunto. — Que ficaríamos deitados no sofá feito um casal de velhinhos?

O olhar penetrante que ele me lança faz meu coração palpitar.

— Isso aqui é ainda melhor.

Preciso dizer algo sobre o que estou sentindo. Nunca pensei que nada disso aconteceria, e com certeza nunca pensei que me sentiria *possessiva*, *orgulhosa* nem que teria uma *felicidade radiante e vertiginosa* por Rory Miller. Raiva aperta meu estômago quando hesito.

— Obrigado por ter ido comigo hoje — ele diz.

— Imagina. — Esse cara não faz a menor ideia do que eu faria por ele.

Penso em Nicole e em como ela ficou feliz por vê-lo hoje. Como claramente organizou uma festa só depois de ter nos convidado porque queria muito vê-lo. Quando o lavabo do andar debaixo estava ocupado, ela me mandou para o andar de cima e passei pelo escritório dela.

— O escritório da sua mãe estava cheio de coisas de hóquei — digo, e ele franze a testa.

— Ela odeia hóquei.

— Ela tinha o recorte do jornal do dia em que você foi contratado, todas as suas camisetas e vários produtos do Storm lá. — Uma dor lateja em meu peito por ele *e* por ela. — Ela sente saudade sua, Rory.

— Também sinto saudade dela — diz ele baixinho em meu ouvido, e meu peito se aperta.

Ele é tão honesto comigo, mesmo em assuntos delicados, então me esforço para revelar mais de mim para ele.

— Connor disse que homens como ele não acabam com mulheres como eu — digo de um fôlego só. Não consigo contar para ele a verdade do que sinto quando penso nisso, então é tudo o que consigo falar. Representa um passinho minúsculo para a frente.

Ele me lança um olhar de esguelha, que se assevera quando cito o nome de Connor. Cruzo os braços diante do peito, a cara fechada para o chão e, na minha cabeça, estou de volta lá, naquela festa de anos atrás, sentindo a mesma vergonha intensa de não ser o bastante para alguém.

— Eu não era suficiente para ele. — Mal consigo dizer as palavras. Elas passam cortando minha garganta.

Ele se move embaixo de mim, ajeitando-se para olharmos um para o outro, as mãos envolvendo meu queixo enquanto faz sua expressão mais veemente, ardorosa e furiosa. Inclina meu corpo para cima para poder olhar em meus olhos.

— Ele está errado, Hartley. — Nossos olhos se encontram, emoção cintilando em seu olhar. — Ele está errado pra caralho.

Meu coração bate forte no peito. Quero acreditar nele. Quando estamos sentados aqui, abraçados um ao outro como se nada mais existisse, quero acreditar que não vai se cansar de mim ou me descartar.

Acho que eu morreria se isso acontecesse.

Onde fui me meter? Pânico cresce quando olho no fundo dos olhos de Rory. É impossível sair dessa sem me magoar.

— Ele está errado. — Rory olha para mim como se quisesse mesmo que eu acreditasse nele. — Ele é que nunca foi bom o bastante para você, e sabia disso. Você é perfeita, Hartley.

Algo vibra dentro de mim, urgente, insistente e desesperado para sair. É agoniante guardar os sentimentos dessa forma.

— Não é mais de mentira — sussurro. — É?

— Não, Hartley — Rory responde, balançando a cabeça. — Não é. — Ele perpassa o olhar por meu rosto como se estivesse tentando assimilar todos os detalhes sobre mim, e engole em seco como se estivesse nervoso. — Faz muito tempo que não é de mentira para mim.

Não existe ar na sala, e não consigo desviar os olhos.

Connor disse que eu não era suficiente, mas talvez estivesse errado. Rory com certeza olha para mim como se eu fosse. Quero isso, seja lá o que estivermos fazendo. Quero isso tudo.

— Posso te contar uma coisa? — ele pergunta, ajeitando meu cabelo atrás da orelha.

Meu pulso vacila diante da expressão sincera e receosa que vejo nele, mas aceno que sim, mordendo o lábio.

Ele olha bem fundo em meus olhos, inspirando devagar.

— Eu amo você.

O mundo para, desaparecendo, e restamos apenas eu e Rory.

— Como assim? — inspiro fundo, como se estivesse com medo, mas não estou.

— Eu amo você. — Vejo o pescoço longo dele se movimentar enquanto me observa, a mão voltando a se enroscar em meu cabelo.

Dois meses atrás, essa teria sido a última coisa que eu ia querer ouvir. Agora, quero ouvir Rory dizer essas palavras umas mil vezes.

— Não precisa fazer essa cara de surpresa, Hartley. — O sorriso dele é carinhoso e enviesado. — Como eu não me apaixonaria por você? Sempre foi só questão de tempo.

Entreabro os lábios, mas estou sem palavras. A menina de anos atrás que teve o coração despedaçado não consegue acreditar na sorte que tenho de ter encontrado Rory. Ao mesmo tempo, estou com medo de que isso não dure.

— Não precisa dizer nada. — Ele ri baixinho diante do meu silêncio. — Sei que vai dizer que também me ama em algum momento.

Ele afirma isso como se fosse uma certeza. Afirma como se conseguisse ver dentro de mim, como se acreditasse que vou acabar retribuindo.

Um fulgor se expande dentro de mim.

— Tão metido — murmuro.

Tenho evitado a emoção, dado as costas para ela, mas não consigo mais ignorá-la.

Estou perdidamente apaixonada por Rory Miller. Nunca disse essas palavras para homem nenhum. Com Connor, sempre sentia que elas seriam mal recebidas, então as guardava para mim.

Mas aquela era uma versão desvirtuada de amor, e Rory não é nada parecido com Connor.

Ele já magoou uma pessoa antes, uma voz horrível sussurra na minha cabeça. Não foi por querer, mas ele foi descuidado com Ashley e partiu o coração dela.

Poderia fazer o mesmo comigo, mesmo se me amasse de verdade. Mesmo se eu retribuísse o amor dele e nós fôssemos extremamente felizes juntos. As pessoas se desapaixonam o tempo todo.

Minha mente se volta a ontem, quando Rory disse que Jamie era como um irmão para ele. Eles vão ficar na vida um do outro para sempre, o que significa que Rory vai estar na *minha* vida para sempre.

Eu ficaria destroçada se o que temos não desse certo, se depois de eu ter dado tudo para ele ainda tivesse que vê-lo o tempo todo.

— Tudo bem — ele diz de novo, passando a mão pelo meu cabelo, e vejo que entende.

Rory sorri como se conseguisse ler meus pensamentos. É só mais um motivo pelo qual meu coração acelera por ele: porque é infinitamente paciente e gentil. Porque sabe que estou despedaçada e tentando juntar os cacos para ficar com ele.

— Eu te espero — diz ele.

Ai, Deus. Sim. Eu realmente amo muito esse cara. Acho que o amo faz um tempo. Mais do que estou pronta para admitir. Eu me esforcei tanto para não amá-lo, mas acho que essa talvez tenha sido a coisa mais idiota que já fiz na vida.

Ajeito o corpo para sentar em seu colo, nossos olhares fixos um no outro por todo o tempo. Ele apoia as mãos na minha cintura e levo a boca à dele.

— Como está seu tornozelo? — ele pergunta baixo.

— Não estou nem aí para o meu tornozelo nesse momento.

Rory acena, semicerrando as pálpebras, e sua garganta se move. Ele provavelmente vai dizer algo sobre ficar de repouso, mas, em vez disso, eu o beijo.

66

HAZEL

Enquanto nos beijamos, Rory me ergue e me carrega para o quarto, me colocando na cama com cuidado antes de se ajoelhar na minha frente. O ar vibra de eletricidade quando ele move a boca sobre a minha, afastando-se por um segundo de cada vez para tirarmos as roupas um do outro até, finalmente, eu estar sentada na cama de calcinha e sutiã lavanda.

— Eu precisava muito mesmo de você hoje — ele sussurra, engolindo em seco, e seu olhar é tão vulnerável que sinto a emoção pulsando através de mim.

Sei que o que ele falou é verdade. Quando se trata da mãe, ele fica perdido, e só quero segurar a mão dele e garantir que fique bem.

Cara, eu quero tanto ser essa pessoa para ele. Quero demais.

— Diga aquelas palavras de novo — sussurro. — De antes.

Ele sorri, segurando meu rosto enquanto me beija.

— Eu amo você.

Suspiro, praticamente flutuando, e ele sobe na cama. Como toda vez que nos beijamos, esqueço tudo exceto o toque da boca dele na minha, a mão deslizando atrás do meu cabelo, o joelho abrindo os meus. Ele se acomoda entre as minhas pernas, e o tamanho imponente de seu pau encostado em meu clitóris faz faíscas me atravessarem. Entreabro os lábios e permito que a língua dele deslize para dentro, e quando a chupo de leve, Rory prende a respiração, soltando um barulho baixo de prazer que reverbera no fundo de seu peito.

— Nossa — murmura ele antes de voltar para dentro da minha boca, me saboreando. Arqueio o corpo contra o dele porque algo nessa única palavra me diz exatamente o quanto ele precisa de mim, o quanto poderia perder a cabeça se não conseguisse ter mais. Ele aperta o quadril contra o meu, os dedos no meu cabelo, e tremores de prazer e excitação dançam pela minha coluna. — Eu poderia gozar só fazendo isso aqui, Hartley, juro.

Uma pulsação ardente começa no fundo do meu ventre, e devo fazer um barulho de protesto, ou de necessidade, ou ambos, porque ele solta uma risada baixa que quero lamber de sua boca.

— Mas não vou. — Mais um beijo lento e preguiçoso. Minha calcinha está molhada. — Não antes de te dar o que você precisa.

Nosso beijo passa de lento e concentrado a rápido e intenso.

— Toda vez que bato punheta, penso no gosto da sua buceta. Nunca duro muito pensando nela.

Gemo, voltando a arquear o corpo contra o dele, buscando fricção enquanto roço o quadril no dele. O pau dele aperta o espaço entre as minhas pernas, e meu corpo todo fica tenso.

Rory paira sobre mim, apertando aquele ponto mais uma vez, me fazendo revirar os olhos. Ele abre a boca num sorriso presunçoso e satisfeito, os olhos ardorosos fixados nos meus. Então me recompensa com uma linha de beijos mordiscados que começam no meu pescoço e vão descendo até ele chupar um ponto sensível, e gemo, erguendo o quadril para ele descaradamente.

— Vamos transar hoje?

— Sim — digo, ofegante, quando ele traça pequenos círculos com a língua na curva acima das minhas clavículas. — Acho bom que a gente transe.

— Ótimo. — Os olhos de Rory ficam mais intensos, e ele apoia a testa em meu esterno enquanto inspira fundo. A expressão em seu rosto me diz que essa é a melhor coisa que já aconteceu na vida dele.

Na minha também, acho.

Eu quero este homem. Não ligo para as consequências e não ligo se eu me machucar.

Ele desliza as mãos por entre minhas pernas e traça um círculo firme sobre a frente da minha calcinha. Arqueio as costas enquanto sou atravessada pelo prazer.

— Ai, meu Deus — murmuro, erguendo os olhos para o sorriso perverso e malandro de Rory.

— Você fica tão molhada para mim. — Um rubor se espalha em seu rosto. — Adoro isso, Hazel.

Respondo com um aceno espasmódico, acariciando o peito dele com as mãos enquanto as dele me tocam entre as pernas, me excitando ainda mais, mas, quando estendo a mão para pegar o pau duro dele que sinto pressionado contra a barriga, ele balança a cabeça.

— Ainda não.

— Por favor.

Ele solta um riso baixo e ergue as sobrancelhas, ainda traçando movimentos inebriantes e prazerosos.

— Não vou durar muito se te der o que você quer.

Ele baixa o olhar para meus seios, e sua expressão fica tensa. Um momento depois, está de joelhos, me envolvendo com os braços para desenganchar meu sutiã e baixar minha calcinha.

— Melhor assim — diz ele antes de voltar a mão à minha buceta e eu me arquear contra ele.

Os lábios dele encontram meu mamilo, e a sensação de sua língua sobre o pico intumescido faz eletricidade reverberar pelo meu corpo.

Tento pegar no pau dele de novo, mas Rory pega meu punho e o segura sobre a minha cabeça.

— Me dá sua outra mão — exige ele, ainda massageando meu clitóris, e quero desesperadamente que continue, então faço o que ele manda.

Ele prende meus dois punhos com a mão grande e abre um sorriso lento.

— Não sei por que gosto disso com você — diz ele, o olhar se erguendo para onde segura meus punhos —, mas gosto. — Ele engole em seco e está ofegante, alternando entre observar meu rosto e olhar para onde sua mão se move entre minhas coxas. — Quero você só para mim.

Uma pressão cresce no fundo do meu ventre.

— Também quero — admito. — Gosto quando você faz assim.

Ele abre aquele sorriso perverso e satisfeito de novo como se essa fosse a coisa perfeita a se dizer, e sinto outra onda de prazer por dar a ele aquilo de que ele precisa. O que quer que Rory queira, quero dar para ele.

O maxilar dele fica tenso enquanto desliza os dedos por entre minha umidade.

— Você sabe que é minha, certo?

Assinto novamente, fechando as pálpebras com o ardor crescente que sinto atrás do clitóris.

— Minha e só minha.

Meus dedos dos pés se curvam. Nunca pensei que adoraria ouvir essas palavras possessivas vindas da boca de Rory, mas aqui estou eu, bebendo-as com prazer.

— Repete. — A voz risonha dele está entrecortada pelo sentimento de posse, e o olhar me imobiliza.

— Sua e só sua — murmuro. — Preciso gozar.

Ele inspira fundo e solta meus punhos.

— Deita de barriga para baixo.

— Quê? — Ergo a cabeça enquanto ele se ajoelha, esperando. O pau dele salta para fora, implorando minha atenção, gotas se acumulando na ponta. Eu me inclino para a frente e as lambo enquanto ele afunda as mãos no meu cabelo, apertando com força.

— Hazel. — O tom que ele usa é malicioso e provocante enquanto me puxa pelo cabelo para longe do seu pau. — O que foi que acabei de dizer?

Embora eu esteja excitada, cheia de calor e pressão e a necessidade desesperada de gozar, estou rindo por dentro.

— Não lembro — minto, sorrindo para ele, que sorri de forma perversa, um brilho nos olhos.

Perverso e sexy pra caralho.

— Eu ia te comer — diz ele com aquela voz divertidamente ameaçadora, ainda segurando a parte de trás do meu cabelo. — Mas agora mudei de ideia porque você é uma malcriada.

67

HAZEL

Adrenalina dispara por meu ventre. É isso, né? É exatamente o que sempre precisei num homem. O que eu e Rory temos se encaixa em tudo. *Ele* é o que sempre precisei num homem. Meu pulso acelera com expectativa.

— Fica de quatro.

Mal me virei quando ele volta as mãos para meu quadril e me puxa para ficar de joelhos, molhada e exposta para ele. Hesitação me percorre; faz anos que não fico nessa posição. É submissa e vulnerável, e normalmente não gosto.

Como se estivesse sentindo meus pensamentos apreensivos, desliza a mão grande por minha lombar.

— Tudo bem aí, gatinha?

Eu me concentro no calor da mão de Rory na minha pele e assinto, inspirando fundo.

— Uhum.

Ele nunca ultrapassaria meus limites. Está sempre me observando, avaliando minha reação.

Atrás de mim, ele se ajeita e leva os lábios às minhas costas, traçando uma linha de beijos que começa em meu pescoço e desce pela minha coluna.

— Você confia em mim, Hazel?

— Confio.

— Tem certeza?

— Sim. — Estou molhada e ansiosa, esperando para ele me fazer gozar, e minha frustração transparece em meu tom. — Confio em você.

Ele faz aquele barulho baixo e satisfeito que adoro.

— Acho bom.

A língua de Rory rodeia meu ânus, e arregalo os olhos com a sensação quente e molhada. Um barulho rouco de prazer escapa de mim, e sinto os dedos dele tensos em meu quadril.

— Alguém já fez isso em você antes? — ele murmura enquanto desliza a língua para cima e para baixo.

Estou piscando para o nada, toda minha atenção concentrada nos lugares em que ele me toca com a língua enquanto calor atravessa meu corpo.

— Não.

— Você gosta?

— *Sim* — digo, ofegante. Estou ficando ainda mais molhada. — Rory — gemo. — Preciso gozar. Preciso demais.

— Sei que precisa. — Mesmo assim, ele continua traçando círculos lentos e úmidos pelo meu ânus apertado com a língua. — Quer mesmo gozar?

Cerro os punhos.

— Eu vou te matar depois, porra.

— Não tenho dúvida. — Enfia a língua dentro de mim e solto um gemido agudo e voraz. Minha coluna está formigando. — Ai, caralho, Hazel — ele grunhe. — Você acabou de contrair o cu na minha língua. Que delícia, gatinha. Está indo tão bem.

Ranjo os dentes, ofegante. Estou prestes a explodir.

— Se quiser mais, precisa merecer.

Choramingo, chegando à beira da insanidade. Isso é tortura, mas estou amando.

— O que você quer?

— Fica aqui comigo até o Clássico da Liga.

— Quê? — Não consigo pensar direito enquanto ele me toca assim. — Até o Réveillon?

Ele faz uma pausa antes de me dar um beijo na lombar, expirando em minha pele.

— Gosto de você aqui. Sinto como se as coisas estivessem certas.

As palavras dele e a maneira como as diz, suave e sincero, entram no meu coração.

— Tá. Tudo bem. Eu fico.

Acho que diria qualquer coisa agora, de tão louca que ele me deixou, mas os últimos dias foram um sonho, nós em nosso globinho de neve.

— Diz pra mim que parece que as coisas estão certas.

— Parece que as coisas estão certas.

— Diz pra mim que, se transarmos, não vai ser a última vez.

Minha regra. Minha maldita regra criada para me impedir de criar sentimentos.

— Não vai ser a última vez.

— Muito bem. — O que sinto no tom dele é alívio? — Beleza então, Hartley. — Ele volta a mão para o meio das minhas pernas, massageando meu clitóris com círculos firmes e largos com a ponta dos dedos, toques rápidos e leves, exatamente do jeito que preciso, e tremores se espalham por minha pele. — Você já massageou bastante meu ego por hoje.

Minha cabeça se afunda na cama enquanto chego mais perto do limite. O orgasmo se agita, cresce e se acumula dentro de mim enquanto ele desliza a mão sobre mim, a língua traçando a entrada da minha bunda, me dominando, me levando ao limite. Uma necessidade se arqueia dentro de mim, disparando pelo meu sangue, e meu corpo se convulsiona de prazer conforme a pressão entre minhas pernas chega a um clímax.

— Vou gozar — gemo no colchão enquanto Rory brinca com meu corpo, fazendo os meus dedos dos pés se curvarem. Os músculos no meu ventre ficam tensos, contraindo-se ao redor do nada enquanto ele move a mão mais rápido. Consigo ouvir como estou molhada em sua mão, mas não me importo. Estou pirando, ofegando e contraindo e relaxando os músculos pélvicos em sua língua.

Indecente e depravada, penso comigo mesma, mas não ligo. Se Rory quer, eu quero.

Sinto o coração bater nos ouvidos enquanto o orgasmo vai passando e me inclino para a frente na cama, mas Rory sobe em mim, a ereção dura apertando minha lombar enquanto beija meu ombro.

— Como você está, Hartley?

— Bem — gemo entre um tremor e outro, e ele ri baixinho.

— Cansou por hoje?

Eu me apoio nos cotovelos com um sobressalto e respondo:

— Não. — O rosto dele está vermelho, e os olhos brilham. O cabelo está todo bagunçado, exatamente do jeito que eu adoro. — Ainda não acabamos.

Ele curva a boca e engole em seco como se estivesse tentando manter o controle.

— Acho bom.

Rory leva a mão à mesa de cabeceira, abre a caixa de camisinhas e coloca uma.

— Vira — ordena ele baixo, e me deito de costas.

Ele se acomoda entre meus joelhos, o pau apertando meu clitóris, e perco o ar. A boca de Rory está no meu pescoço, no meu ombro, dando beijos suaves e mordiscadas, e afundo a mão em seu cabelo.

— Não precisa pegar leve — sussurro, roçando em seu membro. — Faz o que quiser, Rory. Eu gosto.

Ele rosna como se isso fosse exatamente o que quisesse ouvir e encosta o pau em minha abertura, tentando entrar. Com o maxilar cerrado e respirações ofegantes, vai enfiando, observando minha expressão. Consigo sentir o segundo orgasmo começando enquanto meu corpo se alarga em volta dele. Rory é grande demais para mim, mas o ardor é incrível, fazendo faíscas subirem e descerem pela minha coluna de tão preenchida e apertada que me sinto. Quando ele move o quadril para a frente e mete até o talo, reviro os olhos.

— Rory — gemo, erguendo o olhar para ele.

Eu conseguiria gozar só pela cara que ele está fazendo. O maxilar está tenso como se mal estivesse conseguindo se segurar, as pálpebras caídas com um olhar turvo e desfocado. Ver o desejo que ele demonstra, estampado em seu rosto assim, aumenta a pressão que volta a crescer dentro de mim.

— Caralho, como você é apertada — diz ele, a voz rouca. — Eu sabia que não duraria muito.

Ele tira o pau de dentro de mim e enfia tudo de uma vez de novo, e nós dois gememos. Vou ficar dolorida amanhã, mas não ligo, preciso de mais. Passo a mão pelo corpo inteiro de Rory: seu cabelo, os braços, suas costas.

— Posso...? — Ele volta a meter, mais rápido e bruto dessa vez, e um som áspero reverbera por seu peito.

— Pode o quê? — Estou sem ar enquanto ele me come, me imobilizando, me usando para chegar ao orgasmo. — Que foi?

Ele sobe a mão até a base do meu pescoço e encontra meu olhar com uma pergunta nos olhos.

— Assim?

Ele não está me apertando, não está me machucando, apenas apoiando a mão, me mantendo embaixo dele. Aceno com força. Tem alguma coisa em Rory sentir essa necessidade de me imobilizar e me foder que me faz ver estrelas.

— Sim. Assim.

— Ótimo.

Ele movimenta o quadril com mais rapidez, encontrando um ritmo agressivo, e meu corpo começa a ficar tenso de novo.

68

RORY

Estar dentro da mulher que amo é a experiência mais intensa da minha vida.

Hazel ergue os olhos para mim como se eu fosse tudo para ela. Hazel finalmente confia em mim. Estou penetrando ela. Sei que ela também me ama e, até estar pronta para me dizer, vou esperar. Tive muita prática com ela.

Hazel morde o lábio com uma cara de necessidade.

— Vai mais forte.

— Tem certeza? — Mal estou me segurando, meu controle se perdendo. Em volta da base do seu pescoço, meus dedos se contraem.

Porra, amo que ela esteja se soltando para mim, me deixando entrar. Confiando em mim para ser usada dessa forma.

Ela acena com força de novo e crava as unhas nas minhas costas. As unhadas são uma camada extra para esse momento: o cheiro dela em meu nariz, o deslizar úmido de sua excitação no meu pau, a cara que faz embaixo de mim, tão dócil, delicada e vulnerável.

Meu Deus, não sei se vou sair vivo dessa. Vou gozar tanto que talvez eu morra. A tensão intensa na minha virilha aperta mais, fazendo meu quadril ir mais rápido, e as faíscas começam.

Em volta do meu pau, Hazel começa a vibrar, e arregalo os olhos.

— De novo? Você vai gozar de novo?

Ela sorri e faz que sim.

— Você está acertando meu clitóris — ofega ela. — E tudo dentro de mim.

Uma satisfação masculina presunçosa me pega desprevenido. Os peitos redondos perfeitos dela balançam enquanto meto nela em cima da cama, a pressão dentro de mim transbordando. Ela pestaneja, vasculhando meus olhos, arqueando-se, e seus lábios delicados se entreabrem. Ouço o coração bater nos ouvidos e sinto minhas bolas se encolherem quando o orgasmo me atinge.

Minha mente se estilhaça em mil pedaços. Jorro dentro dela, afundando a cabeça em seu pescoço enquanto gemo seu nome, gozando bem fundo nela.

Minha Hazel. Minha. A cada estocada, o nome dela pulsa pelo meu sangue. Eu a amo, e ela é minha, e agora que a tenho, nunca mais vou largar.

Quando nossos orgasmos passam e recuperamos o fôlego, eu me apoio nela, beijando sua testa, acariciando seu cabelo. Ainda estou dentro dela, mas não estou pronto para tirar.

— Você tá bem? — pergunto. — Não foi forte demais?

— Não — ela responde, balançando a cabeça. — Foi perfeito. — Suas pálpebras tremulam quando ela ergue os olhos para mim, suspirando com um sorrisinho saciado, e não consigo pensar em mais nada diante da beleza dela.

— Se não quiser mesmo ficar aqui até o Clássico da Liga...

— Eu quero.

Fica pra sempre, então, penso.

Ela leva a mão ao meu peito, sobre meu coração palpitante.

— Gosto daqui.

Eu me pergunto se ela consegue sentir meu coração palpitar ao ouvir isso.

— Seu coração ainda está batendo tão rápido — ela sussurra.

— É gostoso pra caralho com você, Hazel. — Não é só sexo; é felicidade.

Ela arregala os olhos, e o momento antes de começar a falar dura uma eternidade.

— Estou me apaixonando por você também — diz ela, baixinho, a voz nada mais do que um sussurro enquanto vasculha meus olhos com os dela. — Estou assustada.

— Eu sei. — Acaricio a testa dela com os dedos, ajeitando uma mecha de cabelo para trás. — Acho que é para ser assustador mesmo, e vou estar aqui com você o tempo todo. — Nossos olhos se encontram. — Está bem?

— Tá — ela responde, assentindo.

Ela me ama, e um dia vou me casar com Hazel Hartley.

69

RORY

É dia 26 de dezembro, e estou sentado no Flamingo Imundo com Owens, Volkov e alguns dos outros caras do time quando meu celular vibra com uma foto de Hazel.

Ela está na banheira, coberta de bolhas, o rosto corado de calor e os olhos cheios de malícia. Minha dragoa esquentadinha.

Pensando em mim?, digito. Balanço o joelho enquanto sorrio para o celular.

Talvez.

Chega, respondo. *Estou indo para casa.*

Não se atreva. Fica com os meninos e se diverte, pra variar.

Pra variar. Até parece. Todo momento que estou com Hazel é divertido.

— Obrigado por me levar para aquele jogo amador — diz Owens. Os outros jogadores, tanto os profissionais como os amadores, estão discutindo se o Storm vai chegar ao mata-mata essa temporada. — O Streicher não conseguiu ir?

— Não — respondo, balançando a cabeça. — O voo dele acabou de pousar. Mas ele disse que encontraria a gente para tomar uma.

Owens se entrosa perfeitamente com os caras da liga amadora, mas isso não é surpresa. Hayden Owens poderia ser abduzido por alienígenas sanguinários e, em menos de uma hora, estaria fazendo todo mundo rir, se entrosar e se divertir. Assim que pisou no rinque hoje, ele entendeu a dinâmica do time e jogou de acordo. Os jogadores passavam para ele, mas Hayden não fez nenhum gol sozinho. Para deixar mais justo para os amadores, fizeram os profissionais jogarem com uma mão só e em posições diferentes. Volkov deu um péssimo goleiro, deixando um disco depois do outro passar enquanto o resto de nós morria de rir, mas, no ataque, Owens levava jeito.

Estreito os olhos, pensando em um jogo do Storm na semana passada.

— Você tem um *wrist-shot* e tanto para um zagueiro — digo para ele.

Ele dá de ombros, olhando ao redor do bar.

— É, foi só por curtição.

— Mas isso é ótimo. — Os jogos são rápidos, e os jogadores precisam estar preparados para qualquer coisa. — Você está ficando mais versátil e é uma parte importante do time.

Uau. Pareço Ward falando essas coisas. Uma faísca de orgulho se acende em mim.

Ele me abre um sorriso de lábios fechados, baixando a cabeça, contente.

— Valeu, capitão. — Depois pigarreia. — Tudo certo com as coisas que entreguei ontem?

— Tudo certo. — Sorrio, pensando nos presentes que Hazel me deu. — Obrigado por fazer isso por ela. Agradeço.

Ele acena.

— Devo essa a ela por aturar minha preguiça durante a físio. — Ele ergue uma sobrancelha, com ironia. — Ela vai passar a noite com você de novo?

Penso em Hazel sorrindo para mim da arquibancada enquanto jogávamos o jogo amador hoje e na foto que me mandou alguns minutos atrás dela na banheira. Em poucos dias, começou a parecer a *nossa* casa.

Meus pensamentos se voltam para a noite de ontem, enquanto eu entrava nela, e em como aquilo parecia só *certo pra caralho*. E de novo hoje cedo. O jeito como ela gemeu meu nome. Como acordou na minha cama, abraçada ao meu peito.

Owens gargalha de qualquer que seja minha expressão, e alguns dos jogadores olham.

— Então isso é um sim — responde ele, sorrindo por sobre a borda do copo.

— Ela passou o feriado inteiro comigo. Não deixaria que ficasse sozinha no apartamento dela com o tornozelo torcido.

Owens fica olhando para mim com uma expressão que não consigo definir.

— A Hazel é o máximo — diz ele, finalmente.

Meu coração bate mais forte.

— Eu sei.

— E ela merece o melhor.

Lanço um olhar cortante para ele e me lembro da cara que minha mãe fez quando sua amiga comentou que eu era a cara do meu pai.

— Eu sei.

Owens só me abre aquele sorriso gentil e sincero.

— Que bom que ela tem você, então, meu mano.

Ele me dá um empurrão descontraído. Algo em meu peito se alivia.

— Passou as festas aqui?

— Sim. Os pais de Kit se mudaram para Toronto para ficar mais perto da irmã dela, então passei a maior parte do tempo com Darcy.

É mesmo. A namorada do Kit. De quem ele não tira o olho. Estreito os olhos e sinto a culpa transparecer no olhar dele.

— Não está rolando nada — diz ele bem rápido, pigarreando e desviando os olhos. — Não me meto com mulher dos outros.

Em volta do copo de cerveja, vejo que os nós dos dedos dele estão brancos.

— E a Darcy é de outro.

— Isso.

— Vocês fizeram faculdade juntos, né?

— Sim — ele responde, assentindo. — Eu e Kit éramos amigos no ensino médio e conhecemos Darcy no nosso primeiro ano. Morávamos todos no mesmo alojamento, e eu e Darcy fizemos um monte de aulas juntos.

— Mas espera, ela não é atuária? — Foi o que Hazel comentou comigo no outro dia. — Por que você fazia aulas de matemática?

— Ela fazia umas disciplinas de inglês.

Eu me recosto e cruzo os braços na frente do peito.

— Você gosta dela.

— Somos amigos. — Ele contrai os lábios. — Melhores amigos. Aí agora o Kit está falando que eles vão casar. — Ele vira o resto da cerveja. — Não quero deixar o clima estranho para ela. — Ele engole em seco. — E eu nunca faria isso com o Kit — emenda ele, como se fosse parar por aí. Mas então sua expressão se enche de ironia. — Talvez eu faça o que vocês fizeram e arranje uma menina para fingir que é minha namorada para fazer ciúme pra ela.

Quase engasgo com minha cerveja, tossindo.

— Ah, vá. — Ele me abre um sorriso. — Hazel te *odiava*, daí o McKinnon aparece e de repente vocês estão juntos? Não precisa ser um gênio para sacar isso.

Começo a rir.

— Todo mundo sabe?

— Nada — responde ele, ainda sorrindo, balançando a cabeça. — Não contei pra ninguém.

Jordan serve outra cerveja e agradeço.

— Você é gente boa, Owens.

— E você é um bom capitão. — Ele brinda o copo com o meu. — Um brinde, palhaço.

Termino minha bebida e, como ainda estou de férias, encontro o olhar de Jordan, pedindo outra em silêncio.

É fim de ano, e estou me divertindo com meu amigo. Hazel diria que mereço coisas boas na vida.

— A pergunta é — diz Owens, com outro sorriso irônico — a Hazel sabe que não é de mentira?

Abro um sorriso de orelha a orelha enquanto penso nela sussurrando *fala aquilo de novo*.

— Sabe. Contei para ela ontem à noite. — Ansiedade me percorre. Mal posso esperar para voltar para ela.

— Tá zoando? — Owens se levanta e vem para o meu lado da mesa, me envolvendo num abraço de urso com tapas nas costas enquanto dou risada. — Feliz por você, cara.

Streicher entra pela porta e cumprimenta Jordan antes de vir até nós.

— E aí — solta Owens, erguendo o copo enquanto Streicher se senta à mesa. — Olha o cara aí. Pega uma bebida. A gente está comemorando.

Depois de dar boa-noite para Jordan, saímos do bar para o ar fresco e frio da noite.

Minha cabeça está girando, então respiro fundo, fechando os olhos.

— O ar está com um cheiro bom demais.

Penso em acordar hoje cedo com a cara enfiada no pescoço de Hazel, inspirando seu cheiro.

Minha Hazel.

Seguro na frente da jaqueta de Streicher enquanto andamos.

— O cheiro da Hazel é incrível. A Pippa também tem um cheiro bom? Por que as mulheres tem um cheiro tão bom?

Ele balança a cabeça para mim, sorrindo, e, atrás dele, Owens e Volkov riem.

— Você tá bêbado — diz Streicher.

— Tô — admito. — Faz anos que não fico bêbado.

— Tá de boa, Miller — diz Owens. — A gente vai te entregar são e salvo para a Hazel.

— Hm — digo comigo mesmo, os pensamentos flutuando. — Ela é tão linda. — Reviro o bolso e tiro minhas chaves, erguendo o chaveiro de dragão de plástico que ela comprou para mim. — Mostrei isso aqui pra vocês? Ela comprou para mim. Fez uma *meia* para mim. — Me embolo com as palavras.

Owens resmunga:

— Mostrou. Você mostrou para o bar inteiro.

Sorrio para o dragãozinho, que reflete as luzes dos postes. É tão lindo. Eu amo ele.

— Eu amo a Hazel. Amo muito. — Volto a guardar o chaveiro no bolso e abro um sorriso besta para Streicher. — A gente vai casar.

Streicher abre outro sorriso, Volkov revira os olhos, e Owens está rindo tanto que mal consegue respirar.

— Ela já sabe? — pergunta Owens.

Pego o celular para olhar para a foto dela no ensino médio, sorrindo com relutância.

— Ainda não. Mas um dia vai saber.

Hazel foi comigo para a casa da minha mãe. Ela me *conhece*. Me enxerga por quem eu sou de verdade e mesmo assim ainda está dormindo na minha cama, dizendo que não vai a lugar nenhum.

Uma placa na vitrine de um estúdio de tatuagem chama a minha atenção: *ABERTO*.

— Espera aí. — Pego a camisa de Owens para detê-lo, olhando fixamente para as letras luminosas, e, atrás de mim, Volkov solta um palavrão.

Abro um sorriso largo.

— A gente vai entrar.

70

HAZEL

Um tilintar me acorda no meio da noite seguido de uma batida estrondosa. Eu me sento na cama de Rory, meio dormindo.

Meu celular está tocando. Estreito os olhos para a tela. A foto de contato de Hayden ilumina a tela, e atendo.

— Hayden? — Minha voz soa rouca e confusa. — O que está acontecendo?

— Pode abrir a porta?

— *Não acorda ela* — fala Rory ao fundo, e minha cabeça desanuvia um pouco.

— Estou na casa do Rory. — Ouço o estrondo de novo. Tem alguém batendo na porta.

— Eu sei. — Hayden ri baixinho. — Tenho uma surpresa para você.

Um momento depois, abro a porta de Rory. O braço dele está ao redor do ombro de Hayden; ele me lança um olhar quando me flagra vestindo sua camiseta com as pernas de fora.

— Oi, gatinha. — A fala de Rory está enrolada, e ele abre ainda mais o sorriso.

Hayden me volta um olhar entretido com expectativa enquanto guia Rory para dentro do apartamento.

— Vim te devolver isso aqui. Ele não conseguia lembrar qual chave usar.

— Hazel. — Rory sorri para mim, cambaleante.

Vejo os olhos vermelhos e turvos dele e caio na gargalhada.

— Ah, nossa. Resolveu se divertir hoje, lindo?

O termo carinhoso escapa, mas parece certo.

— Resolvi. — Ele abre ainda mais o sorriso enquanto coloca o braço ao redor da minha cintura.

— Se meteu em alguma encrenca? — Dou um tapinha na sua barriga, e ele se encolhe.

Hayden bufa, e Rory me volta um olhar, ainda sorrindo. Malandragem faísca em seus olhos.

— Beleza, então — diz Hayden, erguendo a mão e recuando na direção do elevador. — Vou vazar.

— Obrigada por trazê-lo para casa — digo, enquanto fecho a porta, rindo porque Rory está fungando em meu pescoço, me beijando. — Vamos levar você para cama, e vou pegar uma água para você e um eletrolítico...

Ele se agacha e me joga em cima do ombro.

— Rory — rio, de cabeça para baixo. — Me coloca no chão.

Ele me dá um tapa na bunda antes de raspar os dentes no meu quadril.

— Não.

Respondo com um tapão na bunda dele, ainda rindo, pendurada de cabeça para baixo enquanto ele anda.

— Você é tão linda — ele murmura, a mão alisando a parte posterior da minha coxa enquanto me carrega pelo corredor. — Gosto tanto de você e você cheira tão bem e gosto quando você é malvada comigo.

Reviro os olhos para ele, mas sinto como se meu coração estivesse cintilando.

— Você tá bêbado.

— Aham. — No quarto, ele me coloca em pé antes traçar uma linha de beijos pelo meu pescoço. — E gosto muito de você. Mais do que de qualquer outra pessoa. — Leva as mãos ao meu maxilar, envolvendo meu rosto, e baixa os olhos para mim com toda a atenção, a cara adoravelmente séria. — Eu gosto de você *e* te amo também.

Puta que pariu, é tão fofo ficar olhando para ele. Não só porque ele é bonito. Mas porque cuida de mim e decorou o apartamento para o Natal e me faz rir e realmente curto cada momento com ele.

Mas ele também é bonito pra cacete.

— Gosto mais de você do que qualquer outra pessoa também. — Sorrio. E eu amo ele. — É melhor você ir deitar.

Ele tira a camiseta e arregalo os olhos. De repente me sinto muito, mas muito acordada.

— Rory — chamo a sua atenção, encarando a tatuagem nova coberta de plástico filme em sua caixa torácica. — Que porra é essa?

Ele solta um suspiro de felicidade, sorrindo para mim.

— É você.

É um dragão. Encaro as linhas pretas estendidas sobre os músculos definidos de seu peitoral e engulo em seco. Alarmes soam na minha cabeça, mas ele pega meu rosto nas mãos, sorrindo para mim.

— Porque você é minha dragoa esquentadinha — ele murmura. — Minha.

Coloco as mãos sobre a boca, ainda encarando em choque. A tatuagem se estende até suas costelas. Emoções se agitam dentro de mim: incredulidade e pânico e, cortando ambas como uma faca quente, euforia. Esperança.

Merda.

Adoro que Rory tenha feito uma tatuagem bêbado que me represente, e isso é muita, mas muita loucura mesmo.

Minha. Foi o que ele disse de mim. Que sou dele. Meu coração vacila.

— Você precisa remover isso aí. Que maluquice.

O sorriso está de volta ao seu rosto.

— É o que sou por você, Hartley. Maluco. Não vou remover.

Ai, Deus. Isso é de verdade. Real pra caralho.

— Todo mundo vai ver.

A risada dele é aguda e divertida enquanto ajeita uma mecha de cabelo atrás da minha orelha.

— Deixa que vejam.

Não é a *pior* tatuagem que já vi na vida, mas também não é a melhor. Parece uma tatuagem-de-bêbado-feita-de-madrugada.

— Hazel. — Ergo os olhos para encontrar os dele, e preocupação cresce em seu olhar. — Você odiou?

— Não — murmuro.

Estou me apaixonando por Rory, e ele fez uma tatuagem de dragão por mim. Estou tão fora de mim que nem é mais engraçado, mas uma risada escapa de mim mesmo assim. Rory arqueia uma sobrancelha, alternando entre confusão e divertimento pela minha reação.

Balanço a cabeça para ele.

— Você é doido. Por que fez isso?

— Você sabe por quê.

Meu coração acelera, e todos os sentimentos crescendo dentro de mim se debatem em busca de atenção enquanto ele me observa com aquele olhar aveludado.

Ele está bêbado e talvez amanhã se arrependa disso tudo, mas nem eu consigo ignorar as evidências das últimas semanas. Ficar de guarda alta o tempo todo é exaustivo.

Eu me lembro da festa de noivado de Pippa, quando me perguntei como seria ser tudo para alguém.

Não é tão assustador quanto imaginei.

Quero dizer para ele que o amo. Ele me deu tudo, e não quero mais me segurar.

— Não tenho medo — ele sussurra — e não vou a lugar nenhum.

— Não sei o que fazer com você.

Uma tatuagem. Uma tatuagem, porra.

Ele leva os dedos ao meu queixo e ergue meu rosto.

— Fica comigo.

Como não, sabendo o quanto ele é gentil, engraçado, doce e especial? Eu o mantive a certa distância por todo tempo possível, mas ele nunca desistiu.

Ele é o porto seguro no qual escolho me atracar e, quando chegar a hora e ele estiver sóbrio o bastante para lembrar, vou me declarar.

71

HAZEL

Na manhã do Clássico da Liga, véspera de Ano-Novo, eu e Rory encontramos o dono do espaço do estúdio.

O amigo da família de Laura, Nadir, nos guia em um tour, e mal consigo abrir a boca de tão empolgada e nervosa.

É perfeito.

— A fiação parece boa — murmura Rory em meu ouvido, e seguro o riso. Tenho certeza de que ele nunca viu uma fiação na vida, mas, ontem à noite, eu o flagrei pesquisando no Google o que procurar ao alugar espaços de yoga e dança.

— Vou dar uns minutinhos para vocês darem uma olhada — diz Nadir. — Sem pressa. Vou esperar lá fora se tiverem alguma dúvida.

— E muito espaçoso na entrada para as pessoas guardarem as coisas — acrescenta Rory, apontando para a recepção. — Acha que precisaria fazer muitas reformas?

Até o fim de janeiro, esse espaço ainda vai funcionar como estúdio de yoga.

— Talvez pintar. Instalar uma barra de balé em uma das salas. — Uma emoção intensa vibra em meu peito. — As salas menores precisariam de estantes e equipamentos. — Encontro o olhar curioso de Rory. — Mas eu gostei — admito.

— É?

— Muito. — Aperto o lábio inferior com os dentes enquanto balanço na ponta dos pés. Isso está mesmo acontecendo? Parece bom demais para ser verdade.

Estaria disponível a partir de primeiro de fevereiro, segundo o que

Nadir nos disse. Na primeira sessão de mentoria que tive com a mulher dos Estados Unidos, conversamos sobre como seriam os próximos meses se eu alugasse um espaço. Eu provavelmente precisaria de um mês para fazer pequenas reformas e, nesse meio-tempo, poderia preparar o lado administrativo da empresa, tipo criar um cronograma, fazer o marketing, desenvolver um site e contratar a equipe.

Até estarmos prontos para abrir, eu poderia continuar trabalhando com o Storm. E não interromperia as outras aulas avulsas para ganhar um dinheiro a mais. Seria incrivelmente corrido, mas eu daria um jeito.

Meu coração palpita enquanto olho pelas janelas para as montanhas. Por este lugar? Eu daria um jeito.

A situação com a minha mãe volta à minha mente, e me lembro da ligação dela antes do Natal. Será que consigo? Quero que isso seja mais do que um estúdio fitness, mas e se eu não estiver pronta?

Mas e se estiver? Uma emoção luminosa e cintilante me atravessa. E se der certo e for tudo que quero que seja?

Rory pousa as mãos em meus ombros, massageando os músculos tensos, e relaxo sob seu toque enquanto minha mente está a mil.

Se fosse Pippa que estivesse hesitante, eu a diria para mostrar o dedo do meio para a síndrome de impostor e parar de se limitar.

É realmente perfeito. O aluguel é um pouco salgado, mas está dentro do razoável.

Rory acredita em mim, e seu sorriso de incentivo é o empurrão de que preciso. Pego a mão dele, e ele responde com um leve aperto.

— Ei, Nadir? — chamo, guiando Rory para fora do espaço. — Vou querer alugar, sim.

No começo da tarde no Whistler, Ward está sentado à nossa frente na sala de reunião do hotel com uma expressão curiosa. O aquecimento da patinação começa em meia hora, mas fiz uma solicitação de reunião urgente.

Essa história com Connor já foi longe demais. Se estivesse acontecendo com uma colega ou amiga, eu insistiria para ela falar com alguém e colocar um fim nisso. Juntando o que aconteceu com a assinatura do contrato de aluguel, decido que hoje é dia de fazer coisas difíceis.

— Obrigada por me encontrar hoje de última hora — digo, antes de respirar fundo.

Meu coração martela meu peito, mas me lembro de que Connor me *beijou*. Foi antiético e indecente, e vai contra tudo o que o time promove. Não sei por que estou tão nervosa.

Talvez porque a gente provocou o cara a temporada inteira. Fizemos ciúme nele de propósito. Uma pequena parte de mim sussurra *isso é culpa sua*, mas esmago essa voz como um inseto.

Não foi aceitável, mesmo que Connor estivesse com ciúme.

Rory leva a mão ao meu colo, apertando meus dedos, e meus nervos se acalmam.

— Na noite do evento de caridade — digo a Ward —, Connor McKinnon ficou muito bêbado e me beijou. Pedi para ele parar, e ele não parou.

Repulsa sobe pela minha garganta, deixando um gosto ruim na boca. Espanto atravessa os olhos de Ward enquanto ele escuta.

— Não quero mais ser a físio dele.

Ward cerra o maxilar.

— Você com certeza não precisa mais atender ele. — Ward concentra os olhos nos meus, e vejo fúria e remorso ali. — Sinto muito, Hazel. McKinnon vai ficar no banco até isso se resolver. Preciso pensar mais sobre o futuro dele com o time. — Ele engole em seco. — O que podemos fazer para apoiar você? Todos os recursos de que precisar estão ao seu dispor.

Balanço a cabeça, soltando ar dos meus pulmões tensos. A expressão preocupada de Ward já está me acalmando.

— Estou bem. Obrigada por levar isso a sério.

— Fique tranquila. Se mudar de ideia, sabe onde me encontrar. Estou aqui para te apoiar. — Ele franze a sobrancelha ainda mais e balança a cabeça. — Sinto muito, de novo.

— Eu sei. — Abro um sorriso tenso para Ward, apertando a mão de Rory. — Obrigada.

No corredor do lado de fora, Rory coloca as mãos nos meus ombros para me impedir de continuar andando e vasculha meus olhos.

— Você tá bem?

Me limito a assentir, torcendo a boca

— Queria que nada disso tivesse acontecido, e conversar com Ward não foi divertido, mas estou contente por ter feito isso.

— Também estou. — Ele me puxa na direção do próprio peito e me dá um abraço apertado e caloroso, encostando a boca na minha têmpora. — Estou orgulhoso de você.

— Por quê? — Apoio a cabeça em seu peito esculpido, ouvindo a batida do seu coração.

— Você fez uma coisa difícil.

— Uhum — digo. — Obrigada por ter vindo comigo.

Ele faz que não é nada.

— É o que a gente faz um pelo outro, Hartley.

O aquecimento começa daqui a pouco, então Rory segue para a arena e volto para nossa suíte, pensando em outra coisa difícil que estou adiando. Acendo a lareira na sala e me afundo no sofá, olhando pelas janelas para as montanhas cobertas de neve que cercam o resort de esqui.

Eu e minha mãe não conversamos sobre nossa briga desde que nos falamos antes do evento de caridade e perdi a calma com ela. Meus pais chegaram até a ligar no Natal, mas eu e Rory estávamos no viva-voz com eles, Pippa e Jamie, então a conversa foi sobre assuntos leves.

Antes que eu mude de ideia, já estou discando o número dela.

— Oi, querida — atende minha mãe.

— Oi.

— Você já deve estar no Clássico da Liga.

— Sim. — No pátio da suíte, um pássaro salta antes de levantar voo.

Continua sendo um porto seguro para ela atracar, disse Pippa.

Cada pessoa tem seu ritmo, minha mentora disse durante nosso primeiro encontro.

— Desculpa pelo que falei — digo a minha mãe, sentindo um nó na garganta. — Eu não deveria ter te pressionado tanto, e você está certa. Pode sentir o que quiser em relação a si mesma.

— Não, Hazel... — ela me interrompe, hesitando. Consigo praticamente ver a expressão aflita e insegura em seu rosto do outro lado. — Não sabia que causava esse efeito em você. Esqueço, sabe, que só porque você não é mais pequena, não significa que não absorve o que digo como uma esponja. — Ela suspira. — Não quero nunca nessa vida que você se sinta mal consigo mesma ou pense que não é bonita.

— Eu não penso — digo rápido. — Não me sinto assim.

— Que bom.

Há um momento de silêncio entre nós e, pela primeira vez, sinto que não falhei com ela. Dei espaço para ela me dizer o que está sentindo e não a estou fazendo se sentir mal por isso.

— Se uma pessoa quiser se sentir diferente sobre si mesma — começa ela, um tom de relutância na voz. — O que, hm... por onde ela começaria?

Sinto a emoção crescer em mim.

— Bom — digo, pigarreando —, uma forma fácil de começar seria dizer coisas positivas sobre mim mesma. Quando acho que estou bonita, posso dizer isso em voz alta. — Rio comigo mesma. — Mesmo se estiver sozinha no meu apartamento.

Minha mãe ri baixinho.

— Talvez manter um diário e, toda vez que vier um sentimento negativo sobre mim ou meu corpo, contaria para o diário. Escreveria o que provocou aquele sentimento: o que eu estava vendo na TV, o que estava lendo ou em que estava pensando que me fez sentir que não era o suficiente, para ver se existe um padrão.

Ela escuta em silêncio.

— Talvez um mês ou dois depois de manter um registro de todas as vezes em que isso aconteceu, faria uma lista de todas as coisas que quero fazer em segredo, mas sinto que não posso, e por quê. Roupas que quero vestir, lugares que quero visitar, atividades que quero experimentar.

Imagino minha mãe dançando. Não aos vinte anos, mas agora, aos cinquenta. Forte, alta, feliz e bela.

— Quando eu me sentisse forte o bastante, listaria os motivos por que não posso fazer essas coisas e me perguntaria se são mesmo verdade.

Piso no freio porque não quero sobrecarregá-la.

— E lembraria a mim mesma — acrescento —, que posso ir no ritmo que quiser e que não preciso ser perfeita, porque ninguém é.

— Bom, vou repassar para ela o que você disse — diz minha mãe com leveza, e nós duas rimos. — Te amo, querida.

— Também te amo.

72

RORY

— Esse jogo é para os torcedores — diz Ward no vestiário à noite, momentos antes do jogo —, mas também é para nós. — Ele pousa os olhos em mim. — Lembrem-se do que importa de verdade e divirtam-se hoje.

Ele curva a boca em um sorriso para mim, e sorrio em resposta. Os jogadores seguem para o rinque, e sou o último no vestiário quando McKinnon chama meu nome atrás de mim.

— Miller.

Ele está de roupas normais. Os jogadores lançaram olhares desconfiados para ele durante todo o discurso de Ward. A essa altura, até os caras que não estavam no bar naquela noite sabem o que ele fez.

— Sua *namoradinha* me colocou no banco — ele dispara, andando na minha direção. — Valeu aí.

— Quem se colocou no banco foi você mesmo. — Ajeito a postura até estar o mais alto que consigo, olhando para ele de cima a baixo.

Ele balança a cabeça, furioso.

— Sabe qual é a porra do meu problema? — Ele enfia o dedo na minha cara. — Você. Você sempre foi a porra do meu problema, Miller.

Ele quer brigar. Noto a maneira como olha para mim com ódio nos olhos. No ano passado, ou mesmo dois meses atrás, eu aproveitaria essa oportunidade para sair no braço.

Lembrem-se do que importa, disse Ward.

Hazel importa. Streicher, Pippa e o time e hóquei importam, mas McKinnon? Ele não é nada. Ele é impulsivo, egoísta e amargurado. Tenho pena dele.

McKinnon não importa, e não quero ser nem um pouco parecido com ele.

Hazel iria gostar que eu saísse andando e, mais do que tudo, quero ser o cara certo para Hazel e o capitão de que o time precisa.

— Espero que você tome jeito — digo a McKinnon enquanto saio andando. — Boa sorte.

Esse é o capitão e o homem que quero ser.

O outro time marca mais um gol no terceiro tempo, e Ward pede tempo.

Patinamos na direção do banco. Sobre o rinque ao ar livre, estrelas brilham no céu escuro. Está abaixo de zero na cidade de esqui na montanha, e os torcedores estão encapotados de toucas, luvas e casacos pesados de inverno. A liga amadora está aqui, assistindo ao jogo dos bancos na primeira fileira que arranjei para eles. Sob uma coberta xadrez, Hazel e Pippa estão encolhidinhas, tomando sidra quente.

E agora a estratégia que estou usando no gelo com assistências não está mais funcionando. Calgary está à frente por dois pontos. Um peso aperta minhas entranhas.

— O Calgary sabe o que estamos fazendo — diz Ward, os olhos pousados em mim. — Já viram muitos jogos desta temporada para saber que você é a isca.

Lanço um aceno tenso para ele. Este jogo não conta para a temporada, mas mesmo assim somos competitivos e queremos vencer. Preciso reassumir meu velho papel e virar o astro.

Astros marcam gols. Meu pai está assistindo, tenho certeza.

— Qual é o plano, capitão? — pergunta Ward.

Olho por sobre o ombro para Hazel, e ela me abre um sorrisinho.

Você é doido, disse ela, rindo, quando viu minha tatuagem na noite depois do jogo amador.

O jogo amador. *Você tem um* wrist-shot *e tanto*, lembro de dizer para Owens naquela noite.

Algo se encaixa na minha cabeça, e olho para ele.

— Acho que você deveria jogar no ataque de novo — digo, e ele empalidece. — Centroavante.

Ele aponta para Volkov.

— Mas a gente sempre jogou junto.

— Eu sei.

Talvez não dê certo, mas Ward observa com uma faísca curiosa no olhar, e aquela noite em que Owens jogou no ataque contra a liga amadora? Ele estava feliz pra caralho e, ainda por cima, era bom. Penso em como o rosto ficava aceso ao marcar e como ele talvez esteja na posição errada. Ele deve ter sido treinado como zagueiro desde criança, assim como eu sou atacante desde criança.

— Vamos tentar uma vez e ver se rola — insisto. — Eu jogo na defesa.

Volkov acena.

— Acho que vale a pena tentar.

— Sempre joguei na defesa. — Owens parece relutante. — Não sei se é uma boa ideia.

— Se não der certo, a gente supera. Mas essa é nossa chance de experimentar algo novo. O que importa? — pergunto, antes de olhar para o resto do time ao redor. Estão todos em silêncio. — Isto aqui não é só um trabalho, e não somos máquinas. Precisa ser mais do que isso.

Owens parece apreensivo, mas faz que sim.

— Beleza. Vamos lá.

Ward repassa a jogada e, enquanto os jogadores saem para assumir a formação, Ward aperta meu ombro.

— Sabia que você daria um jeito, Miller.

Sorrio, sentindo aquele peso nas minhas entranhas se dissolver em algo leve antes de patinar para a minha posição.

— Vamos lá, rapaziada — chamo quando o disco toca no chão.

Owens o rouba, e fazemos a jogada tão rápido que o outro time nem sabe o que está acontecendo. Ele passa entre os outros atacantes e crava na rede, tudo em menos de vinte segundos.

Os torcedores vão à loucura, comemorando e berrando. A expressão de alívio e orgulho na cara de Owens faz meu coração voar e, dessa vez, sou eu quem está dando um mata-leão nele enquanto ele ri e me empurra.

— Sabia que você conseguiria — digo, e o sorriso dele se alarga.

* * *

No fim do terceiro tempo, estamos dois pontos à frente. É uma questão de segurar o placar a essa altura. O time não depende de mim para marcar gol, não precisa que eu seja o astro que era. Fiz minha parte como capitão.

Quando o jogo para, olho para Hazel atrás do vidro, que pisca para mim. Finjo bocejar, revirando os olhos, e ela ri, luz emanando de seus olhos.

Você merece ter coisas boas na vida, disse ela quando corremos ao redor do Stanley Park.

Quero marcar um gol hoje. Não pela atenção, nem pela glória de ganhar o jogo; só quero a satisfação da jogada dando certo, de fazer o que amo.

— Vamos fazer uma jogada antiga — digo para Ward e o time. Engulo em seco. Não quero parecer egoísta. — Quero marcar um para mim.

Owens me abre um sorrisinho de orelha a orelha.

— Com inveja de toda a atenção que estou recebendo, Miller?

Dou um empurrão nele enquanto ele me acotovela, mas Ward acena.

— Podem fazer.

Entramos em formação para o recomeço da partida, eu de centroavante de novo, e, quando o disco cai, estou voando, patinando o mais rápido possível na direção do gol antes de empurrar para dentro. A arquibancada irrompe em gritos, e meu coração se ergue, mas é para Hazel que estou olhando. Ela está em pé, batendo palmas e me abrindo um sorriso orgulhoso.

73

RORY

— Tem certeza de que não se importa de passar o Ano-Novo aqui em vez de estar com os meninos? — pergunta Hazel enquanto patinamos pelo gelo à noite, de mãos dadas. O cabelo dela esvoaça às suas costas, flutuando ao vento, e a ponta de seu nariz está vermelha pelo frio. Sob as estrelas no céu, os olhos de Hazel brilham, hipnotizantes.

— Tem certeza de que seu tornozelo está bem?

A risada dela é uma nuvem na noite fria.

— Ai, tá. Você venceu.

Eu me movo para estar na frente dela, patinando de costas, segurando suas mãos, e ela inclina a cabeça para mim com os olhos apertados.

— Alguma coisa mudou em você durante o jogo hoje.

— Notou, foi?

Ela sorri, esperando, e fico em silêncio enquanto cercamos o rinque.

— Todo mundo me compara com o meu pai. Sou parecido com ele, jogo igual a ele. — Eu me corrijo. — Quer dizer, jogava.

Ela aperta minha mão.

— E eu acreditava que não só era como ele, mas que minha vida seria como a dele. Que eu seria triste, infeliz, solitário e obcecado por hóquei, e que toda mulher que me conhecesse veria aquela coisa horrível que as mulheres veem no meu pai e decidem se afastar.

Meu coração bate com urgência, martelando em meus ouvidos. Nunca falei essas coisas em voz alta.

Mas Hazel me abre um sorriso suave e gentil, e penso que talvez ela soubesse de todas essas coisas. Nunca falamos sobre elas, mas, de alguma forma, ela sabia e, em vez de ter medo de que ela me conhecesse bem demais, fico aliviado e grato.

— Mas não sou mais esse cara. Ele era só uma pessoa na qual eu me permitia acreditar. — Sinto um nó na garganta. — Nunca pensei que seria um bom capitão, mas quero ser, e acho que parte de ser um bom líder vem de ver o que as pessoas querem ser e quem elas são de verdade, em vez do que foram ensinadas a ser.

— Hm — diz Hazel. — Você é um bom capitão.

Afeto e orgulho enchem meu peito.

— Graças a você, eu sou.

Ela olha para mim, sorrindo consigo mesma, e fico me perguntando se o coração dela também está explodindo com esse sentimento.

— É véspera de Ano-Novo — diz ela baixinho.

— Eu sei.

Ela me olha de esguelha e, não pela primeira vez, queria poder ler sua mente.

— Era para o nosso acordo acabar amanhã.

Meu coração para. Dissemos que não era mais de mentira, mas talvez ela tenha mudado de ideia.

— E você quer que acabe?

— Não. — A resposta dela é imediata enquanto se vira para mim, os olhos perpassando meu rosto, esmiuçando meu olhar. — Não quero que termine. — Ela entreabre os lábios e parece querer dizer mais, mas apenas os morde de novo. — Não quero que acabe.

Um ardor possessivo me domina. Sou tão feliz com ela que chega a doer, então coloco as mãos na cintura de Hazel e nos faço parar, segurando-a com firmeza porque ela não é muito boa em frear.

— Também não quero que acabe — digo, ajeitando o cabelo dela para trás, olhando no fundo dos seus olhos. — Então vamos continuar.

— Por quanto tempo? — Ela parece tão esperançosa, mas insegura, que meu coração se parte de novo.

— Pelo tempo que você quiser, Hartley, sou seu. Talvez mais um pouquinho depois disso, ainda.

Para sempre, espero.

— Preciso te contar uma coisa — ela sussurra, e os olhos expressam preocupação e nervosismo.

Quando pego as mãos de Hazel, elas estão tremendo.

— Eu amo você — diz ela baixinho, vasculhando meu olhar.

Tudo que consigo ouvir é meu sangue pulsando em meus ouvidos; tudo que consigo ver é Hazel.

— Estava com medo de dizer. Ainda estou, mas... — ela se interrompe, mordendo o lábio, olhando para mim enquanto meu coração dá cambalhotas. — Quero que sempre saiba que é amado.

Minha doce e amedrontada Hazel está entregando na palma da minha mão toda a sua frágil confiança. Eu faria qualquer coisa para protegê-la.

— Eu sei. — Emoção cresce dentro de mim, tão forte que machuca. — Faz um tempo que sei.

— Sabe? — Ela ergue as sobrancelhas.

— Sim — respondo. Levo a mão até a bochecha de Hazel, e a pele dela está fria sob meu toque. — Estava esperando você estar pronta.

Ela sustenta meu olhar, engolindo em seco.

— Você é tão paciente.

— Você vale a espera.

O vinco entre suas sobrancelhas relaxa, e ela solta um longo suspiro.

— Não vai me dizer que também me ama?

Curvo a boca em um sorriso.

— Você sabe que sim.

— É — ela responde, assentindo. — Eu sei.

Eu me abaixo para beijá-la, as mãos em seu cabelo.

— Eu te amo — digo mesmo assim, e ela sorri em meus lábios.

Deve ser assim que é sentir que se tem tudo o que sempre quis.

— Também te amo. Feliz Ano-Novo, Rory.

— Feliz Ano-Novo, Hazel.

74

HAZEL

Dizer para Rory que o amo libera algo nele porque, assim que entramos no elevador para nossa suíte, as mãos dele estão em cima de mim.

— Pensei nisso o dia todo — ele diz enquanto traça círculos úmidos sobre meu clitóris, a mão dentro da minha calça e um braço forte envolvendo meu corpo para me segurar.

Pelo espelho, vejo meus lábios se entreabrirem, me arqueando contra ele. A ereção de Rory pulsa contra minha bunda enquanto ele me masturba mais e mais. Meu corpo responde ao dele ao tremer e se tensionar.

O elevador para num andar que não é o nosso, e Rory tira a mão de dentro da minha calça, endireitando o corpo. As portas se abrem, uma pessoa entra e nós três ficamos em silêncio enquanto meu coração bate forte e meu clitóris arde, querendo mais atenção.

Rory encontra meus olhos no reflexo e me lança um sorrisinho. Seguro o riso.

Ele está descontrolado e me deixa descontrolada, e não consigo imaginar a trajetória da minha vida se não tivéssemos ficado juntos. A vida seria muito insossa sem ele.

Quando eu tiver cem anos e estiver me lembrando da minha vida, vou pensar em estar apaixonada por Rory Miller.

A pessoa sai e, antes mesmo que a porta termine de se fechar, a boca dele encaixa na minha, me possuindo. No andar em que fica nosso quarto, cambaleamos até a porta da suíte, nos beijando, rindo e procurando o cartão-chave.

— A gente nem entrou ainda — rio, enquanto ele tira minha jaqueta.

— Então vai mais rápido — diz ele.

Meu suéter sai no segundo em que entramos pela porta. Depois vai o dele. O caminho para o quarto é um rastro de roupas largadas. Rory não tira as mãos de mim. A boca dele é intensa, dando beijos em meu pescoço antes de voltar à minha boca, me abrindo. Ele coloca um braço ao redor da minha cintura para me segurar enquanto arranca minha legging antes de seu olhar pairar sobre o conjunto de renda creme que estou usando.

Os olhos de Rory ficam turvos, e ele solta um suspiro pesado antes de baixar as duas taças do meu sutiã e passar a língua sobre um mamilo, os dedos brincando com o outro. Sinto uma pulsação entre minhas pernas e suspiro enquanto a boca dele trabalha, enfiando os dedos em seu cabelo e puxando de leve, tirando um gemido dele.

Isso que faço com Rory não é sexo; é muito mais.

A calça e a boxer dele desaparecem, e ele tira meu sutiã e minha calcinha de um jeito distraído que me faz sorrir. Já está duro, o pau projetado para fora criando um ângulo enquanto me entrega a camiseta de time com o nome dele.

— Coloca — exige ele com uma voz áspera, o olhar intenso, e um arrepio me atravessa.

Sou independente, forte e autossuficiente, mas sou indefesa contra o lado possessivo e mandão de Rory.

Visto a camiseta, o tecido roçando em meus mamilos intumescidos enquanto tiro o cabelo de debaixo da gola e Rory me percorre com um olhar que denota calor possessivo. Fico na ponta dos pés para beijá-lo, saboreando o gosto de sua boca na minha, o leve roçar de sua barba rente no meu queixo, a sensação de seu peito esculpido sob as mãos.

Encontro o olhar tórrido de Rory no reflexo, assim como no elevador.

— Adoro ver você com minha camiseta, Hartley.

Ele usa os dentes para mordiscar meu pescoço, e respondo arqueando o corpo para trás contra sua ereção. Ele paira a mão entre minhas pernas, deslizando os dedos naqueles mesmos círculos do elevador, e mais calor brota dentro de mim enquanto observo sua mão trabalhar pelo reflexo.

— Adoro quando você me obedece. — Os olhos dele me queimam, me observando com satisfação, e fico ainda mais molhada.

— Rory. — Os círculos que ele faz sobre meu clitóris ficam mais tensos, mais firmes, e acabo unindo as sobrancelhas. — Não quero esperar.

— Safada — ele murmura. — Tão safada por mim, né?

Todas as células teimosas em meu corpo me arranham para contradizê-lo, mas faço que sim, suspirando de frustração e impaciência.

— Quero você.

Algo satisfeito e presunçoso se ergue na expressão de Rory, que começa a ir até a mala para pegar uma camisinha, mas o detenho com uma mão em seu braço.

— Espera. Não quero usar camisinha hoje.

A respiração de Rory fica rasa.

— Nunca fiz isso antes.

— Eu também não.

Nunca confiei em alguém o suficiente para fazer isso, mas confio em Rory. Nunca amei ninguém como o amo.

— Tem certeza? — Ele ergue as sobrancelhas, o olhar fixo no meu cheio de preocupação.

— Eu quero. Você quer?

Ele me abre aquele sorriso malicioso e safado.

— Ah, Hartley. E como.

Ele volta a boca à minha, me beijando com doçura. Rory é a combinação perfeita: arrogante, competitivo e divertido, mas com uma vulnerabilidade doce que me deixa toda derretida. Ele desliza a língua na minha, chupando de leve, e inspiro o cheiro masculino que ele exala e está para sempre gravado em mim.

Rory recua, virando meu corpo para que eu nos veja no espelho, a mão pesada em meu ombro para me equilibrar enquanto encosta o pau em minha abertura. Apoio as mãos na cômoda, me preparando.

Perco todo o raciocínio quando ele mete com força em mim, me alargando, e, pelo espelho, vejo meus lábios entreabertos. A mandíbula relaxada e o olhar fixo dele. A mão grande no meu ombro, apertando a camiseta com o nome dele.

— Caralho — diz ele com a voz engasgada enquanto me preenche com seu membro grosso. — Isso aqui é bem diferente. Puta que pariu, Hazel.

Ele se inclina mais, enfiando bem fundo dentro de mim.

— Você é *tão* gostosa — ele geme grosso em meu ouvido, e eu poderia gozar só de ouvir Rory tendo prazer.

Ele tira e volta a meter, atingindo um ponto dentro de mim que espalha faíscas por minha coluna.

— Desse jeito vai tão fundo — gemo.

— Eu sei. — Ele aperta ainda mais meu ombro, me segurando com firmeza enquanto entra e sai, encontrando um ritmo, e meu controle começa a se perder. — É gostoso pra caralho com você, Hazel. Você é exatamente o que preciso.

O prazer de Rory faz outra onda de calor me atravessar. Meus músculos se contraem ao redor de seu membro grosso, e um grunhido escapa dele. Pelo espelho, vejo os olhos de Rory arderem ainda mais.

— Você gosta de ouvir isso? — A voz dele está provocante e baixa em meu ouvido, observando meu reflexo. — Gosta de ouvir que era exatamente o que estava faltando na minha vida e que cada momento é melhor com você?

Baixo o olhar para a tatuagem sobre os músculos esculpidos de seu tronco e faço que sim.

— Que bom. — Ele atinge um ponto particularmente sensível, me fazendo choramingar. — Porque você é perfeita para caralho, Hazel. — Ele mexe o quadril mais rápido, e uma mecha de cabelo cai em seus olhos enquanto me observa pelo espelho com um olhar voraz.

Gemo de novo, empinando a bunda na direção dele. A forma como Rory está acertando meu ponto G faz meu sangue ferver, e consigo sentir o orgasmo se acumulando no fundo do meu ventre.

— Isso, gatinha, bem assim. Continua. — Os olhos dele estão febris, e o ardor intenso entre minhas pernas contrai. Ele desce o olhar para a camiseta que estou usando, e suas narinas se alargam de orgulho. — O mais fundo que aguentar.

Minhas coxas estão encharcadas de tesão, e a sensação dele dentro de mim sem nada entre nós é diferente de tudo que já senti.

Ele fecha os olhos como se estivesse tentando se controlar.

— Estou tão perto de gozar, Hazel.

— Ainda não — gemo.

Ele balança a cabeça, o olhar voltado para mim de uma forma inebriada e desesperada.

— Ainda não — ele repete consigo mesmo. — Ainda não. — Solta um palavrão. — Você é tão *apertada*.

Aperto os músculos de propósito, e ele arregala os olhos.

— Não se atreva, Hartley — diz com uma risada. Dá um tapa abrupto na minha bunda antes de apalpá-la, apertando. — Sou obcecado pela sua bunda — rosna ele. — Sempre fui.

Aperto os músculos de novo, abrindo um sorrisinho malicioso em resposta enquanto ele contrai o maxilar.

— Ah, então você quer brincar? — Ele se inclina para a frente, me cercando, levando a mão entre minhas pernas, traçando círculos úmidos em meu clitóris de uma forma que ele *sabe* que vai me fazer gozar.

Do contra do caralho. Sustento o olhar dele no espelho, contraindo meu músculo pélvico com mais força, e ele aumenta a velocidade dos círculos. Um ardor doce de afeto ocupa todo o espaço em meu peito, crescendo dentro de mim, porque conhecer Rory e ver todos os lados dele é o melhor presente que já recebi.

Amor explode em meu peito, e os tremores começam.

— Rory — gemo, baixando a cabeça. A sensação dele dentro de mim é demais e atinge todos os pontos que me fazem perder a cabeça. O foco competitivo em seus olhos só deixa tudo ainda mais sexy.

— Odeio perder, Hartley — ele diz entre dentes.

Meu orgasmo se aproxima, e vejo estrelas, meus músculos se contraindo em espasmos ao redor da ereção de Rory. Onda após onda de prazer reverbera por mim, mas me ancoro na sensação dele dentro de mim, na mão apertando meu ombro e no olhar desesperado e possessivo em seus olhos enquanto perco o controle, tremendo. De novo e de novo, minha buceta se contrai e, um momento depois, eu o sinto enrijecer.

75

RORY

Estar dentro de Hazel, acompanhando todas as expressões de seu rosto no espelho enquanto ela se desfaz por mim, me quebra no meio.

Movimento o quadril contra o dela, o ritmo ficando inconstante enquanto vou me aproximando do orgasmo. Não consigo mais segurar, não quando ela está vestindo com tanto entusiasmo uma camiseta que tem meu nome nas costas, não quando sua buceta está apertando meu pau feito um punho e muito menos quando não há nada entre nós e consigo sentir o deslizar úmido dentro de sua buceta perfeita. O ardor intenso nas minhas bolas cresce, e a estou macetando, gozando bem fundo dentro dela, perdendo a cabeça de prazer e desejo enquanto gemo seu nome.

Sempre foi Hazel.

Esvazio tudo o que estava represado, jorrando dentro dela, os olhos fixos nos dela no espelho e, quando nossos orgasmos terminam, eu a puxo para mim, afundando o rosto no seu pescoço e inspirando seu cheiro.

— Você é minha — reivindico, rouco, o peito arfando por ar, e ela concorda com a cabeça.

Por puro instinto, puro desejo de dominá-la de todas as formas possíveis, minha mão desce até estar no meio das pernas dela. Tiro o pau de dentro dela, mergulhando os dedos, observando enquanto os olhos de Hazel ardem de surpresa e desejo.

— Assim? — pergunto, metendo nela, os dedos deslizando pela umidade do meu gozo.

Ela faz que sim, os olhos ficando turvos.

Vou acariciando com os dedos até o meio de sua bunda, traçando um círculo em suas pregas e enfiando meu sêmen dentro dela. Meu coração bate forte, e instintos possessivos disparam por mim enquanto enfio o dedo úmido dentro dela.

Ela perde o fôlego. Pela maneira como está posicionada, apoiada na cômoda, curvada e aberta para mim, eu me sinto satisfeito e querendo mais ao mesmo tempo. Tudo que ela estiver disposta a me dar.

Minha Hazel, perfeita e confiante.

— Estou viciado nessa cara que você faz — digo.

Meu dedo entra e sai de Hazel, espalhando minha porra dentro dela, e ela contrai os músculos ao meu redor, encontrando meu olhar no espelho, o lábio curvado de desejo. Sangue corre para o meu pau e, em poucos segundos, estou duro de novo, ansioso e pronto para outra.

Com o dedo ainda enfiado dentro de sua bunda, ergo o olhar para o dela com uma pergunta nos olhos, e ela faz que sim como se também estivesse ansiosa por esse momento.

Volto a meter na sua buceta apertada, grunhindo de tão molhada e quente que ela está. Ao redor do meu dedo, ela contrai os músculos de novo. Minha outra mão vai na direção de seu clitóris e, em menos de um minuto, ela arregala os olhos e começa a vibrar ao redor do meu pau.

— Rory — ela diz, puxando o ar. — Vou gozar de novo.

Não paro de meter meu pau dentro dela, enfiando o dedo bem fundo em sua bunda enquanto ela contrai os músculos, e um momento depois é a vez do meu orgasmo.

— Isso não costuma acontecer — digo, com a voz engasgada, enquanto jorro dentro dela novamente, meu sangue quente correndo nas veias e uma pressão expandindo meu corpo. Em meus pensamentos turvos, eu me lembro de que ela me disse isso uma vez. Tivemos umas cem primeiras vezes juntos e, quando penso no futuro, imploro para o universo que tenhamos mais umas cem.

Mais tarde, no banho, beijo cada centímetro do corpo de Hazel enquanto água quente escorre por sua pele.

Ela me perguntou uma vez o que me fazia me sentir valioso e eu não soube responder, mas, enquanto a enrolo numa toalha e a carrego para a cama, minha resposta brilha como as estrelas lá fora.

76

RORY

Dois dias depois, estou sentado no meu carro na frente da casa da minha mãe, olhando para o lugar com uma sensação tensa e nervosa no peito. É fim de tarde, e o céu de janeiro já está escuro.

— Já está surtando? — perguntei para Hazel hoje cedo ao acordar.

Ela me abriu um sorriso suave e sonolento, e balançou a cabeça.

— Não.

Depois de voltar do Clássico da Liga ontem, passamos na casa dela para buscar suas coisas. Os produtos de cabelo dela agora enchem meu box, a gaveta do banheiro está cheia de maquiagens, e as roupas, penduradas em meu closet.

Minha vida está tão plena com Hazel nela que agora preciso ter certeza de que não vou estragar tudo. Eu deveria estar em casa relaxando antes do jogo de hoje, mas, depois que Hazel criou coragem e declarou os sentimentos que tem por mim no fim de semana, preciso resolver as questões com minha mãe para não repetir o padrão. Isso não pode esperar.

E parte de mim está viciada nessa sensação feliz e plena. Hazel disse que minha mãe sente saudade de mim. Talvez haja uma chance para a nossa relação.

Faróis cintilam atrás de mim enquanto minha mãe entra na garagem, estacionando ao meu lado. Sai do carro com uma sacola de compras em cada mão, baixando a cabeça para espiar dentro da janela de passageiro.

— Rory?

Saio do carro.

— E aí, mãe.

— Você não tem jogo hoje?

— Tenho. — Minhas sobrancelhas se erguem de surpresa por ela saber isso. — Será que a gente pode conversar um minuto?

— Claro. — A expressão dela fica receosa. — Está frio aqui fora. Vamos entrar.

No hall de entrada, descalço os sapatos e penduro o casaco sobre o dorso do sofá enquanto ela anda de um lado para o outro, acendendo as luzes com uma energia nervosa, voltando olhares para mim.

— Quer beber alguma coisa? — ela pergunta. — Só tenho água e leite de amêndoas, infelizmente. Não sabia que viria. — Ela ergue as sobrancelhas. — Chá. Posso fazer chá.

Balanço a cabeça.

— Estou bem. Não preciso de nada. A gente pode só conversar. — Eu me sento no sofá.

— Como vai a Hazel? — pergunta ela quando se senta à minha frente, cruzando as pernas.

— Vai bem. Está substituindo outra professora hoje num estúdio, então não vai poder ir ao jogo. — Ela se ofereceu para vir comigo, mas isso é algo que preciso fazer sozinho.

É estranho conversar com minha mãe com tanta naturalidade. Pouso o olhar num porta-retratos na mesa de canto, e meu coração se aperta.

Somos eu e minha mãe numa trilha quando eu era pequeno. Tiramos no parque Joffre Lakes, perto de Whistler, com o lago turquesa servindo de cenário. Ela está com o braço ao meu redor, e nós dois estamos com sorrisos arreganhados.

— Isso não estava aí na festa de Natal — digo, franzindo a testa para a foto. Meu celular vibra com uma mensagem no bolso de trás da calça, mas ignoro.

Ela se ajeita, constrangida.

— Eu guardei porque não queria deixar você sem graça.

Ela acha que, se eu soubesse que ela valoriza essas lembranças nossas, ficaria sem graça?

— Por que eu ficaria sem graça?

Vejo sua boca ficar tensa.

— Nossa relação não é lá das mais fortes.

— Mas você é minha mãe.

As palavras pairam no ar entre nós, e o constrangimento desaparece dos seus olhos, substituído por dor.

— Eu sei. — Ela engole em seco. — Sobre o que você queria conversar?

Não existe nenhuma forma delicada ou fácil de dizer isso, então decido ir direto ao ponto e faço a pergunta que está na minha cabeça há anos enquanto meu celular vibra de novo.

— Por que você me deixou?

Ela congela, me encarando por um longo momento antes de baixar o olhar para as próprias mãos entrelaçadas no colo.

— O que tinha em mim e no meu pai que fez você querer ir embora? O que foi que eu fiz?

— Nada. — Ela me lança um olhar perplexo. — Você não fez nada de errado, Rory.

— Então por que você largou a gente? — As palavras saem tensas, e me sinto nauseado. — Por que a gente nem se *conhece* mais?

— Naquela época, eu pensei que estava fazendo a coisa certa. — A sala fica em silêncio, tirando o tique-taque do relógio na cozinha. — O seu pai era *obcecado* por fazer de você uma versão melhor dele, mas você era só uma criança. Estava treinando às cinco da manhã e ficava praticando *slapshots* na garagem por catorze horas por dia nos fins de semana, mas eu não queria que todas as horas do seu dia girassem em torno de hóquei nem que você fechasse um contrato com algum time aos doze anos. — Ela move os olhos pelo meu rosto como se estivesse passando por memórias dentro da própria cabeça, balançando-a em seguida. — Mas você também só se importava com isso. Você e o seu pai... — Ela cruza os dedos. — Vocês eram assim. Só falavam sobre hóquei isso e hóquei aquilo, e eu ficava de escanteio, tentando e não conseguindo fazer parte da sua vida. Não queria estragar algo que você amava tanto. E, àquela altura, minha relação com Rick já estava em frangalhos. Eu amava seu pai, ainda amo, mas ele ficava sempre só esperando que eu fosse embora.

Penso em Hazel, e minha pele formiga pelo paralelo: que, por muito tempo, fiquei esperando que ela se desse conta de que não me queria. Meu celular vibra de novo e de novo. E começa a tocar. Eu o tiro do bolso (é meu pai ligando na pior hora possível) e aciono o modo avião para ignorar o restante do mundo antes de colocá-lo voltado para baixo em cima de uma mesinha de canto.

— E me convenci de que, quando perguntei se você queria vir comigo, pedi que fizesse uma escolha...

— Eu tinha doze anos! — As palavras saem mais cortantes e altas do que eu pretendia, e minha mãe se encolhe. — Eu tinha doze anos. E você queria que eu escolhesse entre você e o meu pai? Está de sacanagem.

— Eu sei. — Ela assente, respirando fundo. — Eu me odeio por ter feito isso, Rory. Penso nisso todo dia. — Ela olha para nossa foto com um sorriso triste, engolindo em seco. — Quando você ficava na minha casa, não queria nem falar comigo. Achei que não precisasse mais de mim. Seu pai me disse que vocês não precisavam de mim, e acreditei nele porque queria o melhor para você. Mas hoje em dia entendo que você era só um pré-adolescente. Eu deveria ter me esforçado. Não deveria ter aberto mão da guarda.

— Você desistiu tão fácil. — Sinto um aperto no peito. — Como se nem ligasse.

— Achei que era a coisa certa a fazer. — Ela engole em seco, voltando a olhar para as próprias mãos. — Se desse pra refazer tudo aquilo, eu faria diferente. Mas sei que não dá para apagar o passado.

— Eu precisava de você. Ainda preciso.

Vejo uma esperança surgir em seu olhar.

— Penso em você todo dia, amor. Tenho alertas do Google no meu celular. Vejo todos os seus jogos.

— Achei que odiasse hóquei.

— Eu odiava o fato de o hóquei estar virando a única coisa que você tinha na vida. Seu pai colocava o hóquei acima de tudo, e em especial acima de mim, porque ele tinha pra ele que essa era a única coisa na qual era bom.

Assim como eu. Se eu tivesse conversado com a minha mãe meses atrás, talvez ela tivesse me dito o que demorei tanto tempo para entender. Deveríamos ter dito todas essas coisas anos atrás, mas, em vez disso, guardamos para nós mesmos e vivemos nossas mentiras.

— Desculpa por ter te tratado igual a um merdinha — digo.

Ela balança a cabeça.

— Desculpa por não ter lutado mais por nós.

Ela fica em pé e, quando me levanto, passa os braços ao redor da minha barriga, apertando com força. Alívio, alegria, aceitação e amor me percorrem, expandindo todos os cantos do meu peito. Aquela sensação valiosa me inunda.

— Eu te amo — diz ela, me apertando, e o cheiro familiar dela me domina e me faz sentir um aperto de afeição no peito.

— Também te amo — digo com a cara em seu cabelo.

— Quero ir aos seus jogos e sentar na primeira fileira com Hazel e a noiva de Jamie. Vejo a mãe de Jamie sentada com elas, e quero estar lá também.

Calor me atravessa.

— Vou arranjar ingressos para você.

— E quero jantares mensais com você e Hazel.

— Combinado.

É esse o futuro que quero pra mim: conversar e rir com a minha mãe e Hazel enquanto jantamos.

— Querido. — Minha mãe olha com preocupação para o relógio da cozinha. — O trânsito fica muito intenso na ponte para o centro em noites de jogo.

Ela tem razão. É indispensável estar na reunião do time antes do jogo, ainda mais para o capitão, e, mesmo que eu saia agora, vou chegar em cima da hora.

— Te amo — digo de novo à porta, e o sorriso que ela abre para mim me aquece.

— Também te amo. — Ela me dá outro abraço rápido. — Agora vai. Vou assistir pela TV.

Corro até o carro. Na pista para a ponte, o trânsito para, e minha ansiedade dispara.

Tudo o que vejo na ponte é uma linha infinita de lanternas traseiras vermelhas. Deve ter acontecido um acidente. Inspiro fundo e tento ligar para Streicher pelo Bluetooth do carro, mas não está conectado. Coloco a mão no bolso de trás para pegar o celular, mas não está lá.

Merda. Deixei na casa da minha mãe, em cima da mesinha de canto.

O trânsito começa a avançar, mas está lento pra caralho. Resmungo, rangendo os dentes de frustração e impaciência. Ward odeia jogadores atrasados, e é mesmo um puta desrespeito ao time, aos torcedores e a ele.

Estou preso na fila de carros na ponte, então tudo que posso fazer é esperar.

77

RORY

Entro no vestiário com tudo.

— Defesa é a fraqueza deles, então joguem com isso em mente — Ward está dizendo, erguendo as sobrancelhas com reprovação enquanto todos encaram.

— Desculpa. — Estou ofegante, o estômago embrulhado. Acho até que me esqueci de trancar o carro.

Ele se vira para o resto do time.

— Beleza, vão lá para o último aquecimento e vamos vencer essa partida.

O time se dispersa, e corro até minha cabine, arrancando as roupas e colocando os equipamentos o mais rápido possível.

— Miller. — Ward ainda está com a cara fechada. — Você cuida da imprensa antes do jogo hoje.

Aceno de novo com a cabeça, e ele sai.

No rinque, dou algumas voltas pelo gelo antes de me dirigir à área de imprensa na lateral.

A repórter me lança um aceno simpático.

— Boa noite. Hoje à tarde, uma fonte interna do Vancouver Storm alegou que o time está considerando propostas por você de várias organizações.

Meu coração para. Encaro a repórter, sem saber se ouvi direito.

— E seu pai e agente, Rick Miller — ela acrescenta —, confirmou a existência dessas ofertas.

A ligação perdida dele. As mensagens enchendo meu celular.

— Vimos você com um estilo de jogo diferente nessa temporada, e não é mais o artilheiro da liga — continua ela, mas quase nem estou prestando atenção. — O que os organizadores do Storm pensam sobre isso, considerando que você tem o salário mais alto do hóquei profissional?

Ela vira o microfone para mim enquanto meu mundo desaba.

Vou ser vendido. Pensei que Ward estivesse orgulhoso e todas as peças estivessem se encaixando, mas agora vou ser vendido. Vou ser mandado para longe da mulher que amo.

Ela acabou de firmar contrato de aluguel para um estúdio; precisa ficar em Vancouver. Vai precisar de mim ao longo do ano enquanto abre o estúdio. Não posso abandoná-la.

Antes que nossa vida possa começar pra valer, está tudo indo pelos ares. Digo a primeira coisa que vem à mente.

— Não vou embora.

A repórter me faz uma careta estranha. A decisão cabe aos treinadores e aos donos, não a mim.

— Tem alguma organização para a qual esteja dando preferência?

— Não. — Balanço a cabeça, o pulso acelerado. — Não vou embora. — Minhas palavras são cortantes. — Amo esse time, amo jogar para Tate Ward e amo minha namorada. O trabalho e a vida dela estão aqui, e não vou me mudar para longe dela. — Consigo sentir a tensão obstinada no meu maxilar enquanto encaro a repórter. — Não vou embora.

78

HAZEL

Termino a aula que estou dando pouco depois das nove da noite, mas, em vez de voltar para o meu apartamento, vou para o de Rory.

Talvez tire algumas fotos para ele, penso, com um sorriso tímido. Ward proíbe celulares no vestiário, mas Rory vai ver depois do jogo.

A noite está gelada enquanto ando, e sinto o impulso de mandar mensagem para ele. Mas, quando pego o celular, algumas mensagens e ligações perdidas iluminam a tela.

Três de Pippa. Uma do meu pai. Mensagens de Hayden e alguns outros jogadores e membros da equipe.

Me liga, diz a de Pippa.

— Finalmente — atende ela quando ligo.

— Mas que caralhos aconteceu?

Ela hesita.

— Me conta. — As pessoas na calçada se encolhem pelo meu tom brusco.

— Talvez Rory seja vendido.

Paro de andar, e todos os músculos do meu corpo ficam tensos.

— Quê? — pergunto baixinho.

Não. Eu devo ter ouvido errado.

— Talvez Rory seja vendido — repete ela, com mais delicadeza. — Sinto muito.

Mas... não. Ele adora jogar para o Ward e se esforçou muito para conquistar um lugar no time. Rory está finalmente jogando de um jeito que o faz feliz. Ele considera os colegas de time como irmãos e se transformou num capitão incrível. Voltou até a falar com a mãe.

Eu o amo. Ele não pode ir embora de Vancouver.

Um barulho estranho escapa da minha garganta, mas não consigo articular nenhuma palavra.

— Os boatos começaram na internet hoje à tarde — acrescenta Pippa.

Passei a tarde toda dando aulas, e meu celular ficou na bolsa no silencioso.

— O pai dele confirmou que o Storm recebeu ofertas de outros times.

Já vi isso acontecer. Os boatos de negociação começam, e os times fazem suas ofertas por um jogador para ver se são legítimos.

A gente se ama. Finalmente criei coragem de dizer isso para ele, e agora isso? Nossa relação é tão nova e frágil e, agora que assinei o aluguel do estúdio, meu sonho está se realizando *aqui*. Não posso me mudar. Não posso sair, a menos que desista do aluguel.

— Sinto muito — ela sussurra.

Nós nos despedimos, tensas, e abro o Google. O primeiro resultado de pesquisa é um vídeo, e o abro na calçada mesmo.

É Rory sendo entrevistado pela imprensa antes do jogo com a mesma cara arrasada que ficou durante aquela aula de yoga, como se estivesse sendo pego de surpresa. Meus olhos ardem. Ele não quer sair do Storm, e sinto o coração partir por ele.

— E seu pai e agente, Rick Miller — diz a repórter—, confirmou a presença dessas ofertas.

O maxilar dele fica tenso.

— Não vou embora.

Arregalo os olhos. O que ele está fazendo?

— Amo esse time — ele continua, fuzilando a repórter com o olhar como se fosse culpa dela que ele pudesse ser vendido. — Amo jogar para Tate Ward e amo minha namorada. O trabalho e a vida dela estão aqui, e não vou me mudar para longe dela.

— Ai, meu Deus — murmuro, o coração acelerado. — O que foi que ele acabou de fazer?

Volto os olhos para o relógio: o segundo tempo acabou de terminar. Se eu correr, consigo chegar à arena e conversar com Rory antes que o terceiro tempo comece.

Meu jogador de hóquei descontrolado, impulsivo e com os sentimentos à flor da pele precisa de mim.

79

HAZEL

— Desculpa — diz o segurança quando tento entrar no corredor que leva para o vestiário. — Se não estiver com o crachá de funcionária, não posso deixar você entrar.

Estou ofegante. O terceiro tempo vai começar a qualquer segundo. Preciso entrar lá antes que Rory entre no rinque. Ele deve estar surtando.

— Argh — rosno, frustrada. — Mas minha foto está no site do time. Posso te mostrar minha identidade.

— Não — o segurança responde, balançando a cabeça. — Só pode entrar com o crachá. São as regras.

Ele é novo e só está fazendo o trabalho dele, então fecho a boca, embora todas as células do meu corpo vibrem de impaciência.

Cinco minutos depois, com o ingresso em mãos, desço correndo os degraus da arquibancada na direção do túnel em que os jogadores vão sair. Assumo um lugar ao longo do corrimão, tremendo de expectativa. As pessoas estão me encarando, mas não estou nem aí. Devem achar que sou uma fã obcecada ou talvez me reconheçam como namorada de Rory e queiram saber o que é que estou fazendo, mas só consigo pensar em como ele deve estar devastado.

Finalmente, o time sai e Hayden me lança um olhar questionador, mas minha atenção está no jogador logo atrás dele com um C na camisa.

— Rory.

Ele olha para mim, choque estampado no rosto, e me debruço sobre o corrimão, agarro a frente de sua camisa e o puxo para mim.

Seguranças correm de todos os lados na nossa direção.

— Moça — diz um deles —, tira as mãos dele.

— Nem vem — retruco.

Eu sou a descontrolada, impulsiva e com os sentimentos à flor da pele.

Rory começa a sorrir, os olhos arregalados como se estivesse com medo de mim, mas faz sinal para o funcionário atrás de mim.

— Está tudo bem. — Os olhos dele encontram os meus. — O que...

— Eu te amo. — Eu o puxo mais para perto, e suas mãos vão para meus ombros para eu não cair do parapeito.

Ele ri, alívio enchendo seus olhos.

— Também te amo.

— Eu sei. Não vou deixar você ir.

— Não vou deixar *você* ir.

Vejo em seus olhos: ele está falando sério. Rory está completamente envolvido, mas eu também estou.

Os jogadores estão ou no rinque ou no banco, e Ward alterna o olhar entre nós sem saber o que está detendo o capitão. Ergo o olhar para o telão, e meu pulso dispara. A câmera está em mim e Rory. Maravilha.

— Se você for vendido — digo a Rory —, vamos dar um jeito. Vamos encontrar uma solução. Não estou com medo.

A expressão que ele me lança é tão sincera que parte meu coração.

— Não vou ficar longe de você.

— Eu sei. — Eu o puxo para perto, abaixando-me para dar um beijo nele. Nossos lábios se encontram, e aplausos soam por toda a arena. Meus pés estão no ar e, um momento depois, Rory está me puxando por sobre o parapeito, me colocando no chão, me beijando mais intensamente.

A torcida vai à loucura, gritando e berrando enquanto a mão de Rory vai atrás da minha cabeça e ele me beija mais intensamente. Sinto o beijo dele até a ponta dos pés, aquecendo todos os nervos e células do meu corpo. Quando nos separamos para espiar o telão, nossos rostos ainda estão lá, para todo mundo ver.

— Não posso ir embora desse time, Hazel — ele sussurra, preocupação nos olhos.

— Eu sei.

— Depois do jogo — diz ele, segurando meu rosto —, vamos conversar com Ward sobre a negociação, ok?

— Está bem — digo, e ele dá mais um beijo em minha boca.

Cara, tomara que Ward fique com ele. A ideia de Rory jogar por outro time depois de toda essa temporada parece errada.

— Miller, vamos — chama Ward.

Rory dá mais um, dois, três selinhos na minha boca antes de se afastar, e o vejo patinar até o centro do gelo para o recomeço da partida.

Durante o resto do jogo, meu estômago fica embrulhado enquanto os torcedores murmuram ao nosso redor sobre a negociação.

80

RORY

Na frente do escritório de Ward, conseguimos ouvi-lo falando ao telefone, provavelmente recebendo telefonemas de outras organizações. Náusea se revira dentro mim, mas Hazel coloca a mão na minha.

— Já está surtando? — pergunto.

— Não — ela responde, os olhos firmes nos meus. — Eu estava falando sério quando disse que a gente daria um jeito.

— O seu estúdio... — começo, mas ela tampa minha boca com a mão. — Eu já falei que a gente dá um jeito.

Suspiro, acenando com a cabeça, e ela tira a mão da minha boca para me beijar. Fico lembrando de quando ela gritou para o segurança não chegar perto enquanto dizia que me amava e quero dar risada, mas daí penso que posso ser mandado embora e precisar abandonar tudo de bom que acumulei nessa temporada e a sensação horrível em meu peito se endurece.

Ao nosso lado, alguém pigarreia e nos separamos.

Meu sangue gela ao ver o homem à nossa frente.

— Pai.

Nem sabia que ele estava na cidade. Ele é a última pessoa que quero ver agora.

— Rory. — Ele se ajeita, alternando o olhar entre mim e Hazel e, pela primeira vez, não parece o homem rígido que me criou.

Parece preocupado.

Hazel fica tensa, tirando a mão da minha antes de enfiar um dedo na cara do meu pai.

— Você — diz ela com a voz demoníaca. — Eu queria mesmo ter uma conversinha com você.

Meu pai arregala os olhos.

— Você é péssimo — vocifera Hazel, cravando o dedo no meio do peito dele.

— Posso... — ele começa.

— Não. — Ela o cutuca de novo. — *Eu* estou falando. Sua única função era amar Rory, e você falhou, Rick. Falhou feio.

Ela é assustadora.

Meu pai se vira para mim com uma expressão estranha, as sobrancelhas erguidas e os olhos cheios de dor. Eu me dou conta de que é a mesma expressão de quando minha mãe foi embora e sinto uma dor no peito.

— É isso o que você acha?— pergunta ele com a voz baixa. — Que não amo você?

Meu suspiro sai trêmulo, e engulo em seco.

— Acho que você ama hóquei.

Ele dá um passo na minha direção, mas Hazel fica entre nós. Minha dragoa possessiva, pronta para atacar. Coloco a mão em seu ombro.

— Está tudo bem — digo a ela. Estou com os nervos à flor da pele, mas, depois da conversa que tive com minha mãe hoje, sei que preciso ser mais franco com meus pais. Não posso fugir do confronto com ele.

— Nunca vou ser o suficiente para você — digo ao meu pai — e agora você quer me vender do único time pelo qual eu me apaixonei? Do único técnico que já admirei? — Meu coração acelera. — Não quero mais que seja meu agente. Temos visões diferentes de futuro.

Ele parece destruído.

— Pensei que fosse isso que você quisesse. — Ele balança a cabeça, confuso. — Você não está mais jogando seu melhor. Quando começou a receber ofertas, pensei que um time novo faria você voltar a como estava no ano passado.

— Como, infeliz pra cacete? — Uma risada fria escapa de mim. — Estou, *sim*, jogando meu melhor, mas você só se importa com pontos no placar.

— Eu só queria que você estivesse no topo da liga para que fosse feliz.

Algo em meu peito murcha de exaustão.

— Isso não me faz mais feliz. Acho que nunca fez. Você queria que eu fosse você, mas não sou. Não quero mais ser o astro. É... — Engulo em seco. — É solitário.

— A vida é solitária — responde meu pai, num tom categórico, como se fosse um fato.

Hóquei vem em primeiro lugar na nossa vida, disse ele ao telefone alguns meses atrás.

— Não, não é. — Meu olhar se volta para Hazel, que me abre um leve sorriso de apoio. — Não precisa ser. Nunca vou ser suficiente para você, mas não preciso mais da sua aprovação.

Tenho a de Hazel e a minha própria. E mesmo que eu seja vendido, gosto do jogador que me tornei nessa temporada.

— Não vai ser suficiente para mim? — Meu pai me encara. — Você é *tudo* para mim.

— Todo jogo, todo passe, você assiste e faz anotações para poder me ligar e me falar tudo que fiz de errado. Mas agora chega. — Cruzo os braços diante do peito. Dói dizer isso.

Ele me encara antes de desviar os olhos. Vejo a derrota tensionando seus traços.

— Meu pai nunca deu a mínima para hóquei. Estava cagando se eu jogava profissionalmente ou quebrava recordes.

Meu avô, pai dele, faleceu quando eu era bebê; nunca cheguei a conhecê-lo e meu pai nunca falou sobre ele. Minha mãe comentou uma vez que ele era professor universitário, viciado em trabalho e alcoólatra. Meu pai passa a mão no cabelo, e é como olhar no espelho.

— Não queria que você pensasse que não me importo — diz ele baixinho.

Ele demonstra do único jeito que sabe. Pelos olhos do meu pai, vejo as ligações e os e-mails dele sob uma outra ótica. Eu o vejo querendo o que *ele* acha que vai me fazer feliz.

— Foi o que minha mãe disse.

Ele congela.

— Você falou com Nicole?

— A gente está reconstruindo as coisas. — Honestidade vulnerável escorre de mim como água da torneira. É viciante falar a verdade desse jeito.

Ele me encara por um longo momento, franzindo a testa, remorso transparecendo em seus olhos.

— Ela perguntou de você.

— Perguntou?

— Sim.

Uma longa pausa.

— Penso nela todos os dias.

A honestidade dele me surpreende. Rick Miller não liga para nada além de hóquei, pelo menos é o que eu pensava.

— Talvez você devesse ligar para ela.

— Não — responde ele, baixando os olhos com o maxilar cerrado. — Ela me largou.

Dou um sorriso triste porque, por anos, eu disse a mim mesmo que ela tinha *me* largado, mas meu pai tem as próprias mentiras que conta para si mesmo.

— Comparo todo mundo a ela — diz ele baixo. — É por isso que todos os meus relacionamentos dão errado. Ninguém é como a Nicole, e é só uma questão de tempo até se darem conta disso.

Meu peito se aperta e, embora ele tenha me feito sentir por anos que eu não era bom o suficiente, me feito pensar que hóquei era meu único valor, ele ainda é meu pai.

— Liga pra ela — digo —, porque acho que ela também pensa em você.

Ele responde com um grunhido, mas não concorda, e ficamos os três em silêncio.

— Hóquei é a única coisa que a gente tem em comum — constata ele por fim, parecendo perdido. — Não sei sobre o que mais falar com você.

— Talvez a gente deva mudar isso.

Ao meu lado, Hazel fica acompanhando o desenrolar da conversa, me protegendo. O olhar do meu pai se volta para ela, e ele pigarreia.

— Oi. — Ele estende a mão para ela. — Rick.

— Hazel.

Meu pai é um cara intimidante (alto, de ombros largos, com uma presença imponente), mas Hazel sabe responder à altura. Ela encara os olhos dele e, na expressão de Hazel, a mensagem é clara. *Não mexe com o Rory.*

Escondo um sorriso. Amo essa mulher pra caralho.

— A físio e professora de yoga — diz ele com um aceno. — É um prazer te conhecer finalmente, Hazel. — Ele pigarreia, olhando para mim. — Eu te amo, Rory. Desculpa se não digo isso o suficiente.

— Você nunca diz.

Vergonha passa por seus traços.

— Eu quero, é só que é... — O pomo de adão dele sobe e desce. — Difícil.

Não imagino que um cara como meu avô dissesse "eu te amo" para o meu pai.

Penso nas coisas que fiz nessa temporada: voltar para a liga amadora depois de falhar miseravelmente, correr riscos nos jogos do time, declarar meu amor para Hazel.

— Coisas difíceis ficam mais fáceis com a prática. — O nó em meu peito começa a relaxar, e sigo meu próprio conselho. — Também te amo.

Ele me puxa para um abraço e, enquanto nos abraçamos, o que quer que tenha faltado todos esses anos se abre em meu peito, ocupando cada centímetro de espaço.

Nós nos separamos.

— Vou ficar na cidade por uns dias — diz ele. — Talvez possa levar vocês dois para jantar. — Ele acena para ela com uma expressão séria que penso poder ser nervosismo. — Adoraria conhecer você melhor, Hazel, se você quiser.

— Claro. — Ela sorri, sem nenhum traço da raiva de antes. — Rory joga numa liga amadora na quinta à noite — acrescenta ela com tranquilidade. — Tenho certeza de que eles iam amar se você aparecesse.

Ele me lança um olhar de esguelha, arqueando a sobrancelha.

— Liga amadora?

— Uhum. É bem divertido.

— Divertido — repete meu pai, como se não estivesse acostumado a dizer essa palavra.

— Mas você precisa passar o disco. Não pode ser fominha.

A expressão que me lança é perplexa, e bufo, porque ver Rick Miller tentar trabalhar em equipe depois de cinquenta e cinco anos sendo o astro vai ser uma viagem.

— Passar o disco — murmura meu pai. — Beleza, então.

Astros marcam gols, mas a vida não se resume a ser o astro.

A porta do escritório de Ward se abre, e meu treinador olha para nós.

— Vem, Miller. — Ele aponta a cabeça para dentro do escritório. — Vamos conversar. — Meu pai dá um passo à frente, mas Ward lança um olhar sério para ele. — Só o Rory.

Meu pai abre a boca para reclamar, o rosto alarmado enquanto olha para mim.

— Não temos nada para negociar — Ward diz. — Ele não precisa de um agente para isso. Só quero conversar com meu jogador.

— Está tudo certo — digo para meu pai. — Retiro o que disse sobre você não ser mais meu agente, mas quero conversar com Ward a sós.

Ele alterna o olhar entre mim e Ward antes de responder:

— Está bem.

Sigo Ward para dentro do escritório, fecho a porta e rezo para conseguir convencê-lo a ficar comigo.

81

RORY

Atrás da escrivaninha, Ward solta um longo suspiro, fechando os olhos e esfregando a ponte do nariz.

— Que confusão do caralho — ele murmura, e fico grato por ele não ter me mandado para as entrevistas pós-jogo.

Todas as perguntas teriam sido sobre a venda, e minhas respostas não teriam sido profissionais.

— Certo. — Ele cruza os braços diante do peito. — Vamos esclarecer algumas coisas. Acho que sei a resposta com base na sua entrevista pré-jogo, que está sendo transmitida em todos os canais esportivos do país, mas você quer sair?

— Não. — Engulo a pedra na garganta, olhando nos olhos de Ward. — Amo esse time. É a primeira vez que sinto que encontrei meu lugar. Sei que não estou jogando como no ano passado, sei que não sou o superastro que você contratou e talvez eu não seja nem o capitão que você queria...

— Você é. — Ele faz uma pausa. — Não te dei colher de chá esse ano, Miller, mas queria ver o que ser capitão faria com você e quem realmente era. — Os olhos dele brilham. — Você demonstrou um progresso incrível. O que fez nesta temporada até agora não foi fácil. Sei disso. Vejo os comentários de Rick, vejo as manchetes sobre você. — Ele olha a cidade pela janela. — Parte do nosso trabalho é aprender a ignorar o que não importa e se concentrar no que importa.

Um flash de memórias me domina: subir a escada correndo com Hazel enquanto ela grita de tanto rir, passar o disco para os jogadores da liga amadora, comemorar com o time quando uma jogada dava certo. Falar para os meus pais que os amo, mesmo sendo difícil.

São todas coisas que importam.

— E mesmo hoje, agora à noite — continua ele —, quando a pressão estava mais alta do que nunca para jogar como você jogava antes, decidiu tomar a decisão de não voltar.

Eu considerei ignorar as jogadas que ensaiamos, pegar o disco para mim, cravá-lo na rede para elevar meus números e mostrar para a chefia que posso ser quem eles querem que eu seja.

Mas não posso fazer isso. Agora que senti o gostinho de ganhar em equipe, não quero voltar atrás.

— Dito isso — acrescenta Ward—, existem três ofertas na mesa do dono.

Meus pulmões se apertam, e sinto que não há ar suficiente na sala. Nada disso importa se o dono quiser me vender. Sou um ativo ou um passivo. No fim das contas, tudo se resume a dinheiro.

— Vou fazer o seguinte. — Ward se inclina para a frente, entrelaçando os dedos. — Vou ligar para o dono, cobrar um favor que ele me deve e pedir para ficar com você, e você vai continuar o que quer que esteja fazendo nessa temporada.

Sou atingido por um tsunami de alívio. Não vou embora. Não foi tudo em vão.

— Foi a Hazel. Ela mudou minha vida.

— Vocês deram um show e tanto mais cedo. — Apesar da exaustão, os olhos dele brilham de sarcasmo.

Faço uma careta.

— Desculpa.

Ele sacode a cabeça, sorrindo consigo mesmo.

— Está tudo bem. Fico feliz por você, Miller. Não é todo dia que se encontra isso.

— Eu sei. — Inspiro fundo, deixando a ansiedade se esvair de mim. — Valeu, treinador. Você não sabe o quanto isso significa para mim.

— Você tem minha camiseta autografada pendurada na parede da sua casa. — Ele encolhe os ombros, um brilho nos olhos. — Não posso vender um fã.

Ele me abre um sorriso bem-humorado e dou uma risada baixinha.

— Ainda não está na parede. Está apoiada no chão porque não tive tempo de pendurar.

— Você me colocou no chão? — Ele balança a cabeça, ainda sorrindo. — Então o acordo já era.

Rimos, e penso na camiseta e na carreira dele.

— Você sente saudade de jogar?

Ele para, baixando os olhos antes de me abrir um sorriso tenso.

— Todos os dias, Miller. Mas desenvolver jogadores, enxergar o potencial de cada um antes de eles próprios se tocarem e *estar certo*? É tão gratificante quanto, se não mais. O que você fez no Clássico da Liga, colocando Owens no ataque, foi muito interessante. Me fez pensar em algumas coisas.

Algo se prende em meus pensamentos.

— Um time fez uma oferta por causa do que eu fiz?

Ele contrai os lábios numa linha.

— Não. As ofertas chegaram depois que os boatos começaram. — Ele olha de relance para a porta. — Pode chamar Hazel, por favor?

Quando abro a porta de Ward, Hazel se levanta de um salto. Meu pai anda de um lado para o outro ao lado dela, esperando.

— O que ele disse? — Hazel pergunta.

— Que vai cobrar um favor para ficar comigo.

Ela me dá um abraço apertado e relaxo enquanto cai a ficha de que não vou ter que deixá-la.

— Graças a Deus — ela sussurra, e aceno, acariciando suas costas.

— Miller, Hartley — Ward chama do escritório. — Vamos.

Hazel me lança um olhar confuso e pego sua mão, puxando-a para dentro do escritório. Depois que nos sentamos, Ward pigarreia.

— McKinnon foi mandado de volta para os juniores.

Hazel fica tensa. É por isso que ele não veio para o jogo de hoje. Pensei que fosse porque ainda estivesse no banco.

— Porque ele tentou me beijar? — pergunta ela.

Ward solta um suspiro pesado.

— Não, mas eu deveria ter tomado essa decisão quando isso aconteceu. — Ele alterna o olhar entre nós. — Isto não pode sair dessa sala, mas ele foi a fonte interna que espalhou os boatos. Não havia ofertas antes de os boatos começarem.

— Merda — murmuro.

— Pois é — comenta ele, pouco impressionado. — Merda. Ele não era a opção certa para o time desde o primeiro dia, mas pensei que — ele aponta para mim —, considerando o progresso que você estava fazendo, talvez ele também fizesse. Queria dar a ele o benefício da dúvida e pensei que um grupo novo de jogadores com quem ele pudesse aprender o faria mudar. — Ele coça o queixo. — Mas não. Meu instinto dizia que ele não era uma boa escolha, mas não dei bola. — Ele balança a cabeça por remorso e frustração. — Quero pedir desculpa para vocês.

— Tudo bem. — Hazel contorce a boca. — Já foi.

Ele dá um aceno tenso para ela, e penso em quanto tempo ele ainda vai se sentir culpado por isso. Hazel pega minha mão e sorrimos um para o outro.

— Já está tarde — diz Ward, olhando para nossas mãos dadas. — Melhor irem para casa.

Nós nos despedimos, e guio Hazel para fora do escritório. Levamos meu pai para o carro dele, e ele me dá um abraço rápido e incerto antes de entrar no banco do motorista.

Eu e Hazel ficamos olhando enquanto ele vai embora, e ela ergue os olhos para mim com todo o amor e carinho que busquei minha vida toda.

— Rory. Estou muito orgulhosa de você.

— Obrigado, gatinha. — Meu coração está acelerado de orgulho e alegria. — Vamos pra casa.

Estou exausto, ela está exausta, e pretendo mantê-la na cama por doze horas seguidas.

— Sim — diz ela, sorridente, acenando com a cabeça e encostando o corpo no meu. — Vamos pra casa.

82

HAZEL

Na manhã seguinte, o sol fraco de inverno entra pelas janelas do quarto de Rory enquanto estamos na cama. Estou deitada em cima dele, ouvindo a batida do seu coração enquanto respira de forma regular.

— Vem morar comigo — ele murmura enquanto subo e desço os dedos por sua barriga durinha. A tatuagem de dragão em suas costelas está quase cicatrizada.

Ergo a cabeça e olho no fundo de seus olhos azuis apaixonantes, um nó de emoção se formando na minha garganta.

— Você quer?

Ele faz que sim.

— Ainda é cedo. — Mordo o lábio.

— Será mesmo? — Ele abre um sorriso. — Não parece cedo para mim.

Eu me imagino morando aqui, acordando ao lado de Rory todos os dias. As imagens são naturais e cheias de alegria.

— É. — Franzo a testa. — Acho que você tem razão.

Ansiedade me atravessa enquanto deixo minha imaginação correr solta: receber nossos amigos e familiares para jantares, ficar abraçados juntos no sofá, sentados na banheira de hidromassagem no pátio com vista para a cidade e contar sobre nosso dia um para o outro.

Meu olhar se volta para ele e sorrio.

— Tá.

— Simples assim? — Os olhos dele brilham, encantados pela surpresa. — Tá? Não vou precisar nem te convencer?

— Não. — Abro ainda mais o sorriso. — Estou dentro. Super dentro.

Os olhos dele ficam quentes de afeto.

— Finalmente.

Dou um beijo suave nele.

— Está dolorido do jogo de ontem? — pergunto.

— Um pouco.

— Vira.

Rory resmunga enquanto deita de barriga para baixo, e sento em cima dele, massageando sua coluna de cima a baixo, procurando por pontos de tensão. Entre as escápulas, os músculos estão tensos e cheios de nós.

— Pronto. — Aperto o polegar no músculo tenso.

Ele solta um gemido baixo e torturado que é abafado pelo travesseiro.

— Você é cruel.

— Cala a boca e aceita — digo, rindo, e consigo ver o sorriso dele se formando.

— Adoro quando você é maldosa comigo, Hartley.

Levo os lábios às costas de Rory e dou outro beijo delicado e carinhoso nele.

— Eu sei.

Ele me deixa massagear suas costas por uns sessenta segundos antes de se virar com um olhar safado. Sento nele, passando as mãos para cima e para baixo de seu peito duro e, embaixo de mim, ele está totalmente ereto.

— Aposto que consigo fazer você gozar sem tocar seu clitóris.

Solto um riso agudo de incredulidade.

— Seu ego é ridículo, Miller.

Ele ergue as sobrancelhas e um brilho provocante em seus olhos faz calor me percorrer.

— Não está nem um pouquinho curiosa? Cadê aquele espírito competitivo, Hartley?

Ele puxa minha camiseta, me deixando só de calcinha. Os olhos dele ficam ainda mais quentes enquanto cobre meus seios com as mãos, calos raspando minha pele e me fazendo tremer de prazer.

— Peitos perfeitos — murmura ele, olhando para mim com desejo.

O jeito como brinca com meus mamilos vai direto para o meu clitóris. Excitação vai crescendo, encharcando minha calcinha.

— E qual é a minha parte da aposta? — pergunto, traçando seu peito e sua barriga definidos. — O que você quiser?

Ele faz que não e me puxa para si, beijando meu pescoço.

— Já tenho tudo que quero. A aposta só serve para provar que você está errada.

Me abraçando, ele puxa minha calcinha de lado e acaricia minha abertura com os dedos. Prazer me atravessa, e gemo encostada em seu ombro forte.

— Também já tenho tudo que quero. — Minha voz é fina enquanto calor se acumula entre minhas pernas.

— Eu sei, gatinha. — Ele enfia o dedo grande dentro de mim, e contraio os músculos em torno dele. — Hazel — diz ele. — Você tá toda molhada.

Os lábios dele encontram os meus, e nosso beijo é frenético, desesperado, avassalador. Estou sobrecarregada de sensações, com a barba dele em meu rosto, a língua traçando a minha, um segundo dedo enfiado dentro de mim, fazendo minha cabeça girar e sentir o corpo forte e duro embaixo do meu. Ele aperta o pau em mim com urgência.

— Preciso de você — murmuro, e movo as mãos desajeitadamente enquanto tento pegar seu pau, baixando sua boxer.

Ele acena com a cabeça, e minha calcinha desaparece. Rory se ajeita embaixo de mim, e meu coração acelera pelo olhar em seu rosto, tão cheio de amor, desejo e êxtase.

Sento nele, e gememos juntos. A entrada brusca de seu membro grosso em minha abertura apertada faz chamas atravessarem meu corpo.

— Você é tudo para mim — suspiro enquanto sento mais fundo nele, até estar dentro até o talo. A primeira explosão de faíscas estoura na base da minha coluna, e passo os dentes sobre seu peito enquanto ouço o coração bater no ouvido.

— Eu te amo pra caralho — diz ele entre dentes, o maxilar tenso, e, com as mãos em volta da minha cintura, começa a me mover para a frente e para trás sobre seu pau.

Não para cima e para baixo. Para a frente e para trás, e...

— Ai, *cacete*. — Desejo dispara através de mim, tenso e crescente. — Rory.

Ele abre um sorriso malicioso e pilantra para mim, observando com fascínio enquanto me move em cima dele. É como se soubesse que seu pau está atingindo o ponto perfeito.

— Vem mais para a frente — pede ele aos sussurros.

Obedeço e, quando meu clitóris desliza sobre a base dele, meu queixo cai.

Ele sorri.

— Isso, assim mesmo.

— Você é que é o cruel aqui — ofego, enquanto uma onda de calor me atravessa.

Rory me move mais rápido, o bíceps se flexionando. Eu não vou ter a menor chance. As vibrações começam, e os olhos dele ardem como se ele as sentisse.

— Vai — diz ele, rouco, os olhos brilhantes. — Goza pra mim e fala que eu venci.

O barulho que escapa de mim é meio de frustração, meio de derrota, porque já estou tensa demais. A pressão cresce, e mordo o lábio para conter um gemido, mas o jeito como ele está atingindo meu ponto G é gostoso demais, o jeito como está esfregando meu clitóris com o corpo é perfeito demais. Não consigo segurar.

— Ai, Deus. — Eu me inclino para a frente, tremendo e me tensionando sobre Rory enquanto o orgasmo me atinge. Não consigo pensar em nada enquanto o prazer intenso me atravessa, unhas se cravando em seus músculos. Onda após onda me atravessa, e meus dentes se cravam em seu ombro enquanto aperto firme.

— Preciso gozar — ele solta entre dentes, e aceno, febril.

— Então goza comigo — imploro.

Dentro de mim, ele incha, e seu quadril sobe, metendo fundo até gemer meu nome e endurecer. Enquanto os últimos tremores do meu orgasmo ainda me atingem, memorizo como os lábios de Rory ficam entreabertos, a maneira como ele olha para mim com desespero e amor, como me abraça apertado como se nunca mais fosse me soltar.

Vamos voltando à terra com o coração acelerado, eu dando beijos em seu pescoço, suas bochechas, seus lábios.

— Eu disse — ele murmura, e rio em sua boca.

— Acho que nós dois vencemos.

Ele solta um suspiro contente antes de respirar fundo e se sentar.

— Beleza, então, Hartley. Chega de ficar de preguiça. Temos um grande dia pela frente.

Viro de barriga para cima e dou um chute nele quando tenta me tirar da cama.

— Você não tem treino hoje.

Ele abre um sorriso para mim.

— A gente precisa trazer sua mudança.

— Hoje?

— Sim — responde ele, acenando com a cabeça. — Hoje, Hartley. Finalmente consegui fazer você dizer que sim e não vou esperar nem mais um segundo.

Meu coração explode de amor, e solto uma gargalhada aguda quando ele me levanta da cama, me joga em cima do ombro e me carrega até o chuveiro.

— A menos que tenha mudado de ideia.

— Jamais.

Ainda estou rindo e debatendo o corpo em cima de seu ombro quando ele liga a água. Ele me coloca no chão e eu coloco os braços ao redor do seu pescoço, erguendo os olhos admirados para meu jogador de hóquei lindo e descontrolado.

— Minha escolha vai ser sempre você, Rory Miller.

Epílogo

RORY

UM MÊS DEPOIS

— Este estúdio vai ser usado para aulas de dança — comenta Hazel, guiando o grupo para a segunda sala.

Ela pegou as chaves estúdio ontem e, hoje, estamos dando uma festa no espaço para celebrar. O letreiro ainda não está pronto, mas o site e as redes sociais dela estão no ar e atraindo atenção e interesse.

Ember Estúdios. Desperte seu amor pelo movimento.

Está todo mundo aqui: a família dela, a minha família, os jogadores do Storm, os funcionários do time e os alunos de yoga de Hazel. Alguém liga a música, estoura um champanhe, e todo mundo vai até as janelonas, que dão vista para as montanhas North Shore, conversando e rindo.

Ao meu lado, Hazel sorri com a expressão sonhadora, como se não acreditasse que isso é real.

Sei exatamente como ela se sente. Ainda estou me beliscando para acreditar que Hazel Hartley se apaixonou por mim.

— Estou muito orgulhoso de você, Hartley. — Dou um, dois, três selinhos na boca dela. — Muito orgulhoso.

— Obrigada. — Ela coloca a mão no meu peito e ergue os olhos para mim, mordendo o lábio. — Eu te amo.

Era de se pensar que a emoção de ouvir isso com tanta frequência passaria, mas não. Toda vez que Hazel Hartley fala que me ama é o melhor momento da minha vida.

— Também te amo. Pra caralho, Hazel. Você não faz ideia.

O sorriso dela fica debochado.

— *Alguma* ideia eu faço.

O sorriso que abro para ela é de pura arrogância. Hoje cedo, jogamos o jogo de *quantas vezes Hazel consegue gozar antes de arregar*, e passei o dia todo pensando nisso. Especificamente na parte em que ela ficou de joelhos e me chupou tão bem que tenho quase certeza de que minha alma abandonou meu corpo.

— Tem certeza? — Acaricio o pescoço dela com os lábios, e ela treme. — Porque é só pedir que posso te ajudar a lembrar.

— Metido. — Ela sorri. — Metido pra caralho.

Dou mais um beijo em seu pescoço, viciado nela.

— Você me conhece.

Meus pais aparecem na nossa frente e nos endireitamos.

— Parabéns, querida — diz minha mãe, dando um grande abraço em Hazel e, quando ela sai, meu pai dá um aperto de mão firme em Hazel.

— Bom trabalho, Hazel.

Ela sorri.

— Obrigada, Rick.

Ele dá um passo para trás ao lado da minha mãe e pega a mão dela, segurando como se ela pudesse fugir de novo. Minha mãe encontra meus olhos antes de sorrir para as mãos dadas deles.

Ver meus pais de mãos dadas ainda é um pouco estranho. Eles não costumavam fazer isso antes, mas também não faziam terapia de casal nem saíam em noites românticas, nem sorriam um para o outro como sorriem agora.

Fui com eles algumas vezes à terapia. Devagar, estamos conseguindo juntar nossa família de um jeito melhor do que antes.

— Hazel disse que você é bailarina — diz minha mãe para a mãe de Hazel. Todos eles se conheceram ontem à noite, quando eu e Hazel saímos para jantar com nossas famílias.

— Ah. — Ela empalidece, mas se recupera, rindo um pouco. — Não sou mais a bailarina de antigamente. — Ela engole em seco, e Hazel abre um sorriso de incentivo para ela. — Mas é só por diversão, mesmo que eu não seja mais como antes.

Hazel sorri, um brilho nos olhos.

— Exatamente.

Nossas mães fazem planos para almoçar durante a semana enquanto Ken e meu pai puxam conversa com Streicher, e Pippa e Owens se desgarram do grupo de jogadores.

— Olha só pra esse lugar! — Pippa praticamente pula em cima de Hazel, abraçando-a. — Está tão lindo!

Hazel respira fundo enquanto elas se separam, olhando para o espaço ao redor com aquela expressão radiante e sonhadora de novo. Ao longo do último mês, dedicou todos os seus momentos livres aos planos do estúdio.

— Obrigada. Mas ainda bem que tomei a decisão de continuar com o time em meio período, apesar da correria.

Quando Hazel pediu demissão para começar as reformas do estúdio, Ward deve ter visto sua relutância em deixar um cargo que amava, então fez uma proposta. Meio período, com quantos jogadores ela quisesse trabalhar e horários flexíveis. Streicher, Owens e Volkov se ofereceram para fazer sessões de físio aqui no estúdio, o que facilitou a decisão.

— Ah. — Owens dá um abraço de urso nela, levantando-a do chão. — A gente vai sentir sua falta na arena.

Ela ri.

— Mas ainda vai me ver nos jogos. Vou estar usando a camiseta do Miller.

Sorrimos um para o outro, e meu coração bate de orgulho e afeição.

O celular de Owens toca, e ele o pega, franzindo a testa.

— Darce? — Ele se afasta, ainda com a testa franzida enquanto escuta e, quando volta, preocupação está estampada em seu rosto.

— Tudo bem aí? — pergunto.

— Não sei. — Ele pestaneja, em estado de choque. — Darcy e Kit terminaram.

Eu, Hazel e Pippa ficamos em silêncio. Owens olha para o chão, distraído, antes de voltar a si.

— Preciso ir — diz ele para Hazel. — Parabéns pelo estúdio.

Ele dá um abraço rápido nela antes de sair correndo pela porta, e nós três o vemos sair.

— Para onde ele vai? — pergunta Pippa.

— Não sei — responde Hazel, dando de ombros.

Minha conversa com Owens no bar na noite em que fiz minha tatuagem de dragão é vaga, mas eu me lembro do básico, então calo a boca e não dou um pio. Como se percebessem que não estou contando tudo o que sei, Hazel e Pippa se viram para mim, me encurralando.

— Tá sabendo de alguma coisa? — pergunta Hazel, os olhos cravados em mim.

Ergo as mãos como se fosse inocente.

— Nada.

— É mentira dele. — Pippa estreita os olhos, mas sorri.

— É muita mentira dele — concorda Hazel, passando a língua no lábio inferior como se estivesse pensando em todas as maneiras como, mais tarde, pode usar a boca para me torturar até arrancar as informações de mim.

Não sei se é bom ou ruim o fato de eu ter planos para nós dois depois daqui.

— Streicher — chamo. Ele olha, a boca se contraindo num sorriso quando vê as irmãs Hartley me interrogando. — Sua noiva precisa de outra bebida — digo, testando a palavra.

Gosto do som dela. Talvez eu comece a usá-la com mais frequência em breve.

Streicher leva Pippa embora. Ela gesticula um *Você não me escapa* com a boca enquanto eu e Hazel rimos, e coloco o braço ao redor do ombro de Hazel enquanto contemplamos a festa: nossas famílias, nossos amigos, nossa galera.

— Está sendo tudo que você esperava até agora, Hartley?

Ela sorri, feliz e em paz.

— Miller, está sendo tudo e mais um pouco.

— A gente vai se meter em encrenca — sussurra Hazel, à noitinha, enquanto entramos discretamente no rinque ao ar livre perto do meu apartamento, iluminado apenas pela lua e pelas estrelas.

— A gente não vai se meter em encrenca. — Eu a sento num banco próximo e começo a amarrar os cadarços dos seus patins.

O pessoal sabe que estamos aqui porque faz meses que organizei isso. Mas também sabem que precisam ficar escondidos, porque estragaria a surpresa.

Pego meus próprios patins, e Hazel contempla as estrelas com um sorriso pensativo.

— Toda vez que olho para as estrelas numa noite fria como esta, lembro de patinar ao ar livre depois do Clássico da Liga.

Quando ela se vira para mim, estendendo a mão com aquele olhar abrasador de adoração, penso que meu coração vai explodir.

Dou um beijo rápido em sua boca, mas recuo.

— Espera um segundo — murmuro antes de me dirigir ao quadro de luz que o pessoal me mostrou e acendo o interruptor marcado como RORY.

Por toda a arquibancada, piscas-piscas se acendem, banhando o rinque em luz quente e cintilante.

Hazel congela, um sorrisinho se abrindo em sua boca.

— Rory.

— Hazel. — Volto até ela, estendendo a mão.

Com o coração acelerado, a ajudo a entrar no rinque e deslizamos de mãos dadas. Meu foco está dividido entre a maneira como o cabelo dela esvoaça ao vento, como os olhos dela brilham nessa iluminação e na caixa de veludo no bolso da minha jaqueta.

Eu a giro e ela ri, apertando minhas mãos.

— Estive pensando — começo, o coração batendo nos ouvidos.

Ela me lança um olhar curioso.

— Agora que você tem o seu estúdio e eu vou ficar no time provavelmente pelo resto da minha carreira — assinei um contrato de sete anos alguns dias atrás depois do fiasco do boato de venda — e a gente está morando juntos...

Curiosidade e divertimento crescem na expressão que ela me lança.

— E agora, Hartley?

Fico esperando pela resposta dela, ouvindo o som dos nossos patins batendo no gelo.

— Amo seu sorriso — diz ela com um suspiro feliz. — Amo tanto que vivo pensando nele.

Um riso me escapa.

— Você não me respondeu.

— Você vai me pedir em casamento — ela diz, erguendo o queixo e olhando nos meus olhos.

Sinto um friozinho na barriga e inspiro fundo, estreitando os olhos, tirando sarro:

— Será?

— Uhum. — Ela está tão confiante, tão segura. — Rory, eu vi a aliança. E agora isso? — O sorriso que ela me lança se alarga.

— Você viu a aliança? — Ergo as sobrancelhas, mas estou sorrindo.

— Encontrei sem querer. Juro.

— Você gostou? — Arrastei Pippa e Streicher para a joalheria umas dez vezes para ter certeza de que a aliança de ouro branco cravejada de diamantes cinza-azuis raros era perfeita, mas, se ela não tiver gostado, vou jogar a aliança pela janela e comprar a que Hazel quiser.

— Sim — diz ela baixinho, engolindo em seco enquanto olha para mim. — Eu amei.

— Não é chamativa demais?

Ela revira os olhos.

— É, sim, mas... — ela ri, dando de ombros. — Sei lá. Me lembra você.

Dou um sorriso malicioso e arrogante.

— Enorme, valioso e deslumbrante?

Ela balança a cabeça, sorrindo de orelha a orelha, e meu coração sobe até o céu estrelado.

— Isso. Todas essas coisas. E também — o sorriso dela fica mais brando — um em um milhão. Perfeito para mim. Tudo que eu nem sabia que queria.

— Não é cedo demais?

Sei que sou porra-louca e impulsivo e que deveríamos namorar por pelo menos um ano antes de noivar, mas Hazel é a pessoa certa para mim.

— Não — responde ela, balançando a cabeça e sorrindo de novo consigo mesma. — Não para nós.

— Entendi — digo com naturalidade, como se não estivesse transbordando de emoção. — Tá, então vamos supor, assim, que eu peça você em casamento. E aí?

Os olhos dela ficam mais suaves.

— Aí eu vou dizer sim.

Eu me viro de frente para ela, patinando para trás, e, quando levo as mãos ao seu quadril, diminuo nossa velocidade até parar, olhando no fundo daqueles olhos cinza-azuis estonteantes.

— Tem certeza?

— Mais do que nunca.

— Você pode mudar de ideia.

Ela sorri.

— Não vou mudar de ideia.

— Eu também não.

— Eu sei.

Ela desce os dedos pelo meu braço com carícias até alcançar minha mão enquanto tiro a caixa do bolso e, quando me ajoelho, seus olhos resplandecem.

— Hazel Hartley, quer me fazer feliz pra cacete e casar comigo?

O sorriso dela? É tudo, e vou me lembrar desse momento para sempre.

— Sim, Rory Miller, quero.

Pego a mão esquerda dela e coloco o anel absurdamente cintilante em seu dedo antes de me levantar e beijar a mulher que amo. A mulher que me tornou a melhor versão de mim. A mulher por quem me apaixonei anos atrás e que finalmente conquistei.

A mulher com quem mal posso esperar para passar o resto da vida. Casar. Ter filhos. Netos.

— Eu te amo — sussurra ela em meus lábios.

— Também te amo, Hartley, e nunca vou deixar que você se esqueça disso.

Agradecimentos

Muito obrigada por ler *Um lance em falso*! Se você gostou, eu adoraria se pudesse me escrever uma avaliação na Amazon ou compartilhar com seus amigos.

Eu fico um pouco triste por me despedir desses dois. Rory e Hazel são, provavelmente, meus personagens favoritos até hoje. Tem uma fala na série *The Office* que eu amo: "eu queria que tivesse uma maneira de saber que estamos vivendo os bons e velhos tempos antes de eles terminarem". Eu já estou animada para escrever o livro de Hayden e Darcy, mas Rory e Hazel sempre serão donos de um pedaço do meu coração.

A inspiração por trás do sonho de Hazel de uma academia que promova a positividade corporal é uma das minhas melhores amigas, Helen Camisa, dona da *Fat and Happy Yoga*. A Helen é uma dessas pessoas que te fazem se apaixonar imediatamente, porque ela é hilária, sábia e cheia de compaixão. Quando a Hazel diz coisas como "você merece se sentir bem no seu corpo" e "está tudo bem gostar de comida", essa é a Helen me falando que todo o corpo é bonito e que se dane o que a mídia nos conta. Helen, que puta sorte eu tenho por te conhecer. Este livro é uma história de amor para você e seu trabalho.

Meus amigos autores, Grace Reilly, Brittany, Kelley, Olivia Hayle e Lily Gold, e Maggie North. Obrigada por me ajudarem a formatar essa história da melhor forma possível e por me darem orientações e muitas risadas nessa trajetória incrível.

Para as minhas amigas de vida real (hahaha), Sarah, Alanna, Athea, Bryan: obrigada por segurarem a minha mão, torcerem por mim e me permitirem ser estranha, como sou.

Muito obrigada para os meus leitores beta, engraçadíssimos: Maggie, Esther, Wren, Jess, Marcie, Brett, Callan e Nicole, que me fizeram morrer de rir com seus comentários e fizeram a história ficar muito melhor.

Obrigada a Becca Hensley Mysoor pela orientação sábia e entusiasmada sobre Rory e Hazel, e pela ideia genial do dragão de cristal absurdamente caro.

E para o meu marido, o ser humano mais gentil, amoroso e paciente que eu já conheci e que me faz rir mais do que qualquer um. Meus livros estão cheios de amor porque eu os escrevo pensando em você.

E, finalmente, meus leitores amados! Obrigada por lerem os meus livros, por divulgarem para seus amigos, irmãos e mães, por postarem sobre eles nas redes sociais, pelos seus e-mails e DMS, enfim, por permitirem que eu viva o meu sonho!

Até a próxima,

Steph

TIPOGRAFIA Adriane por Marconi Lima
DIAGRAMAÇÃO Vanessa Lima
PAPEL Pólen Natural, Suzano S.A.
IMPRESSÃO Gráfica Santa Marta, janeiro de 2025

A marca FSC® é a garantia de que a madeira utilizada na fabricação do papel deste livro provém de florestas que foram gerenciadas de maneira ambientalmente correta, socialmente justa e economicamente viável, além de outras fontes de origem controlada.